Di Federica Bosco negli Oscar

Non tutti gli uomini vengono per nuocere
Pazze di me
Il peso specifico dell'amore
SMS. Storie Mostruosamente Sbagliate

FEDERICA BOSCO

IL PESO SPECIFICO DELL'AMORE

© 2015 Mondadori Libri S.p.A., Milano
Pubblicato in accordo con Grandi & Associati, Milano

I edizione Omnibus marzo 2015
I edizione Oscar Bestsellers giugno 2016

ISBN 978-88-04-66270-9

Questo volume è stato stampato
presso ELCOGRAF S.p.A.
Stabilimento - Cles (TN)
Stampato in Italia. Printed in Italy

Anno 2016 - Ristampa 1 2 3 4 5 6 7

IL PESO SPECIFICO DELL'AMORE

A Cilla.
Avrei voluto essere come te.

«Non ti amo più.»

«Come hai detto, scusa? Mi stavo lavando i denti, non ho sentito!»

«Niente. Che fanno in tv?»

1

Un giorno l'amore finisce e basta.

E lo fa così, un mercoledì sera, senza preavviso.

Sei lì che guardi "Chi l'ha visto", con il pigiama di pile e i calzini antiscivolo, e lo osservi, e ti sembra di vederlo per la prima volta, che mangia fissando lo schermo, una forchettata di pasta dopo l'altra, e ti rendi conto che non ce la fai più.

Ma nemmeno un po'.

E che non puoi resistere un altro minuto seduta su quel divano con il pigiama di pile e i calzini antiscivolo.

Cioè, per carità, gli vuoi un bene dell'anima, e se avesse bisogno di un rene glielo daresti senza batter ciglio, ma ecco, è lì il problema: preferiresti dargli un rene che non un'altra parte di te...

E questo perché?

Perché, ripeto, un giorno finisce e basta.

E non te lo dicono nei film, o nei libri, perché succede appena finiscono i titoli di coda. Perché la verità è che Richard Gere non ha mai smesso di rinfacciare a Julia Roberts di battere sul Sunset Boulevard, e Julia Roberts si è stufata dopo dieci minuti di stare su quella cazzo di panchina al freddo di Notting Hill insieme a Hugh Grant, e sempre Richard Gere non ha mai perdonato a Susan Sarandon di avergli fatto rinunciare alle lezioni di danza con Jennifer Lopez!

È così che va la vita, non c'è mai un lieto fine, c'è solo una fine.

Ed ecco che ti trovi a fantasticare su qualsiasi corpo maschile ti graviti intorno, tranne quello che giace accanto a te ogni benedetta notte.

E ti senti in colpa, e cattiva e sbagliata.

E vorresti convertirti allo shintoismo pur di non sentirti così in colpa e cattiva e sbagliata, ma non ci puoi fare niente, così com'è cominciata è finita.

Lo guardi, gli vuoi un bene dell'anima, ma non lo ami più.

Perché il confine fra l'affetto immenso e l'amore è incredibilmente sottile.

E separarli è la più complessa operazione chirurgica mai effettuata su un cuore umano.

E ora?

Ora che state insieme da ben sei anni e avete solo amici in coppia e un conto corrente in coppia, e le vacanze in coppia sempre nello stesso posto e nessuna prospettiva di cambiamento... che fai?

Eh?

No, davvero, che fai?

Lo lasci?

E come?

Così? Senza un *vero* motivo?

Perché non amare più qualcuno che ti venera come una regina non basta.

Ti prenderebbero tutti per pazza e ti direbbero: dove lo ritrovi uno così?

E anche tu, in fondo, continui a ripetertelo.

Ecco qual è la fregatura.

Perché Edoardo è quel tipo di uomo che ogni donna desidera quando, sin dalla terza elementare, compila la lista delle qualità ideali: è di quelli innamorati, divertenti, fedeli e onesti, che potrebbe passare Gisele Bündchen in perizoma e non fanno una piega, che non sono mai di cattivo umore e non vogliono litigare mai perché non sopportano il rancore e, piuttosto che andare a letto arrabbiati, chiedono scusa per qualcosa che non hanno fatto.

Di quelli che "quello che decidi tu va bene" e che, dal

momento in cui ti alzi, che tu abbia le cispe, l'alito cattivo o i capelli a balla di fieno, ti dicono che sei la più bella del mondo e ci credono veramente.

Capita la fregatura?

E di nuovo quella sensazione di angoscia che ti chiude lo stomaco.

Perché sai che uno così non si può lasciare, perché è tutto quello che hai sempre desiderato, ma allo stesso tempo sai perfettamente che un uomo che ti tratta come una statuina di porcellana, chiusa in una teca di vetro antiproiettile, e ti maneggia con i guanti di cotone, ti impedisce di crescere e ti trascina lentamente giù, nell'abisso di una non-vita.

E invece del tuo compagno, del tuo complice, del tuo amante, diventa subdolamente il tuo badante.

Il tuo carnefice travestito da buon samaritano che, anziché esprimere il suo punto di vista rischiando di scontrarsi con te, preferisce farsi tappeto e soffocare ogni divergenza, ogni differenza, ogni entusiasmo.

Finché morte non vi separi...

Eppure avevo sperato con tutta me stessa che fosse davvero un amore *per sempre*, perché l'idea di aver trovato la metà giusta era così rassicurante, così definitiva.

Basta cene da sola sul divano col piatto sulle gambe, basta amici che ti presentano lo sfigato di turno (che è stranamente ancora single a quarantatré anni), basta aperitivi nei soliti posti, e basta accontentarsi: finalmente avevo saltato la staccionata ed ero in salvo sulla cima della collina, dove, dall'alto della mia inarrivabile felicità, guardavo le mie amiche zitelle con amorevole compassione, mentre facevo a brandelli la tessera del Club delle Relazioni Complicate.

Finalmente qualcuno che non scappa la mattina dopo, che ti chiama per dirti che gli manchi, che ti fa ridere, che ti accetta per quello che sei e non tenta di cambiarti, che la pensa come te sulle cose importanti, che ha gli stessi tuoi gusti e dà per scontato che l'andare a vivere insieme prevederà numerosi viaggi all'Ikea.

E ho trascorso anni in luna di miele, una luna di miele che

ritenevo meritatissima dopo le delusioni e le umiliazioni subite nel ventennio precedente.

Ma poi inevitabilmente succede.

Il Club Med ti prega di liberare la stanza, di restituire gli accappatoi, e ti presenta pure un conto salatissimo.

Così guardi quello che consideravi l'uomo della tua vita e ti sembra di vederlo per la prima volta, ipnotizzato davanti alla televisione con la forchetta a mezz'aria, e non puoi credere di aver avuto delle lenti di legno sugli occhi fino a oggi.

E, anche se è pieno inverno, ti viene voglia di spalancare la finestra perché improvvisamente hai un bisogno disperato di aria, di avventura, di passione, di vita, di gelosia, di litigate e riconciliazioni, ma soprattutto... AAAAAARRRRGHHHHHH!

Hai un disperato bisogno di S.E.S.S.O!

Ecco, l'ho detto. Soprattutto hai bisogno di sesso selvaggio, indecente e sudato, e invece... nulla.

Nulla più da anni.

Perché ormai ti conosci troppo bene, perché in fondo non ce n'è più bisogno, perché alla fine fai anche un po' fatica a toglierti il pile.

E dire che farei qualunque cosa pur di sentire ancora il languore allo stomaco di quando avevo sedici anni.

Anche solo per cinque minuti.

Non è triste?

Lo è.

E cosa mi trattiene dal lasciarlo?

Tutto.

È adorabile, gentile, affidabile, in una parola "devoto".

Ed è questo che mi manda ai matti: che è troppo.

Troppo gentile, troppo premuroso, troppo devoto, e da che lo conosco non è mai cambiato di una virgola: granitico come un monolito di Stonehenge, immobile come una boa nella tempesta, perennemente seduto in poltrona con la sua copia del "Foglio" in mano, estate come inverno, primavera come autunno, con qualsiasi governo, conduttore di Sanremo o Coppa del mondo.

E non è che adesso me ne esco con la solita storia che "dovrebbe cambiare", no, troppo facile!

Io non volevo che *cambiasse*, volevo solo che *crescesse*, che diventasse un uomo forte e sicuro di sé, uno che prende decisioni, che vuole migliorare e cercare di offrire a se stesso e alla sua compagna qualcosa di meglio.

Invece lui si accontenta, si accontenta sempre, e non gli interessa comprare una casa, trovare qualcosa che gli piaccia davvero fare o sperimentare cose nuove.

Perché se solo fosse appena più dinamico di una mensola, e un filo più ambizioso, sarebbe l'uomo perfetto, ma perfetto davvero, di quelli che li metti sotto copyright e crei l'*app*.

Ma no. A lui va bene il suo lavoretto comodo e tranquillo vicino a casa, gli va bene scucire metà dell'affitto ogni mese, gli va bene andare a cena da sua madre una volta a settimana.

E soprattutto gli va bene che ci sia io.

Basta che io sia lì con lui.

Sempre.

E questa cosa mi distrugge. Mi fa sentire in trappola.

La trappola dell'uomo perfetto.

Ecco perché lavoro come una matta.

Lavoro sempre, lavoro il sabato e la domenica, lavoro a letto, sul divano, in bagno. Tanto che ho l'impressione di avere l'impronta del computer tatuata sulle cosce.

E quando non lavoro, cucino dolci fino a sfinirmi.

E io li odio i dolci!

E potrebbe andare avanti così per sempre.

Se non faccio qualcosa.

2

«Paola, sono in ritardo!» urlo al cellulare precipitandomi fuori dalla metropolitana, e andandomi a scontrare con un Babbo Natale che insiste a volermi dare un volantino di una svendita di scarpe, mentre cerco di aprire l'ombrello senza far cadere in una pozzanghera (anche se ne sarei enormemente tentata) l'enorme busta gialla con dentro le bozze di un pallosissimo romanzo storico sulla doppia vita di Anna Bolena che, siccome è stato scritto da un amico del mio editore, ho dovuto correggere nella notte.

«Tanto che ci vuole?» mi ha detto ieri sera alle otto e un quarto, incurante che fossi già due ore oltre il mio orario di lavoro.

E io ho risposto sorridendo: «Niente! Che ci vuole?».

Poi, quando ha chiuso la porta, ho scaraventato la busta per terra e ci sono saltata sopra a piè pari, ripetutamente, dandomi della cretina. Ma ormai era troppo tardi.

Mi ha fregato anche questa volta.

Da quando ha ventilato la possibilità di promuovermi a responsabile editoriale mi tiene per le palle, per usare un eufemismo.

Così, se prima lavoravo 10 ore al giorno, ora rasento le 12.

E il giorno in cui mi promuoverà raggiungerò le 14.

Ma diciamocelo: ho alternative?

Nessuna.

Il lavoro è il solo aspetto della mia vita che non mi delude mai ed è la dimostrazione tangibile che sto facendo bene una cosa.

Forse l'unica.

Ho tutto sotto controllo, conosco il territorio, so anticipare le richieste e, segretamente, quando la mole di lavoro sulla mia scrivania aumenta, provo un brivido di eccitazione...

Oddio, non riesco a credere di averlo detto davvero.

«Dieci minuti e ci sono» rispondo a Paola correndo sotto la pioggia, «il tempo di trovare un autobus e sono in ufficio. Dài, ti prego, ci ho fatto le tre su quello schifo di libro!»

«È incazzato nero, Fra, ma tanto! Io te lo dico, vedi di darti una mossa!»

«Incazzato come la volta che la nuova dell'ufficio stampa ha chiesto a Umberto Eco se avesse mai pubblicato un libro?» chiedo correndo.

«No, più come quella volta che ha rifiutato la trilogia di *Twilight* dicendo che a nessuno interessano le storie di vampiri...»

«Oddio, allora prendo un taxi!»

Siamo tutte in balia dell'umore di Mr Big.

Lo chiamiamo così non perché ci ricordi quel gran figo che sposava Carrie Bradshaw.

Ma solo perché si chiama Bigazzi e ha un ego spropositato.

E l'enorme B che campeggia sopra il portone della sua casa editrice in via della Spiga ne è l'esatta dimostrazione.

Salgo le tre rampe di scale di corsa (non vorrei mai perdermi due preziosi minuti di cazziatone aspettando l'ascensore) e, quando apro il pesante portone di legno, Beatrice, la segretaria, si limita ad alzare gli occhi al cielo indicando la sala riunioni con la cornetta del telefono.

Le urla che provengono da dietro la porta a vetri sono inequivocabili; per fortuna è ancora il turno dell'ufficio stampa, che di solito è quello che si prende i peggiori insulti.

Mi sistemo i capelli e la gonna come posso e apro pianissimo la porta, cercando di non dare troppo nell'occhio.

Dall'aria tesa e dalle facce truci capisco che siamo nel pieno della scenata.

La Bigazzi Edizioni al completo è riunita attorno al tavolo ovale: ovviamente siamo tutte donne, in quanto Mr Big è totalmente incapace di relazionarsi con altri cromosomi XY.

Le ragazze dell'ufficio stampa hanno la testa bassa e l'ultima arrivata trema come un martello pneumatico.

Tutte tranne Paola e la sua responsabile, Annamaria, un'analfabeta convinta che l'editoria italiana crollerebbe senza di lei.

E, per come siamo messi in Italia, magari ha anche ragione.

Quando il dottor Bigazzi è in modalità "vi licenzio tutte" è totalmente inutile tentare di ragionarci, bisogna avere solo la pazienza di lasciarlo sfogare e inghiottire gli insulti che, una volta calmo, nega platealmente di aver lanciato.

All'inizio mi offendevo a morte e, fra i singhiozzi, una volta a settimana gli lasciavo sulla scrivania la lettera con le mie dimissioni, che lui puntualmente cestinava senza nemmeno aprirla.

Poi ho cominciato a farmi scivolare tutto addosso, e alla fine sono passati dieci anni.

Dio, come corre il tempo.

Mi siedo a un angolo del tavolo vicino a Paola, che mastica la gomma e disegna cerchi concentrici sul taccuino degli appunti in segno di protesta e totale disinteresse. Lei è l'unica che gli tiene testa, e credo che Mr Big segretamente l'apprezzi perché, nonostante la minacci spesso di licenziamento, non l'ha mai mandata via.

Non come le sessantasei ragazze dell'ufficio stampa che sono passate di qui nell'ultima decade.

Alla fine abbiamo smesso persino di memorizzare i loro nomi e non ci sprechiamo più neanche a insegnar loro come fare le fotocopie, tanto durano una settimana: l'importante è che imparino come funziona la macchinetta del caffè.

«Oh eccola, finalmente» mi accoglie Mr Big togliendosi gli occhiali, «alla fine si è degnata di raggiungerci! Dormito bene?»

Faccio segno di sì con la testa, inutile che gli dica che, grazie al suo libro del cazzo, ho dormito quattro ore sognando di essere decapitata!

«Forse non avete capito, ma io qui chiudo tutto e vi butto sulla strada!» riattacca ancora più carico. «Siete delle incapaci, un bambino di terza media sa fare meglio di voi e mi costerebbe molto meno!»

«Su questo ho i miei dubbi, sa, Bigazzi? Ho calcolato che anche i bambini vietnamiti che cuciono le scarpe per la Nike guadagnano di più!» dice Paola senza alzare la testa.

Lui diventa paonazzo e temo che le scagli addosso il portacenere di cristallo.

Riprende il controllo solo per proseguire con la sua filippica.

«Siete state capaci di mandare a puttane il lancio del libro di Spampinato perché non siete in grado di usare il telefono! Quello mi chiama tutti i giorni e mi fa due palle così, e io cosa gli devo dire? Che ho delle dipendenti cretine che non sanno come si fa a contattare un giornalista? Che non sanno usare un telefono?» urla alzando la cornetta e cominciando a pigiare a caso i tasti. «Guardate come si fa!» grida come un invasato. «Si fa così: si schiacciano i numeri e si aspetta che la persona risponda!!! Hai capito tu, *minus habens* coi capelli lunghi?» sbraita in direzione della povera stagista, che scoppia in lacrime e lascia la stanza di corsa.

«Sessantasette!» commenta Paola continuando a disegnare.

«Ma perché vi ostinate tanto a voler lavorare, voi donne?» riprende senza fare una piega. «State così bene a casa coi figli e le amiche! Perché non vi trovate un babbeo che vi sposi e vi sistemate, anziché stare qui a rovinare la vita a me?»

Si susseguono una decina di colpi di tosse.

«La ragazza evidentemente non era in grado di...» esordisce Annamaria con tutta l'intenzione di scaricare sull'ultima arrivata la sua negligenza e il suo fancazzismo assoluti, ma si vede che non è neanche la sua giornata.

«È lei che deve formare l'ufficio stampa, ha capito?» ringhia Bigazzi ormai porpora. «Che cazzo la pago a fare, per limarsi le unghie?»

«Anche per il linfodrenaggio» chiosa Paola, intenzionata a farsi licenziare.

Annamaria incassa e fulmina Paola e, se la conosco bene, gliela farà pagare cara.

«E voi, editor dei miei due!» tuona rivolto a me e a Silvia, che quando è entrata qui il primo giorno sembrava Kate Moss e adesso pare appena sbarcata da un gommone di scafisti libici.

«Cosa vi ho ripetuto cento volte che fa vendere i libri, eh? IL SESSO! ESSE-E-ESSE-ESSE-O: SESSOOOOOOOO!!!» ci grida come un pensionato in overdose da Viagra.

Mi sistemo sulla sedia un po' a disagio dato che, negli ultimi anni, io sto al sesso come un diabetico sta allo zucchero filato.

Avendo rifiutato anche *Cinquanta sfumature di grigio*, Bigazzi adesso cerca di farci aggiungere scene di sesso anche nei libri di cucina.

«Ehm... lo sappiamo» tento, «ma vede... è difficile inserire... ehm... sesso in un libro che parla di zen per gatti.»

«Il sesso lo dovete mettere anche nei manuali di giardinaggio, capito???»

«Sì, ma l'autore ha ottantanove anni, non possiamo insistere più di...»

«VOI DOVETE FARE QUELLO CHE VI DICO IOOOO, È CHIARO???» strilla sputacchiando lapilli di saliva. «IO sono il capo e si fa come dico IO qui dentro!!! Sennò fuori!»

Giuro che non lo avevo mai visto così, e anche Paola evita di fare battute. Sembra Jack Nicholson nelle *Streghe di Eastwick*, quando Cher, Michelle e Susan infilano lo spillone nella coscia del pupazzo voodoo.

Ci alziamo imbarazzate e a testa bassa cercando di non far rumore con le sedie, uscendo una dietro l'altra senza dire una parola.

«Francesca, resti qui, con lei non ho finito» ordina.

Aiuto.

Sospiro e mi volto lentamente con il mio sorriso migliore.

Non so cosa aspettarmi e, nel dubbio, estraggo dalla borsa la busta gialla e gliela porgo.

«Ecco, è il libro del suo amico, l'ho praticamente riscritto, ma ora almeno è presentabile, ci ho messo tutta la not...»

«Che me ne frega del libro di quel deficiente!» mi interrompe strappandomi la busta dalle mani e scaraventandola nel cestino, facendo cadere la cornice digitale con le foto della moglie ucraina e dei loro tre pincher nani.

«Lei sa che differenza c'è tra vendere libri e vendere scarpe?» mi chiede aggiustandosi la cravatta.

Scuoto lentamente la testa continuando a fissare il cestino della spazzatura contenente le mie ore di sonno perdute.

«Nessuna» risponde fiero rimettendo in piedi la cornice, «proprio nessuna, mia cara. È un prodotto come un altro e i cinesi lo hanno capito ben prima di noi. Prezzi stracciati, la gente compra e... BUM! Le vendite s'impennano!» prosegue mimando un missile con la mano.

«Sì, ma...» tento «e... la qualità?»

«La qualità?» mi risponde come se parlassi urdu. «A chi interessa la qualità oggigiorno? Questa, per esempio» dice agitando ancora la dannata cornice davanti ai miei occhi. «Quanto costerà questa merda, trenta, quaranta euro? E a che serve? Assolutamente a niente! Si rompe e si butta!» dice gettando anche quella nel cestino. «Ed è così che funziona il mercato: illudere la gente che se non ha quel determinato oggetto non è nessuno, e se riesci a farle spendere poco è anche meglio, specialmente se si tratta di cultura. A chi vuoi che interessi la cultura oggi, parliamoci chiaro!» Poi si sporge verso di me con fare cospiratorio: «Ma lo sa quanto legge la gente in Italia? Un libro all'anno, se va bene. E, siccome i libri costano troppo e non servono a niente, le vendite calano e il mercato va a puttane e allora qual è la soluzione?» mi chiede puntandomi un dito contro.

«A-abbassare i prezzi?» mormoro.

«Meglio! Stracciarli! Regalare! Diventiamo i cinesi dell'editoria! Invadiamo il mercato: entriamo di prepotenza in ogni libreria, cartoleria, Autogrill, supermercato, parrucchiere, salumeria, palestra, bar, ovunque ci sia un tavolo su cui appoggiare un libro! Voglio che siamo presenti su ogni mensola dell'Ikea esistente in Italia!» esclama alzandosi in piedi, esaltato.

«Oh» ribatto distrattamente lisciandomi la gonna, «ma i librai saranno contenti?»

«Fanculo i librai!» sbotta stizzito. «Quelli mi devono solo ringraziare perché con me non ci sono resi!» Poi fa una pausa guardando un punto lontano. «Bello slogan...» prosegue compiaciuto mimando uno striscione nel cielo. «Bigazzi... libri presi senza resi... mi ameranno!»

«Ma gli autori?» oso. «Come li pagherà, gli autori?»

«Gli autori farebbero qualunque cosa per essere pubblicati! Lo sa che in Italia c'è più gente che scrive che gente che legge?»

«Sì, ma...»

«Quelli scriverebbero anche gratis!» sbraita picchiando un pugno sul tavolo.

«Però...»

«PERÒ COSAAAA?» mi assale con gli occhi fuori dalle orbite. «Cosa? La carta? La stampa? Cos'altro vuole obiettare? La smetta di essere così disfattista!» urla. «Mi ha preso per un ragazzino appena laureato? Ho già calcolato tutto!»

Mi accascio sulla sedia, arresa. Quest'uomo sfinirebbe Gandhi.

«Cerchi in rete tutti quelli che si sono autopubblicati e che hanno venduto più di cinque copie, e proponga loro una pubblicazione con un editore vero. Noi li pagheremo due lire, ma li spingeremo come fossero gli autori del secolo, copertine roboanti, fascette con scritto: "Un milione di copie vendute"... le solite cose insomma, e li venderemo a prezzi ri-di-co-li!»

«Dottor Bigazzi» azzardo, «ma io sto lavorando per la Spagnulo, devo seguire le sue presentazioni, e poi c'è la nuova collana di cucina crudista e Mauro Rapisardi che la cerca da tre settimane per proporle il nuovo romanzo che a mio avviso è molto bel...»

«La Spagnulo è una vecchia rompipalle» mi interrompe. «Faccia come me: la riempia di complimenti e le dica sempre che è la migliore e vedrà che diventerà un gattino, e quello sfigato di Rapisardi basta che scriva il solito giallo e via! Non stia tanto a cercare il pelo nell'uovo, non è mica Ken

Follett, no? Basta che non ci siano refusi e vada in stampa, il correttore di Word basta e avanza! La cucina la faccia fare alla sua collega Silvia.»

«Ma dottore, Silvia ha già in ballo tutta la saga degli alieni che le ha dato da fare due giorni fa, e poi c'è la collana "O tempora" con le baby bulle e i calciatori ga...»

«Cristo, Francesca, la vuole la promozione o no?» tuona.

«Certo ma...» rispondo punta sul vivo, sentendomi arrossire.

«E allora sia collaborativa e impari a delegare, e la smetta di mettermi i bastoni fra le ruote. Ne ho già abbastanza di incapaci qui dentro!» mi liquida, alzando la cornetta e facendomi cenno di andarmene.

Esco scoraggiata e avvilita.

Ho la sensazione di non riuscire mai a finire niente di quello che ho cominciato, e anche quando ci riesco non ottengo il minimo riconoscimento. Mai un "grazie", mai un "buon lavoro", ho solo fatto il mio dovere.

Per uno stipendio al limite della legalità.

Devo ricordarmi di mandare un curriculum alla Nike in Vietnam.

«Allora?» mi chiede Silvia alzando lo sguardo dal computer, rivelando delle occhiaie così nere che mi scoraggiano dal dirle che deve fare anche il mio lavoro. Non posso proprio. Continuerò a fare la notte, del resto lo faccio da sempre. Che mi cambia?

«Ha chiamato la Spagnulo per la terza volta» mi annuncia Beatrice a voce alta, entrando con un Post-it fra le dita. «Ha detto che se non la richiami subito passa lei ed è peggio per te...» Poi, vedendo la mia faccia perplessa: «Tutto bene, Fra?» mi chiede.

«Sì» rispondo massaggiandomi le tempie, «è solo che non capisco perché le mie giornate siano stupidamente composte soltanto da ventiquattro ore!»

Alzo gli occhi al cielo e digito il numero di Maria Vittoria Spagnulo che, ahimè, mi risponde al primo squillo.

«Adesso bisogna minacciarvi per farsi richiamare, eh?» esordisce al posto di un banalissimo "pronto". «Io me ne vado!» urla. «Questa volta me ne vado da un *vero* editore e voi piangerete! Mi vogliono *tutti*, ho solo l'imbarazzo della scelta, mentre voi, anziché farmi un altarino per i soldi che vi ho fatto guadagnare, non vi degnate nemmeno di rispondere! Dovreste come minimo intitolarmi una sala come al Metropolitan Museum!» strilla.

Mi guardo intorno cercando di immaginare un Vermeer al posto della fotocopiatrice, poi prendo un respiro profondo.

Sono solo le dieci...

«Maria Vittoria, la prego di scusarmi... Sono stati giorni convulsi e purtroppo...»

«Le è morto un parente?» mi interrompe.

«No...»

«Le si è incendiata la casa?»

«No, ma...»

«E allora, lo vede? Sono solo scuse, mi passi Bigazzi adesso! *Schnell!*»

«Maria Vittoria, il dottor Bigazzi in questo momento è in riunione e...»

«Bigazzi per me c'è *sempre*, se lo ricordi! Me lo passi o me ne vado!»

«Attenda un secondo... glielo cerco» cedo, rassegnata.

«Dottor Bigazzi, la Spagnulo vuole parlare con lei e *solo* con lei. Ho provato a dirle che non c'era, ma sa com'è fatta, minaccia subito di andarsene...»

«Magari» risponde sospirando, «ma i miracoli non esistono e lei me lo sta confermando ogni minuto di più, non è nemmeno capace di deviare una telefonata!»

Premo il tasto e gli passo la chiamata, un secondo dopo lo sento cinguettare con voce mielosa: «Mavi cara, che bella sorpresa! Devi scusare quella cretina, ma lo sai che il mio destino è quello di essere circondato da incapaci... eh sì, lo so, sono troppo buono, accolgo ogni cane randagio che passa, ma cosa vuoi, sono fatto così! Dimmi tutto, carissima...».

Intercetto lo sguardo di Silvia che, per tutta risposta, mi lancia la scatola dello Xanax.

Verso le due tiro fuori dalla borsa il triste tupperware con l'avanzo di pasta fredda di ieri sera e la mangio con un occhio al computer, mentre spulcio le classifiche di Amazon per trovare qualche fenomeno degno di nota che non si sia dato sessantotto giudizi a cinque stelle da solo.

Missione pressoché impossibile.

A leggere i commenti fatti con lo stampino, sembrano tutti degli Hemingway incompresi, misteriosamente ignorati da ogni editore esistente. Tutti premi Pulitzer che hanno preferito autopubblicarsi piuttosto che soggiacere alle umilianti leggi del mercato cartaceo...

Ne seleziono tre, due ragazze e un ragazzo, e mando loro una mail standard in cui esprimo l'interesse della casa editrice a prendere in considerazione il loro lavoro.

Nel giro di venti minuti ricevo due mail di incontenibile felicità e una risposta automatica che mi invita a rivolgermi a un agente. Scuoto la testa sorridendo di tanta beata ingenuità: come se gli agenti in Italia servissero a qualcosa!

Chiamo le due ragazze, che non smettono più di strillarmi nell'orecchio dalla gioia. Una mi passa addirittura la madre, che per poco non si mette a piangere, mentre l'altra continua a ripetere: «Oh, questo è il giorno più bello della mia vita, non c'è cosa che io desideri di più al mondo che diventare scrittrice, nessuna!».

Mi intenerisco ogni volta che mi trovo di fronte a questo genuino entusiasmo e, ogni volta, sono costretta a ridimensionare immediatamente le aspettative degli aspiranti scrittori per evitare che si licenzino l'indomani dal loro vero lavoro.

Ci fosse mai qualcuno che mi dica: "Salvare delle vite umane è sempre stato il sogno della mia vita!". Macché, hanno tutti un manoscritto nel cassetto.

Tutti!

Tranne me.

Il mio cellulare squilla, e rispondo con un «Ohi!» senza nemmeno guardare il display.

«Tutto bene, Tuz, in quella gabbia di matti?» mi dice la voce pacifica di Edoardo, che mi chiama tutti i giorni alle due e un quarto precise, cascasse il mondo.

«Sì, il solito manicomio. Tu invece?»

«Tutto a posto qui, è sempre un delirio, ma tengo duro!»
Lo sento sorridere.

Non l'ho mai visto perdere la pazienza o arrabbiarsi con qualcuno, anche se lo fanno lavorare come un mulo, lo pagano una miseria e lo trattano anche peggio di me. Lui non si scompone mai, sorride e si fa scivolare tutto addosso.

Un'altra cosa che un tempo ammiravo e che ultimamente ha cominciato a infastidirmi.

Non è possibile che gli vada *sempre* bene tutto, che porga *sempre* l'altra guancia e perdoni *sempre* tutto e tutti. Diciamoci la verità: Gesù Cristo è comunque morto in una maniera orrenda!

«A che ora torni a casa?» mi chiede.

«Al solito, spero entro le nove» sospiro.

«Devo prendere qualcosa al supermercato?»

Ecco, questa è la domanda di fronte alla quale ultimamente mi secco, perché sto fuori casa quattro ore più di lui e vorrei che, a questo punto della sua vita di quarantenne, avesse capito che, quando il latte finisce, non ricompare magicamente in frigo, stessa cosa dicasi per il pane, la marmellata, l'acqua, e così via all'infinito.

Ma no, gli ci vuole la lista.

«Cinese!» dichiaro con nessunissima voglia di impelagarmi in discussioni sterili. «Ordina cinese!»

«Okay» risponde senza fare una piega. «Cosa ti prendo?»

Un biglietto di sola andata per un'isola non segnalata sulle mappe, penso, sentendo una piccola ma eloquente fitta alla bocca dello stomaco, dato che da sei anni ordino sempre e soltanto la stessa cosa e la tizia del take-away, che non parla ancora una parola d'italiano, lo sa perfettamente: ravioli al vapore, pollo funghi e bambù, verdure saltate.

Punto. Non è così difficile.

«Il solito...» rispondo a mezza voce.

«Ah... va bene, aspetta che me lo segno.»

AAAAAAAAAAAAAAAAAAAAAARRRRRRRRRRR-RGGGGGGGGGGHHHHHHHHHH!!!!!!!!!!!!!, grugnisco strangolando la cornetta.

Fortuna che vedo lampeggiare sul mio telefono fisso la minacciosa luce della linea di Mr Big, il quale non sopporta gli si risponda dopo più di due squilli.

«Fai tu, ciao!» lo liquido per recuperare tutta la mia efficienza: «Dica, dottor Bigazzi!».

«Quella gigantesca rompicoglioni della Spagnulo, che crede di essere una grande scrittrice, dice che non è contenta del marketing per il suo ultimo romanzo, che non le diamo abbastanza importanza, che la consideriamo solo un numero, che ha la fila di editori che l'aspettano fuori dalla porta col tappeto rosso, che con tutti i soldi che abbiamo guadagnato grazie a lei dovremmo erigerle un altarino, che non la spingiamo abbastanza e che l'ufficio stampa fa schifo! Su quest'ultimo punto sono totalmente d'accordo con lei, ma per il resto non vedo cosa avremmo potuto fare di più. Naturalmente le ho detto che ogni suo desiderio è un ordine, e che le affiderò una persona che si occuperà di lei a 365 gradi!»

«Ehm... 360...» mormoro.

«Assuma una stagista qualunque con un contratto di sei mesi e la metta al servizio della Spagnulo, tanto deve dirle solo di sì!» e riattacca.

Una vodka, ho bisogno di una vodka.

Mi viene da piangere pensando alla quantità di lavoro arretrato che mi aspetta, di questo passo non riuscirò mai a finire niente nemmeno se campassi cent'anni.

Uno dei nostri migliori bestseller è *Come farsi rispettare dal proprio capo* e giuro che con lui non è servito a niente.

Mi riferisco in particolare al capitolo intitolato *Alza la testa!*, in cui l'autore (un viziato rampollo della Milano bene che non ha mai lavorato un giorno in vita sua) esorta a rifiutarsi *con fermezza* ogni volta che un superiore fa richieste irragionevoli o pervenute oltre l'orario di lavoro.

Un giorno ho deciso di provarci: voleva che andassi a una cena di editori al posto suo ed ero appena entrata in casa... mi ha tolto il saluto per una settimana.

Chi scrive questo genere di libri non è mai stato un dipendente.

Nel tardo pomeriggio mi chiama Rapisardi, il mio autore preferito, rispettoso e cortese, e per questo incompreso e sfruttato fino al midollo. Gli fanno scrivere un giallo ogni sei mesi, stesso contratto da più di dieci anni, stesso anticipo, stesse *royalties*, non si è mai lamentato una volta e non ha mai chiesto niente.

Mi ricorda Mr Cratchit, il tenero impiegato al servizio del perfido Ebenezer Scrooge, che lavora in un umido sottoscala.

Ma qui non ci sono fantasmi dei Natali passati a redimere il cattivo, purtroppo.

«Ciao Francesca, stai bene?» mi chiede con una gentilezza commovente.

«Sì, se tutte le telefonate di lavoro fossero come la tua!» rispondo chiudendo la porta con un piede per non sentire Paola e Annamaria che si scannano. «Sei la mia boccata d'aria.»

«Sei troppo buona, come sempre. Volevo solo sapere se eri riuscita, per caso, a fargli leggere il mio manoscritto...» chiede speranzoso.

«Purtroppo no, dice che da te vuole solo gialli... ma, per quello che può valere, ti assicuro che hai scritto un romanzo bellissimo» gli dico sinceramente.

Sospira. «Francesca, non ne posso più dei gialli, ho veramente bisogno di scrivere altro. Ti prego, aiutami!»

«Credimi, ci sto provando da settimane, ma non mi fa neanche finire la frase. Però ti prometto che ci riprovo appena torna da uno dei suoi viaggi della speranza... la speranza di fare affari.»

«Tu sei la mia unica speranza!»

Riattacco con un nodo allo stomaco.

Com'è possibile che chi possiede il vero talento non abbia la scaltrezza necessaria a nuotare fra gli squali e chi non sa fare nulla, ma si crede chissà che, riesca a darla a bere a tutti?

Ma soprattutto: perché chi ha pochi scrupoli la notte riesce a dormire tranquillo?

Potrei citare decine di "illusionisti" che fanno credere alla gente di aver scritto il libro del secolo, solo perché sanno vendersi bene, e il bello è che la gente ci crede.

Non mi accorgo del tempo che passa e si sono fatte già quasi le otto.

Le mie colleghe mi salutano una per una uscendo dalla stanza, come fossi il portiere.

Mi aspetto che mi chiedano di pulire le scale, un giorno di questi.

«Domani sera aperitivo da me» mi ricorda Paola «e, ti prego, vai a casa anche tu adesso, ti garantisco che non cadrà il palazzo!»

«Hai ragione» dico chiudendo il laptop e immaginando la Bigazzi Edizioni crollare appena chiudo il portone, «per oggi abbiamo dato.»

«Quella stronza di Annamaria mi ha fatto incazzare a morte oggi» dice Paola entrando in ascensore come una furia, «ho sinceramente considerato l'idea di pugnalarla con il tagliacarte e infilare il suo corpo nel tritadocumenti. Mi ha addossato tutta la colpa del mancato lancio di Spampinato, che peraltro non ho curato io, e in più mi ha accusato di non aver fatto abbastanza *battage* pubblicitario per la Spagnulo, quando l'ho fatta invitare a ogni trasmissione esistente e la sua foto era anche nel cruciverba della prima pagina della "Settimana Enigmistica"!»

«Lo sai che è una vecchia isterica che si crede Barbara Cartland» la rassicuro. «Strano che non abbia ancora tinto di rosa il suo barboncino» aggiungo infilandomi il cappotto e uscendo nella serata gelida.

«Lei è il problema minore» risponde accendendosi una sigaretta, «è Annamaria la perfida strega. Mi sta tutto il giorno con il fiato sul collo, è sempre dietro le mie spalle a controllare quello che scrivo e ad ascoltare le mie telefonate, si accolla ogni merito e scarica tutte le responsabilità sugli altri, quando sappiamo perfettamente che quella non ha mai letto un libro in vita sua!»

«Sì, ma è sempre la prima ad arrivare la mattina ed esce solo dopo che se n'è andato Bigazzi, che quindi è convinto che lei sia una grande lavoratrice» sospiro, sentendomi anch'io piuttosto frustrata.

«Tu lavori cento volte più di lei e ti pagano la metà, perché non ti ribelli?»

«Ti prego, Paola, non ricominciamo di nuovo. Tutte le volte che parlo con te poi non dormo per tre notti dal nervoso. Lasciami vivere nella mia beata inconsapevolezza, vuoi?» dico allungando il passo verso la fermata dell'autobus.

«Secondo me sbagli, Fra, tu ti fai un mazzo tanto, ma il tuo lavoro non è minimamente valorizzato. Sei la colonna portante di questo posto, sei l'unica di cui Bigazzi si fidi veramente: glielo devi dire, devi fargli capire che non può approfittarsene sempre, che meriti molto di più!»

«Paola, perché non ti fai assumere all'ufficio stampa della CGIL? I sindacati hanno veramente bisogno di persone come te» le rispondo facendo cenno all'autista di fermarsi.

«Ne parliamo domani davanti a un prosecco e ti convincerò a lottare per i tuoi diritti!» mi dice col pugno alzato.

«Va bene, domani prepareremo un piano per la mia ribellione.»

Mi saluta con la mano mentre le porte dell'autobus si chiudono, sorridendomi con la sua faccia da bambina pestifera.

Infilo la chiave nella serratura e, appena apro la porta, vengo travolta dal tanfo della rosticceria cinese, di cui mi ero completamente dimenticata.

«Ciao Scartoffia!» mi dice Edoardo sorridente venendomi incontro per aiutarmi a togliere il cappotto.

È un vecchio gioco fra noi: ci chiamiamo con la prima parola che ci viene in mente. È una cosa tenera che ci ha sempre divertito tanto, ma io non gioco più da un pezzo.

Perché le prime parole che mi vengono in mente quando penso a lui adesso sono "delusione", "insoddisfazione" e "fallimento".

E mi maledico per il fatto di sentirmi così.

Perché non doveva andare così, non dovrebbe mai andare così.

Mi abbraccia stretta per riscaldarmi e mi dà un bacetto sulle labbra.

«Com'è andata oggi?» mi chiede sorridente.

«Sono sopravvissuta e non so come, tu?» rispondo togliendomi le scarpe e infilandomi le pantofole, mentre noto, con fastidio, che lui ha ancora le scarpe ai piedi nonostante gli abbia chiesto mille volte di togliersele appena entra in casa.

«Ho passato un sacco di tempo a correggere errori di altri, così mi si è accumulato tutto il lavoro della giornata e sono uscito tardissimo senza aver finito niente» mi dice, prendendo i piatti dalla credenza. «Che ci vuole a fare un po' di attenzione? Sono solo numeri, in fondo!»

«Tanto sanno che ci sarai sempre tu a risolvere i loro problemi, no?» dico intenzionalmente sarcastica, aiutandolo ad apparecchiare. «Che motivo c'è di impegnarsi di più. Lo farei anch'io se sapessi che c'è qualcuno che poi sistema!»

Aspetto una reazione qualunque, un segno di insofferenza, una punta d'orgoglio, ma nulla.

Coma profondo.

«Oh, alla fine non è una cosa grave, giusto?» chiosa sedendosi a tavola serafico.

No, certo, non è una cosa grave.

Basta non affrontare mai nulla nella vita, che problema c'è?

Mi si chiude lo stomaco dalla rabbia.

È un muro di gomma, non c'è niente che lo scalfisca minimamente, niente che gli dia fastidio, che gli stimoli una reazione, niente. Niente di niente.

Una battaglia persa.

«Allora!» comincia cambiando argomento. «Ho preso un riso cantonese che so che ti piace, poi anche degli involtini primavera e i germogli di soia saltati, oltre alle cose che ordini sempre» mi dice porgendomi una pila di contenitori di alluminio.

«Ma ce n'è per un reggimento!» obietto mentre cerco di far posto sul tavolo a quell'invasione di vaschette.

«Così ero certo di non sbagliare» risponde addentando un involtino e mugolando di soddisfazione.

«Ma perché non hai scelto qualcosa che piace anche a te?»

«Oh! A me va bene tutto, l'importante è che sei contenta tu!»

Eccola la frase che mi uccide: "L'importante è che sei contenta tu".

Che è quella che mi fa sentire completamente sola al mondo.

La ballerina del carillon che gira all'infinito.

Da sola.

E ricaccio il magone giù, insieme ai germogli di soia saltati che nemmeno mi piacciono.

Finiamo di cenare e ci mettiamo sul divano, lui seduto e io sdraiata con i piedi appoggiati sulla sua pancia, semplicemente perché su Ektorp non si può stare sdraiati in due ed è ovvio che lui si sacrifichi per me.

E io ormai lo do per scontato.

Lo osservo mentre fa zapping fra i quattrocento inutili canali di Sky, sereno, appagato, in pace con il mondo.

Perché tutto il suo mondo è lì in quella stanza.

E lo invidio terribilmente.

3

La mattina, guardandomi allo specchio, scopro un subdolo e sfrontato capello bianco, che dall'alto della sua postazione sembra dirmi: "Povera ingenua, e non hai visto ancora niente!".

Decido di non strapparlo, non tanto per dar credito alla leggenda che ne rinasceranno altri sette, ma perché non sono in vena di ingaggiare altre battaglie perse.

Edoardo mi prepara il caffè e lo appoggia sul tavolo insieme ai miei biscotti preferiti, mentre ascolta l'oroscopo di Canale 5, che un tempo commentavamo insieme inventandoci le interpretazioni. Anche questa era una cosa che ci faceva molto ridere.

Per un attimo ho una chiarissima immagine di me – con i capelli lunghi e bianchi e una vestaglia rosa, consumata e piena di macchie – che mangio una zuppa di latte fatta con gli Oro Saiwa, tenendo il cucchiaio come i bambini, guardando fisso davanti a me, e intorno a noi cumuli di immondizia. Poi lui mi sorride come fossi la cosa più cara al mondo e mi pulisce la bocca.

Scuoto la testa per scacciare il pensiero.

Non possiamo finire così.

Perché è così che finiremo.

A riempire una puntata qualunque di un qualunque inutile programma di Discovery Real Time.

«Stasera sono da Paola per l'aperitivo» gli dico sulla porta.

Mi guarda col musino da cucciolo di Labrador con gli occhi tristi lasciato solo a casa, o come il bimbo che vuole far sentire in colpa la madre che lo abbandona chiuso in macchina per andare a ballare in discoteca.

«Che c'è? È venerdì, lo sai!», e mi trattengo dal dirgli: "Perché non vai a giocare coi tuoi amici al parco?".

«Niente, mi dispiace non vederti, tutto qui!» mi risponde dolcemente.

E io voglio morire. Ecco.

Perché quando fa così mi fa sentire una stronza e so che la cosa giusta da fare sarebbe abbracciarlo forte e dirgli: "Non ti preoccupare, tesoro, torno presto" e dargli un bacio sulla fronte.

Ma non posso neanche non pensare che questo è esattamente quello che farebbe una mamma.

E di nuovo ho la sensazione che siamo arrivati a questo, alla fine.

E dire che non ne ho mai voluti di figli.

Non mi sono mai nemmeno chiesta il perché, solo non mi è mai venuta voglia. Pensavo che un giorno mi sarei svegliata con un incontenibile istinto materno, invece quel giorno non è mai arrivato.

E a lui va benissimo così, perché, guarda caso, non ne vuole nemmeno lui.

Ma sono straconvinta che se io ne avessi voluti sarebbe stato d'accordo.

Perché "tutto quello che fa felice te fa felice me!".

E sono certa che Edoardo sarebbe un padre perfetto.

Lo vedrei bene con una moglie tranquilla che non si tormenta con mille domande inutili come le mie, che non è un'irrequieta lavoro-dipendente in constante ansia da prestazione, che si realizza nella famiglia e nella coppia, che è soddisfatta così, qui e ora.

Sì, sono assolutamente certa che questa sarebbe la situazione giusta per lui, ma finché sta con me non lo saprà mai.

Arrivo in ufficio e percepisco subito la leggerezza tipica dei giorni in cui Mr Big è fuori.

La segretaria ha messo dei fiori nel vaso (di solito proibiti, dato che lui ha orrore dei fiori recisi), Silvia canticchia *Jingle Bells*, Paola è scesa a prenderci i cornetti e Annamaria fuma tranquillamente in ufficio.

Sarebbe il paradiso, se potessimo lavorare così tutti i giorni, in totale calma e armonia, ma poiché, evidentemente, siamo su questa terra per espiare, ecco che verso le undici e mezzo arriva Ivanka, la moglie ucraina di Mr Big, coi tre pincher nani al guinzaglio – vestiti con dei cappottini da Babbo Natale – che abbaiano, tremano e pisciano contemporaneamente.

Noto che le loro unghiette sono state colorate con uno smalto rosso e giurerei che hanno anche il mascara alle ciglia.

In un secondo l'aria si satura di un profumo nauseante che Ivanka si fa mandare da un negozio di Beverly Hills specializzato in eau de toilette abbinate per cani e padroni, mentre Paola apre discretamente le finestre, nonostante fuori faccia meno quattro.

Come da copione ci impegniamo a riempire di complimenti i cani (anche se non ce ne può fregare di meno) e a lodare il sobrio completo dorato firmato Roberto Cavalli della padrona, il bracciale di Bulgari, le scarpe Louboutin e la sua linea invidiabile, come prescrive, per la moglie del capo, il decalogo delle leggi non scritte di ogni ambiente di lavoro che si rispetti.

Amen.

Fa tenerezza constatare che non se ne accorgano mai, e che siano sempre convinte che tutti i complimenti di noi sottoposti siano assolutamente spontanei e sinceri.

Chi si spertica maggiormente in smancerie è naturalmente Annamaria, che sembra la sua migliore amica ed è l'unica che si permette di darle del "tu", salutarla con un bacetto e chiamarla Ivi.

Noi invece la chiamiamo la Zarina.

«Oggi *aprofito* che Franco non c'è e *faciamo* un po' di pulizia qui!» ci annuncia col suo italiano assolutamente casuale nonostante viva a Milano da almeno trent'anni.

«Pulizia?» chiede Paola, allarmata.

«Sì, cambiare, sposta un po' mobili, suo studio così non

mi piace» risponde partendo spedita verso la stanza di Mr Big.

«Non credo sia una buona idea, signora Ivanka» cerca di bloccarla Beatrice, aggirando la scrivania e infilandosi fra lei e l'immenso albero di Natale che Bigazzi si è fatto mandare dalla Norvegia e in confronto al quale quello del Papa è un bonsai. «Il dottore non vuole che entriamo nella sua stanza se non ce lo chiede lui espressamente!» riprova.

«*Sciocheza!*» risponde scavalcandola e cominciando a spostare le sedie, il tappeto, i tavolini e tutti i soprammobili. «Tu» dice con tono autoritario a Paola, «*viene* qua e aiuta a spingere!»

Paola fa la faccia di una che è stata scelta fra il pubblico da un mago per essere tagliata a metà.

«Volentieri, ma... ho da fare, signora Ivanka» risponde nascondendo mezza fetta di pandoro dietro la schiena e inghiottendo un gigantesco boccone che per poco non la strozza.

«Sì, lo vedo! Avanti, *viene* qui e aiuta!»

Paola si toglie lo zucchero a velo dalla faccia e dal maglione e la maledice in dialetto milanese. Poi le fa un grande sorriso: «Arrivo Ivanka, sempre ai suoi ordini!».

Intanto i tre pincher corrono in tutte le stanze, disseminando cacca su qualsiasi superficie non lavabile, tentando di mordere chiunque cerchi di impedirglielo, e abbaiando contro tutto ciò che sia più alto di dieci centimetri.

Il resto della mattinata è tutto uno spostare mobili, martellare e trapanare.

Ivanka ha deciso che c'era bisogno di tende nuove e ha mobilitato i due magazzinieri perché gliele montino.

Cosa che non piacerà a Mr Big che, non riuscendo mai ad avere l'ultima parola con la moglie, si sfogherà con noi.

Maria Vittoria Spagnulo mi chiama a ripetizione per modificare le ristampe. Rilegge i suoi libri in maniera maniacale e sarebbe capace di ricomprarsi tutte le copie se trovasse una ripetizione!

«Sono io che decido, non voi!» tuona con la consueta arroganza da centomila copie. «Sono io che ci metto la faccia, voi limitatevi a trovare i refusi, che non siete capaci di fare nemmeno questo!»

«Nessuno è immune dai refusi, glielo giuro, Maria Vittoria» cerco di calmarla. «Anche se controlliamo il testo in cinque con la lente di ingrandimento, purtroppo a volte succede!»

«Succede solo a voi! Non ho mai visto un refuso in un libro di Camilleri!» strilla.

«Siamo stati attentissimi, glielo assicuro!»

«Voi non mi meritate, non mi meritate affatto» geme, drammatica.

«Lo so, Maria Vittoria, lo so» sospiro.

«E dov'è la mia assistente, eh? Quella che mi era stata promessa da Bigazzi.»

«Ne devo vedere tre questo pomeriggio, e le assicuro che entro metà della prossima settimana avremo trovato la persona giusta che si occuperà di lei e solo di lei.»

«Mi raccomando, non voglio un'incapace!», riattacca.

Solo Edoardo potrebbe lavorare qui e riuscire a rimanere sereno.

Solo lui.

I manoscritti sulla mia scrivania si moltiplicano durante la notte come i Gremlins.

Ne leggo anche quattro contemporaneamente, ma non basta, devo arrivare almeno a sei. Prendo d'istinto in mano quello di Rapisardi che tengo sempre in bella mostra, una delle storie d'amore più belle e strazianti che abbia letto recentemente.

E sì che ne leggo.

Il romanzo è ambientato in Polonia durante la Seconda guerra mondiale e racconta dell'amore fra un giovane scrittore e un'infermiera ebrea che, con l'inizio delle persecuzioni antisemite, viene deportata nel campo di concentramento di Buchenwald. Lui, impazzito per il dolore, si finge ebreo per essere deportato a sua volta e sperare di ritrovarla. Ma, nonostante la sua ostinata ricerca, non trova più la ragazza e l'unica cosa che gli dà la speranza di vivere sono le lettere che le scrive nella neve, sfidando il freddo pungente.

Ce n'è una che ho imparato a memoria, e dice:

È solo il ricordo del nostro amore che impedisce al mio cuore di fermarsi e al mio sangue di gelare nelle vene. È solo questa mia folle speranza che mi tiene in vita quando tutto intorno a me muore. Perché tu sei la mia vita e, finché tu ci sarai, anch'io ci sarò.

Finché, il giorno prima della liberazione americana, mentre le SS stanno cominciando a evacuare i prigionieri ammassandoli all'uscita principale, lui finalmente la vede.

E, nonostante siano ormai irriconoscibili, rasati, stremati dagli anni di prigionia e dalle torture subite, i loro occhi si accendono come non fosse passato nemmeno un giorno dall'ultimo incontro e il loro amore disperato esplode di nuovo nei loro cuori, riempiendoli di vita e di speranza.

Lei corre verso di lui nella neve ridendo e piangendo, con le braccia spalancate, pazza di felicità.

Ma, proprio appena stanno per abbracciarsi, una delle guardie SS le spara alle spalle e lei muore cadendogli fra le braccia.

Non credo di aver mai pianto tanto in vita mia.

Non è un libro, è un capolavoro. Ma tanto Bigazzi non ne capisce niente di libri, potrebbe benissimo vendere cravatte o aspirapolvere. E il povero Rapisardi dovrà continuare a scrivere gialli finché gli scadrà l'opzione di quindici anni che ha incautamente firmato.

Paola irrompe nel mio ufficio incazzata nera, tutta spettinata e con un buco nella maglia grande come una mela e un cappello da Babbo Natale in testa con le lucine intermittenti.

«La maledetta Zarina» urla, «mi ha fatto spostare quella cazzo di lampada con la base di marmo di Carrara almeno cinque volte, ha voluto appendere delle stampe cinesi che sicuramente faranno schifo a Bigazzi e le brucerà insieme alle tende! E poi ha disseminato la stanza con le foto di quei tre cani del cazzo per nascondere quelle dei figli della prima moglie, e non contenta mi ha obbligata a mettermi questo cappello del cazzo perché fa più atmosfera!» sbotta gesticolando, impazzita. «Ho bisogno del nostro aperitivo come l'aria stasera, Fra» mi implora, sedendosi sulla mia scrivania.

«Sì, anch'io» rispondo, abbandonata sulla sedia. «Il venerdì da te è l'unica cosa che mi motiva ultimamente.»

«È un po' poco, non credi?»

Faccio spallucce.

Il mio telefono squilla, ci giriamo tutte e due a osservarlo.

«Vediamo se indovino chi è... sono le due e un quarto...» ammicca Paola uscendo di corsa prima che io la centri, lanciandole contro uno dei seicento manoscritti.

«Ciao, Arrotino!» mi saluta Edoardo.

Mi metto a ridere: «Come ti è venuta questa?».

«L'ho appena sentito passare!», sorride.

Alla fine lui riesce sempre a farmi ridere anche quando non ne ho voglia.

«Che hai fatto oggi?» gli chiedo come se non lo sapessi.

«Sono uscito dall'ufficio, ho fatto un giro e ho preso un panino.»

Al prosciutto, come ogni giorno.

«Tu?» mi chiede come se non lo sapesse.

«Un'insalata del bar qui sotto.»

«Com'era?»

«Un'insalata, Edo, come vuoi che fosse!» rispondo già seccata. «Era verde!»

Ride per stemperare la tensione e rilancia subito per assicurarsi che io non sia arrabbiata con lui.

Perché non lo sopporta.

«Dài che stasera vai da Paola, così ti diverti e ti rilassi!»

Ecco e qui mi sento male di nuovo perché non capisco se sottintende: "Beata te che hai degli amici" oppure: "Così almeno non ci sono io che ti tedio, perché in fondo lo so che non mi sopporti" o, ultima e più plausibile: "La tua felicità è la cosa più importante della mia vita".

E in ogni caso mi fa, come sempre, sentire una merda.

«Sì, ne ho proprio bisogno» rispondo evitando di dire cose spiacevoli, «stiamo lavorando tantissimo e una serata di chiacchiere e vino è quello che mi ci vuole.»

«Brava! Io ordinerò una pizza e ti aspetto.»

«Ma no, vai pure a letto. Non ha senso che tu stia alzato per me, domani lavori...»

«Tanto lo sai che mi addormento sempre sul divano!», ride. «Poi senza di te dormo male, ci vediamo più tardi.»

«Come vuoi... ti lascio, ora devo fare dei colloqui.»

C'è stato un tempo in cui non potevamo separarci nemmeno per un istante, in cui la punteggiatura delle nostre conversazioni erano le nostre risate, un tempo in cui ballavamo stretti in salotto, io coi piedi sopra i suoi come da piccola con mio padre, un tempo in cui anch'io dormivo male senza di lui.

Un tempo.

Perché non riesco a recuperare quello stupore e quella leggerezza che avevamo all'inizio?

Perché io sono diventata così arida, fredda ed esigente, e lui no?

Possibile che vediamo la nostra realtà in due maniere così diverse? Che lui non veda le ragnatele ai muri, ma solo fili di perle?

Sono io quella sbagliata e lo sarò sempre.

«Ci sono le tre ragazze del colloquio» mi annuncia Silvia, interrompendo i miei pensieri.

Alzo la testa come se mi svegliassi da un brutto sogno.

Con un sapore amaro in bocca che non se ne va.

Le faccio cenno di fare entrare la prima.

Avrà sì e no ventun anni, e si definisce blogger e aspirante scrittrice. Mi fa una testa così sulla sua attività sui social network e sulle visite giornaliere che ha il suo blog, sul numero di *followers*, sulle sue collaborazioni con vari siti di scrittura creativa e recensioni di libri.

E prima di uscire mi chiede se può lasciarmi la chiavetta USB con il suo manoscritto.

Non sto nemmeno a prendermi la briga di mettere il suo curriculum nel cassetto.

La seconda candidata è così qualificata che mi sento male ad assumerla per sei mesi a fare la badante di una vecchia scrittrice megalomane.

La terza invece, Ilaria, è apparentemente perfetta.

Ed è comunque la mia ultima chance.

Giovane e dinamica, ha già lavorato con "autori diffici-li" (appena mi fa i loro nomi rabbrividisco!) ed è disposta a cominciare anche subito.

Le spiego in cosa consisterà il suo lavoro, insistendo sul fatto che dovrà essere estremamente paziente e rassicuran-te, monitorare ogni sussulto nell'andamento del libro nelle classifiche, spingerlo all'inverosimile, farlo recensire su ogni rivista femminile, assicurarsi che le librerie lo mettano bene in vista nelle vetrine, i passaggi televisivi...

«Le solite cose, insomma» dichiara con un sorriso che mi spiazza e mi rassicura allo stesso tempo.

Forse ne ho trovata una sveglia.

«Sì, hai ragione!» ammetto. «Le solite cose, in fondo», sorrido rilassandomi sulla sedia.

«Non ti preoccupare, tu mettimi alla prova: nella peg-giore delle ipotesi sono solo sei mesi!»

«Ma potrebbero essere i peggiori sei mesi della tua vita» l'avverto.

«Peggio di quelli che ho passato?» mi chiede con una smorfia.

Butto rapidamente un occhio al suo curriculum e rileg-go i nomi degli editori per i quali ha lavorato.

«No» riconosco, «peggio è impossibile, te lo posso ga-rantire per iscritto!»

Ridiamo.

Ora non mi resta che farla accettare dalla Spagnulo e da Bigazzi.

Ma a questo penserò domani.

La sera arriva come sempre troppo presto e Paola mi deve strappare dalla sedia con la forza per farmi uscire pri-ma delle otto.

«È il nostro venerdì, te lo ricordi, razza di stakanovista? Io, te e Alessandro: come facciamo sempre, da tre anni a questa parte! Avanti, molla quel telefono!» mi ordina cercan-do di azzannarmi il polso per togliermi la cornetta di mano.

«AHIA! Lasciami!» urlo mentre mi trascina via dalla stan-za con la sedia e io mi aggrappo alla porta per non uscire. «Questo è un sequestro di persona!»

«No, è un esorcismo! Tu sei posseduta dal tuo lavoro!» mi dice infilandomi il piumino a forza e mettendomi la borsa a tracolla. «Su, andiamo!»

«Ma devo fare altre due telefonate...» piagnucolo.

«Le farai lunedì. Nessuno chiama più a quest'ora, nemmeno quelli del recupero crediti!» mi risponde aggiustandomi la sciarpa e calcandomi il berretto in testa. «E, cosa più importante, non succede niente se non le fai.»

Mi spinge fino all'uscita e mi rassegno all'idea che, anche oggi, non sono riuscita a finire tutto quello che dovevo fare. Non mi resta che farmi contagiare dall'umore di Paola. Che, diciamocelo, non è che abbia una situazione che si possa definire serena.

Ci dirigiamo verso la fermata dell'autobus a testa bassa e mani in tasca per ripararci dal vento freddo, preparandoci ad affrontare l'ora di punta, peggiorata dallo shopping natalizio.

L'aria della sera mi risveglia.

Tutte quelle ore curva davanti al computer con la luce al neon e le finestre chiuse ucciderebbero chiunque.

E pensare che ci sono voluti milioni di anni all'essere umano per raggiungere la posizione eretta, e in un ventennio torneremo curvi.

Dopo quindici minuti di paziente attesa, nei quali Paola si fuma una sigaretta dietro l'altra, saltellando sul posto per non morire congelata, e io mi scaldo le mani con l'alito, ecco che ci accingiamo a salire sull'autobus spingendo la gente già disperatamente accalcata sulla porta, che nemmeno si chiude.

Invidio profondamente Mr Big che si muove esclusivamente in taxi.

Paola e io siamo schiacciate fra un uomo enorme che gronda sudore e una signora con cinque buste gigantesche che si lamenta che le sciupiamo i regali.

Qualcuno mi conficca un gomito fra le costole e io pesto un piede a qualcun altro per ripicca.

È la lotta per la sopravvivenza, ed è così tutte le sere.

L'autobus ci rivomita fuori dopo circa quaranta minuti di tragitto, spremute come limoni, e accaldate come se fossimo uscite da un'ora di bikram yoga.

Passiamo a comprare due bottiglie di vino e un sacchetto gigante di patatine dal pakistano all'angolo, l'unico aperto a quest'ora, e finalmente ci dirigiamo verso casa di Paola.

«Alessandro arriva fra un'ora, aveva un'emergenza informatica» mi dice Paola allungando il passo.

«Tipo: "Oddio non c'è più Google?"», rido.

«Peggio, tipo: "Il nuovo fidanzato della mia ex non riesce a configurare l'iPad nuovo!".»

«Ma che, è scemo?» strillo. «Anche i bambini lo sanno usare!»

«Lo so, ma conosci Ale, non riesce a dirle di no.»

«Dobbiamo trovargli una donna» affermo spingendo il cancelletto ed entrando nel cortile del palazzo.

«Oh, di donne ne ha quante ne vuole, ma appena lo chiama lei...»

«La Gatta Morta!» rifletto.

«Quella lo gira come un calzino, dovremmo farle scrivere un manuale» risponde guardandosi furtivamente intorno.

«Dici che ci sta pedinando?» mormoro.

«Non lo so, ma non mi fido!» risponde aprendo il portone e tirandomi dentro per la manica. «Meglio non dare troppo nell'occhio» dice a bassa voce, salendo le scale di corsa.

«Hai ricevuto altre minacce dal Demente?» le chiedo seguendola.

«No, ma è un po' che non lo sento e la cosa mi preoccupa. Di solito quando sparisce significa che sta preparando un piano» risponde aprendo la porta e spingendomi dentro come un pupazzo.

Entriamo in casa che sono quasi le nove e ci buttiamo sul divano esauste.

«E anche questa settimana è finita!» sospiro togliendomi le scarpe e accendendo la televisione in maniera più disinvolta di quanto non faccia a casa mia.

Adoro la casa di Paola, perché è *casa di Paola* e ogni cosa parla di lei e tutto vibra della sua energia.

È la casa che si è scelta, lottando per ottenere un mutuo con le sue poche garanzie di lavoratrice fresca di divorzio, umiliandosi davanti a ogni direttore di banca di Milano.

È la casa che ha ristrutturato insieme a suo padre e arredato restaurando vecchi mobili di seconda mano trovati nei mercatini, sfacchinando come un carpentiere; ma, dopo mesi di lavoro, da quelli che sembravano i resti di un bombardamento aereo ha tirato fuori un gioiello di casa, calda, accogliente e confortevole.

Ed è per questo che ogni venerdì io e Alessandro veniamo qui da lei, perché le nostre case non sono "nostre", non ci appartengono e non parlano veramente di noi, le abitiamo e basta.

E comunque la mia non è mai libera.

Prepariamo gli stuzzichini e apriamo il vino bevendoci un bicchiere in attesa di Alessandro, finalmente rilassate.

«Hai detto a qualcun altro di questa storia? Tuo fratello, tuo padre, un lottatore di sumo per esempio?» le chiedo a bruciapelo.

«Solo a te e ad Ale» risponde tranquilla.

«E quindi nessuno sa che quello ti segue ovunque e ti telefona tutti i giorni e poi riattacca?»

«Can che abbaia non morde... e non vorrei dargli troppo peso...»

«Disse Laura Palmer...» commento laconica bevendo un sorso.

«Tu, piuttosto» mi risponde di rimando, «come va con Edo?»

Mi stringo nelle spalle. «Come sempre...», e faccio scorrere il dito sul bordo del bicchiere. «Come sempre.»

«È ancora quella delizia di uomo che conosco?» mi chiede senza malizia, versando le noccioline in una ciotola.

«Sì, è sempre adorabile, gentile e premuroso.»

«E non ne puoi più, vero?» Il tono è un misto di dolcezza e onestà.

Appoggio il bicchiere e abbraccio un cuscino.

Questa domanda mi mette in difficoltà e una parte di me si rifiuta di pensare alla risposta.

42

«Non so cosa fare, credimi» le dico giocherellando con una cucitura. «Mi sento un mostro perché gli voglio troppo bene, ma non sono minimamente felice.»

«Il concetto di felicità è un po' sopravvalutato, non credi?» risponde accendendosi l'ennesima sigaretta. «Un po' di frustrazione fa parte del gioco. Edo è un uomo stupendo, non ce ne sono molti così, là fuori.»

«Lo so, ed è esattamente questo il problema. È l'idea che non troverò mai più nessuno come lui che mi paralizza, l'idea che potrei rimpiangerlo per il resto dei miei giorni, l'idea che forse se non lo avessi più accanto sarei ancora più infelice e non potrei più tornare indietro.» Appoggio la testa indietro. «Perché non inventano un TomTom dove al posto della destinazione scrivi semplicemente: "Futuro", e lui ti risponde con la voce di Brad Pitt: "Il percorso è calcolato"?»

«Ciucca triste?» mi chiede Paola, riempiendomi il bicchiere.

«È che sento che non sto andando da nessuna parte, che la nostra storia non va più da nessuna parte... e sto male da morire. Non sono più la compagna divertente e positiva di un tempo, ma solo una zavorra che recrimina a ogni occasione e lui sopporta, sopporta e sorride.»

«Non devi sentirti in colpa perché sei insoddisfatta, ne hai tutto il diritto!»

«Lo so, ma è comunque difficile e frustrante. Glielo ripeto da anni che non si può vivere come pensionati alla nostra età, che ci vogliono progetti, obiettivi comuni, idee nuove per stimolare il rapporto, altrimenti è come stare in una gabbia... e sai cosa mi risponde lui?» chiedo, già lievemente alterata dall'alcol.

«"Andiamo da un consulente di coppia"?»

«Magari!» rispondo gesticolando. «Mi dice: "Hai ragione!". Capisci? Hai ragione!» scandisco meglio. «E cosa puoi fare contro uno che ti dice che "hai ragione, facciamo come vuoi"? Niente! Ti ha disarmato! Uno così ti sfinisce, ti logora, ti spinge all'omicidio-suicidio!» rincaro sfinita.

«E in tutto questo... quant'è che voi due non... cioè...» dice facendo combaciare gli indici in segno eloquente.

«AH!» esclamo riprendendo il bicchiere. «E chi lo sa? Ho perso il conto! Mi ricordo una volta, forse per il mio trentaseiesimo compleanno... ma forse me lo sono sognato!»

Paola strabuzza gli occhi: «Vuoi dire che voi due non fate sesso da ANNI?».

«Sì» rispondo a malincuore, «però non urlare che così mi fai stare anche peggio!»

«Allora è grave» risponde spegnendo la sigaretta con forza, «molto grave. E si può sapere perché?»

«Tu faresti sesso con tuo fratello?» le chiedo afflitta.

«O Gesù, no!» risponde inorridita con una mano sulla bocca.

«Ecco, nemmeno io...»

«Fra» mi dice appoggiandomi una mano sul ginocchio e guardandomi dritto in faccia, «se è così, bisogna che lo lasci!»

«Non *posso* lasciarlo, te l'ho detto! Gli voglio troppo bene e non si merita di soffrire... non so cosa fare.»

«Ma tu lo ami ancora?»

Odio questa domanda più di tutte, perché ormai me la pongo di continuo.

«Non sono più innamorata come i primi anni, ma la vita non è come nei libri della Spagnulo, tutti passione, yacht e Caraibi. L'amore si trasforma, diventa altro, diventa sicurezza e fiducia, ma anche quotidianità, bollette e abitudini, e devi riuscire ad accettarlo. Le coppie che stanno insieme tutta la vita non vivono mica in luna di miele per sempre!» rispondo più a me stessa che a lei.

«Non chiederlo a me, che ho un ex marito che mi vuole morta!» risponde stringendosi nelle spalle.

«Sì, ma tu che faresti al posto mio?»

«Sei sicura di volere un consiglio proprio da me? Perché io fossi in te poi farei il contrario!»

«Sicurissima!»

«Fra» mi dice comprensiva, «volergli un mondo di bene non basta: arriverai a odiarlo e a odiarti per aver fatto questo a te stessa.»

«Lo so» rispondo guardando altrove.

«E tu ti comporti sempre così, aspetti finché non sei spalle al muro prima di cambiare qualcosa. Anche al lavoro, aspetti di scoppiare prima di reagire.»

«Ho soltanto molta pazienza» rispondo ostinata.

«Sì, ma non hai quindici vite, che una puoi anche buttarla via tanto per vedere com'è. È *adesso* che devi prenderti quello che ti spetta!»

«Sembri un *personal coach*!» sorrido. «Perché non scrivi un manuale di autoaiuto anche tu?»

«Perché sarebbe troppo corto: "Ogni problema che ti si presenta nella vita puoi risolverlo solo tu o un buon avvocato!"» dichiara.

«Parole sante!» commento spalmando Philadelphia Light su un cracker.

Sentiamo suonare e Paola si accosta al citofono chiedendo la parola d'ordine, onde evitare brutte sorprese.

«Caravaggio!» risponde Alessandro, che varca la soglia armato di due bottiglie di rosso dopo pochi minuti.

Ma si può vivere così?, mi chiedo alzandomi e andando in bagno. Io ho un uomo che mi adora e bacia la terra che calpesto e non ne posso più perché mi fa sentire un inutile soprammobile, e Paola ne ha uno che, se potesse, la farebbe a pezzi e la butterebbe nel bidone dell'indifferenziata.

Perché l'amore deve essere per forza ai due estremi, perché non si può amare con buon senso e rispetto dell'altro?

Forse perché l'amore per sua natura non è buon senso, ma follia allo stato puro, e a casa mia di follia ne ho vista anche troppa per aver voglia di cercarne altrove.

Alessandro ci aggiorna sulle sue ultime novità in campo sentimentale.

A vederlo non gli daresti due lire: è secco allampanato, coi capelli fuori taglio, i pantaloni che gli scendono sui fianchi con l'elastico delle mutande che sbuca fuori, la barba a chiazze e un paio di tatuaggi giapponesi fatti da ubriaco, che probabilmente significano "assorbenti con le ali", e "rosticceria agosto sempre aperto", eppure esce con così tante donne che abbiamo perso il conto.

È bravissimo a corteggiarle e ogni volta è convinto sia quella giusta, ma poi si mette a fare paragoni con la Gatta

Morta e trova subito il difetto fatale nella nuova arrivata, e la storia si esaurisce in un paio di settimane.

La Gatta Morta è la responsabile della più gigantesca delusione sentimentale inflitta a un uomo dai tempi di quella stronza di Cathy in *Cime tempestose*.

L'ha massacrato, svilito, umiliato, tradito, ridicolizzato, calpestato, mortificato e, giusto per dargli il colpo di grazia, si è messa anche con suo fratello.

Abbiamo raccolto così tanti pezzi del cuore di Alessandro che nemmeno un puzzle in bianco e nero con un disegno di Escher.

Non finivano mai.

Ce n'erano ovunque, al bar, al parco, al cinema, al ristorante, in macchina, in qualunque posto gli ricordasse lei – che, in quanto "fashion blogger", ne girava parecchi di locali.

E quando, dopo molti litri di vodka, pugni contro il muro, notti insonni e telefonate in cui mischiava in maniera pietosa minacce e lacrime, ha deciso di ritornare fra noi, ecco che la gatta si è accorta che il topo azzannato non era morto, ma solo tramortito, ed è tornata all'attacco.

E lì siamo entrate in azione noi due, facendo fronte comune contro Malefica nel tentativo di sottrarre Ale al suo sortilegio, ogni volta che gli chiedeva un passaggio o un aiuto col computer e lui piombava in uno stato di trance, prendeva le chiavi della macchina e si dirigeva verso la porta con lo sguardo catatonico.

Schioccavamo le dita e gli ripetevamo in coro: lei ti ha tradito, lei è il male, non andare, è una trappola, e per un po' ha funzionato, ma non potevamo controllarlo ogni minuto della giornata, così alla fine ci siamo arrese.

Niente può eliminare il maleficio della Gatta Morta, e se a lui piace essere calpestato tanto peggio.

«Allora hai risolto con la tua ex?» gli chiedo, sorniona.

«Sì, era una cosa da nulla ma, poverina, non me la sentivo di lasciarla da sola.»

«Ma come, sola?» s'indigna Paola lanciandogli un pistacchio. «Era l'iPad del suo nuovo ragazzo che hai configurato! Sei completamente idiota?»

«Sono un uomo che non porta rancore» ci risponde facendo spallucce, «mica come voi donne, che siete disposte ad aspettare anni il momento giusto per vendicarvi.»

«Io non sono vendicativa» rispondo, «magari lo fossi!»

«Nemmeno io» fa Paola, «e comunque la vendetta è un diritto sacrosanto! Occhio per occhio eccetera eccetera...» sentenzia, alzando il bicchiere.

«È bello ricevere consigli dalle due donne più realizzate in amore che io conosca», ride, scuotendo la testa.

«Cosa vorresti dire, che non siamo delle donne realizzate?» ribatto indignata.

«In amore no di certo! Amare significa essere generosi, disinteressati e altruisti, e voi siete le donne più egoiste che io conosca! Con rispetto parlando, s'intende.»

Paola e io ci guardiamo allibite.

«Io sono *molto* altruista!» mi schermisco.

«Tu stai con quell'angelo di uomo da anni e non ti decidi a sposarlo!»

Deglutisco.

«Be', in effetti» fa Paola «potresti anche sposarlo e tagliare la testa al toro!»

«Sposarmi?» dico. «Ma sei matta? Io li odio, i contratti! Ogni volta che vedo uno scrittore firmarne uno e legarsi a doppio filo con Bigazzi per vent'anni mi viene voglia di strapparglielo di mano e farlo a brandelli!»

«E tu...» prosegue Alessandro rivolto a Paola «fra tutti gli uomini disponibili ti sei andata a sposare lo psicopatico che adesso ti pedina, e ti manda lettere all'antrace.»

«Era solo una lettera scritta con i ritagli di giornale» minimizza.

«Io sono buona, ma nessuno mi capisce!» dico a un seme di zucca che non ne vuole sapere di aprirsi, già abbondantemente ubriaca.

«È vero, tu sei un amore» fa eco Paola accarezzandomi la schiena, «sei solo un po'... come dire... rigida!»

«Non sono rigida!» rispondo agitandomi a destra e sinistra come una rapper ingessato.

«Sì, in effetti un po' rigidina sei» rincara Alessandro.

«Che volete dire?» chiedo sospettosa. «Spiegatevi meglio!»

«Non so...» prosegue Alessandro «non ti rilassi mai, sei sempre sul chi va là, non ne lasci mai passare una... ecco, sei un po' *maestrina*!»

«Maestrina?» ripeto, incredula.

«ESATTO, MAESTRINA!» esulta Paola battendo le mani. «Ti ricordi quando hai corretto il cartello di quella zingara col pennarello nero?» dice Paola.

«Aveva scritto: "O fame", non potevo sopportarlo, è una deformazione professionale!» mi giustifico.

«E quando obblighi Edoardo a togliersi le scarpe appena entra in casa?» insiste Alessandro.

«Con tutto lo schifo che c'è in metropolitana fra sputi e cacca dei cani, scusami se mi piace la pulizia!»

«E quando dormi con il cerotto sul naso, i tappi nelle orecchie, il *bite* e la mascherina?» incalza Paola.

«Ho il sonno leggerissimo» ribatto «e digrigno i denti quando dormo, e poi smettetela di mettermi in mezzo!» sbotto non riuscendo lo stesso a trattenermi dal ridere.

«Tu tagli le cipolle con gli occhialini da piscina, ci credo che non lo fate da anni!» si fa scappare Paola, coprendosi la bocca troppo tardi.

La fulmino. «Era riservato!» le dico seria.

«Degli occhialini da piscina? Scusa!» fa lei dispiaciuta mostrandomi il bicchiere. «È colpa di questo...»

«Cretina!» le dico lanciandole un cuscino.

«Anni che non... fate... sesso?» chiede cautamente Alessandro, senza riuscire a guardarmi negli occhi.

«Sì, ANNI!» sbotto esasperata. «Perché non fate un comunicato stampa, già che ci siete?»

Cala il silenzio per un istante, poi tutti e tre scoppiamo a ridere. E anche se non è per niente comico, non riusciamo a smettere.

Stiamo ridendo di un dramma, il mio dramma personale, e non riesco a smettere, perché in fondo è così.

È da ridere.

Non scopo da anni ed è da ridere.

Se non fosse che è da piangere.

«Se avessi la bacchetta magica e potessi esprimere un desiderio, cosa vorresti?» mi chiede Paola alzandosi a prendere un'altra bottiglia.

«La maledetta promozione a direttore editoriale!» rispondo senza neanche riflettere.

«Non l'amore eterno?» mi punzecchia Alessandro. «Ops!, il sesso eterno?»

«In realtà sono sposata col mio lavoro» ammetto. «Non mi delude mai, mi tiene sempre sulla corda, mi sfida, mi appassiona, e non ne ho mai abbastanza!»

«Tu non sei normale» ride Paola stappando la bottiglia, «e Bigazzi fa bene a schiavizzarti. Anch'io lo farei!»

Che è esattamente la stessa cosa che ho rimproverato a Edoardo ieri sera.

Non sono meglio di lui. Credo di esserlo, ma non lo sono.

Solo che lui è sinceramente generoso e altruista, io lo faccio perché devo e perché in cuor mio spero in una promozione.

Brutta persona. Sono una brutta persona.

«Dai retta a me» mi dice Alessandro, «sposalo!»

«Lascialo» rilancia Paola, «oppure reclama la promozione!»

Begli amici, sì...

4

Torno a casa che è l'una e mezzo passata.

Sono ancora sbronza, ma almeno stanotte spero di riuscire a dormire.

Ho sempre il cervello acceso come un flipper, con la pallina che rimbalza impazzita fra il lavoro, Edo e mia madre, perciò mi riposo pochissimo e male.

Edoardo si è addormentato sul divano con la televisione accesa, il viso illuminato dalla luce azzurrognola.

Lo osservo dormire sereno, senza problemi, senza ombre, col cuore trasparente come quello di un bambino, e istintivamente lo copro con il plaid perché non voglio che quel cuore prenda freddo.

E rimango a osservarlo con infinita tenerezza.

È la persona più buona del mondo e non si merita nessun tipo di sofferenza.

Ne ha già sopportata abbastanza.

Vado in camera e mi spoglio in silenzio per poi infilarmi un pigiama che farebbe inorridire una suora.

Mi rannicchio sotto le coperte stanca morta e con una grande malinconia dentro.

Ho freddo e mi sento sola.

È assurdo, lo so, non dovrei.

La mia *metà* è a tre metri da me in linea d'aria, eppure mi sento come fossi sola al mondo.

Come se questo letto fosse pieno di neve gelida.

E dopo dieci minuti il sonno passa irrimediabilmente. Di nuovo.

Il cervello si riaccende come l'albero di Natale del Rockefeller Center e non c'è modo di spegnerlo.

La lista infinita di cose che devo fare in ufficio, persone con cui devo parlare, lavoro arretrato, novità con cui Bigazzi mi caricherà – appena tornato dal suo annuale giro di spionaggio industriale per case editrici – prende a srotolarsi davanti ai miei occhi incollati al soffitto. Ma non può andare in settimana bianca come tutti? E io, quando mai ci andrò, in settimana bianca? È soprattutto ciò che non voglio affrontare, però, a tenermi sveglia: la mia vita, quella che sto ignorando volontariamente, quella che sto spingendo in un angolo della mia testa, quella che vorrei si risolvesse da sola.

Mi giro nel letto inutilmente. Non sono mai stata una fanatica dei sonniferi, basta mia madre per quello: lei da sola fa quadrare il bilancio dell'industria farmaceutica mondiale.

Mi alzo e vado in cucina.

Apro gli sportelli della credenza e tiro fuori farina, burro, uova, latte, tubetti di coloranti, perline argentate di zucchero, cioccolata, aromi, e dispongo tutto sul tavolo.

Vedere gli ingredienti ben allineati sul tavolo mi calma subito la mente.

Faccio bollire appena il latte in un pentolino con un po' di scorza di limone, nel frattempo sbatto i tuorli con lo zucchero, aggiungo dell'amido di mais e di nuovo metto tutto sul fuoco.

Mescolare lentamente, nel silenzio, mi rilassa.

È come una specie di meditazione, osservo il fumo caldo e profumato salire lentamente verso l'alto e la crema che, come per magia, si addensa e cambia colore assumendo una splendida consistenza liscia e vellutata.

Ed è questo il momento più pericoloso, quello in cui ti illudi che vada tutto a gonfie vele, perché la crema è ormai morbida e compatta e non corri più nessun rischio di rovinarla, e allora ti rilassi, ti distrai e smetti di girare in continuazione.

Ed ecco che in un centesimo di secondo la tua bella crema, da liscia e vellutata, si riduce a un ammasso di grumi giallastro, appiccicoso e informe.

Uno stanco, inutile ammasso appiccicoso e informe che giace su un divano o raggomitolato in un letto di neve.

Metto la crema da parte e comincio a montare le chiare, rigorosamente a mano, un'altra cosa che mi riporta alla mente quando ero bambina.

Ricordo mia madre, nella sua vita precedente agli psicofarmaci, quando mi insegnava a cucinare torte e biscotti.

Era una cuoca insuperabile, e la osservavo per ore preparare dolci nella sua pasticceria, anche se arrivavo a malapena con il naso al bordo del tavolo, in equilibrio sulle punte. Allora lei mi prendeva in braccio e mi faceva salire su uno sgabello, poi mi consegnava solennemente un cucchiaio di legno e una scodella, dove anch'io mescolavo farina e uova per preparare i biscotti alle mie bambole. E mi insegnava i trucchi del mestiere, con la sua voce calma e tranquilla, e la sua risata sonora.

Era sempre di buon umore e aveva una soluzione per tutto.

E io volevo diventare come lei.

Ma questo accadeva molto tempo fa.

Mescolo uova, zucchero e burro, aggiungo gli albumi e la farina, poi verso metà del composto in un altro contenitore a cui aggiungo cacao e pezzetti di cioccolato.

La torta *marmorizzata*, la prima che mi ha insegnato.

Si dovevano versare nella tortiera cucchiaiate alternate di composto bianco e nero a strati e, quando alla fine della cottura affondavi il coltello nella torta, all'interno scoprivi uno splendido mélange dei due colori che ricordava proprio il marmo.

E poi arrivava la parte più bella: quella in cui mi lasciava pulire la scodella della crema al cacao col dito.

«Bei tempi, quelli» sussurro con un sospiro.

Inforno la teglia e mi siedo per terra davanti allo sportello del forno a osservare la magia del lievito.

È un po' come guardare il sole che tramonta all'orizzonte: non ne percepisci il movimento, ma lo vedi scendere rapidamente come il tuorlo di un uovo che si tuffa nel mare.

Così la torta piano piano sale, fino a duplicare e triplicare il suo volume creando quelle splendide spaccature sulla superficie.

Rimango a osservare quell'incantesimo per una mezz'ora, sorseggiando un orzo dalla mia tazza preferita, quella che dice: *"Keep calm and eat cupcakes"*. Quella che mi ha regalato Edo.

Appena la torta è cotta la tiro fuori e la faccio raffreddare.

Ed eccola pronta: calda, profumata e splendida.

Domani Edo, ogni volta che passerà in cucina, ne prenderà una fetta, per poi arrivare a sera, mostrarmi la pancia e dirmi: "Non riesco proprio a capire!".

E io non ne assaggerò nemmeno un pezzo perché odio mangiare dolci.

Lo so, è assurdo ma è così.

Non li assaggio nemmeno. Adoro cucinarli, ma non ne mangio da anni.

Ognuno ha i suoi metodi per sconfiggere l'ansia, e dopo anni di correzione di manuali di autoaiuto so perfettamente che c'è chi sta molto peggio di me: almeno non inalo benzina, non mi stacco le ciglia e non mastico carta igienica.

La prima volta che ho corretto le bozze di un romanzo della Spagnulo ho cucinato settantotto muffin.

Di tre gusti diversi.

Lavo i piatti e spengo le luci per tentare di nuovo di dormire.

Sono già le quattro e gli uccellini hanno cominciato a cantare.

Questo è il momento della notte che preferisco, forse perché lo vivo sempre più spesso.

È davvero come se fossero tutti scomparsi, risucchiati dai sogni in universi paralleli, e io qui, rimasta l'unica a vegliare sulla Terra per cacciare i mostri da sotto il loro letto.

Edo dorme ancora profondamente, lo sento appena russare dal salotto.

Il respiro regolare, come quello dei gatti che dormono a

pancia in su perché si fidano ciecamente di chi sta loro intorno e mettono a tacere ogni istinto di difesa.

L'errore peggiore.

Appoggio la testa sul cuscino, chiudo gli occhi per un attimo e li riapro un istante prima che la sveglia suoni, e Edo è già lì sorridente con una tazza di caffè in mano. E sto parlando di uno che ha dormito sul divano.

Quando dico che non me lo merito...

«Buongiorno, bellezza!» mi dice con sincero entusiasmo, aprendo le finestre e dandomi un bacio sulla fronte, mentre cerco ancora di metterlo a fuoco.

«Bugiardo, ho dormito solo tre ore... sono uno schifo...» mi lamento stropicciandomi gli occhi.

«Tu non sei mai uno schifo» mi dice prendendomi le guance e stringendole come fossi di gomma. «Guardati, sembri una bambola!» e comincia a sbaciucchiarmi tutta la faccia.

«Edo, basta, ti prego, sto ancora dormendo!» dico fra lo scocciato e il divertito.

Improvvisamente si blocca, mi guarda fisso con il terrore negli occhi, mi annusa l'alito e sviene sopra di me.

Scoppio a ridere. «Dài!!! È così tremendo?» rispondo, alitandomi su una mano. Rimane immobile come morto, con gli occhi spalancati. «Scemo» gli dico facendolo rotolare accanto a me, «ti odio!» e corro a lavarmi i denti.

«No, non è così tremendo» mi grida dall'altra stanza. «Però sarebbe un'ottima arma chimica!»

Mi guardo di nuovo allo specchio e scuoto la testa.

Occhi gonfi e alito fetido, e lui mi trova bella come una bambola.

È questo l'amore?

Passiamo le vacanze a lavorare (io) e leggere i giornali arretrati (lui) con un unico avvenimento degno di nota: il pranzo di Natale da sua madre. Che va a sostituire l'immancabile cena della domenica sera.

Sua madre mi detesta e non è un luogo comune. Ha più volte espresso in forma per niente velata la sua intolleranza nei miei confronti, ma quando lo faccio presente a Edoardo lui minimizza dicendo che *esagero* – cosa da non dire mai a una donna in generale, e in particolare quando si tenta di difendere la sua unica, vera ed eterna rivale.

La mamma.

Sua madre ha un sacco di problemi di salute, gran parte dovuti alla protesi all'anca, ma ciò non le ha mai impedito di sparare a zero su tutto e tutti con una perfidia degna della madre di Woody Allen.

Non si farebbe nessun problema ad assoldare un killer per farmi fuori.

«Ma poverina, è malata» mi sento rispondere ogni volta tenti di fargli aprire gli occhi, «devi avere pazienza!»

No, Cristo Santo!

Non *devo* avere pazienza anche con lei, ho già da sopportare la demenza di tutto il mio ufficio e di quello che resta della mia famiglia, e vorrei non essere obbligata a travasi di bile ogni domenica sera e ogni festa comandata.

Mai sottovalutare la parentela di colui con cui ti accompagni, potresti facilmente cadere dalla padella nella brace.

Entriamo a casa sua.

Un vecchio appartamento in zona Brera, con un lungo corridoio pieno di stanze inutilizzate, soffitti alti, poca luce e un freddo cane.

L'unico indizio del Natale è un misero alberello di plastica sul mobile d'ingresso, insieme a un presepe così minimalista da far pensare che anche i pastori abbiano cercato un posto migliore.

E in un angolo la busta col "regalo" per Edo: 100 euro, come ogni anno.

Mia suocera, la donna più tirchia che abbia mai conosciuto, ci accoglie seduta in salotto nella sua poltrona insieme a Polly, un barboncino grigio più vecchio di lei, completamente cieco e aggressivo come un pitbull, che non smette mai di abbaiare.

In piedi, accanto alla poltrona, Marisa, la nuova badante – la quinta quest'anno.

Amnesty International dovrebbe denunciarla per crimini contro l'umanità.

«Buonasera, Silvana» le dico abbassandomi per darle un bacio sulla guancia che, alla fine, è più una specie di inchino a sua altezza reale.

O a sua bassezza morale.

E le consegno la solita pianta che le regaliamo ogni anno.

«Ah, *l'è vegnuda anca lee*!» dice in dialetto milanese, che tira fuori ogni volta che vuol parlare in codice con suo figlio, pensando che io non capisca solo perché sono nata a Torino...

Edoardo fa una risatina nervosa, poi, fulminato dalla mia occhiata, cerca di rimediare con un «Dài, mamma, non sei contenta che siamo venuti a trovarti? Come stai?».

«Come vuoi che stia, non lo vedi da solo?»

Sarà una lunga giornata.

A volte sospetto che Bigazzi sia il suo vero figlio, che lei ha abbandonato neonato in una cesta nel bosco.

Marisa è una ragazza peruviana. Piccolina, con i capelli lunghi, e ha uno sguardo sperduto simile a quello delle ragazze dell'ufficio stampa di cui non ricordiamo i nomi. Oggi tira su col naso per il freddo che ha preso nell'accompagnare Silvana alla Messa di mezzanotte e a quella in latino di stamattina all'alba.

Spero che resista, ma in cuor mio non glielo auguro.

Marisa ci serve i tortellini in brodo (di dado) nei piatti buoni con le posate d'argento e i tovaglioli infilati nei portatovaglioli, anch'essi d'argento. Altro retaggio dei bei tempi che furono prima che il padre di Edo morisse, lasciando solo un cognome da nobile decaduto e un vuoto affettivo pari a quello di un portachiavi.

Quando penso al nostro primo incontro davanti alla macchinetta del caffè dell'ospedale di Niguarda mi vengono i brividi.

La luce al neon, l'odore di Lisoformio, il caldo soffocante, e noi due, figli unici di genitori disfunzionali, a cercare di darci man forte come naufraghi alla deriva.

Suo padre stava morendo, mentre il mio era già morto da due anni e mia madre era al suo terzo ricovero al reparto psichiatrico.

Il tracollo era cominciato in maniera subdola e impreve-
dibile con la chiusura della pasticceria, di cui non riusciva più a coprire le spese, e il tumore al fegato di mio padre
aveva fatto il resto.

Così avevamo dovuto vendere la casa prima che ce la pi-
gnorassero per saldare tutti i conti.

Nel giro di pochi mesi, mia madre aveva perso le due cose
a cui teneva di più e che le avevano ridato la vita dopo il
tentato suicidio di anni prima – e no, evidentemente io non
ero in quell'elenco perché non sono mai più riuscita a farla sorridere, se non chimicamente. E da qualche "innocente" ansiolitico, in pochi mesi eravamo giunte a nomi molto
più altisonanti come Seroxat, Prozac, e Zoloft, e lei era diventata presto una cavia umana per informatori scientifici.

Ricordo che ero appoggiata al muro con in mano un caffè vomitevole, per prendermi una pausa dal reparto di Psichiatria 3, e lui era talmente agitato che non riusciva nemmeno a capire come funzionasse la macchinetta, e continuava
a infilarci monetine da 20 centesimi che venivano puntualmente risputate.

«C'è gente che c'è morta così!» gli dissi al quinto tentativo.

Mi guardò confuso.

Gli sorrisi tirando fuori un euro dalla tasca del maglione
e infilandolo nella fessura.

Selezionai "caffè corto" con tre cucchiaini di zucchero,
glielo porsi e lui mi guardò con immensa gratitudine.

Fu in quel momento che fra noi scoccò l'*imprinting*. Quel
tacito accordo per cui mamma oca va avanti e il paperotto,
incerto, la segue sempre qualche passo indietro.

In quel preciso istante lui intuì che ero io quella che avrebbe deciso, scelto, risolto, discusso, litigato e che gli avrebbe semplificato la vita, e lui non avrebbe dovuto fare altro
che seguirmi, sostituendo così una mamma con un'altra.

Non ho idea del perché si instaurino questi meccanismi
perversi e del perché continuiamo a portarli avanti nonostante siano palesemente tossici, ma credo che l'essere umano abbia bisogno di sentirsi intossicato da qualcosa o da qualcuno,
che sia il lavoro, l'amore, la paura, il gioco, l'alcol o i farmaci.

E non posso che biasimare me stessa se siamo arrivati a questo, io e il mio dannato bisogno di fare tutto da sola e subito, senza delegare mai.

«Altri tortellini?» mi chiede premurosa Marisa, che silenziosamente si è avvicinata alla mia destra con la pentola in mano.

«No, grazie!» rispondo sovrappensiero, troppo in fretta.

«Ha paura di ingrassare» risponde la vecchia.

«No, non è che ho paura di ingrassare» rispondo punta sul vivo, «solo che non mi va più davvero»... "fossero fatti in casa, invece che presi al discount" vorrei aggiungere, ma mi mordo la lingua.

Rimaniamo di nuovo tutti e tre in silenzio finché do un calcio sotto il tavolo a Edoardo per incitarlo a parlare, pur sapendo che la questione della casa gli costa più che a me chiedere una promozione a Bigazzi.

«Ehm... mamma, senti... per quella cosa della casa, poi... ci hai pensato un po'?» dice nel tono di un criceto che chiede un'informazione a un puma.

La madre lo fulmina come se avesse bestemmiato, tanto che Marisa dallo sgomento fa cadere la forchetta del vassoio del lesso.

«Ancora con questa storia? Quante volte ti ho detto che non la vendo, la casa?» sbotta stridula, picchiando la mano ossuta sul tavolo.

«Ma in un appartamento più piccolo staresti meglio, no? E magari al piano terra, senza le scale...»

«Le scale non sono un problema tuo, pago questa qui apposta per farmi aiutare» dice sprezzante indicando Marisa, di cui intercetto lo sguardo rassegnato.

«Sì, mamma, lo so che sei abituata così da tanti anni, ma sono sicuro che ci guadagneresti: questa casa è davvero troppo grande per te, hai un sacco di spese, devi tenere sempre il riscaldamento spen...»

«È lei che ti ha ficcato in testa quest'idea?» lo interrompe, mentre guardo con disgusto la fetta di lingua di vitello che Marisa mi ha posato nel piatto insieme a una tonnellata di mostarda alla frutta, le due cose che detesto di più in assoluto a questo mondo e che la megera mi rifila ogni volta.

Apposta!

«No, guardi, Silvana, io non c'entro niente, glielo garantisco, queste sono cose vostre!» mento spudoratamente.

Certo che è un'idea mia, figuriamoci se Edoardo avrebbe mai osato profanare il tempio della madre o si sarebbe lanciato in un'iniziativa personale volta al cambiamento.

Ma siamo pazzi???

Cambiare? Crescere? E perché mai?

Ma la madre di Edoardo è una schiavista senza cuore, un'anaffettiva da manuale, e – peggio di tutto – è crudele e gode nel fare soffrire il prossimo, senza distinzioni fra chi è di famiglia e chi è un perfetto estraneo. Non mi stupirebbe se, per dispetto, lasciasse la casa in eredità a Polly. Per cui, dato che Edo non riuscirà mai a comprarsene una col suo stipendio di assicuratore, l'ho spinto a parlarle nella speranza che la venda e dia a lui un po' di soldi.

So perfettamente che non sostituirebbero l'affetto mancato di una vita, ma sarebbe almeno una piccola consolazione.

O forse un risarcimento danni.

Quando lo obbligai a parlargliene la prima volta aveva le mani gelate e quasi balbettava, e lei diede subito in escandescenze e se la prese con me. Era chiaro che mi aveva beccata subito, conoscendo bene i suoi polli, ma continuai a negare e sempre lo farò.

«Questa era la casa in cui è nato tuo padre e sai bene che è l'ultima sua cosa che mi è rimasta!»

Se quel coglione non si fosse giocato tutto, penso.

«È vero, ma non credi che sia un po' impegnativa per te, da sola...» prosegue il mio piccolo gladiatore, che ho buttato nell'arena con una spadina di plastica e ora mi fa una tenerezza infinita.

Vorrei tanto prendere la parola e dire semplicemente: "Brutta stronza egoista, e falla un'unica buona azione in tutta la tua inutile vita e molla due soldi a questo povero Cristo, che almeno potrà stare un po' tranquillo!".

Invece continuo a tormentare con la forchetta un pezzo

di fico nel piatto e mi guardo bene dall'alzare la testa, perché è la sua battaglia e deve imparare a rialzarsi da solo.

Ma lei si diverte a umiliarlo, conoscendo ogni suo punto debole.

E io non posso fare a meno di pensare a mia madre e m'incazzo.

Dio se m'incazzo.

Lei che era l'amore personificato, che mi portava al mare seduta nel cestino della bici e a correre sulla spiaggia, che mi faceva le trecce e mi spingeva sull'altalena cantando, lei che era capace di picchi di entusiasmo contagiosi e improvvisi cali d'umore, che un momento ti adorava e il momento dopo non ti riconosceva nemmeno. Che quando andavano male le cose ti diceva: "Facciamo una festa", e poi la trovavi a letto a piangere.

Lei, la mia mamma-bambina dalla psiche così fragile che, dopo la morte di papà, le si era sbriciolata definitivamente come uno dei suoi splendidi biscotti alla cannella.

E che oggi, il giorno di Natale, è chiusa in una clinica a giocare a tombola con dei pazzi.

«Ancora lesso?» chiede Marisa per cambiare argomento.

«No!» mi affretto a rispondere coprendo il piatto con le mani.

Silvana tamburella nervosamente le dita sul tavolo, poi sposta di lato il suo piatto in segno di immane affronto.

«Sembra che voglia piovere!» dico al massimo della fantasia per rompere il silenzio, dato che il tempo è l'unico argomento neutro.

«Eh sì, è vero!» risponde Marisa con enfasi. «Hanno detto che veniva brutto, stamattina sono andata a fare *espèsa* e *me* sono bagnata tutta.» Parla esattamente con l'accento di Antonio Banderas nel *Gatto con gli stivali*, e fa troppo ridere ma purtroppo non è il momento.

Qui non è mai il momento.

Edo guarda fisso nel piatto, le posate strette in mano, arreso alla freddezza di questa donna meschina che ha rovinato chiunque le sia stato accanto per più di un'ora.

Il gene della remissività deve averlo ereditato dal pa-

dre, il cui unico pregio era quello di essere un buon partito finché non aveva rischiato di giocarsi anche il cognome
– la sola cosa che Silvana voleva davvero e che si era tenuta ben stretto insieme alla casa e alla pensione, senza nemmeno degnarsi di stare cinque minuti al capezzale del marito, perché non sopporta gli ospedali.

E tutto quello che Edo si ricorda è quest'uomo sempre vestito in maniera impeccabile, ma incredibilmente sfuggente,
che beveva e rimpinguava le casse dei casinò di tutta Italia.
Beveva per non sentire Silvana ripetergli che era un fallito e
giocava nella speranza di ritrovare una qualunque emozione.

E a dirla tutta... come biasimarlo?

Ma alla fine ci aveva pensato la cirrosi a dargli un'emozione definitiva.

«Come al solito non finisci quello che hai nel piatto, vero?»
mi chiede la vecchia con un lampo di infamia negli occhi.

«Eh guardi, Silvana, sono piena, davvero, ma era tutto
buonissimo» le dico con un sorriso dandomi due pacche
sullo stomaco.

Mi fulmina e bofonchia qualcosa in dialetto che interpreto come: "Ti tengo d'occhio".

Beviamo il caffè in sottilissime tazzine di porcellana (sbec-
cate, ma bordate di oro zecchino), impossibili da tenere fra
indice e pollice perché prevedono la dotazione di affuso-
late dita da nobildonna nullafacente di cui, evidentemente, sono sprovvista.

Edo è sempre un po' sulle spine perché avverte la tensione
fra le donne della sua vita e sa di essere totalmente impre-
parato ad affrontarci, perciò spera in cuor suo che il pranzo
finisca il prima possibile, speranza condivisa all'unanimità.

«Volete frutta?» chiede Marisa speranzosa, con in mano
un piatto con una mela gialla e due arance.

«No, grazie» rispondo per tutti, «è tardi e abbiamo già
disturbato abbastanza...» rispondo in un tono talmente fal-
so che fa accapponare la pelle anche a me.

«Nessun disturbo» borbotta Silvana, «questa è pure casa
di Edoardo... anche se non vede l'ora che io muoia per
venderla.»

«Ma mamma, dài, non ho mai detto questo!» si difende con il suo sorriso mite e il suo sguardo trasparente, privo di ipocrisia.

«Non l'hai detto, ma l'hai pensato! E, se non l'hai pensato tu, l'ha pensato quella lì» risponde appoggiandosi con fatica al bastone per alzarsi, rifiutando l'aiuto di Marisa.

«Silvana, guardi che Edoardo lo diceva solo per il suo interesse» intervengo snervata, «ma se è convinta che sia un'idea sbagliata fa benissimo a non prenderla nemmeno in considerazione» rilancio come si fa per convincere i bambini a fare qualcosa che non vogliono; poi, sorridendo rivolta a Marisa: «Un'arancia la prendo volentieri, grazie.»

Gli accarezzo la mano e gli strizzo un occhio per tranquillizzarlo. «Sei stato bravissimo...» gli dico a bassa voce mentre conficco le unghie nell'arancia immaginando di cavare gli occhi a sua madre «e la prossima volta andrà ancora meglio, vedrai!»

Edo mi guarda con l'espressione di un alce che sta per essere investito da un pick-up.

«La prossima volta?» chiede, già angosciato all'idea.

«Certo, mica crederai che mi sia arresa.»

5

«Chi ha spostato tutti i mobili?» tuona Bigazzi dopo aver lanciato la valigetta là dove un tempo c'era una poltrona Le Corbusier e ora i cocci di uno dei suoi preziosi vasi thailandesi.

Ecco che il ritorno di Mr Big sancisce definitivamente la fine delle vacanze di Natale. E l'inizio di un nuovo anno esattamente uguale a quello appena terminato.

«Ehm... è... è passata sua moglie mentre lei era in viaggio...» balbetta Beatrice, accorsa con scopa e paletta, «doveva essere una sorpresa...»

«Ma quella non ha mai niente da fare? Le pago la palestra, i massaggi, il chirurgo plastico, il maestro di reiki, lo yoga, la nutrizionista e l'addestratore dei cani, tutto per tenerla occupata, e ora vuole giocare anche all'arredatrice? Lo sapevo che non dovevo divorziare» geme.

Considerando che fra le sue nevrosi c'è anche quella di essere particolarmente superstizioso, il vaso rotto deve essere di pessimo auspicio, ma evidentemente non è abbastanza per fargli cambiare la tipica euforia post spionaggio industriale, dato che, un attimo dopo, ci convoca tutte in sala riunioni per l'"update".

Altra parola di sua recente acquisizione.

Ci sediamo ai nostri soliti posti e Ilaria si accomoda accanto a me.

«Qualunque cosa succeda, non sorprenderti» le bisbiglio in un orecchio.

Sorride come se le avessero appena abbassato la sbarra di sicurezza, bloccandola sul trenino delle montagne russe.

Paola, di fronte a me, finge di impiccarsi con una corda immaginaria, incurante di essere vista.

Bigazzi si siede a capotavola, si allenta il collo della cravatta e ci osserva, una per una, con un misto di pietà e curiosità, come fossimo animali rari in gabbia.

Deve essersi preparato il *discorsone*.

Negli anni abbiamo assistito a decine di *discorsoni*, uno più innovativo dell'altro, in confronto ai quali Steve Jobs sembrava un pivello.

«Fuori di qui c'è un mondo che voi neanche immaginate...» esordisce, facendo seguire una lunga pausa a effetto. «Voi ve ne state qui, nel vostro piccolo ufficietto, tranquille e beate a fare il minimo indispensabile» dice mimando i ferri da calza, «mentre fuori c'è un mondo in evoluzione che voi ignorate totalmente!»

Si levano i primi colpi di tosse di Paola e Annamaria.

«Il mondo là fuori è pieno di giovani intraprendenti che hanno voglia di fare, sono pieni di risorse e si inventano le *app*!»

A Ilaria scappa una risatina involontaria che subito maschera fingendo di schiarirsi la voce.

Bigazzi la guarda come se avesse visto una cacca sulla sedia.

«E questa chi è?»

«Dottor Bigazzi, lei è Ilaria, l'assistente di Maria Vittoria Spagnulo» intervengo.

«Ci siamo già presentati stamattina, si ricorda?» aggiunge Ilaria per niente intimidita.

Bigazzi esita un attimo, più per la risposta diretta che per il fatto che non se la ricorda minimamente.

«... Stava dicendo delle *app* per gli smartphone, e i tablet...» lo incita a proseguire.

«Sì...ì... cosa?» riprende confuso.

«Le *app*...» gli suggerisce Ilaria, come a un bambino di prima elementare «... che sono le app...licazioni per i telefonini di nuova generazione come l'iPhone...» prosegue con una calma ipnotica che pare incantarlo come un serpente davanti a un suonatore di flauto.

«Ah... ecco, sì, ovvio, le *applicazioni*, certo, lo sapevo...» si riscuote dalla trance «continuate a distrarmi, voi con le vostre sciocchezze!»

Intercetto lo sguardo di Ilaria a cui sorrido con un certo orgoglio.

Finalmente una giovane promessa che gli terrà testa, spero. Sarebbe la prima.

«Sembra che la crisi ce l'abbiamo soltanto noi qui, nelle altre case editrici è tutto un progettare, ideare, innovare... qui che cosa sapete fare invece, a parte lamentarvi?»

«No, no, Bigazzi, stia sereno» interviene Paola, con il solito istinto suicida, «abbiamo deciso di comune accordo di smettere di lamentarci, sa? Anzi, volevamo chiederle se poteva farci lavorare ancora di più, magari la domenica che è un giorno inutile, ma senza pagarci, s'intende.»

Bigazzi scuote la testa ed emette una specie di grugnito.

«Un giorno di questi vi licenzio tutte e assumo i cani di mia moglie, vedrete che finalmente questo posto comincerà a funzionare!»

«Ottima idea, Bigazzi!» risponde lei con la faccia appoggiata alla mano, come una studentessa svogliata mezzo sdraiata sul banco. «Peccato soltanto che li dovrà portare fuori a fare pipì tre volte al giorno, mentre noi stiamo anche nove ore senza farla.»

«D'ora in poi si cambia regime!» la ignora, deciso ad arrivare fino in fondo senza altre interruzioni.

"Si cambia regime" appunto sul mio bloc-notes aspettandomi chissà quale guizzo di originalità.

«Io punto in alto, io voglio che la Bigazzi diventi la prima casa editrice italiana» riprende con il consueto ardore da invasato, «e, per far questo, dobbiamo allinearci all'Europa! Basta continuare a copiare i compagni di banco per prendere la sufficienza! Dobbiamo allinearci ai Random House, ai Gallimard, ai Westermann e snobbare l'Italietta che tira a campare! Basta essere considerati i "piccoli editori"» si esalta passandosi una mano sulla fronte sudata, «diventeremo dei giganti, diventeremo i numeri uno, domineremo le classifiche e verranno tutti a piangere alla mia porta!»

Rileggo la parola "Italietta" appuntata sul foglio e la cancello subito.

Con lui diventa un'impresa anche prendere degli appunti decenti.

«Voglio collane di classe, copertine accattivanti, titoli shock, voglio che andiate a scovare nuovi talenti! Scoprite cosa vuole la gente e dateglielo, perché ogni lettore in più è un gradino che ci avvicina all'Olimpo!»

I colpi di tosse ormai si susseguono senza più pudore alcuno. Paola mima Napoleone infilando una mano nella camicia e io guardo altrove per non scoppiare a ridere.

Quindi è questo il suo piano geniale: diventare la Random House dal nulla.

E per dirla con parole sue: che problema c'è?

Ci stiamo alzando, quando Ilaria prende la parola: «Dottor Bigazzi, dato che mi devo occupare solo della signora Spagnulo, quando ho finito posso tranquillamente fare un po' di ricerche per lei, se è d'accordo».

Questa frase ha l'effetto di un *taser* su un pastore tedesco all'attacco, tanto che Bigazzi si immobilizza all'istante, incapace di proferire parola.

«Be', certo...» esita un attimo «a patto che non trascuri il lavoro per la Spagnulo» si riprende dallo shock.

«Naturalmente, è mia intenzione fare il miglior lavoro possibile per la signora Spagnulo. Anzi, se vuole posso illustrarle le idee che mi sono venute in mente per diversificare il marketing.»

Bigazzi sta per scoppiare a piangere, glielo leggo negli occhi, tanto è disabituato alle proposte spontanee di lavoro extra; io stessa ne sono quasi commossa, e tutte ci ritiriamo in buon ordine e assoluto silenzio, per non sciupare l'idillio fra i due.

«È amore!» sussurro a Paola, uscendo.

«Mando le partecipazioni» mi risponde strizzandomi l'occhio.

Sono a inviare la ventottesima mail di rifiuto dell'ennesimo manoscritto illeggibile, su una storia identica a *Game of Thrones*, ma ambientata nel 3500 su Marte, quando sul mio cellulare lampeggia il promemoria con la scritta "mamma".

Sfilo gli occhiali, chiudo il portatile, prendo la borsa e saluto Silvia, che mi ricambia con un sorriso pieno di affetto.

Il lunedì all'ora di pranzo vado a trovare mia madre in clinica.

Non che abbia bisogno di un promemoria per ricordarlo, ma dato che mi è stato "consigliato" di andarla a trovare solo una volta alla settimana per non "agitarla", allora sì, ho bisogno di un promemoria.

Agitarla.

Un Martini si agita, non una madre.

Salgo sull'autobus con lo stomaco stretto in una morsa dolorosa e non mi accorgo neanche di digrignare i denti come quando dormo. Me lo fa notare una signora, dicendomi che se continuo così a cinquant'anni porterò la dentiera.

Una volta mi sono arrabbiata con mia madre, è vero, ma una sola.

E sì, è vero che ho alzato la voce, è vero che l'ho scossa per le spalle ed è anche vero che l'ho fatta un po' agitare, ma era quello che volevo: che reagisse!

Non c'è figlio che possa sopportare l'apatia della propria madre, il fatto che ti riconosca a stento. No?

Però nessuno si è preoccupato di come stessi io in quel momento, nessuno mi ha detto: "Ti capisco, povera figlia spaventata e sola, capisco come ti puoi sentire, smarrita, e impotente", no; zia Rita mi ha preso da parte e mi ha detto che forse era meglio se mi allontanavo per un po', se diradavo gli appuntamenti. E me l'ha detto con una certa urgenza, ficcandomi le grasse dita nel gomito.

Perché la mamma è di sua proprietà e solo lei sa cosa sia giusto per la sorella minore.

Non la figlia.

E quindi la imbottisce di psicofarmaci, perché «lei è così... sensibile».

Sensibile non è sinonimo di pazza, "sensibile" secondo il

vocabolario (e casualmente me ne intendo un po') significa: "Incline a recepire stimoli di carattere intellettuale, emotivo, etico o estetico", è sinonimo di angelo, fragilità e zucchero a velo, non di Amitriptilina, Paroxetina e Nefazodone.

Ma, a quanto pare, io non ne capisco nulla perché sono "troppo coinvolta emotivamente".

E scusate se stiamo parlando di mia madre.

Così improvvisamente sono diventata io la persona sgradita, perché avevo l'assurda pretesa di vedere ancora la luce nei suoi occhi e non la nebbia, perché credevo ancora in un suo sorriso e perché, a oggi, resto l'unica a essere assolutamente convinta che sotto quella cenere ci sia ancora un granello di brace ardente.

L'unica povera illusa.

La casa di cura, sotto questa pioggia insistente, appare persino più fredda.

Niente a che vedere con quelle dei film, niente giardini curati e infermieri premurosi, niente medici che accolgono la tua sofferenza con calorosi abbracci e ciambelle, niente vialetti su cui guidare piano il sabato.

E anche questo mi fa sentire un mostro.

La mia vita si riduce a questo: sentirmi costantemente un mostro.

Un mostro incapace e maldestro.

La trovo in camera sua, seduta sul letto a guardare fuori, vestita con una tuta da ginnastica azzurra – certamente riciclaggio di zia Rita.

La mamma ha sempre odiato l'azzurro perché è l'unico colore non alimentare.

Nessun cibo in natura è azzurro. L'azzurro non esiste.

Solo il cielo, il mare e le piscine lo sono.

«Come stai, mamma?», domanda che non le dovrei mai porre, ma che mi viene stupidamente spontanea.

Mi sorride come se vedesse un cameriere. Un sorriso artificiale, e insieme incredibilmente faticoso e triste.

Si stringe un po' nelle spalle e abbassa lo sguardo, espressione che interpreto con un "non lo so".

Mi siedo vicino a lei.

«Ti sei tagliata i capelli, stai bene» le dico mentendo, dato che i capelli lunghi sono la cosa più bella che aveva e rappresentavano la sua identità, di cui "giustamente" andava privata.

«Sì, erano troppo lunghi» mi risponde, «Rita ha pensato che fosse meglio tagliarli.»

Respiro profondamente per evitare di dire quello che penso con il rischio di agitarla ancora, e le sorrido di nuovo.

«Ti ho portato un po' di riviste» rispondo porgendole qualche giornale che guarda con disinteresse, «e poi... avrei fatto questa.» Le sorrido dandole il piccolo pacchetto di carta stagnola con dentro una fetta di torta marmorizzata. «Lo so che non dovrei portarti da mangiare, ma l'ho perfezionata durante le vacanze e ci tenevo a sapere cosa ne pensi» le dico guardandola impaziente, come se avessi sei anni e volessi mostrarle un disegno.

Mi sorride di nuovo tenendo fra le mani il pacchettino senza scartarlo.

Sorrido ancora, e per riuscirci sono costretta a fingere che quella donna non sia mia madre, ma un'estranea che sono venuta a trovare come volontaria. Apro con cautela la stagnola scoprendo la fetta di torta.

«Ecco, l'ho fatta seguendo la tua ricetta passo passo!» le dico con orgoglio, illudendomi, non so come, che mi abbraccerà di slancio.

Guarda a lungo la fetta di torta, come fosse uno strano insetto. Poi mormora: «Non è lievitata abbastanza, è rimasta umida».

Incasso, ricacciando indietro le mie stupide, infantili aspettative.

«Magari la mangi dopo...» le rispondo, fingendo che non mi abbia appena trafitto il cuore, mentre richiudo il cartoccio e lo infilo nel cassetto del comodino, sicura che zia Rita lo butterà via appena lo vedrà.

«Allora, come hai passato le vacanze di Natale?» riprendo nella speranza di avere uno scambio qualunque.

«Ho guardato la televisione» mi risponde, sempre con quell'espressione artificiale.

«Bene. E poi?» insisto. «Hai fatto nuove amicizie?», neanche fossimo in un villaggio turistico.

«Sto spesso con Luisa. È simpatica» mi dice indicando fuori dalla finestra una donna anziana con le codine che sta accarezzando un gatto.

«Ah bene! E cosa fate insieme?»

Ci riflette un attimo, come se le avessi fatto una domanda troppo difficile, poi risponde: «Guardiamo la televisione».

Annuisco. E mi rendo conto che il nostro incontro è terminato.

Le do un bacio sulla guancia, con il groppo in gola.

Mia madre odiava la televisione, diceva che era per gente che non ha una vita e perciò deve guardare quella degli altri.

Esco da quella camera più in fretta che posso, incrociando altri pazienti inebetiti e confusi; e anche se la chiamano "casa di cura" la verità è che quello è un manicomio e anche se mia madre è "solo" depressa, non potrà mai migliorare là dentro.

Busso piano alla porta del direttore sanitario, il dottor Lippi, che mi accoglie già seccato, come se prevedesse le mie domande a cui ha già risposto un migliaio di volte. E i suoi modi autoritari e gli innumerevoli attestati, lauree e PhD appesi alle pareti non mi aiutano a rilassarmi.

«Volevo avere notizie della mamma» gli chiedo come una bambina che si è persa. «Sa, l'ho vista un po'... spenta» aggiungo per usare un eufemismo.

«Spenta, che intende con "spenta"?» risponde cercando fra le cartelle con un tono che mi invita a misurare le parole. Come se io non ci vivessi, di parole.

«Ecco... non troppo *reattiva*.»

«Sua madre sta seguendo una terapia farmacologica e psicoterapica» mi risponde con distacco, come se gli avessi chiesto l'ora, «ed è assolutamente normale che i farmaci la rallentino un po', ma niente di così esagerato come ritiene lei. Si ricordi in che stato era quando è arrivata qui.»

Certo che me lo ricordo.

Non smetteva più di piangere e di ripetere la solita cantilena straziante che voleva morire, come se fosse il regalo più bello che desiderasse.

«Fammi morire, Francesca, te lo chiedo per favore, fammi morire...» mi pregava rannicchiata per terra in un groviglio disperato di capelli, lacrime e bava.

«Ma che dici, mamma? Sei solo stanca» le rispondevo, cercando di rimuovere per l'ennesima volta le parole che da lì in avanti mi avrebbero tenuta sveglia la notte e probabilmente per il resto dei miei giorni, mentre i miei occhi scannerizzavano la stanza in cerca di qualcosa con cui potesse ferirsi e le mie mani raggiungevano il telefono per chiamare zia Rita.

«Quindi lasci fare a noi e si fidi, per una volta» mi bacchetta distogliendomi dai miei orrendi ricordi.

«Mi fido, dottor Lippi, è che... lei capisce, è mia madre.»

«Non è la sola, guardi, qui tutti hanno qualcuno: una madre, un padre, un figlio. Si faccia coraggio e abbia pazienza, ci vuole tempo per queste cose» mi liquida alzandosi e accompagnandomi alla porta.

E mi sento ancora inutile, mentre le obiezioni mi muoiono sulle labbra, e mai come adesso vorrei che il mio compagno potesse prendere la situazione in mano e fare quel "paio di telefonate" con cui risolvi sempre tutto in Italia, e grazie all'amico dell'amico trovi subito i migliori medici e le migliori strutture.

Ma Edo non saprebbe da che parte cominciare e lo immagino dietro di me che guarda per terra con le mani in tasca e annuisce.

Esco cercando di farmi coraggio, dandomi dell'idiota perché non sono ancora riuscita a farmene una ragione, che mia madre è morta otto anni fa insieme a mio padre e quella è una conoscente che vado a trovare una volta alla settimana.

Basta, non devo sperarci più. Lei non tornerà e loro non mi aiuteranno a farla tornare.

Il lavoro mi salva, mi lavoro mi salva, il lavoro mi salva, mi ripeto come un mantra asciugandomi gli occhi, il lavoro è tutto quello che ho.

«Bigazzi ti stava cercando» mi informa Silvia non appena appendo il cappotto all'attaccapanni.

«Ah, finalmente una buona notizia!» ironizzo e vado a bussare alla porta della sua stanza.

«Proprio lei, Francesca!» mi accoglie con uno slancio che definirei "entusiasmo involontario", indicandomi una delle due nuove sedie etniche fatte portare dalla moglie. «Si sieda, se almeno lei riesce a capire come.»

Mi sistemo con prudenza sul sedile di legno di banano che scricchiola sotto di me in maniera inquietante e cerco di rimanere immobile.

«Devo parlarle di qualcosa di importantissimo, e top secret» dice abbassando la voce, «ed è superfluo che le dica di non farne parola con le altre di là», indica nel vuoto.

Mimo un "ma è ovvio" e mi preparo ad ascoltare l'idiozia della settimana che, in ogni caso, per me significherà soltanto una cosa: ancora più lavoro.

E lo spero ardentemente.

«Sto per fare il colpo del secolo e ho bisogno del suo aiuto per realizzare questo progetto *gigantesco*.»

Lo guardo interrogativa.

Si frega le mani e chiama Beatrice all'interfono. Lei arriva dopo un secondo con un fascicolo che posa sulla scrivania e si dilegua all'istante.

Bigazzi mi scruta in silenzio per creare suspense, inutilmente, finché sbotta: «Oh, insomma Francesca, non è nemmeno un po' curiosa?».

«Come no, dottore» sobbalzo, «sono curiosissima! Aspettavo lei!»

«Il colpo del secolo» ripete lentamente, «non può nemmeno immaginarlo.»

Annuisco chiedendomi con apprensione dove stia andando a parare.

Lo guardo incitandolo a proseguire.

«Ho concluso durante il mio giro la trattativa più ardua della mia vita, se si esclude il mio primo divorzio», ride compiaciuto della battuta, poi prosegue intrecciando le dita sotto il mento: «Francesca, mi dica, cosa ci manca per diventare dei grandi editori?».

Ecco, ci risiamo, il gioco degli indovinelli.

«Ma... non saprei... una distribuzione più capillare?»

Scuote la testa senza darmi alcun indizio.

«Vendere di più... assumere più personale?» tento.

«Dettagli!» si secca, deluso dal mio scarso intuito. «Quello che ci vuole è vincere un premio prestigioso che mi consenta di entrare nella ristretta cerchia degli editori di élite!» Fa di nuovo una pausa a effetto prima di procedere: «E qual è il premio più prestigioso?».

«Lo Strega!» esulto come a un telequiz.

«Esatto!» incalza rincuorato dalla mia rimonta. «E come si fa a vincere il premio Strega?»

Tremo mentre mi immagino infilare teste di cavallo mozzate nei letti di tutti gli "Amici della domenica"...

«Non saprei... con un buon libro, per esempio?»

«Non basta!» risponde con le mani nei capelli, esasperato dalla mia lentezza nell'afferrare concetti base. «Ci vuole un nome, anzi no, ci vuole IL NOME, quello che tutti ti invidiano, quello che fa esclamare: "Ooooh!", quello che brucia centomila copie in due giorni e fa sì che i librai ti chiamino a casa la notte per rifare gli ordini!»

Lo osservo e annuisco per fargli credere che lo sto seguendo.

«E io...» sussurra sporgendosi verso di me «mi sono aggiudicato il più grosso autore presente sul mercato, quello che mi garantirà lo Strega e tutti i vantaggi che ne seguiranno!»

Annuisco di nuovo pensando che mi occorrerà rispolverare un po' il mio inglese se dovrò fare da editor a John Grisham.

«È pronta?» freme.

«Certo!» rispondo, curiosa di vederlo uscire da dietro le tende in shantung di seta.

«Leonardo Ca...» scandisce lentamente.

Lo guardo ancora sorridendo senza l'ombra di un'emozione. Interdetta.

«Leonardo Cal...»

Continuo a seguirlo con lo sguardo, il vuoto nel cervello.

«Leonardo Calamandrei, cribbio!» sbotta. «Ma è rincoglionita?»

L'insulto ha il potere di risvegliarmi, e improvvisamente realizzo.

«Oh no!» esclamo, atterrita. I miei occhi si fanno da confusi a sbarrati. «Vuol dire che si è aggiudicato all'asta il nuovo romanzo di Leonardo Calamandrei?»

Ammicca come una vecchia volpe e si frega di nuovo le mani come a dire "ha visto quanto sono avanti?".

Non oso minimamente pensare a quanto gli sarà costato strapparlo al suo editore storico: non credo ci sia una cifra possibile per uno che vende milioni di copie e che è fisso in classifica da che ho memoria.

Gli sarebbe costato meno Grisham.

«Ma lei è pazzo!» mi lascio scappare.

«Sì, ma solo chi osa vince!»

«E in cosa consisterebbe il mio aiuto, se posso sapere, visto che il libro è già scritto e immagino che Calamandrei avrà i suoi editor di fiducia.»

«È esattamente qui che entra in gioco lei, Francesca, perché il libro...», mi guarda con un lampo di luce folle negli occhi che farebbe gola al dottor Lippi, «il libro non c'è!»

«Non... c'è!» ripeto assecondando il matto. «E...?»

«E lei glielo dovrà far scrivere, no? Tutto qua!»

Sono quasi certa di aver sentito una scossa di terremoto, ma poi mi ricordo della sedia di banano su cui sono seduta.

«Dottor Bigazzi», mi schiarisco la voce, «lei sta dicendo davvero che non c'è un libro pronto, che dobbiamo scriverlo e farlo uscire in tempo per il premio Strega?» ripeto nella speranza di svegliarmi nel mio letto.

«Esatto» annuisce. «E che ci vuole?»

Le mie dimissioni con effetto immediato, ecco cosa ci vuole.

Cerco le parole.

«Dottor Bigazzi, lungi da me l'idea di voler essere negativa, o disfattista, ma si rende conto che è una missione... impossibile?»

«Che sta dicendo!» strepita più deluso dalla mia battuta in ritirata che dalla ovvia obiezione a un'idea del cazzo. «Certo che si può fare, non per niente lo sto chiedendo a lei, mica a quelle di là!», gesticola indicando ancora nel vuoto.

«Ma non è un lavoro da poco, è un'impresa titanica!» cerco di farlo ragionare. «Calamandrei non scrive mica i libri della Spagnulo, scrive cose serie, intimiste. Non per niente ne ha pubblicati solo cinque in tutta la sua carriera!»

«Dettagli, Francesca! Lei mi sta diventando pavida, mentre io la facevo temeraria. Mi dica se mi devo ricredere.»

E quando mi pungola l'orgoglio mi frega sempre.

«Non metto in dubbio che avrà calcolato tutto nei minimi dettagli» cerco di renderlo ragionevole, «ma si rende conto che è follia pura tentare di scrivere un bestseller in poco tempo? E noi ne abbiamo pochissimo!»

«Certo che è un progetto folle, ma è solo così che l'uomo ha cominciato a volare! E per alimentare l'interesse ho già fatto circolare la voce che il nuovo romanzo di Calamandrei è un capolavoro e vincerà il prossimo premio Strega, quindi non mi deluda, Francesca. Le faccio avere un ufficio tutto per lei, così potrete lavorare in santa pace, e quando tutto sarà finito la promozione è garantita!»

E questo non è altro che uno sporco ricatto.

Che accetto prontamente.

Torno nel mio ufficio del tutto frastornata, con l'aggravante che non posso parlarne con nessuno.

«Allora?» mi chiede Paola, facendo capolino dalla porta. «Che voleva?»

«Mmm... niente» minimizzo, «un'altra collana...»

Mi scruta un attimo e temo si accorga che sto mentendo.

«Gli hai detto che io non me ne posso occupare, vero?» mi dice allarmata.

«Certo! Gliel'ho detto subito, tranquilla, vedrai che tempo un paio di giorni e se ne dimentica», le sorrido.

Squilla il suo cellulare.

Paola lo estrae dalla tasca e risponde continuando a guardarmi.

«Va bene, Roberto, ma esattamente quanto grandi sono i pezzetti in cui vorresti ridurmi? No, giusto per farmene un'idea.»

6

La mattina osservo Edoardo che mi prepara la colazione, concentrato come un cardiochirurgo che effettua un trapianto.

E mi chiedo come sarebbe la mia vita senza di lui, senza il suo ottimismo, senza la sua dedizione.

Alzarmi e non vedere più il suo sorriso luminoso, sentirlo canticchiare allegro, sapere che stasera, a qualunque ora rincaserò, lui sarà lì ad aspettarmi.

E temo che sia solo il mio egoismo che parla, perché perderlo significherebbe perdere l'unica persona al mondo che mi ama, ed è una cosa che mi spaventa a morte.

Rimanere completamente sola mi spaventa a morte.

«Ecco qua, la colazione è servita!» mi dice trionfante presentandomi un piatto con uno "smile" fatto di frutta: due fette di kiwi al posto degli occhi, e un sorriso di mandarini.

«Gli hai disegnato anche le sopracciglia!» noto, intenerita.

«Visto che artista?» mi dice aprendosi lo yogurt al cocco, sempre lo stesso tutte le mattine.

Se penso allo sforzo dei pubblicitari per inventare continuamente nuovi gusti e tendenze, mentre lui mangia un solo tipo di biscotti, un solo tipo di pasta e usa sempre lo stesso shampoo.

Farebbe rifiorire l'economia mondiale nel giro di un mese.

L'idea di incontrare Calamandrei mi mette in ansia.

L'ho visto qualche volta in occasione di fiere del libro e

grandi eventi, sempre circondato da stuoli di fan adoranti che si fanno firmare autografi anche sulle mutande.

Maglietta sotto la giacca, All Star, e i capelli sale e pepe lunghi e spettinati ad arte, che le donne adorano.

Una rockstar.

E non ha la fama di essere una persona facile.

Come se le parole "scrittore" e "facile" potessero convivere nella stessa frase: tutti convinti di salvare il mondo con un loro romanzo, assolutamente certi che quello che scrivono non abbia precedenti, che non si muovono per una presentazione se non gli garantisci almeno cento persone in sala, che se gli prenoti un albergo con mezza stella meno di un altro minacciano di piantarti a un'ora dall'intervista con Fazio, e ti telefonano indignati perché la libreria del villaggio sperduto in montagna dove sono in vacanza non ha in vetrina la loro ineguagliabile opera.

Poi però soffrono disperatamente per una recensione negativa, ti chiedono consigli e rassicurazioni, temono di non essere bravi abbastanza, sono gelosissimi dei loro colleghi, ma alla fine ti nominano sempre nei ringraziamenti.

La fragilità degli autori è pari soltanto all'ampiezza del loro ego.

Immensa.

Ma se dovessi fare un naufragio, l'ultimo che vorrei come compagno di sventura è proprio uno scrittore. Se ne starebbe lì a pensare a qualcosa di indimenticabile da scrivere nel messaggio da infilare nella bottiglia, mentre la zattera affonda.

Bah!

Finisco di mangiare l'ultimo spicchio del sorriso di mandarini e mi preparo per uscire.

Mentre mi infilo il cappotto sento Edoardo che mi abbraccia da dietro e appoggia il mento sulla mia testa.

«Mi mancherai» mi dice.

Ma, invece di sciogliermi nel suo abbraccio e dirgli "anche tu", mi viene voglia di gridargli che sto solo andando a lavorare e non a una festa di MTV.

«Ci sentiamo più tardi» gli rispondo dandogli un bacetto frettoloso. «Ah, se puoi comprare la carta igienica quando torni...»

«Certo, quale marca?»

Una che ci consenta di pulirci il sedere, penso mentre esco, certa che mi chiamerà più tardi per domandare quale preferisco.

In autobus sento squillare il cellulare e temo che sia Bigazzi che mi chiede se ho indossato l'abito lungo per l'incontro con Calamandrei.

Invece è solo la seconda persona al mondo che non vorrei sentire.

«Ciao, zia Rita» dico sapendo esattamente cosa mi aspetta.

«Giusto tu!» esordisce. «Mi ha detto il dottor Lippi che sei andata a lamentarti da lui ieri.»

«No, zia» rispondo cercando di mantenere la calma e non gettare il cellulare da un finestrino dell'autobus, «non mi sono affatto lamentata, gli ho solo detto che la mamma mi sembrava un po' rallentata e, comunque, confidavo nel segreto professionale.»

«Il segreto professionale non esiste con me, sono io che gestisco la situazione e devo essere messa a conoscenza di tutto!»

Bella coppia di stronzi, penso.

«Sì, certo, sai tutto tu, come sempre...» commento a voce bassa.

«Certo che so cosa è meglio per lei, pretendi di saperlo tu, per caso? Tu riesci soltanto a confonderla ancora di più!»

Il sangue mi ribolle e la testa sta per esplodermi tanta è la rabbia che mi sale in un attimo al cervello, come il mercurio di un termometro appoggiato su una lampadina.

«Tu non sai quello che dici» le intimo per evitare di trascendere, rendendo partecipi cinquanta persone di una scenata isterica in piena regola.

«Io so perfettamente quello che dico» sbraita, «quando Fiorella sta con te ci sono sempre problemi, e sai benissimo che, quando vivevate insieme, lei stava sempre male!»

Avrei bisogno di un sacchetto di carta per respirarci dentro... «Ti sbagli di grosso» dico piano, con le mani che cominciano a tremare, «mi sono sempre presa cura di lei nel migliore dei modi e con me la mamma stava benone. Ma non potevo rimanere a casa tutto il giorno e, ti ricordo, che sei tu che hai deciso venisse a vivere da te!»

«Certo che l'ho fatta venire da me, l'ultima crisi grave l'ha avuta proprio mentre tu eri fuori!»

«Certo che ero fuori! Ero al lavoro! Non siamo tutte delle mantenute come te! E visto che siamo in vena di confidenze, vorrei capire come mai l'hai fatta rinchiudere in manicomio!» Adesso sto urlando.

«Perché Fiorella è malata, e ha bisogno di medicine e può stare solo in una casa di cura!»

Su questa frase vengo invasa da una collera che mi rende pericolosa, e travolgo tre persone per scendere, un secondo prima che le porte si chiudano.

«La mamma ha bisogno d'amore!» urlo sotto la pioggia battente, senza curarmi dei manoscritti e delle scarpe che si inzuppano. «La mamma ha bisogno di qualcuno che le stia vicino, che la capisca, che la sostenga, la mamma è come un passerotto con le ali spezzate che va curato con pazienza e affetto, lei ha bisogno di armonia, e tenerezza, non di medicine! Ma certo, per te era troppo faticoso stare lì con lei e allora l'hai spedita in clinica!»

«Sono io che pago per quella clinica, ti ricordo.»

«E ci mancherebbe altro! L'hai internata tu in quel lager nazista e senza nemmeno interpellarmi!»

«Non sono tenuta a interpellarti proprio per niente, bella mia!» mi dice in tono strafottente. «E stai molto attenta a come parli che, se non fosse per me, chissà che fine avrebbe fatto! Dovresti solo ringraziarmi che mi occupo di lei.»

«Non provarci ancora con la storia che non sono in grado di occuparmi di mia madre» le dico minacciosa. «Hai deciso tutto tu, come sempre!»

«Sei stata tu a telefonarmi e dirmi che non ce la facevi da sola, ti ricordo.»

«Esatto, volevo un aiuto da parte tua, non che la sequestrassi!»

«Sei sempre stata drammatica, Francesca. Sin da bambina.»

Poi riattacca.

Rimango a guardare il cellulare, immobile sotto l'acqua incessante.

E mi appare davanti agli occhi lo spettro di mia madre che guarda fuori dalla finestra questa cazzo di pioggia ottusa senza saperla distinguere dalla neve, dal sole o da una pioggia di meteoriti.

Una donna che in un'altra epoca sarebbe stata massacrata dai salassi per curare la sua anima fragile, e che nel nostro secolo civile sono riusciti a fare diventare un'ameba.

E con la forza disumana che mi regala il dolore sbatto per terra il telefono e lo polverizzo sotto gli occhi attoniti dei passanti.

Poi scoppio a piangere.

«Tutto bene?» mi chiede Paola allibita, vedendomi arrivare come se mi avessero recuperata da un'alluvione.

«Sì sì, uno scambio di vedute con mia zia e due chilometri a piedi per far sbollire la rabbia... e, ah, ho distrutto il telefono» rispondo strizzando l'impermeabile e sfilandomi le scarpe ormai da buttare.

«Sempre un amore quella donna, eh?» mi dice passandomi il suo asciugamano dalla borsa della palestra, con cui mi strofino i capelli.

«Quando uno nasce stronzo, muore ancora più stronzo!» sentenzio annodandomi l'asciugamano sulla testa in un turbante. «E non cambia mai, non si pente mai e non c'è malattia o lutto che lo faccia diventare una persona migliore.»

«Guarda il mio ex marito» commenta sedendosi sulla scrivania. «Ha avuto un infarto, è stato licenziato, gli hanno tolto la patente e non trova di meglio da fare che minacciare me di morte.»

«Be', prima o poi sarebbe il caso che affrontassimo seriamente il problema, non pensi?»

«Se lo ignoro, la smetterà!» minimizza come sempre. «A proposito, volevo avvertirti che di là c'è...», ma non finisce la frase che la porta si apre e Bigazzi compare insieme a Sua

Maestà Leonardo Calamandrei e io sono lì, in piedi, scalza, con il mascara colato e un turbante in testa.

Li guardo impassibile con le braccia incrociate come se non ci fosse niente di eccentrico in me, mentre loro mi fissano sgomenti, ma si astengono dal fare qualsiasi commento.

«Piacere, Francesca!» sorrido tendendogli la mano.

«Leonardo... Calamandrei» risponde come se parlasse a un fenicottero rosa.

«Di solito porta le scarpe...» interviene Bigazzi, facendomi segno di tagliarmi la gola.

«Sì, anche copricapi meno imponenti» interviene Paola.

Calamandrei non ride, anzi, ha un'espressione seccata come se gli avessimo teso una trappola, e non riesco a evitare di immaginare Bigazzi nei panni di Sandokan, che si fa fotografare accanto alla tigre abbattuta.

«Quando ha finito di fare la doccia, l'aspettiamo in sala riunioni per le presentazioni ufficiali e il piano marketing» si congeda, visibilmente irritato.

La porta si chiude e io e Paola scoppiamo a ridere.

«È finita», rido, «mi licenzia in tronco!»

«I miracoli non esistono» fa Paola piegata in due.

Mi sistemo alla meglio e mi avvio in sala riunioni, incredibilmente curiosa di cosa si inventeranno per il lancio di un libro fantasma.

Giro l'angolo e vedo Ilaria chiacchierare amabilmente con Calamandrei accanto alla macchinetta del caffè espresso, come vecchi amici.

Mi avvicino un po' imbarazzata e loro smettono di parlare e mi guardano come colti in flagrante.

«Ci conosciamo da anni» confessa Ilaria come se mi leggesse nel pensiero, «da quando lavoravo come ufficio stampa alla Libri Blu» dice come ricordando i tempi della scuola.

«Sono già passati otto anni?» esclama lui, ignorandomi completamente.

«Incredibile, no? Sembra ieri!»

Fortunatamente Bigazzi interviene per porre fine a questo siparietto, battendo le mani per invitarci a entrare nella sala e dare inizio alla riunione.

Tutte prendiamo posto e Beatrice sistema al centro del tavolo un vassoio colmo di pasticcini e una brocca di succo d'arancia, segno che Bigazzi è di ottimo umore e buoni presentimenti.

Annamaria è in grande spolvero, si è lisciata i capelli, ha le unghie colorate di grigio antracite e tiene in grembo una montagna di fogli con disegni di grafici a torta, foto di vetrine, proposte di presentazioni, e stime di vendita che mi chiedo da dove abbia tirato fuori.

Calamandrei picchietta nervosamente le dita sul tavolo e guarda di continuo il suo iPhone, come se volesse essere ovunque tranne qui, e onestamente anch'io preferirei essere alle Maldive.

Bigazzi prende finalmente la parola.

«Dunque è con vero piacere e grande gioia che do il benvenuto a Leonardo Calamandrei alla Bigazzi Edizioni...», fa una pausa aspettandosi un applauso che, ahimè, non arriva e ci fulmina con lo sguardo prima di proseguire, «... Leonardo Calamandrei è uno degli scrittori più amati in Italia e... anzi, che dico?, è LO scrittore più amato d'Italia e per la nostra casa editrice è motivo di immenso orgoglio essere stati scelti da lui per dare inizio a un percorso che, sono certo, sarà lungo e pieno di reciproche soddisfazioni.»

Parte subito un primo colpo di tosse che mi pare di localizzare dal lato dell'amministrazione.

«Mi piace definire la Bigazzi Edizioni una piccola, grande famiglia» prosegue a braccio «dove l'amore per i libri è ancora genuino e dove si lavora alla vecchia maniera: duramente e in armonia!»

Il colpo di tosse che segue è ovviamente di Paola.

«... e dove l'autore si sente come a casa, ed è coccolato e seguito in ogni sua necessità.»

E qui non posso che immaginarmi Calamandrei in accappatoio che si fa fare la manicure dall'ufficio stampa.

«E quindi se vuoi farci delle domande saremo più che felici di risponderti.»

«Io ne avrei una» fa Paola alzando la mano.

«Non ho detto a lei!» la zittisce Bigazzi continuando a fissare Calamandrei, che alza appena la testa dal cellulare e risponde: «Ho un appuntamento fra mezz'ora, vorrei parlare subito del libro così poi posso andare».

«Certo, nessun problema!» si affretta a dire Bigazzi con la faccia di uno che ha preso una coltellata in piena schiena dal figlio a cui ha appena comprato la macchina nuova. «Via! Tutti fuori tranne Francesca!» ordina con un gesto della mano, e vedo Annamaria cambiare espressione e assumere un colorito verdastro.

Escono tutte e Bigazzi, sulla porta, mi guarda con un misto di apprensione e ansia, mentre Paola fa appena in tempo ad arraffare un paio di pasticcini dal vassoio.

Calamandrei e io rimaniamo soli e non riesco a nascondere una certa soggezione, lui mi guarda appena e ho la netta sensazione di stargli prepotentemente sulle balle.

«Allora, questo libro?» mi chiede senza mezzi termini.

Prendo tempo. «Speravo mi volesse dire qualcosa lei, insomma. Dato che dobbiamo lavorare insieme, vorrei capire quali sono le sue idee, in quale direzione è orientato, se ci sono degli argomenti che le premono più di altri...»

«No, guarda, sono tre anni che non scrivo più niente, quindi buttami giù un po' di idee e settimana prossima scelgo quella che mi piace di più. E comunque smetti di darmi del lei, che così mi sembri la mia prof di Matematica.»

Deglutisco, sperando di aver capito male. «Ecco, Leonardo, sono certa che tu... sappia che non abbiamo molto tempo e dobbiamo metterci a lavorare il prima possibile, ma, vedi, non spetta a me scegliere l'argomento, questo lo capisci, io ti aiuterò passo passo a mettere insieme il romanzo, ma non posso "buttare giù un po' di idee" per te.»

«Ah no?» ribatte caustico. «Bigazzi mi ha detto di sì, chiamalo che voglio parlarci.»

Mi salta lo stomaco in gola.

Non ho mai avuto a che fare con un imbecille simile, ma questo è il problema minore: se Bigazzi gli ha detto che il libro glielo avrei scritto, ecco, questo è un problema.

Non fatico molto a cercare Bigazzi e lo trovo in piedi accanto alla porta che finge di non stare origliando.

«Prego» gli dico, «credo che ci sia stato un problema di comunicazione fra noi...»

«Allora Franco, ti stai rimangiando l'accordo?» gli chiede Calamandrei con faccia tosta.

«Ma no, assolutamente, però non ho mai detto che ti avrebbero scritto il libro, ti ho detto che ti avrebbero assistito durante tutta la stesura.»

«E quale sarebbe la differenza?»

«La differenza, Leonardo» risponde con la pazienza di Giobbe, «è che nessuno può sostituirsi a te, nessuno al mondo possiede il tuo talento, il tuo dono della locuzione, quella grazia poetica impalpabile, senza parlare della tua inarrivabile incisività, la tua poesia, la vividezza delle immagini...» Prende fiato un attimo per permettere al pesce di abboccare, prima di dargli lo strattone finale. «... E sarebbe un peccato mortale permettere a qualcun altro di concepire idee al posto tuo. Per questo ti ho affiancato Francesca, perché lei, con la sua grandissima esperienza sul campo, sa raccogliere con perizia i singoli boccioli dell'ispirazione e unirli insieme in... armoniose ghirlande di parole, e questo farà sì che il vostro lavoro produrrà il più bel romanzo mai pubblicato su questa terra, capisci adesso?» e sul punto interrogativo lo vedo invecchiare di vent'anni.

Il viso di Calamandrei viene attraversato dal lampo della lusinga e il pesce abbocca che è un piacere.

«Proporrei di vederci qui domattina, se per te va bene» tento con molta più disponibilità di quella che sento di possedere.

«Certo che gli va bene!» interviene Bigazzi, ormai in un bagno di sudore. «Vero, Leonardo?»

Calamandrei fa spallucce, dà un'ultima occhiata al cellulare, poi si alza passandosi una mano fra i suoi celebri capelli. «Okay, domattina alle dieci, mi chiami un taxi?»

Quando Bigazzi e io rimaniamo soli, sento per la prima volta l'istinto di dargli delle pacche sulla spalla in segno di conforto. Sappiamo tutti e due che ha fatto la più gigantesca cazzata della sua vita e non c'è nessunissima possibilità di tornare indietro.

Qualcosa mi fa sospettare che la ex casa editrice di Calamandrei si sia liberata di lui con un immenso sospiro di sollievo e numerose bottiglie di champagne.

Se è vero che sono tre anni che non scrive niente, un motivo ci dev'essere.

«Andrà bene» gli dico, sperando che mi creda almeno un po'», «ce la metterò tutta, si fidi.»

«Io di lei mi fido» mi risponde di getto per la prima volta in vita sua, «ma di quel cazzone no! Non lo deve mollare un momento, non si faccia abbindolare, nemmeno se le dicesse che ha perso tutta la famiglia in un disastro aereo. Lo metta sotto giorno e notte, lo droghi se necessario, ma tiri fuori quel dannato libro entro due mesi.»

Due mesi.

Non ce la faremo mai.

La notte sogno di essere il coniglio di Alice che corre trafelato fra i corridoi della casa editrice inseguito da perfidi calendari che cercano di mordermi. Sono così agitata che non mi basterebbe cucinare tre teglie di brownies per calmarmi.

Mi giro nel letto finché Edo accende la luce.

«Tutto bene, Tuz?» mi chiede assonnato.

«No» rispondo come se stessi proseguendo un discorso cominciato molto tempo prima, «sono preoccupatissima, non ce la faremo mai a far uscire quel libro in tempo. Credono che sia uno scherzo, ma non si rendono conto di quanto sia difficile, sarà un disastro e io non ce la farò mai a star dietro a quel coglione borioso di Calamandrei...»

«Ma sì che ce la farai» mi incoraggia, per niente seccato dal fatto che siano le tre meno un quarto. «Sei la più brava, hai sempre portato a termine tutti i progetti e Bigazzi si fida di te.»

Sbuffo infastidita dalla certezza che non mi stia dicendo quello che pensa veramente, ma solo quello che potrebbe fare piacere a me. E non mi è di alcun aiuto.

«Tu non capisci! Non ho bisogno di una motivazione per continuare la dieta! Qui c'è in ballo un piano folle in cui Bigazzi mi ha fatta cadere con tutte le scarpe e non so come venirne a capo!»

Edoardo tace intimidito, proprio nel momento in cui avrei più bisogno di conforto e sostegno.

E, come ogni volta in cui è a corto di argomenti perché non ha indovinato cosa voglio sentirmi dire, mi prende la mano e mi dice: «Dài, andrà tutto bene».

Cosa che, come risultato, ottiene solo di farmi alzare di scatto per andare in cucina a preparare dei dolci.

Ma Edo non sopporta che io gli tenga il muso, così mi segue per assicurarsi che non sia arrabbiata con lui.

«Dài, ti prego, non fare così» e me lo dice con il sorriso triste perseverando nelle trattative di pace, quando io sono già oltre il limite di sicurezza.

«No, guarda, lascia perdere, ho bisogno di stare sola adesso» rispondo secca, aprendo i mobiletti e sbattendo gli ingredienti sul tavolo.

«Ma perché non vieni a letto, e cerchi di riposarti un po'? Ti faccio una camomilla e provi a rilassarti, se vuoi ti faccio anche un massaggio ai piedi...»

«Perché non ho bisogno di nessun massaggio ai piedi!» grido in maniera sproporzionata sbattendo sul tavolo la ciotola di plastica con la farina, che cade per terra.

«Scusa...» mormora lui.

«Scusa cosa?» insisto con rabbia. «Cosa pensi di risolvere con i tuoi cerotti colorati, eh? Credi che mia madre uscirà dal manicomio? Che il libro di quello si scriverà da solo? E che magari qualcuno ci regalerà una casa o tu riceverai una promozione per il solo fatto che sei onesto e ti fai un mazzo così per tutti quanti? No, dimmi!»

Edoardo guarda per terra senza saper cosa dire, mentre tutto quello che vorrei è che mi afferrasse per le spalle, mi obbligasse a sedermi al tavolo e mi aiutasse a trovare tutte le possibili soluzioni pratiche, possibili e reali.

Tutto qui: un alleato che non si scomponga davanti a una crisi isterica in fondo comprensibile, un compagno che al momento del bisogno disponga di una doppia dose di lucidità e concretezza, un adulto insomma.

«Vai a letto per favore!» gli dico, secca.

Ma, per tutta risposta, si inginocchia a raccogliere la farina con le mani facendone mucchietti scomposti, sporcandosi il pigiama.

È tutto quello che gli viene in mente di fare.

Sono stanca, terribilmente stanca.

E le lacrime mi scendono lungo le guance.

7

«No, Maria Vittoria, mi deve credere, nessuno sta cercando di farla fuori!» ripeto per la decima volta. «No che la sua immagine non sarà oscurata da Calamandrei, siete due autori completamente diversi... sì, okay, lei è un'autrice e lui un analfabeta miracolato, però... certo che le passo Bigazzi!»

Ilaria mi guarda mortificata, tormentandosi le dita.

«Mi dispiace, non sono riuscita a calmarla in nessun modo...»

«Mi avrebbe stupita il contrario» rispondo tranquillizzandola, «questo è un duro colpo per la sua autostima, ce la farà pagare cara!»

«Come posso farmi perdonare?»

«Puoi occuparti degli inviti per la festa in onore di Calamandrei?» le rispondo passandole una lista lunga come il manuale di istruzioni di una stampante a colori. «Bigazzi vuole *tutti* e con *tutti* intende giornalisti, gente dello spettacolo, critici...»

«Il pacchetto completo insomma» risponde rasserenata.

«Esatto!» confermo.

Guardo l'orologio. Sono quasi le undici.

Sospiro.

«Non arriverà prima di mezzogiorno» mi dice Ilaria.

La guardo, di nuovo sorpresa che sia riuscita a leggermi nel pensiero.

«Fa le tre tutte le notti, non si sveglierebbe presto nemmeno il giorno del suo matrimonio.»

Sorrido mio malgrado. «Lo conosci molto bene?»

«Ci siamo visti a qualche evento. È simpatico, anche se a volte so che è difficile lavorare con lui... sai, vende come nessun altro e un po' se ne approfitta!»

Be', certo, mi pare giusto.

Non so come possa definirlo "simpatico", ma questo è sicuramente un mio limite: non riesco mai a separare l'uomo dal personaggio, e comunque il fatto di vendere 100.000 copie non ti rende automaticamente una bella persona.

E nella mia esperienza il 99 per cento degli autori, per quanto capace di far piangere anche i più incalliti criminali, ha una sensibilità pari a quella di una sedia a dondolo.

Rimango da sola a riflettere su come sia cambiato il mondo.

Se penso che un paio di secoli fa in giro per Milano rischiavi di incrociare Alessandro Manzoni che si lambiccava sul finale dei *Promessi Sposi* e oggi devi stare a lisciare un «analfabeta miracolato» (per citare la Spagnulo) solo perché «vende come nessun altro». Anche se, certo, fare l'editing a Manzoni non deve essere stato una passeggiata, ci hanno messo tredici anni...

L'occhio mi cade sul manoscritto di Rapisardi e decido di chiamarlo.

«Ciao Mauro, tutto bene?»

«Ciao Francesca, che bello sentirti! Ti volevo chiamare, ma avevo paura di disturbarti. Immagino sarete tutti presi dall'arrivo di Calamandrei!»

«Se ti dicessi di no ti mentirei, ma sopravvivremo. Spero. Ci vieni alla festa?»

«Che festa?»

«Il festone della casa editrice, non puoi mancare!»

«È la festa di benvenuto a Calamandrei, vero?»

«Sì» ammetto, «dài, vieni? Facciamo ubriacare Bigazzi e lo obblighiamo a pubblicare il tuo manoscritto!»

«Non mi tentare, se servisse farei lo sciopero della fame.»

«Bigazzi non è tipo da intenerirsi, però sarebbe tipo da far uccidere un suo autore per vedere impennare le vendite.»

«È un'idea» commenta amaramente.

«Dài, Mauro, su con la vita, ci vediamo sabato!» Riattacco.

Scrittori...

Bigazzi mi telefona per la quinta volta dalla sua stanza per chiedermi se Calamandrei sia arrivato.

«Non ancora, ma sarà questione di poco» gli dico con voce rassicurante.

Sento sbattere oggetti sul tavolo, probabilmente cornici...

«Quel... quel...» riattacca prima di condividere l'aggettivo con me.

Finalmente il campanello suona e sussulto.

Non so se alzarmi e andargli incontro o aspettarlo qui al mio tavolo, ma Beatrice fuga subito ogni dubbio.

«Calamandrei ha detto di raggiungerlo al bar all'angolo, deve ancora fare colazione.»

Questa poi.

Non so se ridere o strangolarlo.

Propendo per la seconda.

Entro nel bar all'ora in cui la gente normale sta per pranzare, mentre gli scrittori sono al secondo cappuccino di latte di soia.

Lo vedo seduto a un tavolo all'angolo della saletta che chiacchiera con due ragazze che si stanno facendo autografare un tovagliolino di carta, emozionatissime.

Aspetto pazientemente il mio turno, poi gli faccio un cenno con la mano e lui strizza gli occhi per mettermi a fuoco, scambiandomi probabilmente per un'altra fan.

«Ciao Federica» mi dice salutando le ragazze con un occhiolino.

«Ehm, Francesca...» rispondo imbarazzata.

«Sì certo, non ho memoria coi nomi. Allora, come ti butta?» mi chiede come se fossimo a prendere un aperitivo.

«Bene grazie, ehm, tu?» taglio corto sedendomi e cominciando a sentirmi veramente presa in giro.

«Io sto sempre bene!» risponde guardandomi con un sorrisetto strafottente.

«Mi fa piacere sentirtelo dire. Dunque, hai pensato a qualcosa?» dico più aggressiva di quello che mi ero riproposta scendendo le scale.

«No» risponde, «e tu?»

Inspiro profondamente e mi sistemo gli occhiali. «Leonardo, senti, ne abbiamo già parlato ieri, il tempo stringe e...»

«E quindi?» mi risponde provocatorio, sorseggiando il suo cappuccino.

«E quindi dimmi cosa intendi fare, io...»

«Senti» risponde scocciato appoggiando la tazza, «intanto rilassati che mi metti ansia e io gli ansiosi non li reggo!»

Taccio ancora più confusa sul da farsi, incassando la velata minaccia di espulsione.

Mi sento a disagio e capisco cosa intendevano Alessandro e Paola col darmi della "maestrina rigida"; se cominciamo così male non riesco a immaginare come potremmo andare avanti.

«Okay» rispondo guardandomi intorno, «allora... prendo un cappuccino anch'io.»

Fa un cenno con la testa, "ecco, meglio!".

Appena mi alzo per andare al bancone e lo vedo afferrare velocemente il cellulare e scrivere qualcosa, temo fortemente stia twittando: "Sono con una rompicoglioni, venitemi a salvare!". Cosa di cui sarebbe capacissimo, vista la sua presenza sui social network.

Torno al tavolo, dove noto con piacere che ha tirato fuori un taccuino e una penna.

«Sai, Leonardo...» tento anch'io la carta della vaselina «... Bigazzi ci tiene così tanto a te che farebbe qualsiasi cosa pur di renderti contento e metterti in condizione di scrivere serenamente, e anch'io voglio davvero aiutarti nel migliore dei modi. Noi non ci conosciamo ancora, ma sono sicura che appena entreremo in sintonia lavoreremo bene. Dammi soltanto un po' di fiducia e te lo dimostrerò.»

Di nuovo la magia dell'olio sortisce il suo effetto, perché Calamandrei si passa la mano fra i capelli in segno di distensione e mi guarda con un occhio meno diffidente.

«Vuoi parlarmi di qualche tua idea?» continuo, ormai inconsapevole di quello che sto dicendo. «Qualunque cosa, anche vaga, giusto un *brainstorming* fra noi due» lo incito per metterlo ancora più a suo agio, curiosa di sentire cosa s'inventerà.

Alza gli occhi al soffitto in maniera drammatica, poi li

chiude per un lungo momento in cui potrei alzarmi, andare in bagno e tornare senza che lui se ne accorga.

«Ho voglia di scrivere... una storia d'amore» sentenzia.

«Grandioso!» mi faccio sfuggire come una *groupie* e mi lancio ad appuntarlo sul mio taccuino, proprio sotto "~~Italietta~~".

«Ma una storia d'amore cruda, senza fronzoli, spietata.»
Annuisco assecondandolo.

«Con molto sesso, ma sesso cupo, colpevole, brutale.»
Continuo a prendere appunti immaginando la faccia giuliva di Bigazzi.

«Lui è già sposato, ma infelicemente, e lei è la maestra di scuola del figlio, e la loro passione è sfrenata e incontenibile, tanto che non riescono a trattenersi neanche il giorno della recita di fine anno e lo fanno in piedi dietro le quinte del teatro.»

«Meraviglioso» mi lascio sfuggire in tono ammirato. «E li beccano?»

«Non lo so, sai?» mi chiede con la fronte increspata in espressione quasi sofferente. «Da una parte sarei tentato, ma in fondo nella realtà non succede mai quello che sarebbe giusto, no? Il castigo divino, il contrappasso... Continuiamo a fingere fino alla morte, dilaniati fra sensi di colpa e desiderio, in un continuum altalenante che ci innalza al paradiso e ci sbatte all'inferno nella costante ricerca di un piacere che ci rende schiavi. Che poi, in fondo, l'attesa del piacere non è essa stessa il piacere?»

Fingo di credere che la citazione sia sua e, con il sopracciglio alzato, ribatto con un «Quindi intendi creare un parallelismo fra la finzione scenica e quella del palcoscenico della vita, giusto?».

Mi guarda meravigliato. «Esatto!» esclama. «Hai colto nel segno!»

Fingo modestia e abbasso la testa continuando a scrivere, sconcertata da un tale fiume di banalità, ma felicissima che si sia sbloccato. Continuo a incoraggiarlo e a fargli domande per tenerlo concentrato, impresa a dir poco colossale, dato il numero di telefonate che riceve per inviti in trasmissioni televisive, feste e presentazioni, a cui lui risponde sempre con un: «Ciao grande!».

«E pensi di ambientarlo in un desolato paesino senza speranza di riscatto o forse in una ricca provincia annoiata e in cerca di trasgressione?»

Mi guarda di nuovo come fosse di fronte a un'apparizione. «Buona domanda... tu cosa pensi?»

Ho tre secondi per giocarmela bene, lancio mentalmente una monetina in aria e, con espressione sicura, rispondo: «Ambientarlo in una provincia opulenta ti darà certamente più spunti di trama».

«Sono d'accordo» ribatte, assecondando la briglia.

Il mio cellulare (comprato di corsa stamattina) squilla e lo apro senza guardare.

«Ciao, Puntarella!»

«C-ciao» balbetto sentendomi improvvisamente scomoda. «Tutto bene?»

«Tutto bene! Stavo andando a pranzo, tu sei ancora al lavoro?»

«Sì, sto lavorando», e do un'occhiata a Calamandrei, che mi osserva senza espressione.

«Ma lavori in un bar? Sento rumore di tazze e bicchieri!», ride.

«Sì, lavoro in un bar!» replico un po' seccata.

«Ah, scusa, non ti volevo disturbare» risponde bonariamente nonostante il mio distacco e quello che è successo stanotte. «Ci vediamo stasera a casa.»

«Sì, a stasera», chiudo sentendomi male per come l'ho trattato solo perché Calamandrei mi mette in imbarazzo.

«Tuo marito?»

«Non siamo sposati ma, sì, era il mio compagno» rispondo riprendendo il filo dei miei appunti.

«E state insieme da molto?» mi chiede scrutandomi.

«Sei anni» rispondo senza guardarlo.

«E lo ami?»

Rimango disorientata dalla schiettezza di una domanda del genere, che prevedrebbe un minimo di conoscenza in più o, quantomeno, una bottiglia di vino a metà.

«Sì, perché?» rispondo a disagio.

«Non si direbbe.»

Lo ignoro per sancire la fine della conversazione.

Ma lui mi osserva come se fossi una radiografia controluce e ho la sensazione sgradevolissima di essere nuda sullo sgabello di questo bar.

«Ci rimettiamo al lavoro?» propongo.

«Stai cercando di evitare l'argomento?»

«No, ma non credo che sia un argomento di cui dover discutere adesso» e mi sento di nuovo irrigidire.

«Invece non c'è argomento più attinente, dato che sto scrivendo una storia d'amore.»

«Sì, hai ragione, ma non vedo come la mia storia personale possa esserti d'ispirazione» continuo, fingendo indifferenza.

«Fate sesso?»

«Prego?»

«Non fare la finta tonta, sei più sveglia di così. Fate sesso?» ripete testardo.

«Certo!» rispondo con una faccia che indica: "Ovvio, a tonnellate", sperando non mi sgami all'istante.

«Non ci credo», scuote la testa e si appoggia sullo schienale della sedia. «Proprio no.»

«Dài, Leonardo» cerco di distrarlo, «andiamo avanti, stavamo procedendo così bene!»

Ma lui si è accorto di aver trovato una falla nel sistema e si sta divertendo a torturarmi.

«Non posso lavorare con qualcuno che non mi dice la verità. Sento che c'è qualcosa che mi nascondi e non sopporto questa insincerità sotterranea, non mi fa sentire a mio agio, mi disturba.»

«Vabbè» ribatto arresa mollando penna e taccuino, «cosa vuoi sapere!»

«Voglio che mi racconti la tua storia.»

«Ma così su due piedi? Neanche ci conosciamo, io mica pretendo di sapere niente di te!»

«Ma, guarda caso, sono io che devo scrivere un bestseller, non tu! E poi hai detto che avresti fatto qualunque cosa per mettermi a mio agio» ribatte, acido.

«Questo è un colpo basso.»

«Avanti, dimmi la verità, sei o non sei innamorata?» mi incalza.

«Non è così semplice, è una storia lunga e non mi va di parlarne con te.»

«Ho tutto il tempo del mondo» replica, incrociando le braccia sul tavolino e appoggiando il mento sulle mani.

«Su questo mi dispiace, ma ti devo deludere, non abbiamo nemmeno due mesi, però ti prometto che a lavoro finito ti racconterò un po' più di me.»

Strizza gli occhi in quello che adesso riconosco essere un tic nervoso che si manifesta quando si sente contrariato, ma capisce di non poter più insistere e accetta la mia proposta, suo malgrado. Poi guarda l'orologio sul telefono e annuncia alzandosi: «Devo andare, mi aspettano a una premiazione».

«Leonardo, ti prego!» lo imploro come Anna Karenina attaccata alla gamba di Vronskij. «Quando ci rivediamo?»

Mi appoggia una mano sulla spalla e mi guarda come fossi una delle sue fan. «Mi piace quando mi preghi» risponde senza ombra di ironia. «Domani alla stessa ora.»

«Quale ora?» gli grido dietro. «Quella ufficiale o quella ufficiosa?»

Si volta e mi strizza l'occhio: «Secondo te?».

Io mi licenzio.

Vado su e mi licenzio, poi inoltro domanda per entrare in convento, che tanto il voto di castità l'ho già fatto.

Salgo su letteralmente con le pive nel sacco. Talmente frustrata che mi si legge in faccia, ma non ho il tempo di infilarmi nel mio nuovo "ufficio" – uno sgabuzzino senza finestre svuotato per l'occasione – che Bigazzi mi intercetta.

«Allora, mi dica com'è andata, ha delle idee? C'è materiale? Si è messo a scrivere?»

Non posso dirgli che la risposta a tutte e tre le domande è "no", o avrei un cadavere sulla coscienza, per cui decido di prendere tempo e indorare la pillola.

«Ha molte idee, le dobbiamo solo... ecco... ordinare», spiego, anche se vorrei soltanto prendere un enorme cartoncino bristol e scriverci col pennarello nero: "Glielo avevo detto che era una cazzata!".

E attaccarlo sulla porta del suo ufficio.

«Francesca, ce la dobbiamo fare» mi incalza abbassando la voce al punto che devo quasi appicccicare l'orecchio alla sua bocca. «Ce la deve fare o sono finito, capisce?»

«Lo so, mi creda, lo so, conti su di me, lo marcherò stretto!» rispondo come se fosse vero.

«Conto su di lei» mi ripete prima di allontanarsi.

«Lo so» concludo varcando la soglia del mio sgabuzzino, dove scopro Paola nascosta dietro la porta.

«Che stai facendo?»

«Origlio!»

«E cos'hai sentito?»

«Quello che immaginavo, e cioè che non c'è uno straccio di libro pronto!»

Mi lancio a tapparle la bocca. «Zitta Paola, non lo deve sapere nessuno, tecnicamente adesso dovrei ucciderti!»

«Ma figurati, so benissimo che devo tenere l'acqua in bocca! Come pensate di fare?»

«Obbligarlo con la forza, se è necessario!»

«Se hai bisogno di una mano chiamami, io vado a cercare di stanare Annamaria dal bagno... ha premuto non so cosa sulla tastiera e le è sparita tutta la posta di Outlook. Stiamo aspettando Alessandro.»

Per la prima volta da che sono qui farei a cambio con lei, penso. Le responsabilità sono un'arma a doppio taglio, ti fanno crescere e allo stesso tempo ti tolgono anni di vita.

Rileggo quello che ho scritto nei miei appunti, che non è davvero molto, e mi chiedo se ci si possa cavare uno straccio di romanzo in pochi mesi.

Certo, tutto è possibile, ma solo se avessimo lo staff di Ken Follett.

Decido che non c'è niente che io possa fare per Calamandrei fino a domani, eccetto assoldare un ipnotista che lo costringa a scrivere finché crolla, e proseguo con le altre novecento cose da fare che ho lasciato in sospeso, altri testi da editare, collane da curare, telefonate da fare, autori da pregare...

Ma prima di tutto chiamo Edoardo per scusarmi di averlo trattato così male.

«Ohi, Raperonzolo!» risponde, felice di sentirmi. «Tutto a posto?»

«Sì, prima ho riattaccato un po' bruscamente, mi dispiaceva...»

«Non ti preoccupare per me, lo so che stai lavorando, non me la sono mica presa.»

E quando mai, piccolo cucciolo di foca.

Tu non te la prendi nemmeno quando ti prendono a bastonate in testa.

Tu hai sempre un buon motivo per perdonare gli altri.

Tu non sei di questo mondo.

Quanto vorrei amarti quanto meriti.

«Ci vediamo a casa allora» dico.

«Certo! Vuoi che passi a prendere qualcosa in rosticceria?»

«Va bene, io arriverò tardi come sempre.»

«Cosa vuoi che prenda?»

Sospiro.

«Pollo e patatine» rispondo riattaccando.

Non c'è niente da fare. Non è in grado di prendere nessuna decisione, o forse preferisce viaggiare nella scia del mondo, lasciandosi trasportare dalla corrente senza compiere nessuna fatica, per cui... perché affannarsi?

E di nuovo mi sorprendo a pensare a mia madre e al suo atteggiamento naïf verso la vita. Finché le cose andavano bene e mio padre pensava a tutto, allora era facile. Erano pomeriggi pigri che sapevano di limonata, polaroid sfocate di un sorriso sdentato, la gonna che si alzava girando all'infinito, e bolle di sapone che salivano al cielo.

Ma quando la bolla è esplosa ed è arrivato il momento di lottare per sopravvivere, mia madre ha cominciato a fare il morto a galla.

E anche lei, per comodità, ha lasciato scegliere qualcun altro.

Solo che, invece di pollo e patatine, ha preferito casa di cura e pillole.

Siamo davvero così ottusi da non riuscire a fare altro che

scegliere come compagni le copie dei nostri genitori, anche se abilmente camuffate?

Cosa ci impedisce di fuggire davanti al pericolo conosciuto? L'ingenua illusione di un lieto fine? O il fatto che non siamo capaci di affrontare nient'altro se non ciò che abbiamo già vissuto, nel bene e nel male?

Perché è così difficile affrancarci dai vincoli, siano essi di sangue o contrattuali?

Questo pensiero mi accompagna tutto il pomeriggio, finché la voce di Alessandro che spalanca la mia porta come fosse il suo frigorifero mi dà un motivo per sorridere.

«Ehi, maestrina, chi è la tipa nuova con i capelli corti seduta di là?»

«È la nuova arrivata ed è una brava ragazza, giù le zampe!» rispondo senza nemmeno alzare lo sguardo dalla tastiera.

«Molto, ma molto carina!» commenta entrando e venendo a sedersi sulla mia scrivania, come tutti ormai. «Me la presenti?»

«No, altrimenti esci con lei, te la porti a letto, le spezzi il cuore e poi lei ci molla! Mi sembra una pessima idea... anzi, adesso vado a chiuderla in bagno!»

Paola arriva come al solito appena sente aria di pausa: diciamoci la verità, in questo posto le uniche che lavorano davvero siamo io e Silvia.

«Allora me la presenti tu?» le chiede confidando nel fatto che Paola sia comprabile con un pacchetto di chewing gum.

«Chi, Ilaria?» risponde senza esitazione. «Lo sapevo che l'avresti notata! Cosa mi dai in cambio?»

«Non recupero la posta perduta di Annamaria» risponde.

«Affare fatto! Ilariaaaaa!» urla come fosse a casa sua.

Ilaria si affaccia sulla porta.

«Ti presento Alessandro, il nostro programmatore, un mago del computer» annuncia.

Alessandro si alza e mette in atto le sue doti di *tombeur de femmes* sfoderando il suo sorriso migliore mentre le tende la mano.

«Ilaria» risponde lei incuriosita.

«Se non ci fosse lui saremmo spacciati» sottolinea Paola drammaticamente.

«Spacciati proprio...» ribadisco con una smorfia.

«Mac o Pc?» chiede lui serio.

«Pc tutta la vita, ma in pubblico lo negherò sempre!» risponde lei senza esitazione.

«Browser preferito?»

«Chrome.»

«iPhone o Samsung?»

«Nexus.»

Alessandro vacilla impercettibilmente e ho come l'impressione di vedere esplodere dei fuochi d'artificio dietro di loro, sulle note di *Un uomo, una donna*.

Perfetto! Due settimane al massimo, poi lui la molla.

E chi si dovrà di nuovo occupare della Spagnulo?

Paola mi fa cenno di andare a prenderci un caffè alla macchinetta.

Mi alzo e la seguo.

«Senti, lo sai che di solito non mi preoccupo più di tanto delle minacce del Demente, ma ho bisogno di un punto di vista esterno» mi dice mostrandomi il suo cellulare.

Sotto la voce "Demente" c'è una foto dello stabile di Paola.

«Me l'ha mandata stanotte, era lì fuori evidentemente» mi dice tradendo per la prima volta una certa preoccupazione.

«Paola, dobbiamo avvertire i carabinieri» dico già in ansia.

Fa spallucce.

«Ma quelli intervengono solo quando ci scappa il morto.»

«Sì, ma se non sono al corrente non potranno mai intervenire.»

«Sai cos'è che mi preoccupa più di tutto, Fra?» mi dice stringendosi nelle spalle. «Che Roberto non ha più nulla da perdere e sta concentrando tutte le sue energie contro di me. Mi considera l'origine di tutti i suoi mali e deve punirmi per averlo lasciato. Non pensa che il fatto di essere sempre stato un bugiardo fancazzista possa essere una ragione del totale fallimento di tutta la sua vita.»

Cerco di dissimulare l'apprensione che sento salire dal fondo dello stomaco, continuando a girare il mio caffè.

«Perché non vieni a stare da noi almeno per un po'?» le propongo. «Magari si scoraggia.»

«No, Fra, non ho nessunissima intenzione di dargli soddisfazione, deve stancarsi da solo.»

«Ma se non si stanca?» le chiedo seriamente. «Se ti fa del male? Io sono preoccupata!»

«Non mi farà nulla, è solo un vigliacco del cazzo!» esclama lanciando con rabbia il bicchierino di plastica nel cestino. «Se usasse un decimo dell'impegno che ci mette a rovinarmi la vita nel trovare un lavoro, sarebbe l'amministratore delegato della Fiat.»

Non l'ho mai vista perdere le staffe, e questo mi conferma che sia più allarmata di quanto mi stia dando a vedere.

Annamaria viene a reclamare la presenza di Paola e per poco non l'afferra per un orecchio per riportarla nel loro ufficio.

Rimango sola per un minuto. Appoggio la schiena alla parete, in cerca di un po' di protezione. Com'è possibile che quello che chiamiamo "amore" possa trasformarsi al punto da divenire odio cieco, e che l'infelicità dell'altro diventi l'unico scopo della vita?

Che la stessa persona che un momento prima avevamo messo su un altare adesso la desidereremmo dentro una bara?

Quand'è che siamo diventati così fragili da pensare di non poter sopravvivere senza l'altro?

Come bambini abbandonati, continuiamo a piangere e a disperarci finché l'unica idea intelligente ci sembra quella di "fargliela pagare", a quel genitore distratto e cattivo.

Il distacco è nella natura delle cose, e se ci opponiamo alla separazione e alla morte ci opponiamo al ciclo della vita.

Penso a Edo e a come potrebbe reagire se lo lasciassi.

Di sicuro piangerebbe e si rifiuterebbe di accettare la mia decisione ma, una volta preso atto della mia scelta, arriverebbe anche lui a odiarmi e volermi punire?

Un brivido mi attraversa la schiena.

Solo per un attimo.

8

Calamandrei mi guarda fisso da circa quindici minuti senza spiccicare parola, stringendo in una mano una pallina antistress.

Dopo giorni di lavoro insieme, sto affinando strategie sempre più sofisticate per tenerlo concentrato. «Vuoi che ricapitoliamo?» propongo per distoglierlo dalla trance.

Mi fa un cenno con la testa.

«Fabrizio e Luisa sono sposati da dieci anni e fidanzati dai tempi del liceo, hanno due figli e vivono in Brianza. Benestanti, entrambi lavoratori, lui imprenditore, lei impiegata di banca, conducono una vita regolare: vacanze al mare d'estate, settimana bianca in inverno, i soliti amici da sempre. I due non hanno più intimità né complicità, si limitano a fare le stesse cose tutti i giorni, anno dopo anno, in una claustrofobica quanto inconsapevole routine.»

Faccio una piccola pausa, mentre cerco di non constatare quanto questa storia somigli alla mia.

«Un giorno Luisa chiede a Fabrizio di andare a prendere il figlio a scuola ed è lì che incontra Gaia, la maestra elementare del figlio, bella, spigliata e sensuale. Fabrizio la invita per un caffè e subito fra i due scatta un'attrazione fisica incontrollabile, tanto che si trovano a fare sesso nel bagno del bar.»

E qui, oltre a fermarmi, bevo addirittura un sorso d'acqua, tanto questa storia *non* somiglia affatto alla mia.

«Fabrizio finalmente si sente vivo come non mai, gli sembra di avere di nuovo vent'anni e tutta la vita davanti, e comincia con Gaia una relazione intensa e passionale. Gaia lo spinge a liberarsi dei suoi schemi e delle sue inibizioni in un crescendo di richieste sempre più audaci e imprudenti, fino alla scena clou in cui fanno sesso dietro le quinte durante la recita del figlio, a pochi metri dalla moglie seduta in prima fila.»

Guardo Calamandrei nella speranza che aggiunga qualcosa, ma niente, una maschera di cera.

«Cosa manca, secondo te?» mi chiede dopo una pausa infinita.

"Quattrocento pagine" vorrei rispondere, ma mi trattengo.

«Dipende dall'impronta che intendi dare» improvviso, «se vuoi fare vincere l'amore e i buoni sentimenti a un certo punto Fabrizio deve crollare, e devi farcelo amare di nuovo, non so... incidente del figlio mentre lui è in un motel con Gaia e capisce quanto sia importante la sua famiglia, si mette a pregare... roba così, o se preferisci incastrarlo con un torbido, sotterraneo senso di colpa con cui sarà costretto a confrontarsi per il resto della vita, puoi far rimanere incinta Gaia...» lascio galleggiare fingendo di prendere appunti.

«Hai mai fatto la *ghost writer*?» mi chiede colpito.

«Mi ci manca solo quello, poi sono pronta per la canonizzazione» rispondo, sollevata che abbia preso sul serio la mia proposta.

«No, perché hai veramente talento!»

«Non è talento» minimizzo, «è esperienza su un campo di battaglia.»

Mi osserva per un attimo, poi si alza di scatto.

«Io ho bisogno di un cappuccino, scendiamo?»

«Siamo già scesi due volte...»

«Che fai, le conti?» ribatte subito astioso.

«No, ma...», lo guardo arresa. «Magari possiamo chiamare il bar e farcelo portare su.»

«Ma per chi mi hai preso, per un impiegato?» risponde sprezzante. «Ho bisogno di sgranchirmi le gambe, saranno due ore che non mi alzo! Io vado, se non vieni ci vediamo dopo.»

È stato seduto ventisette minuti esatti, ma evito di farglielo notare, non vorrei mi dicesse che gli conto anche quelli...

Afferro il piumino al volo e gli corro dietro dato che, se lo lascio andare da solo, tornerà fra non meno di tre quarti d'ora.

Fuori tira un vento gelido, ma lui è sempre in giacca e maglietta e non capisco come fa. Dev'essere l'ego ipertrofico a tenergli caldo!

Ormai al bar lo conoscono benissimo e gli preparano il cappuccino di soia appena lo vedono varcare la soglia e giurerei che la barista si è già innamorata di lui.

Io invece per avere un caffè devo infilarmi tra due energumeni al bancone e aspettare che la stessa barista, mossa a compassione, intercetti il mio sguardo.

«Stiamo andando alla grande, eh?» mi dice mentre continua a guardarsi intorno per accertarsi di essere riconosciuto.

«Eh... sì, però siamo solo all'inizio e non possiamo rilassarci adesso.»

«Che palle che sei!» mi risponde sbuffando. «Per te esiste solo il lavoro, vero? Guarda, ti do una notizia: per me no! Quindi vedi di rilassarti, Prof!»

Che per lui il lavoro non sia una priorità l'avevo intuito, ma questa sua propensione a trattarmi così male mi mortifica ogni volta, e il peggio è che non posso nemmeno gettargli il caffè in faccia e andarmene.

Ma mi riprometto di farlo a libro stampato.

«Non intendevo essere pressante...» cerco di recuperare «solo che prima finiamo, prima ci togliamo il pensiero, e tu potrai occuparti di... altro» gli dico nel tono più amichevole che trovo.

«Sai come mi fai sentire tu?» mi risponde senza ascoltarmi. «Come se non avessi ancora finito i compiti, e finché non li ho finiti non posso andare a giocare! È molto irritante, sai? Poi ci credo che il tuo *compagno* non ti scopa!» dice con una cattiveria così gratuita che mi lascia pietrificata.

Come se mi avesse gettato lui il caffè in faccia.

«Torno di sopra» riesco solo a mormorare a testa bassa, ed esco correndo dal bar.

Le lacrime scendono incontrollate, nonostante cerchi di fermarle.

Penso a mia madre, a mio padre, a tutta la mia vita e mi chiedo cosa ho fatto di male per meritare questo.

Faccio del mio meglio e tutto da sola, eppure non vado mai bene, o sono troppo o troppo poco.

Sono anni che sopporto tutti gli isterismi, i capricci, le cattiverie e le mancanze di rispetto, e alla fine sono comunque io che non vado bene.

Sei rigida, sei una maestrina, non sai badare a tua madre, non sei riuscita a far crescere il vostro rapporto, dico a me stessa.

Che se ne vadano tutti al diavolo.

Adesso parlo a Bigazzi e mollo l'incarico. Fosse l'ultima cosa che faccio.

Raggiungo il portone e salgo le scale di corsa, ma dopo pochi gradini mi sento afferrare per un braccio e per poco non cado.

«Lasciami stare», mi divincolo con rabbia, «non intendo più avere niente a che fare con te.»

«Scusami, ho esagerato» mi dice Calamandrei con quella che crede essere un'espressione pentita che forse funziona con la sua filippina.

«Ma ti rendi conto di cosa mi hai appena detto? Ti permetti di giudicare gli altri solo perché qualcuno ha deciso che sei il più grande scrittore vivente? Ma che ne sai tu di me e della mia vita? Che ne sai tu del mio compagno? Chi ti credi di essere per disprezzare così il genere umano?»

Mi guarda colpito e confuso, ma non leggo nemmeno un'ombra di pentimento nei suoi occhi; è più la sorpresa di sentirsi dire le cose in faccia, ma non sembra si renda conto che sto parlando di lui.

«Ascolta un consiglio, Calamandrei» concludo prima di andarmene, «fra un cappuccino di soia e l'altro, vedi di trovare il tempo di rileggerti il contratto perché, sai una cosa?, se non consegni quel dannato libro entro otto settimane, sei fottuto!»

Giro i tacchi, salgo in ufficio e vado dritto a bussare alla porta di Bigazzi. Ma non faccio in tempo ad annunciarmi che mi sento afferrare ancora per le spalle con la stessa potenza di un'aquila che ghermisce un capretto.

«Non lo fare, ti prego. Dài, Francesca, farò tutto quello che vuoi» dice buttandosi platealmente in ginocchio, «ma non mettermi nei casini!»

Ancora una volta mi trovo a guardarlo dall'alto in basso e di nuovo non posso fare a meno di stupirmi della quantità di bambini quarantenni che sono tra noi e che, in natura, non sopravvivrebbero un pomeriggio.

Sospiro.

«Su, alzati, mi stai mettendo in imbarazzo!» gli dico aggrottando la fronte.

«Allora non mi lasci?» mi chiede neanche fosse Oliver Twist, alzandosi e spolverandosi le ginocchia.

«Per questa volta no» rispondo a malincuore, «inutile dirti che non devi provare mai più a parlarmi come hai fatto prima. Mai più» ripeto riavvertendo il bruciore della ferita.

«No no, te lo assicuro» conferma. «Scusami ancora, sono stato uno stronzo.»

«Sì. Assolutamente! E adesso torniamo al lavoro, che abbiamo davvero poco tempo» concludo riappropriandomi del mio ruolo di maestrina, che è comunque l'unico con cui ottengo dei risultati.

Calamandrei non fiata più per le tre ore e mezzo successive e obbedisce come un cane ammaestrato.

È propositivo, concentrato e, quando risponde al cellulare, esordisce con uno «Scusa ma sto lavorando» – affermazione, questa, che deve suscitare una certa ilarità negli interlocutori, perché ogni volta lo sento ripetere indignato: «Ti giuro, è vero!» almeno due o tre volte.

Confesso che è la persona più sgradevole con cui abbia mai lavorato, e mi auguro solo che tutta questa faccenda si risolva al più presto, perché saranno le otto settimane più lunghe della mia vita.

Gli unici che ogni tanto ci interrompono sono Ilaria per chiedergli conferma degli invitati alla festa, onde evitare incidenti diplomatici con persone a lui sgradite – che, come sospettavo, sono diverse decine – e Bigazzi che, con ogni scusa, viene a chiedere come stiamo andando e poi rimane qualche minuto in piedi nella speranza di venire interpellato su qualche sviluppo di trama, così da potersi vantare in giro che l'idea che ha fatto vincere il premio Strega a Calamandrei è sua.

Maria Vittoria Spagnulo ha melodrammaticamente annunciato la sua defezione alla festa in segno di protesta, nonostante i tentativi di persuasione di Bigazzi, comprendenti fiori, acqua di Colonia e tartufi di Alba. Invano Ilaria, l'ufficio stampa e la sottoscritta l'hanno implorata di partecipare; ha detto che non si è mai sentita così umiliata e che per lei non è mai stata fatta nessuna festa di benvenuto, dimenticando che ogni anno viene affittato il Piccolo Teatro per festeggiare il suo compleanno.

Del resto, come si fa a far convivere Mariah Carey e Jennifer Lopez nella stessa stanza?

All'ora di pranzo, però, come temevo Calamandrei viene risucchiato dai suoi inderogabili impegni, e mi trovo a dover sistemare i capitoli scritti (due) cercando di renderli appetibili a un prestigioso premio letterario. Impresa che mi richiede uno sforzo titanico, e un aiuto ben più concreto dei "sinonimi" di Word che mi ha suggerito lui.

Paola mi recupera a sera in tempo per il nostro aperitivo del venerdì.

Ha l'aria stanca e preoccupata e, nonostante io cerchi di non pensarci, non sono tranquilla per niente.

«Ho preso una delle bottiglie del catering di domani sera, Bigazzi non se ne accorgerà mai» mi comunica nascondendo un Dom Pérignon nella borsa della palestra.

«Se non ci perquisisce all'uscita» rispondo aspettandomi di tutto.

Ci guardiamo in silenzio come fossimo l'una lo specchio dell'altra – spettinate, con le occhiaie, le dita macchiate di penna e bianchetto e un bisogno di ferie patologico – e scoppiamo a ridere come pazze.

«Andiamo via di qui prima che a qualcuno venga l'idea

di farci preparare le tartine» mi dice spegnendo la luce e avviandosi all'uscita.

La seguo, ma mi accorgo della presenza di Annamaria, che gravita sempre sospettosamente vicino alle porte.

«Vai già via?» chiede a Paola con tono insinuante.

«Direi di sì» risponde lei guardando l'orologio, «sono quasi le otto ed è venerdì. Hai un'idea migliore?»

«Hai fissato l'intervista di Leonardo con "Vanity"?»

«Sì, mi hanno detto che mi facevano sapere» risponde a tono.

«Ti facevano sapere? Non è mica un'audizione per "X Factor"! Gli offriamo un'intervista in esclusiva, perché non hai insistito?»

«Perché stamattina non c'era nessuna responsabile editoriale, è la settimana della moda ed erano tutti alle sfilate.»

«E non puoi chiamare i cellulari?» insiste cominciando a mettere a disagio anche me.

«Non mi sembrava il caso di disturbare tutti mentre erano fuori ufficio, se mi hanno detto che richiameranno lo faranno!»

«Sei un ufficio stampa, non devi aspettare che ti richiamino: sei tu che li chiami e rompi i coglioni finché non ottieni le risposte che vuoi», gesticola polemica facendo tentennare i bracciali.

Paola sbuffa. «Hai finito?»

«No, non ho finito» continua minacciosa. «Non porti mai a termine niente di quello che devi! E la rassegna stampa che ti avevo chiesto dov'è?»

«La finisco lunedì, sono più di mille pagine a colori, ho cambiato due volte la cartuccia della stampante!»

Annamaria scuote la testa in segno di disapprovazione. «Va bene» conclude in un tono che non annuncia niente di buono, e torna nella sua stanza lasciandoci lì.

«Vuoi rimanere?» le chiedo. «Ti do una mano, se vuoi.»

«Ma va'! Credi davvero che sia roba urgente? Ogni tanto si ricorda di qualcosa che mi ha chiesto un mese prima e diventa la sua priorità assoluta, senza preoccuparsi di tutto quello che faccio senza che lei neanche ci pensi, ma sai... lei è la "responsabile".»

Sorrido e questa volta usciamo per davvero, sollevate che sia venerdì, anche se il fatto di gioire per essere arrivate alla fine di una settimana che precede altri milioni di settimane tutte uguali fino alla pensione mi fa veramente domandare se sia questo lo scopo della vita.

Giunte vicino a casa sua, Paola comincia a dare segni di apprensione.

«Altre foto inquietanti?» le chiedo.

«Stamattina ho trovato della terra nella cassetta della posta» mi risponde guardando avanti a sé.

«Ce l'avrà messa lui?»

«E chi sennò, il giardiniere?»

Entriamo chiudendo velocemente il portone e correndo in casa come facciamo ogni volta, ma sempre più in fretta.

«Li chiamo io i carabinieri, se non lo fai tu» dico buttando il piumino sul divano.

«Fra, è la mia parola contro la sua, non ho voglia di raccontare la mia vita a degli sconosciuti e rispondere a domande imbarazzanti, proprio no! Mi diranno che sono solo provocazioni, poi andranno a parlarci e lo faranno incazzare ancora di più!» Si accende una sigaretta con rabbia e tira fuori la bottiglia dalla borsa.

«Non aspettiamo Alessandro?» le chiedo vedendola armeggiare con il tappo.

«Mi ha mandato un messaggio dicendo che non viene.»

Strabuzzo gli occhi. «Che dici? È la prima volta in tre anni!»

«Il potere dell'*ammore*!» risponde stappando con forza la bottiglia e facendo cadere la schiuma calda sul pavimento. «Lui l'ha invitata al ristorante sardo, ma siccome Ilaria è a dieta allora si è offerto di prepararle una cena da 550 calorie.»

Scoppio a ridere. «Ma è umanamente impossibile!»

«Pinzimonio senza olio, carpaccio di polpo, vellutata di zucca e porri, 20 grammi di spaghetti di soia saltati coi peperoni, rape stufate e sorbetto di mela verde: ho passato la giornata a fotocopiargli ricette da un libro dei nostri.»

«Ecco perché hai finito le cartucce della fotocopiatrice!»

«Voleva il cartaceo, ha insistito.»

«E non hai nemmeno chiamato "Vanity", scommetto.»

«Tanto non mi rispondono mai», ride.

«Sei pessima!» le dico passandole il bicchiere.

«Lo so, ma odio quella cretina di Annamaria!»

«Allora brindiamo ai nuovi amori fra nerd, agli scrittori presuntuosi, alle cape incompetenti e agli ex mariti che devono farsene una ragione!»

«Okay, ma anche ai fidanzati seri, bravi, innamorati e fedeli che ti rimangono sempre accanto giorno dopo giorno, qualunque cosa accada.»

Sorrido, pensando all'analogia con un cane, e mi vedo seduta sul divano accanto a un Golden Retriever che legge "Il Foglio".

Scuoto la testa per allontanare l'immagine.

«Allora, come sta andando con Calamandrei?» mi chiede rilassandosi sulla poltrona.

«Non ho parole per descriverlo» rispondo rabbrividendo, «mai conosciuto un soggetto simile. L'unica cosa che gli interessa sono i suoi capelli e l'essere notato in giro, per il resto non ha nemmeno idea che c'è una realtà che lo circonda! Eppure non puoi capire l'effetto che ha sulle donne. Lo fermano, si fotografano avvinghiate a lui, una addirittura si è fatta autografare un braccio!»

«Perché credono che sia come i protagonisti dei suoi romanzi, uno che soffre per amore, che dice quelle frasi alla Robert Pattinson, che le capisce come nessuno, che le amerà per sempre, invece...»

«Invece è tutto un bluff...» proseguo «e il bello è che più sono scapestrati e donnaioli, più sono convinte che riusciranno a farli cambiare, che le sposeranno, diventeranno padri modello, e dedicheranno loro i prossimi cinquanta libri ringraziandole pubblicamente per averli resi uomini migliori.»

Paola ride amaramente. «Ci credevo anch'io tanto tempo fa, quando ero innamoratissima di Roberto, sì insomma, del Demente. Era bello e maledetto, e sembrava così libero. Non aveva paura di niente e di nessuno, e quando mi parlava dei suoi viaggi e delle sue avventure mi perdevo nei suoi occhi blu e lo ascoltavo per ore come una scema. Mi vedevo in moto insieme a lui a girare il mondo e fare esperienze indimenticabili, conoscere altri popoli e culture, dormire in sacco a pelo sotto il cielo della Mongolia e svegliarmi all'alba della savana, senza preoccuparmi di fare la spesa o di pagare l'affitto, perché secondo lui avremmo potuto lavorare qua e là, prendere in gestione un locale o raccogliere kiwi in Nuova Zelanda. Se avessi saputo che lui stava alla "fatica fisica" come Bigazzi sta alla "pace interiore" non lo avrei sposato dopo tre mesi.»

Beve un altro sorso.

«Non potevi saperlo.»

«Sì invece! Uno che si svegliava sistematicamente a mezzogiorno al massimo poteva fare la guardia giurata! Ma a quel punto non potevo ammettere a me stessa che avevo fatto lo sbaglio più grande della mia vita, soprattutto dopo che mio padre mi aveva scongiurata di pensarci bene, ma io ero giovane e sapevo tutto della vita... e così l'ho pagata.»

Sospiro. «Com'è che noi donne non riusciamo mai ad andarcene quando siamo in tempo...» rifletto a voce alta «quando c'è ancora la possibilità di correre verso l'uscita con appena qualche bruciatura e non con il soffitto che ci sta crollando addosso.»

«Credo sia nella nostra natura volerci provare fino alla fine» prosegue Paola. «Non siamo fatte per le emozioni tiepide: quando scegliamo, nel bene o nel male, lo facciamo col cuore e l'anima, e non ci arrendiamo finché non abbiamo dato tutto di noi, anche quello che non credevamo di avere.»

«Il dolore non ci spaventa, è questo il nostro problema» constato, «perciò siamo disposte a buttarci fra le fiamme...»

«... Tutto nel disperato tentativo di tenere in equilibrio qualcosa di astratto come l'amore, che noi donne continuiamo, nonostante tutto, a credere che sia concreto e stabile. Fino a rovinarci la vita.»

Sospiro di nuovo. «Possibile che siamo così diversi? Perché noi non riusciamo a vivere le cose con leggerezza, ma solo come fossero questione di vita o di morte?»

«Perché, se anche noi stessimo a giocare, il mondo nel frattempo andrebbe a rotoli!» risponde girandosi su un dito una ciocca di capelli.

«Hai ragione, in questo gli uomini hanno davvero vita più facile» confermo. «Vivono nel momento, si divertono senza pensare al dopo, e soprattutto fanno solo una cosa per volta!»

«La colpa è nostra che ci mettiamo in testa di voler dimostrare il nostro valore e ci facciamo il triplo del mazzo necessario.»

«C'è un'alternativa?» le chiedo pensierosa.

«Certo, ti devi ribellare, devi dire dei "no" chiari, devi porre dei limiti.»

«Non ci posso credere» strillo, «hai letto anche tu *Come farsi rispettare dal proprio capo*!»

«Che c'entra *letto*...» minimizza «l'ho sfogliato» ammette e comincia a ridere.

«Lo sai che è impossibile dire di no a un capo, vero?» dico. «Che appena ti azzardi a mettere un limite al tempo o al carico di lavoro perdi dieci posti in classifica e lui comincia a trattarti come fossi malata, facendo passare avanti tutti gli altri.»

«Lo so bene, per questo adesso ho adottato la politica opposta: minimo sforzo, massima resa! Tanto lo stipendio sarà sempre lo stesso e la carriera pure.»

«Io invece alla carriera ci tengo» confesso, «almeno quella la posso gestire.»

«Attenta che un giorno non finisca per gestirti lei» mi ammonisce.

Faccio spallucce. «Se riesco a sopportare Calamandrei e fare un buon lavoro, Bigazzi mi promuove e questo per me è già un grandissimo risultato.»

«E con Edo cos'hai intenzione di fare?»

«Non lo so. Sto cercando di non pensarci, magari la situazione si risolve da sola.»

«Sai che non succederà» mi ricorda tristemente.

«Lo so, ma per ora mi concentro su questo incarico, poi giuro che cercherò di trovare una soluzione.»

Un rumore di vetri rotti proveniente da fuori ci fa sussultare.

Ci guardiamo preoccupate.

Esco sulla terrazza per controllare e vedo una signora che sta buttando delle bottiglie nel cassonetto.

Tiro un sospiro di sollievo e rientro per tranquillizzare Paola, ma la vedo rannicchiata nella poltrona che mi guarda con due occhi smarriti grandi così.

«Fra, dormi qui da me stanotte?»

La notte non chiudo occhio, non perché il divano sia particolarmente scomodo, ma perché ho paura che il Demente sia qui fuori a fare la ronda, e ogni rumore mi desta sospetto.

Mi alzo senza accendere la luce, la stanza illuminata dai lampioni, e mi siedo vicino alla finestra.

Osservo i palazzi di fronte, tutti uguali nella notte immobile e gelida, le finestre con le tapparelle chiuse, dove immagino coppie che ogni giorno si alzano per correre al lavoro, portare i figli a scuola, tornare distrutti la sera, apparecchiare, mettere in tavola pane e prosciutto cotto, litigare mentre la televisione gracchia in sottofondo, andare a letto e via così. Per il resto dei propri giorni.

E poi penso a Edo, che starà dormendo e a un certo punto allungherà un piede per cercarmi, si sveglierà e poi si ricorderà che non ci sono.

E immagino per quante notti mi cercherebbe prima di abituarsi alla mia assenza.

Mentre io, rannicchiata in un altro letto, forse continuerei a chiedermi qual è il senso di questa fila di giorni tutti uguali.

Torno sul divano e piano piano precipito in un sonno pastoso e triste.

Il mattino dopo ci alziamo con le facce di due che sono state a un *rave trance* di tre giorni a Goa. E la prospettiva del festone in onore di Calamandrei mi fa preferire l'idea di stirare una settimana di camicie arretrate.

Saluto Paola e, uscendo mentre lei entra in doccia, vedo per terra davanti alla porta un'anonima busta bianca aperta.

La raccolgo, e istintivamente ci infilo la mano.

Un dolore pungente mi trasmette una scossa fino al cervello. Ritiro la mano e mi guardo le dita sanguinanti.

Poi metto in borsa la busta coi vetri rotti.

9

«Come sarebbe a dire, stasera non vieni alla festa?»

«Non me la sento, non sono mai a mio agio in queste situazioni mondane... poi per te è lavoro e devi fare pubbliche relazioni, io invece non so mai cosa dire e finisco per rimanere in un angolo.»

Lo guardo con un misto di pietà e rabbia.

I sentimenti che mi suscita ormai più di frequente.

«Edo, neanch'io amo le situazioni mondane, e proprio per questo te lo chiedo, ci saranno tutti e per me è importante che tu sia lì a farmi da spalla, non puoi mandarmi da sola!»

«Ma non sarai sola, ci sono Paola e tutte le altre colleghe.»

«Non è la stessa cosa. Questo è un evento ufficiale, non una cena di auguri o un compleanno, ci saranno i mariti e le mogli di tutti gli altri e mi sarebbe piaciuto poter presentare il mio compagno al mio capo, dopo tutto questo tempo, o finirà per credere che non esisti!»

«Dài, Briciola, non me lo chiedere, lo sai che poi alla fine ti dico di sì per farti un favore e poi sto malissimo.»

«Evita i nomignoli quando mi fai incavolare, almeno!» lo fulmino.

«Non te la prendere con me adesso» mi dice cercando di abbracciarmi, «ti aspetto sveglio!»

«Puoi anche andare a dormire adesso, per quel che mi riguarda» rispondo voltandogli le spalle e spalancando l'armadio.

«Credimi, te la caverai benissimo anche senza di me. Anzi, io ti sarei d'intralcio.»

«Puoi scommetterci che me la caverò benissimo, me la cavo sempre benissimo senza di te!» urlo furibonda tirando fuori tutti i vestiti neri che ho e buttandoli sul letto.

«Dici così perché sei arrabbiata» tenta di calmarmi.

«Esatto! E sai perché sono arrabbiata? Perché non riesco a capire cosa siamo noi due! Siamo una coppia, secondo te? O siamo due coinquilini che dividono l'affitto? Perché sinceramente è quello che mi sembra!»

Edoardo mi guarda sconcertato, incapace com'è di gestire i conflitti, e cerca subito il modo di disinnescarmi.

«Certo che siamo una coppia, ma non è detto che dobbiamo fare tutto insieme!»

Adesso è il mio turno di guardarlo sconcertata.

«Tutto insieme? Scusa, che cos'è che faremmo insieme io e te a parte cenare e dormire? Perché mi sfugge *tutto* il resto!» ribatto con foga, sentendo le dita tagliate pulsare forte contro i cerotti, tanto il sangue mi scorre in fretta nelle vene.

«Ma quando due persone stanno insieme da molto tempo la vita si stabilizza e si crea un equilibrio, è normale!»

«Cosa ne sai tu di cosa è normale?» urlo. «Sei stato solo con me, non hai altro paragone! A te basta stare lì tranquillo senza che nessuno intacchi la tua routine immobile, ma sappi che questa non è la normalità, questa è la morte!» proseguo andando in bagno e cominciando a spazzolarmi i capelli con una rabbia tale da rischiare lo scalpo.

L'equilibrio è un'illusione!, penso.

«Dài, non dire così, è naturale avere delle divergenze, a volte» tenta di giustificarsi.

«No, Edoardo, il fatto è che noi non abbiamo mai delle divergenze» replico puntandogli la spazzola contro, «io m'incazzo e tu cerchi di calmarmi trovando mille giustificazioni! E io questo non lo sopporto più!»

Sorride con dolcezza, tentando di abbracciarmi ancora, in un modo che mi fa venire voglia di lanciargliela, la spazzola.

Mi sta uccidendo. Lui non lo sa ma mi sta uccidendo.

Scendo dal taxi davanti al Cherish, un locale fichetto in zona Brera prenotato in esclusiva per l'occasione, e vedo già una piccola folla di amici di Calamandrei che fumano insieme a lui, fuori al freddo, con in mano bicchieri di Spritz.

Pago, chiedo la ricevuta e scendo da sola, munendomi di quel sorriso di circostanza di cui avrò un gran bisogno per tutta la serata.

Passo accanto a Calamandrei, che non si accorge di me e non mi saluta, e anch'io tiro dritto per evitare di sentirmi dire qualcosa di sgradevole.

Il locale è strapieno di giornalisti, addetti stampa e scrittori più e meno conosciuti, più qualche rappresentante dell'intellighenzia milanese che Bigazzi ha invitato per darsi un tono.

Prendo un bicchiere di prosecco dal vassoio di un cameriere e comincio il mio giro salutando conoscenti e scambiando con tutti le undici parole di rito "ciaocomestaititrovo benissimotuttobenesìfantasticociao".

Ivanka è in grandissimo spolvero con il suo miniabito bianco, i sandali coi lacci che le si attorcigliano fino al ginocchio e i capelli biondissimi sciolti sulle spalle.

A metà fra Xena Principessa guerriera e Daenerys Targaryen di *Game of Thrones*, si aggira fra gli ospiti facendo gli onori di casa, assicurandosi che tutti abbiano il bicchiere pieno e chiedendo se hanno già conosciuto "Leo, lo scrittore di punta" che, detto così, sembra più il nuovo film della Pixar.

Bigazzi invece sta spiegando a un gruppo di librai come funziona il marketing, neanche fosse Warren Buffett, e le povere vittime fanno sì con la testa non troppo convinte, cercando di sollevare qualche timida obiezione senza osare contraddirlo – tanto sarebbe perfettamente inutile.

Intercetto Ilaria che, indaffaratissima, si assicura che ci siano sempre stuzzichini a sufficienza e che i camerieri portino via i bicchieri sporchi in fretta.

Mi fa un gran sorriso.

«Come sta andando?» le chiedo.

«Se sopravvivo a stasera potrò organizzare anche le parate delle prossime Olimpiadi» dice incrociando gli occhi.

Muoio dalla voglia di sapere com'è andata con Alessandro, ma non sono ancora abbastanza in confidenza con lei per chiederglielo, anche se, dalla luce del suo sguardo, potrebbe essere andata bene.

Quella gioia isterica che si prova quando si è innamorati, che ti fa sorridere e vedere tutto rosa anche quando piove da settimane e ti è saltato il riscaldamento in casa e hai solo voglia di fare l'amore e ridere e mangiare fragole.

Quant'è che non mi sento più così?, mi scopro a domandarmi mentre Ilaria si scusa e si congeda per correre alla porta a controllare la lista degli invitati.

Da tanto di quel tempo che inizio a dubitare di aver mai provato qualcosa di diverso da questa calma piatta.

Paola non è ancora arrivata e comincio a essere in ansia. Non posso più sottovalutare il problema, devo trovare il modo di avvertire qualcuno che la possa proteggere e aiutare, prima che le succeda qualcosa di brutto.

Mentre sono assorta nei miei pensieri, si avvicina a me Mauro Rapisardi con un bicchiere di succo d'ananas in mano e la sua aria nostalgica e dolce che mi fa stringere il cuore, dato che odio vedere autori di talento surclassati dai fenomeni da baraccone solo perché non sanno vendersi e non credono abbastanza in se stessi.

«Sei venuto alla fine!» gli dico abbracciandolo.

«Sì, mi sono detto che tanto, rimanendo a casa, avrei passato l'ennesima serata chino sulle carte, e se non mi sforzo di fare un minimo di vita sociale finirà che mi troveranno i vicini dopo una settimana, morto e sepolto dai cartoni della pizza!»

«Nell'immaginario collettivo sei il prototipo dello scrittore vero» lo rassicuro, «portacenere pieni di cicche, tazze di caffè, appunti sparsi ovunque, pagine scritte rigorosamente a mano...»

«... pantaloni di vigogna e un gatto!» aggiunge.

Scoppiamo a ridere.

«Invece mi alzo alle sei per fare due lavori e mantenere la mia ex moglie e mio figlio!»

«Arriverà il tuo momento, Mauro» gli dico sinceramente, «ho davvero tanta fiducia in te, hai un talento straordinario.»

«Sei così carina, Francesca, ma purtroppo se un editore non crede in te c'è poco da fare.»

Guardo Bigazzi che gesticola freneticamente, tronfio e pieno di sé, arringando la sua piccola folla di tirapiedi che ride a comando, e vorrei tanto avere la bacchetta magica per far succedere le cose giuste.

Finalmente Calamandrei fa la sua entrata da poeta maledetto, scortato dalla Zarina che lo tiene sottobraccio e lo sfoggia come il suo nuovo trofeo. Lui si passa la mano fra i capelli, fingendo imbarazzo in attesa dell'applauso che arriva di lì a due secondi con un tempismo da trasmissione televisiva.

Bigazzi ne approfitta per prendere la parola e partire con il discorso di benvenuto, neanche si trattasse del ritorno di un eroe di guerra: «È per me un privilegio immenso accogliere qui fra noi Leonardo Calamandrei, scrittore dal talento ineguagliabile, icona letteraria del nostro tempo, voce di una generazione pop che con la sua presenza viene a donare prestigio e lustro a questa nostra casa editrice...» Rapisardi e io ci guardiamo e ci mordiamo le labbra per non cominciare a ridere. «"La mediocrità non conosce nulla di superiore a se stessa, ma il talento riconosce immediatamente il genio..." disse Sir Arthur Conan Doyle, e io m'inchino al talento vero, merce così rara ai giorni nostri, e a chi è in grado di innalzare la parola a cime raggiungibili solo da pochi...» Sento qualcuno dare un colpo di tosse e vedo Paola che cerca di nascondersi dietro la tenda come un gatto che ha rotto un vaso. «... Grato dell'opportunità di questa magnifica avventura in cui stiamo per imbarcarci, sono certo che il futuro ci vedrà uniti in una collaborazione senza precedenti... in cui insieme scaleremo le più alte vette...», poi con pausa studiata, «soprattutto quelle delle classifiche...»

I presenti ridono alla battuta lanciandosi occhiate d'intesa e gli offrono un applauso che permette a Paola, a Rapisardi e a me di scatenarci in una risata liberatoria.

«Sì... grazie, Franco...» comincia Calamandrei «sono molto contento di essere qui fra voi, e sono sicuro che faremo grandi cose insieme» conclude subito restituendogli il microfono.

Ivanka comincia ad applaudire come se avesse fatto un doppio carpiato da fermo e di nuovo tutti battono le mani ponendo fine a questo patetico teatrino.

«Sei ancora convinto di voler diventare una superstar?» chiedo a Rapisardi con una gomitata.

«Ho improvvisamente rivalutato il mio misero lavoro da scribacchino sconosciuto e sottopagato, sai?» mi dice onesto. «Non credo ci resisterei dieci minuti, al suo posto!»

«Be', ha anche i suoi vantaggi...» dico osservando Calamandrei circondato dal solito stuolo di adoratrici che fanno a gara a ridere alle sue battute.

«Non fa per me» mi rassicura appoggiandomi la mano sul braccio e ritirandola subito. «Non sono proprio fatto per la notorietà.»

Gli sorrido.

«È giusto che tu rimanga fedele a te stesso allora» gli dico, «in fondo uno scrittore dovrebbe fare una cosa sola: scrivere.»

Restiamo un attimo in silenzio continuando a osservare la sala come se avessero tolto l'audio e tutto si muovesse al rallentatore.

Un gigantesco circo che ruota attorno al nulla.

Dove si pagano cifre assurde per qualcosa che non c'è, nella speranza di recuperare almeno la metà dell'investimento.

«Ti ringrazio per il tuo modo discreto e incoraggiante di starmi vicino» mi dice poi con dolcezza, «mi sei davvero di grande sostegno!»

«Mi piacerebbe poter fare di più» ammetto, «ma per adesso tutte le energie sono concentrate su Calamandrei... c'è un grosso investimento a monte e Bigazzi non ha orecchie che per lui.»

«Sì, lo capisco, non ti preoccupare per me. E poi si vede che non è destino che io scriva altro che le indagini del commissario Brizzi!» cerca di sdrammatizzare.

«Non dire così, il destino non c'entra proprio niente, bisogna solo creare un'opportunità e prima o poi il tuo libro sarà pubblicato. Chissà, magari da un editore vero!»

«Non darmi false speranze che poi finisce che ci credo!» mi dice dandomi un bacio sulla fronte e andando via.

Lo guardo allontanarsi, anonimo fra la folla, timido e riservato. L'esatto opposto del divo dall'altra parte della sala. E mi viene in mente la celebre frase di Kobe Bryant: "Se non credi in te stesso... chi lo farà?".

Paola piomba con un salto accanto a me, ridendo ancora per il discorso di Bigazzi. «Arthur Conan Doyle? Ma come gli è venuto in mente? Che hai fatto alle dita?» mi chiede in rapida successione notando i cerotti.

«Oh, niente, un bicchiere rotto» rispondo con finta indifferenza, sentendomi in apprensione.

«Edo non è venuto?»

«No, ha detto che non si sarebbe sentito a suo agio e mi ha mandata da sola» rispondo con una punta di amarezza.

«Che uomini, eh?» commenta scuotendo la testa.

Faccio spallucce. «Va bene così» taglio corto, «occupiamoci delle relazioni pubbliche, siamo qui per questo, no?» dico prendendola sottobraccio e ricominciando il giro infernale di saluti, commenti e sorrisi di plastica.

Calamandrei non passa un minuto senza essere circondato da donne che lo seguono anche in bagno, probabilmente con la scusa che nel loro manca la carta igienica.

Questo mi fa capire come mai la mattina sia sfinito, e mi riprometto di essere più paziente d'ora in poi.

Un battere di mani perentorio ci fa voltare verso il palco, dove Ivanka è salita per annunciare il momento del taglio del dolce che, ci tiene a sottolineare, ha disegnato lei personalmente: un Leonardo Calamandrei ad altezza naturale con tanto di capelli lunghi, giacca, maglietta e – naturalmente – All Star.

Paola ha quasi una sincope da quanto sta ridendo e io non riesco a non pensare che il povero "scrittore di punta" verrà tagliato e mangiato pezzo dopo pezzo, e che non è proprio una cosa carina da fare.

Invece le sue fan apprezzano moltissimo l'idea e cominciano a farsi dei *selfie* con "porzioni" di Calamandrei in bocca, alludendo a quella più ambita.

E a me viene da piangere.

Ma quando credo di avere assistito al peggio della miseria umana, una voce familiare e incredibilmente alterata trafigge il momento magico con un: «Siete solo degli ingrati! Non mi meritate!». E una Maria Vittoria Spagnulo vestita di rosso da capo a piedi, e completamente ubriaca, si dirige barcollando verso la sua nemesi di pan di spagna e comincia a colpirla con la pochette rossa.

Gli ospiti si allontanano atterriti cercando di scansare schizzi di panna e cioccolato che la sua furia cieca spande ovunque, mentre farfuglia frasi sconnesse del tipo "muori, brutto hippy!", prima di lasciarsi andare fra le braccia consolatorie di Bigazzi, che la trascina fuori cercando di calmarla, ripetendole che lei è la migliore e nessuno eguaglierà capolavori come *Luce sotto la porta del fienile* e *Onde del Mar Morto*.

Calamandrei mi si avvicina per la prima volta in tutta la serata, perplesso ed evidentemente turbato.

«Che gli farai tu alle donne, eh?» mi lascio scappare.

Non risponde e per un attimo gli leggo negli occhi un'aria mesta, smarrita, che non coincide affatto con la sua solita immagine da fenomeno. E quasi mi dispiace per lui.

Quasi.

«Esci, dài, ho voglia di prendere aria» mi ordina senza guardarmi.

Al solito mi vesto come per una spedizione in Alaska e lo seguo fuori dal locale, dove va a sedersi sul gradino davanti a un portone.

«Fumi?» mi chiede offrendomi una sigaretta.

«No.»

«Nemmeno io, ma sigarette e accendino facilitano i rapporti sociali» risponde mettendosene una fra le labbra. «L'accendo, la tengo in bocca e non l'aspiro.»

Questa poi.

Mi siedo vicino a lui sul gradino.

«Ci sono giorni che vorrei essere uno sconosciuto, sai?» dice rigirandosi la sigaretta fra le dita.

«Davvero?» rispondo sorpresa. «Credevo che fossi nel tuo habitat naturale, non ti immagino proprio seduto su un divanetto defilato.»

«Invece non sai quante volte mi piacerebbe poter stare in

disparte a osservare la gente senza che mi chiedano autografi e foto.»

Penso al povero Rapisardi e alla sua uscita di scena nella totale indifferenza e mi chiedo se Calamandrei riuscirebbe davvero a sopportare l'anonimato. Sono sicura che dopo dieci minuti si metterebbe a urlare: "Ehi, non mi riconoscete???".

«Tu come stai invece?» mi chiede sorprendendomi una seconda volta.

«Bene... sì, direi bene» rispondo abbracciandomi le ginocchia, «un po' stanca magari.»

Si volta a guardarmi con la fronte leggermente aggrottata. «Tu non me la racconti giusta.»

«In che senso?» chiedo stupita.

«Non ho mai conosciuto una dedita al lavoro quanto te, sei instancabile, non molli un minuto... non posso credere che non ci sia altro che ti interessa nella vita a parte la Bigazzi Edizioni.»

«Be', tengo molto al mio lavoro, è vero, ma non sono una bacchettona come mi dipingi tu.»

«Vuoi dirmi che esci, ti diverti, hai un sacco di amici e un'intensa vita sociale?» insinua.

«Non come la tua, certo, ma anch'io nel mio piccolo...»

«Tipo?» m'interrompe.

«Tipo cosa?»

«Tipo... cosa fai per divertirti a parte la Messa la domenica!»

Alzo gli occhi al cielo, rassegnata al terzo grado.

«Ti stupirò, Calamandrei, ma ogni venerdì sera vado a casa di Paola e ci beviamo quasi due bottiglie di prosecco» rispondo con un certo orgoglio, «e poi corriamo per le vie a suonare ai citofoni!»

«Attenzione!!!» mi guarda sconvolto scoppiando a ridere. «Vuoi dire che una volta a settimana vedi una tua amica? È incre-di-bi-le, a tuo confronto Cara Delevingne è una collegiale!»

«Non tutti escono ogni sera come te, c'è anche chi lavora!» sottolineo sperando colga l'ironia.

«*Touché!*» risponde tornando alla sua sigaretta. «Ma fra

l'uscire tutte le sere e non uscire mai, c'è un abisso! Seriamente, tu cosa fai quando non lavori?»

Sono colta alla sprovvista e non mi piace farmi mettere spalle al muro da uno che non sa nemmeno fumare.

Solo che, effettivamente, sono incapace di trovare una risposta.

Perché la verità è che non faccio niente quando non lavoro, dato che lavoro sempre e sono anni che non vado da un parrucchiere o in un centro estetico per una ceretta.

Mi arrangio da sola, un colpo di lametta, una spazzolata e via.

Ma capisco che non è un'immagine allettante per uno scrittore di grido.

«Cinema, teatro... pilates due volte alla settimana» mento guardandomi le unghie, che sono in una condizione pietosa.

«Guardami negli occhi.»

«Scusa?»

«Guardami negli occhi e ripeti tutto quello che mi hai appena detto.»

«Cinema... tea...» e abbasso subito lo sguardo «okay, non è vero!» crollo.

Scuote la testa come fossi un caso disperato e fa cenno a un cameriere di avvicinarsi.

«Due Moscow Mule senza zucchero.»

Il cameriere prende mentalmente nota e si dilegua rapido.

«Ti piacerà, vedrai. Dunque, dov'eravamo rimasti? Ah sì, mi stavi parlando della tua intensissima relazione sentimentale!» riprende girandosi di tre quarti verso di me.

«Come? No, veramente stavamo parlando di...»

«Su, seguimi: ritmo, ritmo ragazza!» incalza schioccando le dita. «Mi devi una storia, ricordi? La tua per l'esattezza.»

«Non ti devo proprio niente!»

«Oh sì invece!»

Il cameriere ritorna salvandomi da un'altra mitragliata di domande che non credo di poter sopportare.

«Ehm, il barman si scusa, ma... non abbiamo *ginger beer*» spiega con l'espressione di uno che si aspetta di ricevere il vassoio in piena faccia.

«Fate pietà!» risponde sprezzante. «E questo sarebbe il miglior locale di Milano? Anche in un Autogrill lo sanno fare. Va bene, due Mito allora!» sentenzia contrariato.

Il cameriere sparisce più in fretta che può e Calamandrei torna a torturarmi.

«Sono tutto orecchie: avanti, raccontami della tua appassionata storia d'amore con...»

«Edoardo.»

«Che bel nome! Da romanzo» esclama. «Prego, ti ascolto» mi concede.

«No, io non ho niente da dirti, davvero. È tutto molto... normale.»

Troppo, vorrei aggiungere.

«Da quanto tempo state insieme?» mi chiede interessato, passandosi la mano fra i capelli.

«Sei anni.»

«Minchia!» risponde. «E quando vi sposate?»

Mi stringo nelle spalle. «Sposarci? No, non ce n'è bisogno» rispondo sorridendo di gratitudine al cameriere che torna a interromperci.

«Ehm, il barman si scusa, ma... non abbiamo il Carpano... ecco... se volete vi fa uno Spritz...»

Calamandrei strizza gli occhi spazientito, borbotta due parolacce, mi prende per un braccio e mi trascina via.

«Vieni, ti porto io in un posto serio» mi dice spalancando la porta di un taxi appena arrivato davanti al locale e spingendomici dentro sotto gli occhi sbigottiti dei due che lo avevano chiamato.

«Ma non abbiamo salutato nessuno!» protesto.

«E che ti frega? Manco se ne accorgono, quei quattro sfigati!»

«Ma Bigazzi...»

«Bigazzi è uno che ti paga a fine mese, non è mica tuo padre, e poi basta che gli scriviamo il libro e lui è contento.»

Scriviamo, certo...

Dice al tassista il nome della destinazione in una maniera così perentoria che il pover'uomo parte sgommando come un cavallo appena frustato.

Cosa non riesce a fare l'arroganza.

E quanto mi piacerebbe averne un po', giusto per vedere l'effetto che fa.

Mi appoggio al sedile e guardo fuori.

Non è una situazione da me questa, dovrei già essere a casa, con Edo, a struccarmi in bagno mentre gli racconto del delirio della Spagnulo e lui ride e mi chiede cosa c'era da mangiare e cosa diceva Bigazzi.

L'amore è una subdola zona di conforto.

Il taxi si ferma dopo una decina di minuti davanti a un ingresso anonimo in piena Città Studi e, prima di scendere, Calamandrei lascia una mancia pari al doppio del prezzo della corsa.

Inutilmente insisto perché si faccia lasciare la ricevuta, che poi l'amministrazione gliela rimborsa, ma lui mi risponde con una scrollata di spalle che significa "le ricevute sono per i poveracci".

Suona il campanello del piccolo portone e dopo pochi secondi apre un energumeno con auricolare che gli sorride e picchia il pugno contro il suo, nel modo in cui evidentemente si salutano i maschi Alfa.

L'omone ci fa strada attraverso il corridoio fino a quella che sembra una ricostruzione fedele del bar di "Cheers", tanto che mi aspetto di veder entrare Kelsey Grammer da un momento all'altro.

Calamandrei mima "2" con le dita al barman, che annuisce senza batter ciglio, quindi si dirige verso un divanetto appartato dove si siede disinvolto come sul divano di casa sua.

«Questo è un vero locale, vedi?» mi dice con aria vissuta indicando la sala. «I migliori cocktail di Milano, gente selezionata, nessuno che ti rompe le palle, solo amici e, cosa più importante, si può parlare.»

Mi guardo intorno per individuare gli "amici" e, a parte il suddetto barman, noto soltanto un famoso regista che ride a voce alta col sigaro in mano insieme a una tipa uscita da un reality a cui Bigazzi voleva far scrivere un'autobiografia piccante, ma che poi aveva chiesto troppo. E gli anticipi, alla Bigazzi Edizioni, si sa, sono una bestemmia.

Una cameriera che sembra uscita da un numero di "Vogue" viene a portarci i cocktail e sorride a Calamandrei in una maniera così maliziosa da farmi sentire di troppo.

Lui ricambia il sorriso con una strizzata d'occhio estremamente allusiva, poi mi consegna una tazza di rame nella quale individuo ghiaccio, cetriolo e lime.

«Questo è il vero Moscow Mule!» mi dice con orgoglio brindando con me.

Beviamo tutti e due in silenzio mentre in sottofondo aleggiano le note di *Please Don't Go* nella versione di KC and the Sunshine Band.

È decisamente la cosa più buona che abbia mai assaggiato e se ne accorge subito, compiaciuto.

«Che ne dici?»

«È la fine del mondo» rispondo, «sicuro che sia alcolico?» dico tracannandone la metà.

«È vodka» risponde divertito, facendo cenno al barman di prepararcene altri due.

Mi rilasso anch'io sul divanetto chiedendomi se Bigazzi mi stia cercando, ma forse in fondo ha ragione Calamandrei, è "soltanto" il mio capo... soltanto colui che mi dà da mangiare, che mi permette di realizzarmi e che mi dà una ragione per alzarmi dal letto la mattina.

«Quindi!» esordisce appoggiando il bicchiere, scuotendo il ciuffo e rivolgendomi tutta la sua attenzione. «A che punto siete della vostra relazione?»

«A che punto cosa?»

«Sì, dopo sei anni dovreste essere al famoso bivio "o ci si sposa o ci si lascia", e tu non mi sembri una che passa il fine settimana a fare scalata su roccia o sesso fetish!»

Eccoci di nuovo con le solite allusioni da film di terza categoria.

«E se non ci fosse nessun bivio?» gli chiedo mentre la fotomodella mi consegna la seconda tazza di rame piegandosi in un impeccabile angolo a 90 gradi. «Non c'è una risposta C?»

«Hai editato troppi libri rosa per non sapere che ho ragione» ribatte subito. «Non hai l'aria nemmeno lontanamente soddisfatta della vita che fai. Sei una che lavora troppo, e cerca disperatamente di tenere tutto sotto controllo, ed è ovvio che il lavoro per te sia l'unica bussola che ti impedisce di andare alla deriva. Non ci vuole uno psicologo per capirlo, basta guardarti! E dire che non saresti nemmeno brutta, se solo ti tenessi un minimo, invece ti vesti come una suora!» conclude accendendosi una sigaretta.

Per poco non mi va di traverso un pezzo di cetriolo.

«Ma che dici?» rispondo stridula. «Le relazioni non sono una pubblicità di biscotti dove tutti la mattina si alzano sorridenti! Una volta passata la luna di miele si torna a casa e si smette di cazzeggiare. Mi dispiace di non essere di tuo gradimento, ma è l'ultimo dei miei problemi adesso e, per la cronaca, non mi risulta che tu sia un esperto di relazioni stabili, a detta di Wikipedia almeno!»

Ride, perfettamente a suo agio nei battibecchi.

«Come pensavo» risponde dando una finta boccata alla sigaretta, «tu non lo ami più!»

E sento un dolore sordo al centro del petto. Come se Calamandrei col suo istinto animale avesse centrato un punto chiave.

Ma cosa ne sa un narcisista di che cos'è l'amore?

Lo fugge, lo evita, lo rifiuta a priori. È solo bravo a parlarne, perché è l'unico modo che ha di gestirlo e controllarlo: evitandolo, esclude il rischio di venire ferito e perciò di diventare vulnerabile, perché non lo sopporterebbe. E così passa da una relazione all'altra all'infinito.

E vivrà per sempre una vita incompleta, ma di sicuro più felice di chi si gioca il cuore.

«Non fare queste affermazioni con tanta leggerezza» ribadisco seria.

«Non è colpa tua, è il corso naturale delle cose» prosegue col suo monologo. «Voi fissati con le relazioni stabili prima o poi ci cadete tutti, e allora cominciano i dubbi, i rimpianti, i non detti e prima o poi si finisce con i tradimenti e i sensi di colpa.»

«Quindi il tuo consiglio è rimanere scopatori seriali finché la dentiera ce lo consente?»

Scoppia a ridere. «Vedi che sei una simpatica quando ti lasci andare? Non dico che uno deve rimanere single per forza se gli piace la vita di coppia e quegli stereotipi là, ma deve anche essere sincero con se stesso quando l'amore, o quello che credeva fosse, finisce.»

«Il tuo cinismo è imbarazzate, Calamandrei, ma che infanzia hai avuto?» gli chiedo sconcertata.

«Meravigliosa» risponde. «Figlio unico, coccolato dai nonni, tutte le estati al Forte e gli inverni a Cortina. Cosa desiderare di più?»

Faccio una smorfia. «Una vita reale magari?»

«E quale sarebbe la vita reale? Quella che fai tu che corri su una ruota come un criceto fino alla pensione, quando sarai troppo sfinita per fare quello che avresti voluto e nemmeno ti ricorderai più cos'era?»

«È la vita di tutti, Calamandrei» insisto, per niente disposta a mollare. «Tu sei un privilegiato, non dimenticarlo mai: la gente comune non vive come te!»

«Ma vorrebbe. Tutti vorrebbero avere la mia vita e nessuno vorrebbe avere la tua, invece.»

«Io non vorrei avere la tua vita!» sbotto. «Passi il tempo a ingannare il tempo perché ti annoi subito e quelli che ti stanno intorno lo fanno soltanto perché hanno bisogno della tua immagine, perché se ti conoscessero davvero ti eviterebbero come la lebbra!»

«Anche tu mi stai intorno» mi dice strizzandomi l'occhio.

«Solo perché mi pagano per farlo, ma appena finito il libro cancello il tuo numero, puoi giurarci!»

«Non lo farai», ridacchia sornione.

«Vuoi scommettere?» lo provoco prendendo il mio telefono dalla borsa e vedendo tre chiamate perse di Bigazzi.

«Un giorno perderai la testa per me, cara Francesca» ribatte sorseggiando il suo Moscow Mule e appoggiandosi allo schienale. «Come tutte, del resto...»

«Piuttosto mi raso a zero e mi faccio monaca tibetana.»

10

Edo suona il campanello e io attendo dietro di lui a debita distanza, come se mi aspettassi ogni volta di essere sbranata da un leone.

Marisa apre la porta con una faccia triste e avvilita, che si tramuta in mezzo sorriso appena ci vede.

La seguiamo fino al salotto, dove la strega è seduta in poltrona col bastone da passeggio in mano e l'orrida Polly in grembo.

«Ah, siete arrivati» ci dice con la solita aria di sufficienza.

Edo si avvicina e le dà un bacetto su una guancia e una piccola carezza, a me invece riserva un cenno del capo, che ricambio con un «Buonasera Silvana, *cume la va?*» sperando di farle cosa gradita.

Lei replica con il consueto: «Come volete che stia, non lo vedete?».

Ci sediamo sulle scomodissime sedie Impero con le sedute sfondate e le molle che bucano il tessuto e aspettiamo che Marisa ci chiami per la cena.

In silenzio.

Ma dato che non ho avuto una settimana abbastanza pesante, decido che forse posso agevolare il decollo della conversazione.

«Ci chiedevamo se aveva pensato all'idea di vendere la casa...» esordisco lasciando cadere la granata con due dita.

«Vi chiedevate?»

«Sì, vero Edo?» lo incoraggio.

«Ehm, sì mamma, magari ci avevi pensato un po' su, o

anche no... insomma, forse potevamo parlarne» le dice guardando dove capita.

La vecchia ci studia attentamente. «Certo che ci ho pensato» risponde lisciando il lurido pelo di Polly, «ho capito che avete fretta di seppellirmi e avete tirato fuori la scusa della casa troppo grande...»

«Ma no, mamma, non è una scusa» interviene Edo, che ci casca in pieno. «Pensavamo che, sì, insomma, fosse...»

Lo interrompo con un cenno della mano, per permetterle di finire.

«Pensavate, già, siete una coppia e pensate al futuro, mentre io ormai sono il passato inutile e ingombrante, anche se sono stata io a metterti al mondo.»

Edoardo suda freddo, gli vedo il labbro imperlato controluce, è il mio momento di intervenire.

«Silvana, scusi se mi intrometto, forse l'altra volta ci siamo spiegati male, ma nessuno vuole seppellirla. Quella di vendere la casa era solo un'idea, diciamo, pratica a cui Edoardo aveva pensato, tutto qui. Mi dispiace che l'abbia presa male» concludo strusciandomi idealmente contro le sue gambe come un gatto.

«Un'idea di Edoardo?», ride sarcastica. «Sarebbe la prima volta.»

«Mamma, ti prego...» risponde lui, ferito.

«Ma vi sorprenderò» prosegue lei senza ascoltarlo, «perché ci ho riflettuto e credo che, in effetti, Edoardo o chi per lui non abbia tutti i torti a desiderare una casa sua...» Mi muovo nervosamente sulla sedia, sentendomi improvvisamente sulle spine. «Ma io l'ho educato secondo i più alti valori cattolici, l'ho anche mandato a scuola dai Salesiani, e non vedo perché dovrei comprargli una casa per poi permettergli di conviverci nel peccato!»

«Come ha detto, scusi?» rispondo temendo di aver capito bene.

«Aborro questa vostra usanza barbara, camuffata da civiltà, di vivere sotto lo stesso tetto senza vincoli di sorta. Mi sono opposta fin dall'inizio a questa scelta, ma Edoardo è grande e non posso impedirgli di fare quello che vuole, sempre che sia stato lui a decidere, cosa che mi sorprenderebbe. Per cui, dato che adesso avete bisogno del mio aiuto, ve lo posso concedere. A una condizione...» Fa una pausa infinita e studiatissima in cui sembra che anche il tempo trattenga il respiro. «Se volete che venda questa casa appartenuta alla buonanima del mio povero marito, dove Edoardo è nato e cresciuto e dove posseggo tutti i ricordi di una vita, e mi trasferisca in una... (per citarvi) casa più piccola al piano terra senza scale, permettendovi così di acquistarne una per voi, allora...»

«Allora?»

«... vi dovete sposare.»

Il missile si schianta su di noi provocando un boato tale che mi stordisce.

«Co...come ha detto, scusi?» rantolo appena riprendo l'uso della parola.

«Non penserete che vi permetta di vivere in una casa che ho comprato io se non siete sposati!»

«Ma mamma, noi non...»

«Silvana, ma è assurdo.»

«Questa è la mia condizione, non negoziabile!» conclude.

«Ma se non ci volessimo sposare?» insisto.

«Niente casa» risponde serafica accarezzando Polly, che abbaia in segno di approvazione.

Lancio a Edoardo un'occhiata così torva che ho paura di incenerirlo.

«Ma mamma, non si decidono mica così le cose importanti» annaspa guardandomi, «magari non vogliamo sposarci ancora e...»

«... E allora devi aspettare che io muoia, e potrebbero volerci anni! La zia Norma è morta a novantotto anni, la zia Renata a centouno e la zia Clara a centotré. Io ne ho solo settantacinque, quindi...»

Quanto avrei voglia di dare una mano alla natura in questo momento, penso mentre Marisa entra in salotto annunciando la cena.

«Bene, il lesso è pronto!» dice alzandosi da sola con uno slancio che non le ho mai visto.

Il rientro in macchina avviene nel totale silenzio, nessuno dei due spiccica parola.

Però intuisco il pensiero di Edoardo, che non ha il coraggio di affrontare l'argomento "matrimonio" perché sa quanto io sia contraria all'idea.

Odio pensare di essere legata a qualcuno da un contratto, non sono mai stata una bambina che sognava l'abito bianco, le damigelle, le arpe o la torta a sei piani. Non capisco cosa sia questa frenesia di sposarsi a tutti i costi, per il puro bisogno di appartenere a qualcuno e garantirsi un compagno finché morte non ci separi.

Dovremmo stare insieme finché *vita* non ci separi.

Fino al giorno in cui le nostre strade parallele prendono due direzioni diverse, com'è naturale che avvenga prima o poi, senza rancore o odio, ma con un grande abbraccio e infinita riconoscenza per tutta la strada fatta insieme.

Andiamo a letto in silenzio, senza osare parlarne e senza osare toccarci l'un l'altra, nemmeno allungando un piede.

E le parole "tu non lo ami più" mi riecheggiano in testa.

E per scacciarle mi alzo e preparo un *banana bread*.

«Sai anche cucinare? Ma allora sei davvero una donna da sposare!» esclama Calamandrei ficcandosi in bocca una gigantesca porzione di dolce, ignaro del fatto che la sua facile ironia potrebbe costargli la vita.

«Non pronunciare mai più la parola "matrimonio" davanti a me» rispondo puntandogli la penna contro. «Mai più.»

«No, dico davvero, con tutte le tue qualità, non capisco come tu sia ancora a piede libero. Anzi, quasi quasi ti sposo io.»

«Chi è da sposare?» chiede Paola spalancando la porta del mio ufficio ed entrando con un chilo di rassegna stampa da farmi leggere nella prossima vita.

«Lei!» insiste. «Questo dolce è strepitoso.»

«Allora significa che non ha chiuso occhio» risponde appoggiando la pila di riviste e giornali sul mio tavolo e uscendo.

«Che voleva dire?» chiede Calamandrei.

«Che quando non ho sonno cucino dolci, mi rilassa» rispondo rileggendo gli ultimi appunti e rendendomi conto che non stiamo avanzando di molto.

«Be', spero che tu non dorma mai allora.»

«Dài, Leonardo, concentrati un po', siamo indietrissimo!» mi lamento.

«Rieccola, la Prof è tornata dalle ferie! Mi stavo preoccupando» sbuffa. «Eppure eri così simpatica l'altra sera! Ti vado a prendere un Moscow Mule?»

Sprofondo il viso fra le mani. «Ma è possibile che pensi solo a giocare?»

«Hai ragione» risponde a bocca piena, «giochiamo solo quando suona la campanella.»

«Non so più come fare con te, mi credi?» gli dico indecisa se trafiggerlo con il tagliacarte o mettergli una nota sul diario. «Bigazzi mi marca stretto...»

«Dài Francy, non ti fidi di me adesso?» mi dice con la confidenza di due amici del baretto. «Io sono uno che lavora bene sotto pressione, e che allo sprint finale scala come un ciclista sulla montagna.»

«Abbiamo pochissime settimane... e poi, con tutto il rispetto, non ti ci vedo a sudare in bicicletta, né tantomeno con il casco. Ti schiaccerebbe i capelli.»

«È una metafora» si stizzisce all'istante, «e poi i libri migliori li ho scritti a ridosso della consegna» afferma appoggiando i piedi sul tavolo. «Anche a scuola era così, ho studiato per la maturità solo le ultime due settimane, giorno e notte.»

«Ah sì? E con quanto sei passato?»

«Con 36, che c'entra, l'importante è passare!»

«Qui invece l'importante è vincere il premio Strega» gli dico con l'espressione di un venditore di auto usate, «e il 36 non basta, ci vuole il 60, anzi il 100 in questo secolo!»

Calamandrei riprende a sbuffare e si mette a giocherellare con la pallina antistress.

«Dài» lo incoraggio come l'amica secchiona che dà ripetizioni di Greco, «facciamo un piccolo sforzo, poi ti lascio andare a giocare con i tuoi amichetti in cortile!»

Ride, avvicina la sedia alla mia e finalmente ottengo un briciolo della sua attenzione.

Ma all'una il mio telefono lampeggia con il promemoria "mamma".

Chiudo il laptop, e mi alzo dichiarando terminata la seduta.

«Ma come, mi lasci già? Stavamo andando così bene...» piagnucola.

«Lo so, ma il lunedì all'una ho sempre un impegno inderogabile» spiego prendendo la mia roba.

«E quale sarebbe questo impegno? Fammi pensare: no di certo il parrucchiere che è chiuso il lunedì, un uomo nemmeno... da uno psicanalista scommetto!» esclama, fiero della sua poderosa intuizione.

«In un certo senso sì!» rispondo uscendo dalla stanza e lasciandolo a finirsi il *banana bread*.

Busso piano alla porta di camera di mia mamma.

Ma la voce che dice «Avanti» mi è fastidiosamente familiare. Mi affaccio e, come sospettavo, c'è zia Rita seduta accanto a lei.

«Ah, ciao zia, come mai da queste parti?» chiedo togliendomi il cappotto e appendendolo all'attaccapanni.

«Guarda, tanto vale che te lo dica...»

Ma prima che possa terminare la frase la porta si apre ed entra il dottor Lippi.

«Allora, come andiamo? Siamo pronte?» dice come dovessimo partire in campeggio.

«A fare cosa?» chiedo voltandomi verso di lui.

«La porto a casa con me!» risponde invece zia Rita con un lampo di sadismo negli occhi.

«Con te?» domando disorientata. «Ma come, la dimettete e non mi dite nulla? Non ho voce in capitolo io? Non è di un mobile, è di mia madre che stiamo parlando» ribatto opponendomi, «la posso tenere con me, posso organizzarmi!»

«Non puoi» ribatte zia Rita, «tu non hai una casa attrezzata, non hai una stanza in più e lavori tutto il giorno, quindi è fuori discussione! Vero, dottor Lippi?»

«Abbiamo deciso che per sua madre questa è la soluzione migliore» risponde serio.

«Ma... perché, scusate?» rispondo guardando mia madre e sperando in una qualunque manifestazione di complicità, mentre continua a fissare la coperta con quello sguardo vuoto, come se non si parlasse di lei.

«Fiorella deve continuare la cura e ha bisogno di qualcuno che si occupi di lei a tempo pieno» prosegue il dottor Lippi asciutto.

«Posso cercare qualcuno che mi aiuti, lavorare più spesso da casa. Fatemi almeno provare a trovare una soluzione» li prego.

«Non ha senso pagare una persona per stare con lei quando ci sono io» replica zia Rita aprendo l'armadietto e cominciando a prendere le sue cose.

Mi sento esclusa, inutile, e calpestata.

Il dottor Lippi se ne accorge e mi prende da parte per parlarmi fuori dalla stanza.

«Mi creda, questa è la scelta migliore per sua mamma» mi spiega con un po' più di empatia, «anche se capisco che sia difficile da accettare. Fiorella ha bisogno di cure e attenzioni continue, al momento non ci possiamo permettere ricadute.»

Annuisco, fredda.

Certo, e poi sarà lui a decidere se e quando starà meglio, mettendo le crocette nelle caselle.

Rientro in camera fingendo che vada tutto bene.

Abbraccio forte la mamma, sussurrandole nell'orecchio che le voglio bene e che verrò presto a trovarla e lei ricambia impercettibilmente. Poi mi faccio coraggio e ringrazio anche zia Rita, perché se non mi comporto così mi renderà un inferno vederla anche solo una volta a settimana.

E salgo sull'autobus completamente frastornata.

Il passato non molla un momento la presa e approfitta di ogni crepa per infilarsi nel cuore a tradimento.

Se mio padre fosse ancora vivo non permetterebbe mai tutto questo.

Zia Rita voleva la mamma tutta per sé come fosse la sua bambola preferita, e noi due le eravamo di intralcio.

Ora che ci penso, tutti volevamo mia mamma solo per noi, perché la sua presenza era qualcosa di impalpabile e destinato a durare poco, come una farfalla o un arcobaleno.

E quando papà è morto, per zia Rita è stato facile poter riprendere possesso di quello che riteneva suo.

Mi sono opposta finché ho potuto, ma è stata una battaglia ad armi impari. Sapevo bene che da sola non ce la potevo fare, non contro un simile caterpillar armato delle peggiori intenzioni, ed ero troppo stanca e dolente per andare avanti a litigare.

E mi sono convinta che, forse, questa era la soluzione migliore, e ho lasciato che zia Rita si prendesse mia madre a casa, per poi accorgersi che non era più la sua "sorellina" da pettinare e con cui andare a mangiare il gelato in paese, ma una donna senza pelle, che si feriva con la vita.

Così, se ne è liberata come un cane scomodo e l'ha lasciata in casa di cura per anni.

Adesso che è riuscita a farla diventare uno zombie, è facile tenerla sotto controllo: basta bagnarla una volta a settimana come una felce.

Il telefono squilla.

«Ciao, Ravanello!» esordisce Edoardo.

«Ciao», sorrido anche se non ne ho voglia.

«Sei stata a trovare la mamma?»

«Sì, zia Rita la riporta a casa sua oggi.»

Pausa. Proprio nel punto esatto in cui avrei bisogno di una nota.

«Ma forse è meglio così, almeno non sta più in clinica.»

«Certo che è meglio che stia a casa invece che in clinica, ma non in quella casa!» rispondo già alterata.

«Sì, lo so, ma così potrai starle più vicina» tenta di nuovo.

«E come? Se quella carogna me la fa incontrare con il contagocce!»

Edoardo non dice niente e io mi sento male.

Non dovrei parlargli così, non dovrei vomitargli addosso tutta la mia rabbia, non con quello che passa con sua madre, ma non ce la faccio più a non avere un alleato, qualcuno a cui appoggiarmi ogni tanto per prendere fiato e poi continuare a nuotare, qualcuno che mi dica: "Lascia, ci penso io adesso, ho tutto sotto controllo".

Così finisco per non dire niente neanch'io e la telefonata si conclude con un «Ci vediamo a casa» da parte mia e un «Ciao, amore» da parte sua.

Rientro in ufficio e mi tuffo nel lavoro fino a sera, dato che Calamandrei ha pensato bene di non presentarsi per un impegno radiofonico imprevisto.

Ilaria mi appoggia un caffè sulla scrivania.

«Dio ti benedica!» esulto alzando gli occhi. «Mi hai letto di nuovo nel pensiero.»

«Non ti muovi da ore, mi sembrava il minimo... non vai nemmeno in bagno», mi sorride.

«In effetti credo che la mossa successiva sarà il catetere! A proposito, come sta la Spagnulo? Si è ripresa?»

«Ho passato la notte da lei» mi dice appoggiandosi una mano sulla fronte, «sembrava la casa di una barbona! Ho lavato i piatti di un mese, poi l'ho messa a letto fra un whisky e l'altro, dopo essermi sorbita il racconto di tutta la sua vita, dalle lettere di rifiuto all'incontro con Bigazzi, che l'ha fatta diventare quella che è. Mi sa che è un po' innamorata di lui!»

«Lo sospetto anch'io» confesso, «fra loro è sempre stato amore e odio, ma non possono fare a meno l'uno dell'altra... speriamo che lei riesca a superare il tradimento.»

«Parlando d'inferno, come sta andando con Calamandrei?» mi chiede a sua volta.

Appoggio il mento sulle mani e sospiro. «Non so dirtelo con certezza: un momento ho delle buone vibrazioni, e quello dopo sento che sarà una catastrofe!»

«So cosa intendi, una mia cara amica ha lavorato ai suoi ultimi due libri e dopo è partita per il Nepal e non è più tornata!»

«Perfetto...» rispondo immaginandomi anch'io ricoverata in Psichiatria.

«Leonardo è un po' come quegli attori che il giorno delle riprese non si presentano sul set perché sono ubriachi fradici, che fanno venire un infarto al regista, ma poi quando esce il film sbanca al botteghino!»

Il paragone calza a pennello.

«Quindi non devo fare altro che portare pazienza e tenere duro fino alla fine» dico più a me stessa sorseggiando il caffè.

«Continua così» mi incoraggia, «lui ti rispetta anche se finge di no, so che ha fatto piangere diversa gente!»

«Ha fatto piangere anche me.»

«È un bambino viziato che non sa cosa vuol dire lavorare davvero e ha sempre ottenuto tutto quello che voleva. Difficile cambiarlo, però forse puoi educarlo.»

«Con lui ci vuole un addestratore!»

Ride. E ora è il mio turno delle domande.

«Allora, posso chiederti come va con Alessandro?»

Si morde il labbro involontariamente e per me è già una risposta.

«Com'è carino!» esclama coprendosi il viso con un manoscritto a caso (quello di Rapisardi!).

«È fantastico, vero?» la incalzo.

«Non mi trovavo così bene con un ragazzo da secoli. A dirti la verità, dopo che mi sono lasciata col mio ex ho avuto pochissime storie.»

«È molto che vi siete lasciati?»

«Circa tre anni.»

«Più o meno come Ale e la Gatta Morta!» mi lascio sfuggire.

«Con chi?»

«Una stronza che gli ha spezzato il cuore» interviene Paola, come sempre in vena di pausa caffè. «A proposito, se non lo tratti più che bene dovrai fare i conti con noi!» l'avverte scherzando ma non troppo.

Ilaria fa un'espressione un po' preoccupata. «Gli volete molto bene, vero?» chiede poi in un sussurro.

«Puoi scommetterci, è l'unico maschio degno di questo nome nel raggio di 400 chilometri» insiste Paola. «È come un fratello per noi, vero Fra?»

Annuisco. «A proposito, com'era la cena da 550 calorie?» le chiedo curiosa.

«Buonissima» risponde arrossendo.

Paola mi guarda come a dire: "Visto?", e corre da Annamaria che la sta chiamando a gran voce dal suo ufficio.

«Posso prenderlo?» dice Ilaria indicando il manoscritto.

«Ti prego, sì, è una storia meravigliosa» le dico con trasporto. «Leggilo e dimmi cosa ne pensi. Bigazzi non lo vuole pubblicare, ma di te si fida e magari unendo le forze riusciamo a convincerlo!»

«Lo farò» mi risponde alzandosi con un enorme sorriso, poi, giunta sulla porta: «Grazie per essere sempre così disponibile con me».

«Grazie a te per il caffè.»

Più tardi Bigazzi bussa alla mia porta chiedendo permesso.

«Posso entrare?» sussurra esitante.

«Certo, l'ufficio è suo!» cerco di sdrammatizzare.

Si siede al mio tavolo con la schiena ricurva e i capelli fuori posto.

«Senta» mi dice tormentandosi le mani, «non le nascondo una certa apprensione per l'uscita del romanzo, mi dica sinceramente a che punto siamo. Non sono scemo, lo vedo benissimo che quel fannullone le sta facendo perdere un sacco di tempo, ma ormai siamo in ballo e non possiamo fare altro che ballare. Ma ora mi dica, il libro c'è o no?»

Cerco un momento le parole. «Bigazzi, la storia c'è, regge ed è assolutamente nel suo stile» lo tranquillizzo. «L'unica vera difficoltà è tenerlo concentrato, è come se avesse un deficit dell'attenzione!»

«Ha provato con il Ritalin?»

«Dice che glielo posso somministrare anche senza il suo consenso? Sciolto nel cappuccino di soia?»

Bigazzi ride, amaramente, ma ride. «Lei è in gamba, Francesca. Almeno su un cavallo buono sono riuscito a puntare, in mezzo a tutti questi brocchi!»

Ho l'impressione di avere davanti a me un uomo finito, non mi aveva mai fatto un vero complimento prima d'ora. Lo memorizzo e mi riprometto di riassaporarlo più tardi in autobus, come fosse un cioccolatino pregiato.

O una fantasia erotica.

Dio come sono ridotta!

«Lo metta sotto, sia inflessibile, me lo faccia come favore personale. Questa cosa mi è costata tanti di quei soldi che, se non rientriamo dell'anticipo, mi tocca farmi una plastica ed emigrare in Brasile!»

«Lo so, dottor Bigazzi, farò tutto il possibile, gliel'assicuro.»

«Non basta Francesca, lei deve proprio fare l'impossibile...»

Torno a casa sfinita, con un mal di testa da record e la sensazione di avere la febbre.

Ho perso due diottrie in tre anni e so che di questo passo finirò a fare l'editing in Braille.

«Ciao, Mirtillo Selvatico!» mi sento dire con la consueta dolcezza.

Gli do un bacetto sulle labbra e mi butto sul divano senza nemmeno la forza di togliermi le scarpe.

Ma Edoardo si inginocchia e ci pensa lui: mi sfila le scarpe e inizia a massaggiarmi i piedi delicatamente, come fossi di vetro.

Lo lascio fare, chiudo gli occhi e mi rilasso, cercando di scacciare ogni preoccupazione dalla mente. Immagino che con la scusa del massaggio mi sollevi di peso e mi porti in camera per farmi passare la più selvaggia delle notti, e dopo circa cinque amplessi consecutivi trovi la soluzione a tutti i problemi con le nostre madri.

Ma, quando apro gli occhi, lo vedo lì che mi fissa con gli occhi innamorati e devoti, e mi chiede: «Va bene così o faccio più piano?», come un massaggiatore thailandese.

Mi si stringe lo stomaco e mi alzo a preparare la cena.

Mangiamo guardando la televisione come ogni sera, commentando i programmi e raccontandoci le cose di ufficio, quelle che non meritano troppo coinvolgimento, fingendo di non dover affrontare l'argomento matrimonio-casa.

Ma non sono mai stata una troppo paziente e, soprattutto, non sopporto il temporeggiare a oltranza, quindi decido di dare inizio al match.

«Hai pensato a quello che ti ha detto tua madre?»

Silenzio.

«Sì, ci sto pensando.»

«E cosa intendi fare?» incalzo.

«Non lo so, lei è stata categorica...»

«Lei ti ha ricattato» preciso.

«Lo so, ma è fatta così e i soldi sono suoi, non posso farci nulla.»

«Potresti affrontarla come un adulto, tanto per cambiare» proseguo tagliando in due una mela con una violenza che quasi rompo il piatto.

«Non è facile, mia madre non si lascia convincere facilmente.»

«Sa che non le daresti mai torto, e si diverte a provocarti.»

«Ma cosa dovrei fare, secondo te?» mi chiede con quegli occhi da Bambi.

E questa è l'altra domanda che mi uccide.

«È secondo *te* che dovresti agire, non secondo me!» rispondo. «Ti sembra giusto che lei ti compri una casa solo in cambio di un matrimonio? A me pare una richiesta medievale e incredibilmente scorretta!»

«È vero, ma sei tu quella che non vuole sposarsi, quindi il problema è più tuo che mio, in fondo.»

«Mio?» trasalisco. «Io vivo benissimo anche così, il punto non è questo. Il punto è che tu, pur di non avere problemi, fai qualunque cosa ti venga detta, anche sposarti!»

«Ma io non ho nessun problema a sposarmi» ammette limpido.

«Ah no?» rispondo spiazzata. «Ero convinta che non ti interessasse...»

«Non mi interessa particolarmente finché posso stare con te, e so che tu sei contraria all'idea, ma se devo proprio sposarmi con qualcuno ecco... sei tu l'amore mio!»

E qui ho solo voglia di piantarmi il coltello nella giugulare e farla finita rapidamente, perché questo non è un uomo, questo è Darcy di *Orgoglio e pregiudizio*, è Cyrano de Bergerac, è Felipe di *Mangia prega ama*, e come tale non è reale!

Edo non è reale, è fatto di carta e io non so davvero da dove sia uscito fuori, o chi sia lo scrittore che l'ha creato, ma so per certo che non esiste un altro come lui, e di sicuro io non me lo merito e mi odio perché vorrei tanto gettargli le braccia al collo e potergli dire: "Ma sì, al diavolo tua madre e corriamo a sposarci".

Ma so con certezza assoluta che i prossimi trent'anni sarebbero la fotocopia esatta di questa serata, con lui che sorride beato con i miei piedi in mano e io che fisso la televisione con lo stesso sguardo vuoto di mia madre.

E non posso seppellirmi viva.

Archiviamo l'argomento insieme ai piatti sporchi, finisco di scrivere un paio di quarte di copertina e infine andiamo a letto.

Senza fare altro.

Più tardi, nel buio, sento squillare il mio cellulare e sussulto.

«La mamma!» dico precipitandomi fuori dal letto, inciampando nella sedia e correndo in salotto a rispondere.

«Dormi?» mi chiede una voce impastata che non riconosco se non leggendo il nome sul display.

«Sono le due e mezzo del mattino, la gente normale dorme!» rispondo seccata e allo stesso tempo sollevata che non sia un'emergenza.

«Ah, scusa, non avevo fatto caso a che ora fosse, sono a questa festa pallosissima e allora, non ci crederai, ma mi sono messo a pensare e mi è venuto in mente un *twist* interessante nel terzo capitolo, dove la moglie potrebbe controllare il telefono a Fabrizio e trovare le foto di Gaia...»

«Calamandrei, che tu non fossi un mago di delicatezza mi era noto, ma che tu fossi anche un molestatore notturno, questa mi mancava!»

«Non dirmi che stavi facendo sesso perché tanto non ci credo.»

«Sei un cretino!» dico riattaccando.

E scoppio a ridere.

11

Paola mi aspetta sotto il portone dell'ufficio con le mani in tasca e il cappello di lana nel freddo pungente del mattino, saltellando da un piede all'altro.

Ho passato il resto della notte a cercare informazioni sui centri antistalking che potrebbero aiutarla.

La conosco troppo per non capire che sta male, ma è talmente testarda che non chiederebbe mai aiuto.

«Allora, pronta per un'altra emozionante giornata alla Big. Ed.?» mi chiede accendendo l'ultima sigaretta prima di salire.

Mimo una pistola alla tempia.

«Non credo che arriverò alla primavera» commento laconica, «Calamandrei mi ucciderà prima.»

«Saremo in due allora!», ridacchia alla sua battuta infelice.

«Altre minacce?»

«Questa» mi dice mostrandomi una sua foto con una grossa croce rossa disegnata sopra. «Era sotto la porta, stamattina.»

«Paola, dobbiamo fare qualcosa subito» dico in ansia. «La situazione sta degenerando troppo rapidamente, si può sapere cosa aspetti? Di lasciarci la pelle per fare l'eroe? Scusami, ma mi sembra una cosa incredibilmente stupida.»

«È che non riesco a capacitarmi di tutto questo odio, Fra! Lui mi amava, io lo amavo, vivevamo insieme, eravamo felici e ora lui vuole farmi fuori, è questo che il mio cervello si rifiuta di accettare» ammette con dolore. «Come può essere capace di una simile persecuzione? Con chi ho vissuto per anni? Sapevo che aveva un mucchio di difetti, che era un cazzone e uno sfaticato, ma mai e poi mai avrei pensato che sarebbe stato capace di arrivare a questo. Mi sta terrorizzando, mi tiene in scacco, mi pedina, mi minaccia, mi telefona un milione di volte da telefonini diversi, sto diventando pazza!» mi dice scoppiando a piangere forte.

L'abbraccio senza riuscire a trovare un perché che la conforti.

Un giorno l'amore finisce e basta.

E non è colpa di nessuno.

È quello che decidiamo di fare con ciò che abbiamo imparato che fa la differenza.

«Prendi questi numeri e chiamali subito, fammelo come favore personale» la supplico.

Fa sì con la testa infilando il biglietto in tasca, dà l'ultimo tiro alla sigaretta e la lancia via.

Saliamo le scale in silenzio con una stretta al cuore.

Trovo Calamandrei seduto al mio tavolo con un sacchettino pieno di brioche in mano.

«Per farmi perdonare di averti svegliata stanotte» mi dice, ruffiano.

Faccio spallucce e lo ignoro come un moscone noioso.

Mi tolgo il cappotto, abbottono il cardigan beige (da suora), mi avvicino e gli do una pacca sulla schiena per farlo sloggiare dalla mia sedia.

Si alza riluttante e si siede all'angolo della scrivania.

Lo guardo negli occhi, per nulla impressionata. «Che bella vita la tua, Calamandrei» gli dico senza ironia, tirando fuori gli appunti. «Ho cambiato idea, sai? Nella prossima ho già fatto domanda di essere te!»

Resta disorientato dalla mia uscita e si concentra da bravo scolaretto.

«Dunque, parlami meglio di questo *twist*...»

La mattina vola via che è un piacere, senza bisogno del Ritalin, intervallata soltanto dai lamenti disperati di Annamaria, che è riuscita a far sparire tutta la posta di Outlook un'altra volta. Da un Mac...

E finalmente, dacché abbiamo cominciato a lavorare insieme, posso dire che stiamo arrivando a qualcosa. Nonostante non riesca ancora a spiegarmi come una simile testa vuota sia capace di comporre frasi così intense e trascinanti.

Forse è proprio la sua totale mancanza di sensibilità a renderlo così bravo con le parole. Le accosta come farebbe con una cravatta su un completo grigio e sceglie quella che ci sta meglio.

E le donne lo venerano pensando che uno così potrebbe morire per amore.

Uno così morirebbe solo se perdesse i capelli!

Ma non posso negare che qualcosa stia cambiando, dato che adesso, quando lo chiamano al telefono, risponde: «Sono con la mia editor, ci sentiamo più tardi!».

Forse un po' si fida davvero.

O, come temo, è solo un paraculo nato.

In pausa Ilaria entra nel mio ufficio a dir poco elettrizzata.

«Francesca, te lo devo proprio dire: è un libro stupendo, non ho dormito per finirlo!» mi dice restituendomi le pagine.

«Magnifico, vero?» rispondo mollando il tupperware con l'avanzo di roastbeef.

«Quella scena in cui la stanno deportando e loro due si tengono la mano attraverso le assi di legno del carro e lui le corre dietro finché il soldato gli dà un calcio in faccia è straziante!»

«E quella scena del bambino che gli muore dal freddo fra le braccia?»

«Oddio, e quella in cui prova a chiedere all'SS di cercarla nella sezione femminile e lui lo denuncia ai superiori?»

«Come l'ho odiato, quel maledetto aguzzino, che è lo stesso che le spara alla fine...»

«Non mi ricordare quella scena che mi rimetto a piangere.»

«A chi lo dici!» mugolo.

Paola passa davanti alla porta aperta e ci vede in lacrime.

«Ma che è successo?» chiede, allibita.

«Abbiamo letto il libro di Rapisardi, è bellissimo!» diciamo in coro asciugandoci gli occhi.

«È che non avete l'abitudine di leggere libri decenti» chiosa, «se lavoraste in una casa editrice seria forse...» continua tirando dritto.

«Cosa possiamo fare perché venga pubblicato?» mi chiede Ilaria, speranzosa.

«Al momento niente» rispondo a malincuore, «dobbiamo aspettare l'uscita di Calamandrei. Poi, quando le acque si saranno calmate e se avrà vinto, Bigazzi non avrà più motivo di opporsi e Rapisardi finalmente potrà cambiare genere.»

«Com'è ingiusto però...»

«Lo so, ma queste sono le leggi del mercato, che più che leggi sono scommesse: un libro vende milioni di copie perché è stato deciso che è il migliore degli ultimi vent'anni e tutti devono averlo, anche se lo legge solo un terzo di quelli che lo hanno comprato! È così che va il mondo...» commento amaramente.

Alessandro si affaccia e, vedendo Ilaria seduta di spalle, si inebetisce all'istante, molto oltre il livello "Gatta Morta" a cui era arrivato nei tempi andati.

Si avvicina dietro di lei, le copre gli occhi, e la bacia sulle labbra davanti a me, cosa che mi fa imbarazzare e istintivamente girare dall'altra parte.

«Guardona» mi sfotte.

«Prendetevi una camera!» rispondo alzandomi e lasciandoli soli, sperando solo che non facciano sesso sul mio tavolo. Non potrei sopportarlo.

Cerco Paola per chiederle se ha telefonato ai numeri che le ho dato, ma mi tocca aspettare fuori dalla sua stanza che finisca di discutere con Annamaria.

Quando finalmente hanno terminato di mandarsi a quel paese la intercetto mentre, con falcate degne di una podista di *nordic walking*, si dirige alla macchinetta del caffè.

«Allora, hai chiamato?» le chiedo correndole dietro.

«Ti pare il momento?»

«È un momento come un altro, tanto voi due litigate sempre! Allora, hai chiamato?»

«Quella continua a rompermi le balle a oltranza, ma lei non sa che con me ci vuole ben altro!»

«Ho capito, ma hai chiamato il centro antistalking?»

«Che poi la cosa che mi fa impazzire è che quella non è in grado di lavorare... non sa scrivere senza errori, passa la giornata a fumare e a telefonare ai suoi amici e crede che un indirizzo email sia come quello di casa: anche se non è esatto, tanto il postino lo sa!»

Scoppio a ridere. «Questa te la sei inventata.»

«Magari! Ma quella ha un contratto blindato, e allora sarà una lunga guerra perché io non sono come le altre sessantasette malcapitate!»

«Okay, ma in tutto questo: hai chiamato?»

«Certo che ho chiamato!»

«E?»

«Ho un appuntamento stasera.»

«Alleluia!» esclamo, le braccia al cielo.

Rientro nel mio ufficio e trovo Alessandro solo, che mi aspetta fingendo di armeggiare al mio computer.

«Se cerchi pornazzi, non ne troverai», rido.

«Ah, non mi sfiorava nemmeno lontanamente il pensiero!» risponde sinceramente. «Il massimo dell'erotico per te è una buona traduzione dell'*Iliade*.»

«Quanto poco mi conosci» gli rispondo strappandogli di mano il laptop, «ho letto anche le *Cinquanta sfumature...*»

«Tu hai bisogno di *farle* le sfumature, non di leggerle» sottolinea.

«Sono felice che abbiate tutti a cuore la mia vita sessuale, non so come farei senza di voi.»

«Io non so come fai tu, diventerei matto!»

«Tu sei un uomo, siete solo materia, noi donne siamo spirito», sorrido con espressione saccente.

«Sì, è vero, voi siete sempre nello spirito di accoltellarvi l'un l'altra, e te lo dico perché prima ho sentito Annamaria parlare malissimo di Paola. Non so con chi, ma ha detto che le farà fare la fine di tutte le altre!»

«Ma sei sicuro?» gli chiedo atterrita. «Sta passando un

momento orribile per colpa del Demente, non può reggere tutta questa pressione!»

«Per questo te lo dico, vacci a parlare tu con Annamaria, e cerca di calmare le acque, che quella è una iena e ci mette un minuto a andare da Bigazzi.»

Registro il messaggio.

È proprio vero che, quando i casini decidono di piombarti addosso, lo fanno tutti insieme appassionatamente.

Mi riprometto di passare da lei in serata, dato che sento la voce di Calamandrei che fa il cascamorto con Beatrice alla reception.

«Sei pronto a riprendere?» gli chiedo quando si degna di rientrare nel mio ufficio.

«Sempre pronto quando c'è da lavorare!» risponde mettendosi sull'attenti.

Mi strappa un sorriso.

«Pensavo» gli suggerisco, «quando Fabrizio incontra Gaia e comincia a fare lo scemo col telefonino, potremmo far sì che sia proprio il figlio a trovare una foto della maestra nuda.»

Tace un attimo e poi aggiunge: «E la porta alla moglie dicendo: "Guarda mamma, papà ha la maestra nel telefonino". Ma è geniale!».

Mi godo il mio minuto di gloria mentre Calamandrei gongola per l'eccitazione tipica delle piccole idee che funzionano e che dura quanto una stella cadente.

Per poi ripiombare nella frustrazione del: «E poi che succede?».

Ma oggi sono particolarmente ispirata e, incredibilmente, riusciamo a andare avanti senza troppi intoppi.

«Hai mai presentato degli autori a qualche evento?» mi chiede.

«Sì, perché?»

«Ti andrebbe di presentarmi venerdì a un festival di vino e libri qui a Milano? Faccio un favore a un amico, mi piacerebbe mi introducessi tu.»

«Ma non c'è nessuno disposto a presentarti?» rispondo con un'espressione miserabile. «Non so, il sindaco, qualche assessore, Fabio Volo!»

«Nessuno è disponibile purtroppo, tu sei il mio unico ripiego.»

«Che invito lusinghiero! E, se ti presento, tu cosa mi dai in cambio?»

«Oltre alla mia eterna riconoscenza, sarò serio e bravo per due giorni consecutivi.»

«Facciamo tre!»

«Affare fatto!» esclama dandomi la mano.

La stringo sperando ardentemente che questo mi permetterà di tenerlo un po' più sotto controllo, anche se con lui mi sembra di navigare sempre a vista.

Il mio telefono squilla, ma lui rapidissimo lo prende e si alza di scatto. Mi lancio per strapparglielo di mano, ma sta già parlando con Edoardo.

«No, non sono Pagnottella, ma te la passo subito», ride. «Ah, e lasciati dire che sei un uomo fortunato.» Mi porge il telefono: «Ha detto che lo sa».

Fisso Calamandrei senza espressione, incapace di trovare qualcosa da dirgli a parte che è un imbecille, ma credo che a questo punto lo sappia già, e rispondo a Edo a monosillabi, ripromettendomi di chiedergli di smettere di chiamarmi con qualunque nome gli venga in mente, almeno al cellulare.

«Pagnotella?!», ride come un deficiente appena riattacco. «È così che ti chiama nell'intimità?»

«Edoardo mi chiama con la prima parola che gli viene in mente, è solo un gioco, ma non credo tu possa capire il concetto di "complicità"!»

«E tu come lo chiami?»

«Io?» esito un momento fingendo di cercare una penna. «Io non lo chiamo in nessun modo, lo chiamo Edo.»

«UUUUHHHH! Ecco il ritorno della professoressa!» ridacchia. «Io-lo-chiamo-Edo» mi imita con una voce stridula.

«Per favore, possiamo riprendere?»

Scuote la testa. «Se non impari a rilassarti, un giorno di questi ti romperai come un cristallo» mi dice, improvvisamente serio.

Rimango di nuovo senza una risposta.

Ci guardiamo negli occhi per un lungo attimo e avverto di nuovo la sensazione sgradevolissima che riesca a leggermi dentro, non perché sia particolarmente empatico, ma solo perché la sua forte componente istintiva mi stana come un cane da caccia farebbe con una volpe ferita.

Quando finalmente se ne va, e l'ufficio rimane avvolto nel silenzio con il solo ronzio dei neon, vado a salutare Paola, ancora schiacciata dalla mole di lavoro sotto cui Annamaria l'ha seppellita.

«A che ora è l'appuntamento?» le chiedo piano affacciandomi.

«Alle sette, ma non ce la posso fare, ho troppo lavoro arretrato!» sussurra scoraggiata.

«Vai, ti prego, ci penso io qui.»

«No, Fra, non me la sento.»

«La tua vita è più importante di qualunque telefonata a qualunque rivista femminile! Vai, ti prego!» la incoraggio.

Non risponde, ma si alza, prende la borsa e comincia a sistemarci le sue cose, il portatile, le sigarette, l'accendino, il telefono. Poi mi guarda: «Allora ci vediamo domani!» mi saluta con un mezzo sorriso che interpreto come un grazie.

«Se hai bisogno di qualunque cosa, chiamami» le sussurro.

Mi fa ciao con la mano e la sigaretta spenta in bocca e sparisce silenziosamente, attraverso la porta, lasciando dietro di sé un vago sentore di malinconia.

È il momento di provare a parlare con Annamaria, che ovviamente è al telefono e fuma.

Mi fa cenno di aspettare un attimo, che si trasforma in cinque minuti abbondanti, mentre la sento ridere e far battute col suo pesante accento napoletano. Quando finalmente si libera e riattacca, mi faccio avanti e mi siedo davanti a lei.

«Volevo parlarti di Paola, se hai un minuto» esordisco con calma.

«Ah, di quella non voglio proprio parlare!»

«*Quella* è la mia migliore amica e io ne voglio parlare, invece» puntualizzo.

«Bene» risponde gesticolando, «allora sappi che sono veramente al limite della pazienza, non finisce mai niente di quello che le si chiede, risponde male e passa tutto il tempo nel tuo ufficio!» dice puntandomi il dito contro.

«Allora forse è il caso che ti metta al corrente dei problemi che sta avendo col suo ex marito, che la perseguita.»

«In che senso, la perseguita?» chiede.

«Nel senso che la sta minacciando di morte, tu che dici?» le spiattello senza tanti fronzoli.

Sembra voler commentare, ma fortunatamente serra le labbra e si trattiene. Poi domanda: «E da quanto va avanti questa storia?».

«Da mesi, e si sta aggravando. Stasera ha un colloquio in un centro antistalking, sperando che la possano aiutare. Capisci perché è così inquieta?»

Annamaria tace per un attimo. «Brutta situazione...»

«Bruttissima: le ha lasciato dei vetri in una busta, la chiama, la terrorizza, la segue. Non c'è di che stare allegri, credimi, e se tu potessi essere un pochino più paziente con lei in questo periodo, te ne sarei davvero grata» le dico sinceramente.

Serra di nuovo le labbra. «Mi dispiace, non immaginavo.»

«Le persone hanno quasi sempre una buona ragione per comportarsi come fanno. A volte basterebbe chiedere loro perché» dico in tono ben disposto.

«Certo, adesso mi metto a mandare tutti dallo psicanalista...» commenta sarcastica.

«Non dico questo, ma conosci Paola da un sacco di tempo, e sai che è una che lavora sodo! Non è che si cambia così, da un giorno all'altro!»

Annuisce.

«Se hai bisogno di una mano posso dartela io, mentre lei si rimette in sesto!» aggiungo.

«Vabbuò» risponde rilassandosi, «sei una buona amica, piacerebbe anche a me avere qualcuno che mi protegge qualche volta.»

«Ti sai proteggere benissimo da sola» le dico sorridendo.

Ride e io mi metto a sbrigare il lavoro di Paola.

Siccome già lavoravo poco.

Torno a casa tardissimo e Edo mi sta aspettando senza aver ancora cenato.

«Non dovevi... sono le nove e mezzo passate, avrai fame!» gli dico scoraggiata.

«Lo sai che non mi piace mangiare da solo, e poi mi faceva piacere aspettarti. Ho preso il cinese.»

«Ah» rispondo senza entusiasmo, chiedendomi perché non osi mai qualcosa di diverso, magari col rischio di sorprendermi. Chessò, indiano? Messicano? Libanese?

«Mi dispiace per oggi» gli dico sedendomi a tavola, «Calamandrei a volte è veramente scemo.»

«Tranquilla, Tuz!» mi sorride pacifico. «Immaginavo che fosse lui, ha solo fatto uno scherzo» mi rassicura.

«Ma non ti ha dato per niente fastidio il fatto che abbia risposto al mio telefono?» dico accennando a un concetto *assurdo* come "la gelosia".

«E perché? Mica facevate niente di male, stavate lavorando!»

«Ovvio che non facevamo "niente di male"» ribatto, «ma mi chiedevo se sentire la voce di un altro uomo al mio telefono non ti potrebbe in qualche modo disturbare!»

«E perché mai? Io di te mi fido ciecamente!»

Osservo in silenzio i ravioli al vapore nel mio piatto.

E non so se dovrei sentirmi lusingata per questa dimostrazione di fiducia assoluta, o sentirmi come un bonsai che viene curato con minuziosa dedizione da un botanico premuroso.

Lo immagino con quelle minuscole forbicine, mentre tagliuzza via le foglioline secche dai miei rametti rattrappiti, imprigionata in un vasetto angusto perché le mie radici non possano mai allungarsi e permettermi di crescere.

E agito le gambe sotto il tavolo.

12

«Zia Rita, te lo chiedo per favore, quando posso venire a trovarla?»

Sospira come se dovesse spulciare il *planning* della regina d'Inghilterra. «Vieni venerdì pomeriggio.»

«Zia, questo venerdì non riesco, te l'ho detto, devo presentare un autore...»

«Lo vedi? Non puoi mai. Come fai a pretendere di occuparti di tua madre se sei sempre presa dal tuo lavoro?»

Mi mordo una mano per non risponderle come merita. «È solo questo venerdì che ho un impegno, qualunque altro giorno a qualunque altra ora mi va bene!»

«Con così poco preavviso non posso organizzarmi diversamente, mi dispiace. Venerdì pomeriggio è tutto quello che ho da offrirti, prendere o lasciare!»

Mi sembra un incubo: mia zia, la carceriera, mi fa il "favore" di permettermi di vedere mia madre una volta a settimana e mi fissa un appuntamento, nemmeno fosse un parrucchiere di grido.

Mi massaggio le tempie, rassegnata, e segno giorno e ora di ricevimento sulla mia agenda.

Paola si affaccia alla porta.

«Com'è andato l'incontro di ieri sera?» le chiedo.

Fa spallucce. «Bene, credo» risponde, «ma insistono sulla denuncia ai carabinieri e tu sai come la penso.»

«Ti hanno dato dei consigli, almeno?»

«Sì, le solite cose» risponde insofferente: «cambiare spesso abitudini, informare gli amici, non fare sempre la stessa strada per tornare a casa, iscriversi a un corso di difesa personale...»

La guardo con un misto di pena e apprensione, la faccia che lei odia le venga destinata.

Ma mi vengono i brividi all'idea di subire una persecuzione tale da essere obbligata a ricalcolare il percorso della mia vita, e temere di essere costantemente in pericolo.

«E pensi di seguirli, questi consigli?» tento.

Scrolla le spalle. «Non ho intenzione di permettere a quell'imbecille di rovinare la vita a me e a chi mi sta accanto» risponde secca. «Se è destino che mi debba togliere dal mondo, non c'è niente che io possa fare per impedirglielo» conclude con un risolino nervoso.

«Paola, non dire assurdità. Parli in questo modo perché sei stanca e lui ti sta riducendo i nervi a pezzi, ma tutto questo fatalismo non è da te!»

«Oh senti, non ricominciare con la paternale!» sbotta. «Il problema è mio, non tuo, e in ogni caso non intendo dargliela vinta, non ho fatto niente di male per meritare di essere perseguitata!»

Non so come, ma mi viene in mente il romanzo di Rapisardi e quella scena della deportazione. E mi chiedo perché a un certo punto qualcuno decida che non abbiamo più diritto di vivere e dedichi il resto della sua esistenza a cercare di realizzare questo progetto.

Incasso per evitare di innervosirla ulteriormente, sperando solo che Annamaria mi abbia dato ascolto.

Calamandrei arriva di nuovo in ritardo e stavolta non si scusa nemmeno.

Si siede con l'aria di uno a cui hanno bucato il pallone e non spiccica parola.

«Possiamo cominciare o aspettiamo qualcuno?» gli chiedo.

Fa una smorfia.

«Non mi vuoi parlare? Facciamo il gioco dei mimi?»

Ancora silenzio.

«Leonardo, che c'è? Così non mi aiuti, dammi almeno un indizio!»

Tira fuori dalla tasca un foglio A4 spiegazzato e me lo consegna.

Lo apro, è un articolo fotocopiato di una rivista che si occupa di narrativa italiana e che titola: *Il grande bluff*.

E sotto, un pezzo al vetriolo di Zanieri, un famoso giornalista letterario, che lo demolisce con precisione scientifica, smontando tutti i suoi libri fino a ridurli in polvere e definendolo "il vuoto cosmico", "la parabola discendente", "il principio della fine".

E nonostante io sia assolutamente d'accordo con il giornalista in questione, che vorrei chiamare per ringraziare personalmente, capisco anche che il colpo per il povero Calamandrei è a dir poco mortale.

È così scosso che non riesce a stare fermo un minuto e chiama la sua agente, minacciando querele a destra e a sinistra. Lo osservo tranquilla e aspetto che abbia finito il giro di telefonate e si sia fatto consolare da tutti i suoi amici e parenti.

Finché finalmente arriva il mio turno.

«Allora, hai finito di piagnucolare?» gli dico a muso duro.

«Non sto piagnucolando!» dice piagnucolando.

«Ti rendi conto che stai mettendo in discussione il tuo talento e il tuo equilibrio mentale solo perché una persona, e una soltanto, ha deciso di dire la sua? Siamo in un Paese libero, Zanieri ha esercitato il suo diritto di dirti che non gli piaci e io ti domando: e allora?»

«Non capisci, mi ha distrutto, mi ha dato dell'inconsistente, del fasullo, e dice che non sono nemmeno io che scrivo i miei libri» si lamenta strapazzandosi i capelli.

«Ma è stupendo invece!» esclamo.

«Cosa vuoi dire?»

«Che dovresti avere più stroncature, perché ti farebbero bene, potrebbero darti carica e una sana voglia di rivalsa che giocherebbe solamente a nostro favore!» gli dico con enfasi, come un motivatore. «Invece guardati, gli stai dando ragione: sei nervoso, risentito e debole, ed è esattamente il risultato che Zanieri voleva ottenere!» Calamandrei non mi risponde, ma smette di agitarsi sulla sedia. «Avrai sempre qualcuno contro, e sai chi sono quelli che ti stroncano più volentieri? I perdenti, quelli che, come dici tu, invidiano la tua vita, quelli che hanno un romanzo nel cassetto che non pubblicheranno mai! E cosa poteva fare uno Zanieri qualunque per riuscire a ferirti se non colpirti nel tuo punto più debole, nel tuo intimo più profondo, dove risiede il tuo talento, dove sei privo di filtri e di difese? Ha giocato sporco e tu, Leonardo, ci sei cascato con tutte le scarpe e, mi dispiace dirtelo, ma così facendo gli stai dando ragione!», lo guardo fisso senza sbattere le palpebre, contando fino a cinque, prima di giungere all'arringa finale. «E l'unica risposta che questo signore merita non è un'inutile querela, bensì il tuo massimo e totale impegno a realizzare il più bel romanzo della tua vita!»

E su questa frase mi rilasso sulla sedia con le mani in grembo, in attesa di una reazione.

Calamandrei mi guarda frastornato. «Tu dici che non devo preoccuparmi?»

«Assolutamente no!»

«Che non devo mandargli una lettera aperta?»

«E cosa vorresti dirgli: "Non è vero, io sono un bravo scrittore, uffa!" e battere i piedi?», rido.

«Quindi dovrei soltanto ignorarlo ed essere superiore?» mi chiede cercando di ritrovare la calma.

«Sai cosa disse Eleanor Roosevelt? "Nessuno può farti sentire inferiore senza il tuo consenso."»

«Mi sa che me lo faccio tatuare sul braccio.»

«Allora al lavoro?» gli chiedo ammiccando.

Mi sorride con rinnovato entusiasmo, appallottola l'articolo e lo lancia nel cestino centrandolo in pieno.

«Direi che è un sì!» e riprendo da dove avevamo lasciato.

Più tardi, mentre sono al telefono con un tizio che mi chiama per la terza volta in una settimana, per sapere se ho letto il suo manoscritto, sento una gran confusione provenire dal corridoio.

Paola irrompe nel mio ufficio urlando: «Chi cazzo ti ha detto di raccontare i fatti miei a quella, eh?».

Capisco subito che la discrezione non è una dote di Annamaria e mi pento di averle chiesto un favore.

«Paola, non le ho detto niente di preciso, ma volevo che sapesse che stai passando un brutto momento, in modo che ti lasciasse tranquilla.»

«Non ho bisogno della balia, io!» mi urla. «Non ho bisogno di nessuno, e cos'è la storia dei vetri?»

Sospiro. «Ho trovato dei vetri in una busta davanti alla porta di casa tua» confesso.

«E perché non me l'hai detto?»

«Perché non volevo farti preoccupare ulteriormente» rispondo sentendomi improvvisamente stupida.

«Bella idea del cazzo, Francesca! Cos'altro mi stai nascondendo? Un'ascia conficcata nella porta? L'antrace nella cassetta delle lettere? Un pacchetto esplosivo sotto lo zerbino?»

«Paola, scusami, ma era solo per il tuo bene, credimi, ti giuro, se avessi saputo che si sarebbe comportata così, avrei evitato...»

«Quindi credevi che quella fosse una persona perbene e che io stessi esagerando quando ti dicevo di quanto è falsa, infida e ipocrita!»

«Hai ragione, scusami, ho sbagliato» mi arrendo.

«Eccome se hai sbagliato, e ora fammi il piacere di starmi lontana e di non farti mai più gli affari miei!» mi grida contro uscendo e sbattendo la porta.

Rimango malissimo, con una sensazione di vergogna e dolore alla bocca dello stomaco, incapace di dirle altro.

E odiando profondamente Annamaria.

Calamandrei torna dopo pranzo e mi vede giù di morale.

Evito di metterlo al corrente della litigata. In compenso, quando lo informo che non potrò presentarlo venerdì, ho la conferma di non avere a che fare con un adulto.

«Come, non puoi?» mi chiede delusissimo cominciando a scompigliarsi i capelli.

«Mi dispiace, un impegno imprevisto a cui non posso mancare.»

Picchia un pugno sul tavolo e si fa male. «Mi vuoi dire cosa c'è di così importante?» si lamenta massaggiandosi la mano.

«Non posso dirtelo ma, credimi, non ho davvero scelta.»

Mi guarda torvo. «Tu non ti fidi di me!»

«Sì che mi fido» gli dico sinceramente, «ma questa cosa è personale e non mi va di parlarne.»

Tace di nuovo, contrariato un'altra volta. «E ora come faccio?»

«Troviamo qualcun altro, te lo prometto.»

«Non lo voglio qualcun altro!» dice mettendo il muso.

Faccio subito un paio di telefonate e, come sospettavo, ho solo l'imbarazzo della scelta nel trovare delle relatrici più che disponibili a presentarlo al festival Libri&Vino, ma lui fa l'offeso e fa scegliere a me. Così, per ripicca, gli appioppo la giornalista più anziana e noiosa che conosco.

E termino la giornata nel più totale senso di frustrazione e solitudine.

Esco dall'ufficio e decido di farmi un pezzo a piedi, anche se il freddo è così intenso da aggredirmi le ossa.

Chiamo Alessandro e lo metto al corrente del fallimento del nostro ingenuo piano, poi tento di chiamare Paola, che naturalmente non mi risponde.

Cammino piano per ritardare il mio rientro a casa, perché so che se parlerò della mia giornata con Edo non sarà in grado di darmi nessun consiglio propositivo o critica costruttiva, ma solo il suo sostegno indefesso.

Come se qualunque cosa io facessi fosse giusta. E Dio sa quanto questo non sia vero.

Arrivo al parco Sempione, illuminato solo dai lampioni nell'oscurità, con quella tenue luce giallastra effetto Londra fine Ottocento.

E comincio a sentirmi veramente stanca. E incapace di gestire tutto quello che mi accade.

Possibile non ci sia il modo di far funzionare le cose e che si debba sempre fare i giocolieri fra amore, lavoro, amici e famiglia?

O forse sono io che sono difettosa.

Entro di corsa in un supermercato in chiusura per comprare uova e farina, dato che sento che passerò un'altra notte insonne, e osservo in coda alla cassa una mamma insieme alla figlia più o meno della mia età.

Si somigliano moltissimo: una la versione più matura dell'altra, tutte e due sorridenti ed espansive, conversano animatamente con la cassiera ridendo e prendendosi in giro. Due donne che sembrano risolte e che non hanno l'aria di dipendere l'una dall'altra, a giudicare dal modo in cui si muovono e parlano: perfettamente indipendenti, autorevoli e allo stesso tempo complici.

E pensando alla mia povera mamma con una tuta verde di ciniglia, seduta nella cucina di zia Rita, mi sento ribollire il sangue.

A casa trovo Edoardo ancora più di buon umore del solito. Canticchia e mi gira intorno ignaro delle mie occhiaie e della mia scarsa voglia di comunicare, se non a monosillabi.

«Come mai sei così di buon umore?» gli chiedo.

«Io sono sempre di buon umore!» mi abbraccia. «Anche quando passo una giornata terribile in ufficio, e sono stanco, penso io ho lei, e sto subito bene.»

Gli annuso l'alito per sentire se ha bevuto, ma niente, è sobrio, ed è semplicemente così: un entusiasta della vita.

«Ti ho preparato un bagno caldo» mi dice con un'espressione furbetta che mi ricorda un po' quella dei bambini che fanno il regalo di San Valentino alla mamma, ben lontana dall'idea di Bradley Cooper che mi accoglie coperto solo di schiuma.

Ma sorrido al pensiero premuroso e vado in bagno, dove trovo la vasca piena di acqua e petali di rosa rossi.

Mi volto sorpresa.

«Che servizio a cinque stelle!» esclamo.

«Un servizio da principessa» risponde accendendo due candele appoggiate sulla mensola dello specchio e lasciandomi sola.

Mi siedo sul bordo della vasca e sfioro con le dita l'acqua calda, disegnando lentamente cerchi concentrici, per confondere il riflesso tremolante che rimanda un'immagine di una me più vecchia di almeno dieci anni.

Non so nemmeno come sono arrivata a trascurarmi così. Si comincia col non truccarsi più, col mettersi lo stesso cardigan tre volte a settimana, col comprare mutande di cotone tutte uguali... e poi da un momento all'altro è tutta una discesa. E non basterebbe l'intero team di "Extreme Makeover" a rimetterti in sesto.

Mi spoglio, entro lentamente nella vasca godendomi il brivido del calore bollente e immergo la testa fino a che l'acqua raggiunge le orecchie e non sento altro che il battito ovattato del mio cuore.

Mi sforzo di non pensare a niente, e provo a rilassarmi come, a detta di tutti, non sono capace di fare.

Ma mentre raggiungo un accettabile livello di relax un suono sordo, ma maledettamente insistente, comincia a propagarsi attraverso l'acqua fino ai miei timpani sommersi.

E capisco che è il cellulare rimasto sulla lavatrice a squillare, e che mi obbliga ad alzarmi, scivolare, picchiare un ginocchio, rischiare di spezzarmi l'osso del collo e rispondere.

A Calamandrei.

«Cosa vuoi ancora!» chiedo esasperata.

«Senti, sono qui all'evento di Dolce e Gabbana e la persona che mi accompagnava non c'è e io non ho voglia di stare qui da solo!»

«E mi chiami alle nove e mezzo?» strillo piano. «Che posso farci io, tovarti una baby sitter?»

«No, devi venire *tu* qui!»

«HAHAHAHAHA!», scoppio a ridere. «Sei veramente super simpatico, davvero, non credevo, sei una continua sorpresa! Ci vediamo domani e non bere troppo, che dobbiamo finire il quinto capitolo.»

Riattacco, sbalordita, chiedendomi come si sviluppi in natura un carattere così prepotente, e sono certa che a sei anni era uno di quei bambinetti odiosi che dicevano: "Il pallone è mio e non vi faccio giocare più!".

Mi reimmergo nella vasca assolutamente intenzionata a non farmi più disturbare, immaginando Calamandrei che si aggira, bicchiere alla mano, fra modelle, blogger e stilisti, ammiccando nella speranza che lo riconoscano.

E non posso fare a meno di ridere.

Ma pochi minuti dopo il cellulare riprende a squillare e stavolta rispondo senza nessuna delicatezza.

«Adesso hai rotto le palle!» sbotto.

Il silenzio dall'altro capo del telefono mi fa presumere di aver esagerato un po'.

«Francesca, scusi l'ora, ma io non so davvero come fare con quello!»

«Dottor Bigazzi!» strillo tirandomi su e coprendomi con un asciugamano come se potesse vedermi. «Mi scusi tanto, credevo fosse Calamandrei!» mi sfugge.

«Ecco, appunto» dice con calma trattenuta. «La chiamo perché mi ha telefonato un minuto fa dicendo che se lei non lo raggiunge da Dolce e Gabbana non scrive più. Ora lei mi deve capire, sono un uomo di una certa età e sono al punto della mia carriera in cui dovrei vendere tutto e trasferirmi alle Canarie con mia moglie e i cani, e non passare le serate a farmi ricattare da un coglione che ho pagato a peso d'oro e che MISTAFACENDODIVENTAREMATTO!» mi urla nell'orecchio.

Guardo il telefono indecisa se lasciarlo cadere in acqua, poi inspiro profondamente.

«La prego, non mi chieda di andare alla festa adesso» mugolo, «non me lo chieda.»

«Francesca, le giuro su quello che ho di più caro che la ricompenserò a dovere, ma adesso prenda un taxi, stia mezz'ora con lui e poi torni a casa e si assicuri che quel deficiente domattina sia in ufficio!»

Sto vivendo in una dimensione parallela, penso alzandomi dalla vasca e scollandomi i petali di rosa incollati alle gambe.

Mi infilo l'accappatoio, spengo le candele e passo una mano sullo specchio opaco, scoprendo i miei occhi riflessi nella striscia nitida.

«Tieni duro» dico alla mia immagine, «non può piovere per sempre.»

Esco dal bagno e di nuovo Edoardo mi trotterella intorno.

«Ti preparo qualcosa per cena?»

«Magari» rispondo dirigendomi in camera per indossare esattamente lo stesso tubino nero della festa di sabato. «Devo raggiungere Calamandrei a una festa perché si è fatto venire una specie di attacco di panico.»

Edoardo mi guarda contrariato.

«Ma a quest'ora? Sono le dieci passate!»

«Ti prego, non me lo ricordare» gli rispondo cercando un paio di collant non smagliati, «mi ha chiamato Bigazzi in persona per la prima volta da quando lavoro per lui. Calamandrei ci sta mettendo tutti in difficoltà coi suoi capricci. Spero di far presto.»

Edoardo rimane sulla porta in silenzio, con le mani in tasca.

«Non aspettarmi alzato!» gli dico salutandolo con un bacetto.

Sento il suo sguardo triste accompagnarmi fino dentro al taxi e istintivamente alzo la testa verso la finestra del salotto, dove lo vedo che mi saluta con la mano.

E mi sento uno schifo.

Quando arrivo davanti a palazzo Serbelloni e vedo Calamandrei che parla con tre ragazze fingendo di fumare, ho solo voglia di togliermi una scarpa e conficcargli il tacco in mezzo agli occhi come farebbe Fichetto a Grattachecca, ridendo mentre il cervello gli cola sulla giacca.

Ma cerco di mantenere un contegno e soprattutto tutta l'incazzatura accumulata fin qui.

«Vedo che ce l'hai fatta a farti degli amici, nonostante la tua sociopatia congenita» gli dico seccata.

«Grande, sei arrivata!» esulta alzando la mano destra per battere un cinque a cui non rispondo.

«Avevi dubbi?» rispondo cinica.

«Qualcuno sì», abbassa la mano e se la passa fra i capelli, «non ero certo che Bigazzi sarebbe riuscito a convincerti.»

«Mi ha pagato!» mento, impassibile.

«Ah!» risponde.

Ci fissiamo per un minuto o anche dieci.

«Entriamo?» dice lui per uscire dall'*impasse*.

Non rispondo e lo seguo fino all'ingresso, dove hostess severissime verificano quattrocento volte la lista degli invitati, nemmeno fosse l'elenco dei terroristi internazionali.

Espletati i controlli di rito, e verificato che non ho intenzione di fabbricare una bomba con un burro di cacao, entriamo nell'immensa sala della festa strapiena di modelle di una bellezza imbarazzante, che mi fanno sentire un cesso all'istante, specialmente quando inavvertitamente do una gomitata a Bianca Balti, che con un sorriso spiazzante mi dice: «Scusi».

«Voglio andarmene da qui!» dico a Calamandrei appoggiato al bancone del bar.

«Ma come, non ti diverti?»

«Per niente, dovrei essere a letto da un'ora e mezza...»

«Bevi!» replica lui facendo tintinnare il suo bicchiere contro il mio.

Bevo un sorso di un cocktail multicolore e mi metto a osservare la gente intorno a me.

Modelle, stilisti, attori, cantanti, tutta la Milano che conta è qui e io vorrei solo essere sul mio divano a leggere Zerocalcare.

«Allora che è successo, perché non potevi stare solo? Conosci tutti!» gli dico.

«Non mi piace andare a queste feste senza qualcuno che conosco bene» risponde scortandomi fino a un angolo tranquillo.

«Quindi confermi che non saresti morto se stasera non fossi venuta.»

«Certo che no, ma siccome mi invitano sempre, ed è importante per la mia immagine che io ci sia, non mi piace fare tappezzeria o stare lì a farmi fotografare da solo come un coglione» risponde con la consueta classe.

«Posso chiederti solo una cosa, Calamandrei?»

«Prego» risponde accondiscendente.

«Perché io?»

«Perché sei una tipa seria» risponde senza scomporsi.

«Cioè che non si droga?»

«Esatto, e sei una che non mi mollerebbe mai sul ciglio di una strada ubriaco.»

«Non ne sarei così sicuro fossi in te!»

«E dài, vuoi dirmi che preferivi stare a casa in pigiama con le pantofole e il latte caldo?» mi sfotte.

«Vuoi la verità? Sì!»

«E smettila di tenere sempre questa maschera, che alla fine non ci credi nemmeno tu» mi incita scuotendomi per la spalla, «rilassati e goditi la vita!» Indica la sala: «Guarda: il Gotha della moda italiana è tutto qui e ci sei anche tu! C'è gente fuori che ucciderebbe per essere al tuo posto».

«Sì, ma io questo posto lo cederei volentieri» rispondo sorseggiando il cocktail.

Mi guarda come se fossi senza speranza, poi mi toglie il bicchiere dalle mani e mi tira a sé, accennando passi di danza sulle note di *Prayer in C*.

«Non mi dire che non ti mette voglia di ballare», mi sorride sornione.

«Nessuna» rispondo cercando di rimanere seria.

«È impossibile non ballare questo pezzo!» risponde cominciando a muoversi, devo ammettere, con una certa eleganza e trascinandomi con lui in pista.

Nonostante la mia proverbiale rigidità comincio a seguirlo e a ballare con lui.

«Vedi? Te la cavi benissimo, dovresti usare più spesso il tuo corpo!»

Mi muovo come un pupazzo di legno, ma effettivamente non riesco a non lasciarmi coinvolgere dalla musica e da Calamandrei che balla come un vero professionista, tanto che un piccolo gruppo di gente bellissima gli si fa intorno battendo le mani.

Ha costantemente bisogno di un pubblico, e l'idea che la sua immagine per un istante non si rifletta negli occhi di qualcun altro gli è insopportabile.

Che fatica essere lui, penso, e mi unisco al gruppo cominciando a battere anch'io le mani per incitarlo, mentre lo osservo godere di questo suo essere letteralmente al centro dell'attenzione, come da manuale dei disturbi della personalità alla voce "narcisista".

«Usciamo, dài!» mi dice prendendomi per mano e correndo fuori appena il brano finisce, in modo da creare un'uscita a effetto.

Questa sua abitudine di stare fuori al freddo come in pieno luglio comincia sinceramente a darmi sui nervi, e come se non bastasse si sta facendo sempre più tardi.

Afferra un altro paio di bicchieri da un tavolo e me ne offre uno.

«Ti stai divertendo?» mi chiede di nuovo continuando a sorridere e salutare tutti, eccitato come fosse la festa per il suo diciottesimo compleanno.

«Continuo a sentire la mancanza del mio divano» confesso.

«Cosa bisogna fare per farti divertire?» mi chiede accigliato. «Portarti a vedere un film ceco coi sottotitoli? Una mostra dadaista? Un ospedale?»

Su questa infelice uscita mi rabbuio.

«Oh, scusa, questa mi è venuta proprio male» ammette, «ho toccato qualche tasto delicato?»

Annuisco fissando il fondo del bicchiere. «Mia mamma, non sta bene» confesso forse più grazie all'alcol che non a un'improvvisa ondata di fiducia nei suoi confronti.

«Mi dispiace» mi dice guardandomi negli occhi con un bagliore di empatia, «ed è da lei che vai dopodomani?»

«Sì.»

«Cristo» esclama, «sono veramente un idiota quando voglio!» dice passandosi la mano fra i capelli un paio di volte. «E io che ho insistito per la presentazione e ti ho obbligata a venire qui...»

«Te l'avevo detto che non tutti hanno la tua vita» gli ricordo stringendomi nelle spalle.

Incassa e resta in silenzio.

«Non sono uno stronzo, anche se a volte si direbbe il contrario» sussurra alle sue scarpe.

«Ci metti un bell'impegno per sembrarlo, però!», rido.

«È che a volte non capisco dov'è il limite.»

«Sì, mi era sorto il sospetto che la delicatezza non fosse il tuo forte, eppure dai tuoi libri si direbbe che conosci l'animo umano come il tuo cellulare!»

Scuote la testa. «Scrivere mi è sempre venuto facile: le persone le sento, le percepisco, le fiuto, e so perfettamente cosa vogliono sentirsi dire, ma poi le relazioni... ecco, quelle sono un casino.»

«Non è che ti aspetti troppo spesso che gli altri facciano sempre quello che vuoi?» butto là.

Non risponde.

«Intendo dire che siccome sei tu a decidere cosa faranno i tuoi personaggi, non sopporti che nella vita non funzioni nella stessa maniera... forse è una deformazione professionale!»

Mi guarda di nuovo come avesse avuto una visione.

«Lo sai che non l'avevo mai pensata in quest'ottica? In effetti io non ho pazienza con gli altri e non accetto mai un "no" come risposta!»

«Me ne ero accorta» confermo, «però, sai, c'è questo concetto a te sconosciuto, chiamato "libero arbitrio", che potrebbe aprirti dei nuovi mondi!»

«Dici che esagero?»

«A volte sì» confesso. «In fondo se uno ti dice di no, che ti cambia?» gli domando come farebbe un analista.

«Non lo sopporto!»

«Okay, ma cosa succede?» incalzo.

«Mi incazzo e faccio in modo che cambi idea.»

«Quindi o si fa come vuoi tu o niente!»

Non risponde.

«E non è un po' infantile, o anche dittatoriale? Che poi è la stessa cosa...» oso.

Sbuffa. «Detta così sembro proprio un idiota viziato.»

«Mi hai rubato le parole di bocca!»

Ride e poi mi guarda con un misto di curiosità e gratitudine, come se per la prima volta qualcuno gli avesse mostrato una faccia diversa di sé.

«Aiutami a diventare una persona migliore.»

Scoppio a ridere. «È impossibile, non ci riuscirebbe nemmeno Gesù Cristo!»

«Lui no, ma tu sì! Tu sei quella di cui ho bisogno per fare uno *step* in più, come essere umano e come scrittore!»

«E che cosa dovrei fare?»

«Aiutami a capire dove sbaglio e quando esagero! Voglio davvero cambiare...»

«Calamandrei, sei ubriaco. Tu non cambieresti nemmeno se ti minacciassero di morte!»

«Invece ti voglio stupire» afferma sedendosi sul gradino sotto al mio e appoggiando il mento sulle mie ginocchia. «Non sai quanto posso essere docile e obbediente!»

«Non vedo l'ora di aver finito con te» gli dico.

«Tu non vedi l'ora di cominciare con me!» replica strizzandomi l'occhio.

«Vedi? Questo è insopportabile!»

Mi guarda stupito. «Ah, quindi chiederti di accompagnarmi a Parigi è fuori discussione?»

13

Giro e rigiro fra le mani il cofanetto blu che ho trovato accanto alla tazza della colazione, dopo che Edoardo è uscito.

E in cuor mio spero che sia uno scherzo, anche se ha tutta l'aria di essere una proposta di matrimonio in piena regola.

Questo dovrebbe essere il momento più bello della mia vita, quello sognato da sempre, che mi fa traboccare il cuore di gioia fino a soffocare, che mi fa scoppiare a piangere e correre ad abbracciarlo e dirgli quanto lo amo e poi telefonare alle amiche e alla mamma e cominciare a scegliere il vestito.

Mentre avrei solo voglia di preparare un centinaio di sfogliatelle napoletane.

Perché sono così contorta?

Chiamo Paola per la milionesima volta e per la milionesima volta il telefono squilla a vuoto.

Sciacquo la tazza, mi lavo i denti e torno a sedermi al tavolo scrutando il cofanetto.

Sono paralizzata di fronte a un'innocente scatoletta blu neanche ci fosse un ragno dentro.

Io ho mille dubbi e lui mi vuole sposare.

Il tempismo.

La apro e dentro trovo un anello di fattura antica, con un grande zaffiro al centro, probabilmente un cimelio di famiglia che suo padre non ha fatto in tempo a giocarsi.

Lo provo all'anulare.

È un po' largo, ma quello che mi lascia più interdetta è che so che dovrei provare qualcosa infilandolo, non so, una sensazione di appartenenza, di amore, di gioia incontenibile, mentre io non sento assolutamente niente.

Lo sfilo, lo rinfilo, cambio dito, mano, ma niente, niente di niente.

E comincio ad aver veramente paura di non amarlo.

Appoggio la testa sul tavolo, presa dallo sconforto.

E piango per il fatto di non essere normale.

In ufficio l'atmosfera è insopportabile, Annamaria è sul piede di guerra ed è chiusa da un'ora nell'ufficio di Bigazzi, Silvia è sepolta sotto una pila di manoscritti, Paola risponde a monosillabi e Calamandrei sta cercando di farmi diventare pazza inserendo nel romanzo novità "sperimentali", come capitoli con doppio finale e pagine bianche.

Solo Ilaria sembra mantenersi equilibrata, ma col fatto che esce con Alessandro devo capire qual è il suo problema. Perché anche lei deve averne uno bello grosso se lavora qui dentro.

Dopo pranzo, Bigazzi indice una riunione straordinaria.

E sudo freddo.

Entriamo tutte in religioso silenzio in sala riunioni e la tensione è palpabile. Paola si siede lontano da me e a niente servono i miei sguardi di complicità, mi ignora e basta.

Che carattere di merda.

«Vi ho convocate tutte qui d'urgenza perché ne ho veramente piene le scatole di tutte voi!» esordisce senza mezzi termini rimanendo in piedi. «Credevo di avere un ufficio di gente adulta, invece mi trovo in un asilo nido! Ma che vi prende, siete tutte in menopausa? Questa non parla a quella, quella fa dispetto all'altra» dice indicando Paola e Annamaria, «ma avete capito che siete qui per lavorare o no? Dovreste essere tutte concentrate sul lancio di Calamandrei, creare l'evento, accrescere il mistero, stimolare l'attesa, lavorare come un'équipe, invece siete lì che vi rubate la merenda!» Nessuno osa alzare la testa. «Cosa devo fare, cambiarvi di banco come a scuola? Vi dovrei licenziare in blocco, ecco cosa! E fare tutto da solo, e allora state certe che la baracca funzionerebbe!» strepita rosso in faccia.

«E perché non lo fa?» chiede Paola nel silenzio, tanto per non smentirsi.

«Perché ho paura che lei» le dice puntandole contro un dito, «mi farebbe una vertenza che durerebbe dieci anni e non ho nessunissima voglia di affrontarla! Voglio solo godermi la pensione e dimenticarmi di voi» conclude sfiancato con la faccia che deve avere avuto il padre di Lindsay Lohan all'ennesima telefonata della polizia. «Un libro!» esclama con le braccia al cielo. «Dovete occuparvi solo dell'uscita di un libro, ditemi se è chiedere troppo!»

«Sarebbe più facile se il libro ci fosse!» ribatte la kamikaze paralizzando il povero Bigazzi come avesse preso uno schiaffo in piena faccia.

Un brusio di disapprovazione e sorpresa si diffonde per la sala, e giurerei che qualcuno sta inviando dei tweet con l'hashtag #Bigazzièpazzo.

Digito il 118 e tengo il dito appoggiato sul tasto della chiamata perché, stavolta, è proprio questione di minuti.

Bigazzi si gira al rallentatore verso Paola e scandisce le parole: «E a lei chi gliel'ha detto?».

Impallidisco.

«Voci di corridoio...» mormora rendendosi conto di averla sparata grossa.

«Quale corridoio?» incalza.

«Be', insomma, nessuno l'ha visto, questo libro, non si può leggerne neanche una riga... se ci fosse, sapremmo almeno la trama...»

Tutto vero, peccato che lo dica fissandomi...

«Francesca!» tuona picchiando il pugno sul tavolo facendomi sobbalzare. «Gliel'ha detto lei?»

Do un colpo di tosse imbarazzato.

«Origliava!»

«Ma porca miseria» sbraita, «adesso cosa devo fare? Obbligarvi a firmare una liberatoria perché manteniate il segreto?»

«Stia sereno» continua Paola nel suo tono da sit-com, «non è mica un gran problema, nessuno perderà il sonno per questo.»

Bigazzi la folgora con gli occhi fuori dalle orbite e urla: «FUORIII! ESCA FUORI DI QUI E NON CI RIMETTA MAI PIÙ PIEDE FINCHÉ SONO VIVO IOOO!».

Rimaniamo impietrite mentre l'eco rimbomba in tutta la stanza.

La porta si spalanca e appare Calamandrei con la faccia di uno che cerca il bagno.

«Scusate ma sono finite le cialde alla macchinetta del caffè!»

E schiaccio il tasto del 118.

Più tardi sono nella stanza di Paola a cercare di convincerla a chiedere scusa a Bigazzi.

«Non ci penso nemmeno!» dice mettendo le sue cose in una scatola.

«Mi spieghi qual è il tuo piano? Cosa stai cercando di dimostrare?»

«Tu non preoccuparti, non hai di questi problemi» risponde senza guardarmi in faccia.

«Ne ho altri, alcuni anche peggiori, ma non vado ad attraversare i binari per divertimento. Sai qual è il tuo vero problema?» sbotto io. «Che ti senti invincibile e sei così testarda che, pur di non chiedere aiuto, preferisci nasconderti sotto quella maschera da bulletta spavalda che ti sta solo creando guai. La verità è che te la stai facendo sotto per le minacce del Demente e, anziché reagire nel modo giusto e denunciarlo, stai distruggendo tutto il resto. Peccato che così stai facendo esattamente il suo gioco!» urlo fuori di me sbattendo la porta.

Il mio cellulare squilla.

«Ciao, Stella Alpina!»

Vi prego uccidetemi.

«Ciao, Edo» dico sospirando «è un momentaccio...»

«Ah scusa, volevo solo... non ti preoccupare, ci vediamo a casa.»

E solamente ora realizzo che lui da stamattina sta aspettando che gli dica qualcosa a proposito dell'anello.

«Ho visto il tuo regalo...» lo rassicuro.

«Ti è piaciuto?» mi chiede ansioso.

«È... molto bello, ma dobbiamo parlarne, io, insomma... è una cosa improvvisa, tu sai come la penso...»

«Sì sì, lo so, ma ci tenevo lo stesso, insomma te lo volevo dare ieri sera, ma poi sei uscita...»

E capisco il perché del bagno coi petali e le candele.

Che idiota a non pensarci.

«Volevo solo che sapessi che per me non c'è nessun problema a sposarci» dice con una voce dolce e paziente.

«Lo so, così faresti felice tua madre...» mi lascio sfuggire.

«Non è quello, cioè un po' forse è anche quello, ma...»

«Edo, parliamone a casa, te ne prego» gli dico con la testa che mi scoppia.

«Va bene, amore, a dopo!»

Riattacco.

Ilaria mi si avvicina e mi mette una mano sulla spalla.

Mi volto verso di lei, la guardo negli occhi grandi e scuri e, senza che possa trattenermi, scoppio a piangere e, fra le lacrime, comincio a raccontarle tutto, di mia madre, di quella carogna di zia Rita, di Edoardo che non si merita di essere trattato così, di come io mi senta sbagliata e indegna, e di come, per quanto ci provi, non riesca mai a far funzionare niente.

E sono piena di rabbia e d'impotenza, e mi sento in gabbia, senza nessuna via d'uscita.

Si affretta a prendermi dei fazzoletti e mi sorride come una sorella.

«Non devi decidere nulla adesso» mi sussurra con tenerezza, «non devi decidere assolutamente nulla, stai andando bene così. Affronta solo una cosa per volta, secondo priorità. Adesso c'è Calamandrei, poi, quando avrai finito con lui, avrai più tempo da dedicare alla tua mamma, e poi con calma affronterai anche la faccenda di Edoardo. Magari hai solo paura, e comunque adesso sei troppo confusa per capire con chiarezza cosa vuoi. Sono certa che le risposte sono tutte lì, dentro di te, solo che ora sono troppo incasinate!»

Cerco di ricompormi e mi asciugo le lacrime, imbarazzata. «Scusami» le dico soffiandomi il naso, «ho i nervi a fior di pelle, ora mi passa» mi giustifico.

«Non ti scusare» mi dice porgendomi un fazzoletto di carta, «tu non ti rendi conto di quanto sei in gamba. Dovresti essere già direttore editoriale da un pezzo, invece ti fai ancora schiavizzare. Lasciatelo dire: dovresti andare avanti molto più a testa alta di come fai.»

«Più a testa alta?»

«Certo! Dovresti avere degli assistenti, dovresti poter delegare, sei una che conosce benissimo il mestiere, e l'editing come lo fai tu è qualcosa che non ha prezzo! Dove lavoravo prima la responsabile editoriale prendeva una cifra vergognosa per lavorare tre giorni a settimana da casa.»

«Dici davvero?» chiedo stupita.

«Dico davvero, sì! Tu hai sempre lavorato qui dentro, ma la realtà può essere molto diversa.»

Guardo Ilaria come fosse un alieno di *Guida galattica per gli autostoppisti*. E mi sento improvvisamente vittima di una cospirazione.

Davvero ci sono ci sono editor che guadagnano cifre assurde, che hanno degli assistenti e possono lavorare da casa?

Io sono sempre andata avanti col paraocchi e il profilo basso, come un cavallo da tiro, convinta che il lavoro duro senza lamentele mi avrebbe ricompensata prima o poi, ma è evidente che questo atteggiamento non mi sta ripagando.

Se dai un braccio, loro si prendono quello e poi la spalla e tutto il resto, e non è cattiveria, è solo che l'essere umano si allarga laddove un altro si restringe.

Forse è davvero arrivato il momento di farsi valere.

... Ma se chiedo qualcosa oggi a Bigazzi gli do il colpo di grazia.

Quando finalmente ci sediamo di nuovo davanti al computer, Calamandrei istintivamente capisce che non è il caso di fare il fenomeno ed evita di propormi altre sue idee rivoluzionarie, ma è talmente curioso e ficcanaso che ogni cinque minuti mi chiede cosa mi stia succedendo.

«Dài, dimmi cos'hai, lo vedo che sei strana!» mi punzecchia.

«Preferirei parlare dei miei problemi al controllore dell'autobus.»

«Ma lo sai che sono un uomo sensibile e che come capisco io le donne non le capisce nessuno.»

Scoppio a ridere. «Ti sei autoproclamato principe?»

«Lo dicono tutte!»

«Ma chi lo dice? Le tue fan che ti frequentano giusto il tempo di una foto? Calamandrei, tu sei un egocentrico da competizione, ami solo te stesso.»

«Non è vero, mettimi alla prova!»

«D'accordo» gli dico incrociando le braccia, «allora vediamo... come si chiama la barista che ti fa il cappuccino di soia tutte le mattine?»

Strizza gli occhi per un attimo. «Giulia.»

«No.»

«Giovanna.»

«No.»

«Giorgia.»

«No.»

«È con la G, ne sono sicuro!»

«Lucrezia!» dichiaro.

«Che c'entra» scrolla le spalle, «non sono buono coi nomi!»

«Va bene, proviamo ancora: Beatrice, la nostra segretaria, con cui fai il cascamorto tutti i santi giorni. Cosa sai di lei?»

«Belle tette.»

Sospiro. «A parte quello, intendo.»

«Mmm... vediamo, fa un ottimo caffè!»

«Ventotto anni, laureata in Economia e Commercio col massimo dei voti, sposata, parla tre lingue, ama gli scrittori russi, corre tre volte alla settimana, adora la Grecia, è una fan di "House of Cards", la domenica fa volontariato in un canile, e imita benissimo Bigazzi.»

«È sposata?» chiede il suo unico neurone.

«Calamandrei, sei senza speranza.»

«*Touché!*» ammette, poi si alza, cammina più volte su e giù per i due metri quadri che il mio ufficio gli consente, lentamente, con le mani in tasca.

Poi si volta e viene verso di me. «Sei una donna con un grande cuore, ti occupi di tutto e tutti, ma mai di te stessa. Credi moltissimo in quello che fai e hai valori profondi come la famiglia e l'amore. Sei tenace e stoica, non ti arrendi facilmente, ma spesso ti senti sopraffatta, perché è dura fare tutto da sola.

Eri una bambina sensibile e bisognosa di protezione, ma ti sei scontrata troppo presto con le ruvidità della vita, che ti hanno resa rigida e diffidente, e allora ti sei buttata nel lavoro con tutta te stessa, sperando che questo ti risarcisse dei dispetti del destino. Ti sei trovata un compagno leale e onesto che ti ha fatto sentire serena e amata, e gli anni sono passati tutti uguali, in quella che credevi essere la felicità giusta per te, quella che ti eri costruita con tanta cura. Ma poi, un giorno, qualcosa va storto e cominci a sentire che ti manca un pezzo, che dentro di te c'è una fiamma che vibra e che reclama amore, tenerezza e passione, ma sei troppo spaventata per affrontarla e quindi nascondi i tuoi sentimenti sotto un tappeto di distacco e freddezza. Finché tutto questo ti esploderà in faccia, perché la lava trova sempre la maniera di sgorgare in superficie.»

Rimango stordita come dopo un boato. Assolutamente incapace di replicare.

Ho la sensazione che anche il sangue abbia cessato di circolare, provo un senso di vertigine e di nausea alla bocca dello stomaco e mi sembra che in questa stanza manchi l'aria.

Non voglio che se ne accorga.

Non voglio che Leonardo Calamandrei con la sua astuzia primordiale capisca di aver colpito esattamente nel segno.

Non voglio che sappia di avermi letto dentro con l'accuratezza di un metal detector.

E adesso lui sta lì, a fissarmi intensamente, aspettando il più impercettibile segnale di vacillamento che decreti il suo trionfo.

Ci fissiamo come due incalliti giocatori di poker che cercano di scovare il bluff negli occhi dell'altro, evitando di sbattere le palpebre o deglutire, finché decido di venire allo scoperto.

«Bravo» esordisco battendo lentamente le mani, «davvero bravo! Stavo per cascarci in pieno! Adesso capisco perché le donne ti venerano: ti avevo sottovalutato, sei veramente un mago con le parole.»

«Sai benissimo che ci ho preso in pieno, anche se non lo vuoi ammettere.»

«Ma dài, seriamente! Sono le solite cose buone per tutti, come fanno i cartomanti: ti piacciono i viaggi, i gatti, i bambini e cerchi l'amore vero. Se fallisci come scrittore puoi sempre tentare la carriera del veggente, ti ci vedo bene con una bandana in testa e una palla di vetro...»

Si scompiglia i capelli indispettito e si siede, girandosi di tre quarti.

«Perché non ci mettiamo a lavorare seriamente adesso?» dico sentendo l'adrenalina calare lentamente, lasciandomi addosso un'immensa spossatezza.

«Ha sempre funzionato» replica capriccioso, «sei tu che sei frigida!»

«Frigida?» strillo.

«*Emozionalmente* frigida, intendo!» cerca di correggersi.

«Quando la smetterai con queste frasi da calamita da frigo? La New Age è finita da un pezzo!»

«Non è New Age, è vita, è bisogno di esprimersi, di provare passione. Non puoi essere un paletto di frassino ed essere felice!»

«Che ne sai tu delle emozioni che prova una donna, Calamandrei?» gli dico con assoluta calma. «Tu sei un genio con le parole perché ne conosci a memoria il significato, ma non hai idea di cosa esprimano nel profondo. È per questo che non hai un briciolo di vera empatia, perché sei solo un attore!»

«Se vendo milioni di copie un motivo ci sarà, non credi?» ribatte, punto nell'orgoglio.

«Oh, ma le tue capacità di scrittore nessuno le nega, però

sei come un ginecologo uomo: per quanto bravo, non saprai mai cosa vuol dire avere un figlio o rimanere piegati in due dai dolori mestruali.»

E su questa uscita mi metto letteralmente a danzare sulla sua tomba a piedi scalzi.

«Sei l'osso più duro che abbia mai incontrato.»

«Lo prendo con un complimento... al lavoro adesso!»

Torno a casa pensierosa e cupa e, prima di infilare la chiave nella porta, faccio due volte il giro dell'isolato per schiarirmi le idee.

Appena prendo coraggio e apro, Edoardo mi corre incontro felice come sempre.

Gli sorrido e lo abbraccio, e di nuovo quel senso di casa mi avvolge e mi culla.

La scatolina con l'anello è sempre sul tavolo dove l'ho lasciata stamattina, e questo la dice lunga su quanto io sia rimasta impressionata dal gesto.

Mi lavo le mani, mi infilo la tuta e lo raggiungo in salotto, pronta per affrontare l'argomento.

«Allora? Te lo sei provato?» mi chiede.

«Sì» rispondo cercando l'entusiasmo, «mi va un po' largo...» dico riaprendo la scatolina e mostrandogli l'effetto al dito.

«Si può far stringere...»

«Immagino di sì» rispondo osservando la pietra blu, «era di tua madre?»

«No» mi rassicura, «l'ho preso in un negozio di antiquariato. So quanto non ti piacciano gli anelli col brillante e questo almeno è un modello che puoi indossare tutti i giorni.»

Sì, ma dovrei *volerlo* indossare...

Lo tengo su per fargli piacere e mi riprometto di portarlo a stringere l'indomani. «Però Edo, il fatto del matrimonio... lo sai, io non me la sento proprio, e non vedo perché dovremmo farlo solo perché Silvana se n'è uscita con l'idea di farci sposare per darti la casa.»

«Ma non è solo per quello, diciamo che l'ultimatum di mia

mamma è stato il pretesto, ma stiamo insieme da tanti anni e penso che sia arrivato il momento di fare questo passo.»

Di nuovo quella sensazione di soffocamento.

Come si fa a dire a un uomo così dolce e così pieno di premure che non lo ami come merita e per questa ragione non puoi certo sposarlo? Come fai a sbriciolare il cuore di uno scoiattolo?

Non avrò mai il coraggio di lasciarlo, penso, guardandolo sorridermi con quella sua espressione grata e totalmente fiduciosa.

Perché ti fidi così tanto di me? Perché mi ami così tanto?

«Ho bisogno di tempo» gli dico.

«Ma sì, tutto il tempo che vuoi, diciamo che ci siamo fidanzati ufficialmente!», sorride.

E questa frase mi agita come non mai.

Sa di trappola.

«Lo dirai a tua madre?» gli chiedo.

«Sì, pensavo di dirglielo stasera. Magari passiamo a trovarla.»

«Non c'è fretta» temporeggio per smorzare l'entusiasmo, «possiamo dirglielo domenica a cena.»

Colgo un'ombra di delusione sul suo viso.

«Va bene, allora facciamo domenica.»

In un mondo perfetto correremmo subito a dirlo a sua madre, che mi abbraccerebbe riempiendomi di baci e dicendomi che sono la nuora che ha sempre desiderato e che spera di avere presto tanti nipotini.

Ma sappiamo tutti e due che non è così, e che non sarà mai così, perché i cattivi genitori non cambiano, anche se i figli ci sperano tutta la vita.

E non so perché Edo abbia deciso che sono io la persona giusta per lui, io che non riesco a dargli che poche briciole di tutta quella gigantesca montagna di amore di cui ha bisogno e che gli è stata da sempre negata.

Che è la stessa montagna che è stata negata a me.

Ripongo l'anello nel cofanetto blu e vado a letto.

14

«La prego, dottor Bigazzi, richiami Paola!» lo imploro a mani giunte, valutando l'idea di mettermi in ginocchio.

«Non ci penso nemmeno» risponde cercando di far funzionare il suo iPhone 6, premendo col dito sul display come se dovesse schiacciare delle formiche.

«Paola sta passando un brutto periodo» gli ripeto per la milionesima volta.

«Mi dispiace per lei, ma non tollero più le sue continue battute, ha superato il limite.»

«Ma non può toglierle il posto per questo!»

«Ho avuto la pazienza di un santo, ora basta però! E lei non faccia la crocerossina, che ha un lavoro ben più importante da portare a termine!» mi liquida rimettendomi al mio posto.

Passo da Annamaria giusto per ringraziarla di essere stata così sproposítatamente stronza.

«Sei contenta che sia stata buttata fuori, eh? Di' la verità, che non aspettavi altro!» insinuo appoggiata allo stipite della porta del suo ufficio.

«Non so di cosa parli, ha fatto tutto da sola» risponde fingendosi indaffaratissima a cercare qualcosa fra le montagne di fogli.

«Non fare la modesta adesso, hai un talento naturale nel rendere la vita difficile a chi detesti.»

«Ma io mica la detestavo, era solo un'incompetente, ecco tutto» taglia corto tornando alle sue telefonate.

E sentirlo dire da una vera incapace è il colmo.

Ho l'impressione che le ore di "scrittura coatta" con Calamandrei oggi potrebbero essere l'unica isola felice della mia giornata.

Ma questa volta non ho fatto i conti con lo scrittore di punta, sempre pronto a stupirmi con i suoi lampi di intelligenza artificiale.

«Senti, ci ho pensato molto e credo che dovremmo cambiare radicalmente la trama!» mi annuncia con aria compassata dopo avermi dato buca per tutta la mattina.

Questa frase mi provoca un piccolo mancamento che cerco di non fargli notare, mettendomi a pulire freneticamente gli occhiali. «In che senso *radicalmente*?» chiedo con finta indifferenza.

«Che non la sento mia questa storia, capisci? Lui, lei, la disperazione... mi sta venendo l'ansia, ho bisogno di qualcosa di più *arioso*!» dice agitando le mani.

«Arioso...» ripeto infilandomi gli occhiali e sperando di trovarmi davanti qualcun altro. Magari uno hobbit. «Cos'è esattamente che non ti convince più?» cerco di capire. «È un gran bel romanzo, nel tuo stile, scorre magnificamente, alternando passaggi profondi a momenti più leggeri. Forse ti sembra così perché, lavorandoci intensamente, non hai ancora avuto modo di vederlo nella giusta prospettiva e con il giusto distacco...»

«No no, che distacco!» obietta. «È proprio la storia che non mi piace più, e non mi convince per niente!»

«Ah...» rispondo cercando nel database del mio cervello una qualunque risposta che sia un'elegante perifrasi di "Non dire cazzate, idiota!". «Ti rendi conto che a questo punto non abbiamo più tempo, vero?» tento di riportarlo alla realtà. «Che se ci mettiamo a scrivere un'altra cosa possiamo dire addio allo Strega e a tutti i sogni di gloria e che l'unico evento a cui parteciperemo ancora insieme sarà il funerale di Bigazzi?»

«Non so che dirti Francesca, se non lo sento non lo sento!» e si chiude a riccio riprendendo a giocherellare col telefono.

«Che ne pensa la tua agente?»

«Non gliel'ho detto.»

«E perché?»

«Perché non ho voglia di affrontare discussioni inutili.»

«Ho capito, hai paura di essere cazziato» lo sgamo.

«Che c'entra» insinua, supponente, «tanto l'ultima parola è sempre la mia!»

«Non ne sarei poi così sicuro, sai? C'è un enorme investimento su di te, e nessuno ti permetterà di fare il Robert Downey Jr della situazione» spiego come un avvocato di Hollywood.

«Allora cosa fai, lo scrivi tu?»

«Non ci penso nemmeno, continuiamo sulla strada che abbiamo intrapreso!»

«No» risponde a braccia incrociate.

«Guarda che lo dico a Bigazzi!» minaccio.

«E diglielo pure, a me non importa!»

Stavolta è il mio turno di mettermi le mani nei capelli. «E di che storia avresti intenzione di parlare, di grazia?»

Si illumina di una luce sinistra. «Della tua storia!»

«Prego?»

«Di una donna piena di frustrazioni e incapace di amare!» chiarisce.

«EEEH?!» strillo. «Ma insieme ai Moscow Mule ti sei bevuto anche il cervello? Che cosa c'entro io? E poi non sono una donna piena di frustrazioni e incapace di amare!» puntualizzo.

«Sì che lo sei» dice battendo la mano sul tavolo, «sei a un bivio della tua vita e non sai da che parte andare.»

Dio, ti prego, dammi la forza.

«Ma tu stai vaneggiando! Dài, adesso guardami negli occhi: hai sonno, hai molto sonno... dimentica tutto e proseguiamo col nostro lavoro.»

«... Una donna che si trova prigioniera del proprio lavoro e di una relazione non soddisfacente...» insiste, totalmente rapito.

«Calamandrei, non sei in te, attento che chiamo la sicurezza!»

«... Una donna che ha bisogno di passione, di eccitazione e di ricominciare a provare emozioni sopite da troppo tempo!»

Comincio a sudare freddo, come ogni volta che mi si parla di sesso in maniera troppo esplicita. Chiudo il laptop e dichiaro conclusa la seduta, alzandomi di scatto.

«Dove stai andando?»

«A trovare mia madre!»

«Vengo con te» mi dice seguendomi.

«No, tu resti lì e chiami la tua agente... o il tuo neurologo o un prete.»

«No, Francesca, voglio venire con te, voglio conoscere il tuo mondo, le persone che frequenti, voglio entrare nella tua vita.»

«Calamandrei, nella mia vita ci sei anche troppo» gli rispondo fuggendolo come un venditore ambulante molesto. «Vedi di non esagerare e sparisci!» protesto allacciandomi il cappotto e affrettandomi giù per le scale.

«Quando mi fisso su un'idea non me la toglie più nessuno, e ora ho deciso così: prova a fermarmi!» incalza inseguendomi.

Corro giù per le scale con lui che mi tallona come un giornalista d'assalto che ha appena stanato lo scoop.

«Calamandrei, tornatene nella tua villa dorata a scrivere il tuo bestseller!» lo esorto camminando come un maratoneta.

«Sei tu il mio progetto adesso, e non ti mollo!»

Raggiungo la fermata dell'autobus e fingo che lui non ci sia. E, per una volta, l'autobus arriva subito.

Calamandrei sale dietro di me.

«Ma sei impazzito?» gli sibilo nell'orecchio. «Scendi subito!»

«Tu e io siamo una cosa sola ormai, fai finta che io sia la tua ombra e non te ne accorgerai nemmeno. E poi è divertente, non salivo su un autobus da almeno vent'anni!»

«Lo sai che ci vuole un biglietto per viaggiare?» gli ricordo.

«Lo sospettavo, ne hai uno per me?»

Chiudo i pugni per arginare la rabbia ed evitare di dargli una testata sul naso, quindi estraggo un biglietto dal portafoglio.

Una signora che, vicino a me, ha assistito alla conversazione interviene in mio aiuto.

«La sta molestando?» chiede.

«Sì» rispondo, «molto!»

«È la mia ragazza, cioè era la mia ragazza, poi mi ha lasciato, ma io non posso vivere senza di lei e sto provando a riconquistarla... anzi, mi dia lei un consiglio, signora!»

«Lei mi sembra un bel furbetto, sa?» gli risponde a tono, poi rivolta a me: «Fossi in lei non lo riprenderei tanto facilmente, lo tenga un po' sulle spine!»

«Fosse per me ce lo lascerei, sulle spine!» rispondo e mi volto verso il finestrino ignorandolo.

Dopo un'ora di strada e un pezzo a piedi arriviamo alla villetta di zia Rita.

Imbarazzata, lo prego di aspettarmi fuori, ma lui non ci pensa proprio e suona personalmente il campanello.

Zia Rita apre la porta con la solita tuta di ciniglia e la solita faccia scocciata che mi dedica nelle grandi occasioni, ma appena vede Calamandrei che le sorride con la sua aria impenitente muta il ghigno in un'espressione estasiata, quasi sognante.

«Leonardo Calamandrei?» strilla come una ragazzina che ha visto Harry Styles alla sua porta.

«Per servirla, Rita» risponde come la conoscesse da sempre «siamo venuti a importunarla, le dispiace?»

«Dispiacermi?» si sdilinquisce la carogna. «Ma è un onore per me avere come ospite il mio scrittore preferito!»

Scrittore preferito? E da quando sa leggere?

E infatti prosegue: «Com'era bello e bravo in quel programma... "Scrittori raminghi"!».

Ci fa accomodare nel salotto buono coi divani di pelle e si affretta a offrirgli qualcosa da bere, cosa che con me non ha mai fatto nemmeno quando avevo sei anni e stavo fuori in bicicletta per dodici ore consecutive sotto il sole cocente.

«Questo è il limoncello che preparo con la mia ricetta speciale» gli dice per impressionarlo, «faccio macerare le bucce di limone per più di una settimana» specifica versandogliene una generosa dose.

Calamandrei si spertica in complimenti sulla casa, sui quadri e su qualunque cosa gli venga in mente.

E io ne approfitto per andare in camera di mia madre.

Busso piano, e apro la porta lentamente, ogni volta con il timore di vedere qualcosa che mi spaventerà a morte.

È seduta in una poltrona in un angolo, con la televisione accesa su una televendita di guaine modellanti.

«Ciao mamma, come stai?»

Mi sorride con aria svampita.

Immediatamente adocchio le scatole di medicine sul comodino. Sono veramente tante.

«Sei contenta di essere tornata a casa con zia Rita?» le chiedo sedendomi vicino a lei.

Si stringe nelle spalle come se la domanda fosse difficile, e in effetti mi rendo conto che esprimere un'opinione in questo momento non deve essere affatto facile per lei.

L'abbraccio di slancio e rimango un po' così, ad aspettare che ricambi la mia stretta, senza farmi illusioni ma attingendo al ricordo delle tenerezze di un tempo, e per un istante riesco anche a convincermi che funzioni.

«Sono venuta con uno scrittore e, a quanto pare, alla zia piace. Ecco perché oggi mi lascia tranquilla» le dico sperando che rida.

Mia mamma aveva un senso dell'umorismo tutto speciale, la divertivano cose stupidissime e non capiva le barzellette, ma di una cosa su tutte abbiamo sempre riso: zia Rita. Mi sembra impossibile che non ci sia ancora, da qualche parte, quella scintilla vitale in lei.

«Stai guardando qualcosa in particolare?» le chiedo indicando la tele.

«Ma... non so, non fanno mai niente.»

Spengo la televisione e le prendo le mani fra le mie. «Senti mamma, mi devi aiutare, ho un problema» decido di confessarle come se fosse perfettamente in grado di capirmi. «Edoardo mi vuole sposare e mi ha anche preso un anello, guarda...» dico tirando fuori il cofanetto dalla borsa e aprendolo perché lo veda bene. «Non so che pensare, non so neanche quando potrei indossarlo, ma non è questo il punto...» le dico con un sospiro «... il punto è che non credo di amarlo più.»

Mi guarda seria, e capisco che sta facendo uno sforzo disumano per mettere insieme queste informazioni che, nel suo mondo attuale, non corrispondono a niente di concreto.

«Sì, lo so cosa intendi, mamma» ribatto come se mi avesse risposto, «che non si può "credere" di non amare più qualcuno, o si ama o non si ama, ma io non sento più nessuna emozione, nessun battito di cuore, niente di niente... però lui è talmente meraviglioso con me e talmente innamorato che non me la sento di deluderlo, capisci?» Mi guarda concentrata e io proseguo con il mio ragionamento. «Io credo che quando ami qualcuno dovresti sentire sempre qualcosa alla bocca dello stomaco, fosse pure dopo mille anni... un misto di gioia, stima e complicità, e anche un po' di gelosia, anzi *soprattutto* la gelosia, mentre io e lui siamo come due statue in un museo! Ma la cosa peggiore è che a lui sembra andare benissimo così, a lui basta che io sia lì, solo che a me sembra di diventare pazza...» e mi mordo immediatamente la lingua. «Scusa, non intendevo...»

Giuro di vederla sorridere.

Forse un sorriso involontario, ma che spunta al momento giusto.

E mi metto a ridere.

Lei mi guarda e ride con me, e io dietro e lei più forte.

Mia mamma e io stiamo ridendo senza sapere perché, ma allo stesso tempo sapendolo benissimo.

«Non è tutto sempre come sembra» mi dice inaspettatamente.

«Come dici, mamma?» le chiedo come se queste parole non provenissero da lei.

«A volte fai finta di nulla, per il bene di chi ti sta accanto, ma prima o poi il dolore comincia a consumarti da dentro, come un tarlo che si fa avanti piano piano e ti arriva fino al cervello. E ti fa impazzire.»

La guardo confusa e impressionata dalle parole che ha pronunciato seria, guardando altrove, come in uno sprazzo di lucidità, e come se non stesse parlando a me ma a qualcun altro.

Qualcuno che non c'è più.

«Parli di papà? È papà che ti manca?»

Socchiude gli occhi un istante, come fosse terribilmente stanca.

«Non è tutto sempre come sembra. Quasi mai» ripete, appoggiandosi sullo schienale e voltando la testa verso la finestra, gli occhi chiusi per dormire.

Rimango un momento a guardarla, volendo chiederle di più, ma senza sapere cosa.

Prima di andarmene, infilo nella borsa un paio di blister a caso, veleni e schifezze varie, nella speranza che zia Rita non si accorga che manca qualcosa e magari eviti di imbottirla più del dovuto.

Ho bisogno che torni lucida, ho bisogno di parlare con lei, ho bisogno di mia mamma. E ho come la sensazione che debba dirmi qualcosa.

In salotto trovo Calamandrei palesemente ubriaco e zia Rita che gli sta mostrando un album di foto.

Sono tentata di uscire senza farmi vedere, ma un senso di protezione nei confronti del mio povero autore mi spinge a spezzare l'idillio e a portarlo via.

«Allora noi andiamo, zia, grazie mille dell'ospitalità.»

«Ma figurati» cinguetta, «venite quando volete, è stato un tale onore!»

Calamandrei mi guarda con gratitudine.

Ma sulla porta zia Rita ci blocca di nuovo: «Mi fai una foto con Leonardo, per favore? Quando lo racconterò alle amiche non ci crederanno!».

Accontento la zia, ormai completamente soggiogata dal suo fascino, e ce ne andiamo – io con il cuore leggermente sollevato e lui con una bottiglia di limoncello sotto il braccio.

«Ti ci porterò più spesso» gli dico dandogli un pugno sulla spalla, «non ho mai visto mia zia così ben disposta nei confronti di qualcuno.»

«È stato un incubo!» confessa. «Mi ha fatto vedere tutte le foto da quando era bambina a oggi, compresa la sua collezione di autografi.»

«Oh, di quella va molto fiera, anche se sono più che certa che se li sia fatti da sola.»

«Come stava tua madre?» mi chiede.

«Stabile» sospiro, «la tengono sedata anche se dovrebbero diminuire le dosi. Ma sono tutti tentativi sperimentali, cocktail totalmente casuali che devono rispondere a degli standard che non so chi ha stabilito.»

«Fa schifo, vero?»

«Super schifo!»

Camminiamo in silenzio per almeno un chilometro, e la frase di mia madre continua a girarmi in testa: "Non è tutto sempre come sembra", ma una volta giunti alla fermata l'ego di Calamandrei non è più disposto a mischiarsi con l'umanità, e chiama un taxi.

Saliamo e dà l'indirizzo del festival Vino&Libri.

«Leonardo, io adesso devo tornare in ufficio...»

«No, tu vieni alla presentazione con me adesso, io e te siamo indivisibili, ricordi? E poi mi hai affibbiato quella vecchia befana di tua zia, come minimo devi sostenermi!»

Non rispondo e mi lascio trasportare dalla corrente, sicura più che mai che non ci sia il benché minimo disegno in questa assurda realtà.

Arriviamo dopo circa quaranta minuti in una cascina fuori Milano dove si tiene il festival a cui è invitato e, naturalmente, abbiamo venti minuti di ritardo.

Appena l'auto accosta, un gruppetto si avvicina e comincia a scattare foto.

Inutile dire che sono io che devo pagare il taxi, mentre Calamandrei si gode il suo meritato bagno di folla.

La relatrice lo rapisce ricoprendolo di complimenti talmente eccessivi che sarebbero fuori luogo anche se stesse parlando di Nelson Mandela.

E io li inseguo di corsa, manco fossi la sua assistente personale.

La sala è affollata all'inverosimile, ci saranno almeno

duecento persone che si accalcano per occupare ogni centimetro libero, sedute per terra, in piedi o fuori nel corridoio, tutte qui per attingere le perle di saggezza di Leonardo Calamandrei.

Prendo posto dietro le quinte con in mano la bottiglia di limoncello e alcuni libri di poesia di cui è stato gentilmente omaggiato dal direttore del festival, e mi metto l'animo in pace.

Calamandrei si va a sedere sullo sgabello che gli è stato destinato e l'applauso scroscia spontaneo. Si passa la mano fra i capelli come sempre e vedo le ragazze in prima fila emozionarsi, parlarsi nelle orecchie e scattargli foto a raffica.

Lui ringrazia, saluta qualcuno che conosce in platea, e poi rivolge la sua totale attenzione alla relatrice, che si spertica in un'introduzione degna di Baricco.

«Il più grande scrittore italiano vivente, lasciatemi dire. I suoi libri sono tradotti in ventisette Paesi, un talento raro, versatile: scrittore, sceneggiatore, conduttore di celebri programmi tv, opinionista, appassionato di musica barocca, Capo Verde e collezionismo di pietre rare. Quante ne ha collezionate fino a ora?»

«297» ammette il bugiardo.

Il pubblico è entusiasta e io vorrei solo avere un lanciafiamme in mano per fare giustizia.

«Grazie a tutti, grazie di avermi invitato...» gli sento dire. «Ogni occasione che ho di incontrare i miei lettori è per me un onore senza precedenti. La vita di uno scrittore può essere così arida e solitaria, e sono questi i momenti in cui viene ripagato, con il vero affetto!»

Gli applausi piovono intervallati dai "bravo!" e gli "wow!", e finalmente la relatrice comincia con le domande, la prima su tutte: «Quanto c'è di autobiografico nei suoi romanzi?». Domanda che notoriamente genera un istinto omicida in ogni autore, come se uno che scrive un libro non fosse in grado di inventarsi niente!

Mi chiedo se fanno mai questa domanda a J.K. Rowling: "Lei usa spesso una bacchetta magica per ottenere quello che vuole?".

«Per me scrivere è tutto» risponde serenamente, «non ho mai avuto altro desiderio da quando sono nato. Scrivere è un'esigenza talmente profonda che a volte mi lascia senza respiro. Non passa giorno senza che io metta sulla carta quello che provo, è un'urgenza, un bisogno, è la mia linfa vitale!» confessa con espressione intensa.

Il pubblico è in delirio, tutti che annuiscono e applaudono al nulla. E io sono sempre più tentata di stappare il limoncello e bermelo d'un fiato.

«La scrittura è vita, è morte, è devozione, è ossigeno e solo chi l'ha provata può capire!»

Altri applausi, e una nuova domanda: «È stato facile farsi pubblicare?».

«È stato un caso, ho inviato il mio manoscritto a più editori e incredibilmente si sono dimostrati tutti interessati a pubblicarmi.»

«Una fortuna inaudita, vista la difficoltà a venire pubblicati oggi... e sicuramente anche un grande talento. Se posso permettermi, potrebbe dare qualche consiglio a uno scrittore emergente?»

«Crederci, crederci e ancora crederci, è l'unica via. E come dice Kobe Bryant: "Se non credi in te stesso chi lo farà?".»

Mi scappa una risata involontaria.

«Leggerei, se mi permette» prosegue la relatrice, «un estratto dal suo romanzo *La vita è sogno*, dove dice: "Vorrei tanto essere una lacrima per scorrere sul tuo viso e atterrare sulle tue labbra, perché l'amore grida vendetta e il nostro tempo è avaro".»

Il pubblico attende col fiato in gola.

«Sì, in questo passaggio intendo dire che dobbiamo vivere il momento, perché il tempo è tiranno e non ci è dato sapere quando e per quanto staremo qui, quindi è davvero importante rimanere in contatto col nostro essere e con la nostra natura più profonda...» Applausi a scena aperta. «... l'unica cosa che conta è il qui e ora, togliersi la corazza, pensare all'altro come a se stessi, amare, soffrire, vivere completamente e senza riserve... L'amore è la risposta.»

Sono rapita, quasi quasi dopo gli chiedo l'autografo!

Il mio cellulare squilla.

È Paola.

«Fra, ti prego, vieni!»

«Dove sei?»

«Sono al pronto soccorso di Niguarda, ti prego, corri!»

Mi limito a dire a una delle organizzatrici: «Un'emergenza, Niguarda, vado!» e mi precipito fuori chiamando il primo taxi disponibile. Prego durante tutto il tragitto che non le sia successo niente di grave, e prego di arrivare in tempo per aiutarla.

Appena entro al pronto soccorso, la vedo rannicchiata su un lettino in corridoio con un labbro spaccato e la maglia strappata e sporca di sangue.

Corro verso di lei con gli occhi pieni di lacrime: «Che ti ha fatto quello stronzo?» chiedo, toccandole la guancia.

Si ritrae per il dolore. «Mi ha aspettata fuori al ritorno dal lavoro e mi ha trascinata in garage, e lì mi ha picchiata di brutto» risponde cercando di mantenere il suo tono inutilmente spavaldo.

«Figlio di una gran puttana!» sbotto. «E l'ha visto qualcuno?»

«No, figurati. Quel vigliacco ha calcolato tutto, ed è scappato via appena sono riuscita a urlare.»

«Io l'ammazzo» è l'unica cosa che riesco a dire.

Fa spallucce. «Cosa vuoi che gli facciano? Una notte in cella e una tirata d'orecchi, e quando esce mi ammazza davvero.»

«Denuncialo, ti prego!»

«E anche se lo faccio?» mi dice amaramente. «Credi davvero che questo cambierà le cose?»

«Paola, ormai non puoi più coprirlo, è andato troppo oltre. La legge è dalla tua parte, quantomeno provaci!»

La porta basculante del pronto soccorso si spalanca con violenza e compare Calamandrei, che entra spedito con in mano il cellulare.

Lo guardo sbigottita, tanto mi sembra assurdo che sia lì, eppure in un istante si rende conto di quello che è successo e prende in mano la situazione.

«Avanti, chiamatemi subito il primario!» ordina col telefono all'orecchio. «Sì, voglio il questore: sono Leonardo Calamandrei e non ho tempo da perdere!»

Nel giro di dieci minuti arriva un'intera *task force* a occuparsi esclusivamente di Paola. Camera privata, assistente sociale, psicologa, e due poliziotti.

L'Italia...

Aspettiamo in corridoio appoggiati al muro mentre Paola, finalmente, si decide a sporgere denuncia.

«Ti devo proprio ringraziare, Leonardo. È stato un bel gesto, davvero» gli dico di cuore.

«Capirai, per così poco!» minimizza.

«Non è poco» rettifico, «Paola ha veramente bisogno di aiuto, ha perso il lavoro e quel bastardo dell'ex marito la sta mandando fuori di testa. Se non fossi intervenuto tu, sarebbe tornata a casa e in breve quello ci avrebbe riprovato!»

«Che schifo gli uomini che picchiano le donne, gli taglierei le palle!» mormora.

«Chiunque alzi le mani in nome dell'amore è da allontanare con ogni mezzo» aggiungo.

«Una mia amica ci ha quasi lasciato la pelle» mi confessa improvvisamente, «il suo ex gliene ha date così tante che una costola rotta le ha perforato il polmone e ha perso la vista da un occhio.»

«Cristo no...» mormoro coprendomi la bocca.

«Ho testimoniato al processo contro di lui, gli hanno dato nove anni per lesioni aggravate.»

«E lei adesso?»

«È andata a vivere in Canada. Ha paura che lui, scontata la pena, torni a cercarla.»

Non diciamo altro, ma sappiamo entrambi che è ciò che temiamo di più.

Quando Paola esce dalla stanza del colloquio mi sembra un uccellino ferito. Ha uno sguardo spaventato e furioso allo stesso tempo, ma non ha perso la testardaggine.

«Ha firmato per farsi dimettere» ci informa il medico che l'accompagna, «ma non deve assolutamente stare da sola stanotte. C'è qualcuno che può prendersi cura di lei?»

«Io!» mi offro subito, coprendole le spalle col mio cappotto e scortandola fuori insieme a Calamandrei.

«L'ho denunciato» mi dice come se quelle parole le costassero una fatica immensa.

«Brava, tesoro», la stringo forte. «Adesso l'incubo è finito.»

15

«Come sarebbe a dire che tua madre sta male?»

«Ha avuto un malore...»

«Ma quando è successo?»

«Ieri sera, a cena, dopo che le ho detto che ci siamo fidanzati...»

«Ma ti avevo detto di aspettare, che cosa ti è venuto in mente?» sbraito nel telefono.

«Glielo volevo dire, credevo sarebbe stata contenta, invece si è accasciata sulla poltrona!»

«E adesso dov'è?»

«A casa.»

Sospiro. «Dopo il lavoro passerò a trovarla allora» dico chiedendomi come potrò fare a incastrare tutto quanto.

«Ecco... amore, sarebbe meglio di no» farfuglia.

«E come mai?»

«Perché il dottore ha detto che non deve agitarsi e forse sarebbe meglio che tu non venissi... almeno per il momento.»

«Come?» strillo. «Cos'è questa moda che io agito le madri? Poi passi per la mia, al limite, ma la tua no davvero!»

«Certo, ma sai, è solo per adesso, capisci... è ancora sotto shock!»

«Il fidanzamento del figlio è uno shock? Edoardo, comincio a dubitare della tua intelligenza! Comunque non temere, non ho nessunissima intenzione di attentare alla salute di tua madre, almeno per il momento!» e riattacco con lo stomaco annodato.

Ilaria viene a vedere come sto, e a chiedere notizie di Paola, che è stata fortunatamente reintegrata da Bigazzi, anche se lei ha commentato dicendo: «Io l'elemosina da quello non l'accetto!».

«È ancora sotto shock» le dico, e faccio un rapido paragone mentale fra lo shock di Paola e quello di mia suocera.

«Ci chiedevamo se potevamo organizzare una cena a sorpresa da lei venerdì» mi chiede parlando evidentemente anche per Alessandro, «come facevate sempre voi. Almeno avrà la sensazione che le cose siano ancora normali.»

«Mi sembra un'ottima idea» le dico sinceramente, «sono sicura che le farà piacere e, anche se non lo ammette, è contenta di avere gente intorno.»

Calamandrei, che è ormai diventato a tutti gli effetti la mia ombra, entra nella stanza e si inserisce nella conversazione a gamba tesa.

«Cena? Quale cena?»

«Una cena a casa di Paola, vieni?» gli chiede Ilaria.

Le faccio cenno di no, ma è troppo tardi.

«Certo che vengo, dove va Francesca vado io!»

Ti pareva!

Quando rimaniamo soli, cerco di affrontare il problema del romanzo.

«Te l'ho detto, sono irremovibile» risponde con una sicurezza che non gli ho mai visto sul lavoro. «Ho già cominciato a scrivere, guarda!» mi dice lanciandomi sul tavolo un mazzo di fogli A4 scritti fitti fitti al computer.

Sfoglio le pagine con una certa apprensione... non mi piace per niente questa sua idea di usarmi come cavia, ma quello che temo di più è leggere una qualunque sua interpretazione della mia vita, perché ho paura che, in un qualche modo contorto, potrebbe anche avere ragione.

«Devo informare Bigazzi, se vuoi cambiare programma» gli dico seria.

«Devi proprio?»

«Certo, è il mio capo!»

«No, aspetta un po', voglio avere più materiale da far-gli vedere, se gli dici che ho solo cambiato idea s'incazza e basta! Lo sai come sono gli editori, no? Se gli parli di idee e intuizioni scattano gli allarmi, devono avere come mini-mo un *business plan* blindato.»

Accetto, sentendolo così fortemente motivato (in fondo è pur sempre uno scrittore di bestseller)... e spero che questo progetto non ci trascini tutti nel baratro.

Leggo le pagine e capisco come non mai la differenza fra quando uno scrittore è preso dal sacro fuoco dell'ispirazione e quando invece sta scrivendo qualcosa perché deve farlo da scadenza contrattuale.

Ogni parola è calcolata, pesata, masticata e sputata al momento giusto, niente è lasciato al caso, tutto è misura-to, scelto, sentito, e il lettore è trascinato per i capelli pagi-na dopo pagina in un crescendo di dubbi, domande e pu-gni nello stomaco.

Se non sapessi che l'ha scritto lui, direi che non l'ha scrit-to lui!

È come se improvvisamente ci avesse messo l'anima, mentre prima stava solo facendo il compitino.

Questo è il giudizio da editor; quello personale, di con-tro, è molto più difficile da esprimere.

Perché, per quanto io cerchi di mantenere una certa distan-za dalla protagonista, è chiaro che sono io a tutti gli effetti, con le mie rigidità, i miei principi e la mia solitudine incolmabile.

E questo è un problema.

Edoardo dorme da sua madre, e io torno da Paola, che non esce di casa e se ne sta raggomitolata sul divano a guar-dare la televisione.

Suono il citofono e mi viene spontaneo dire: «Caravag-gio!», la parola d'ordine anti Demente. Temo che non ci li-bereremo di questo senso di oppressione tanto presto.

Non possiamo che fare fronte comune contro di lui e con-tro il suo fantasma, e sperare in un miracolo.

«Ti ho portato la focaccia di Recco che ti piace tanto, il salame stagionato che ti piace tanto e una fetta di *cheesecake* che non sarà buona come la mia, ma per quello che l'ho pagata dovrebbe essere eccezionale. E non mi dire che non hai fame, perché ti imbocco a forza!» le sorrido posando le buste per terra.

Si alza dal divano e mi corre incontro con il maglione troppo lungo che le fa sparire le mani, e mi abbraccia strettissima come una bambina a cui è mancata la mamma, e so esattamente cosa significa.

La stringo più forte che posso appoggiandole il mento sulla testa e sussurrandole di stare tranquilla, che va tutto bene, che andrà tutto bene.

Anche se non lo so davvero come andrà, ma è tutto quello che possiamo dire nei momenti di sconforto: che andrà tutto bene, e che ce la faremo, in un modo o nell'altro.

Paola piange silenziosamente, di paura, di sollievo, e per la difficoltà di dover affrontare situazioni che nessuno vorrebbe: una denuncia, un processo, le accuse, le domande.

È il panico del momento subito dopo il terremoto, quando cerchi i tuoi punti di riferimento, quando cerchi la tua vita, la tua casa, e invece devi ricostruire tutto, anche se non hai fatto niente per meritarti uno sfacelo tale.

Ceniamo in silenzio, poi ci stringiamo sul divano a guardare programmi su torte e diete, e ci addormentiamo una appoggiata all'altra.

«C'è un evento stasera e devi venire con me.»

«No, Calamandrei, non ho nessuna voglia di andare a una festa, ti pare il caso di chiedermelo?»

«Non è una festa, è una proiezione privata dell'adattamento di un mio racconto. Poi dovrò dire due cose, ce la sbrighiamo in un'ora e mezza.»

«Non posso proprio, chiedi a Ilaria, magari lei ti accompagna.»

«Non ci voglio andare con Ilaria, ci voglio andare con te. Anzi, ci *devo* andare con te.»

Mi abbatto. «Lo capisci che è un momento veramente pessimo per me ora?»

«E quindi? Vuoi dirmi che in un'ora e mezza cambierà tutto?»

195

«No, dico solo che devo occuparmi anche un po' della mia vita.»

Mi guarda con la fronte aggrottata e gli occhi stretti in una fessura. «Perciò devo andare da solo...»

«Non mi sembra questo grande problema» rispondo.

«Però io non mi sono tirato indietro quando si è trattato di occuparmi di Paola o di intrattenere tua zia Rita...»

Lo guardo con espressione delusa. «Quindi hai intenzione di rinfacciarmelo ogni volta che non faccio quello che vuoi, è così? Non era un gesto disinteressato?»

Guarda da un'altra parte, consapevole di aver esagerato.

«No no, figurati, fai come vuoi» risponde dando dei calcetti alla sedia con la punta della All Star, «giustamente hai la tua vita, ti ho solo chiesto un piccolo favore» conclude in perfetto stile passivo-aggressivo.

«Un'ora e mezza» rispondo, «non un minuto di più.»

Fa un sorriso vittorioso e mi consegna altre pagine. «Queste perché te le sei meritate!» mi dice facendomi l'occhiolino.

Le prendo in mano controvoglia.

«Guarda che ancora non sono convinta del nuovo progetto.»

«Certo che lo sei» ribatte bissando l'occhiolino.

Giuro che lo uccido appena consegna il libro, così venderemo cinque milioni di copie.

Qualche ora dopo sono seduta su uno sgabello a forma di spermatozoo sotto una cupola bianca che ha tutta l'aria di essere la fedele ricostruzione di un utero in quella che, comunemente, viene chiamata una galleria d'arte moderna.

Ora capisco perché Calamandrei ha insistito tanto perché venissi qui, è il suo modo per farmi ricordare quanto io sia poco disinibita.

E infatti mi guarda dal palco e ride.

Finito il film, i camerieri passano offrendo minuscoli bicchierini di plastica tipo quelli della donazione dello sperma, e su questo dichiaro terminato il mio contributo alla serata.

Calamandrei non la finisce più di ridere.

Io lo prenderei a colpi di sgabello.

«Dài, è stato divertente!» mi ripete dandomi pacche sulla spalla come se dovessi sputare un boccone andato di traverso.

«Divertentissimo, Calamandrei, ma io purtroppo devo lavorare. Capisco che sia un concetto a te ignoto, ma tu hai la rara capacità di farmi perdere un tempo infinito.»

«Francesca, devi imparare a rilassarti, sei troppo tesa!»

«Sì, guarda, me lo segno subito in agenda.»

Si avvicina a noi Augusto Bonaccorsi, un talent scout freelance potentissimo, una specie di eminenza grigia che gli editori si contendono perché ha un fiuto assoluto nello scovare autori che scaleranno la classifica. Un po' come il gatto di quell'ospedale americano che, quando si accuccia vicino al paziente, quello muore dopo poche ore.

È un tipo alto, magnetico e autorevole, con un cervello iperattivo e uno sguardo penetrante, che sembra sempre veda oltre, e quando parli ti ascolta come se non esistesse niente di più interessante al mondo.

Esattamente il contrario di Calamandrei.

Si abbracciano e si baciano prendendosi la mano tipo rapper, poi Calamandrei si volta verso di me.

«Ti presento Francesca, la migliore editor con cui abbia lavorato finora!» esclama facendomi arrossire.

Ci stringiamo la mano.

«Ma tu sei da Bigazzi, vero?» mi dice scrutandomi. «Ho sentito parlare di te, ce la fai a resistere?»

«Insomma», sorrido, «alcuni giorni sono migliori di altri, ma diciamo che tengo duro! Adesso mi sto occupando solo di Leonardo, e non so cosa sia peggio!» scherzo, sperando che non si offenda a morte.

Bonaccorsi ride. «Ti capisco benissimo, ha fatto fuori più editor lui della crisi, ma se sopravvivi dopo avrai la fila alla tua porta e, se lui dice che sei brava, significa che sei un fenomeno.»

«Scusate se esisto» interviene Calamandrei fingendo di non stare allo scherzo, «se disturbo me ne vado!»

Ridiamo.

«No, seriamente» continua Bonaccorsi, «non hai mai considerato l'idea di lavorare per qualcun altro?»

Mi stringo nelle spalle. «A dirti la verità, no.»

«Encomiabile prova di fedeltà, ma potresti fare molto di più» sottolinea estraendo il suo biglietto da visita. «Perché non mi chiami quando hai finito con lui?» dice indicando il povero Calamandrei.

«Volentieri!» rispondo, lusingata e confusa allo stesso tempo.

«Visto?» fa Calamandrei appena Bonaccorsi ci lascia. «Tu devi venire sempre con me quando te lo chiedo!» dice in un tono che è più vicino a una minaccia che a una simpatica esortazione.

Continua a trascinarmi in giro per la galleria presentandomi a tutti con parole sempre più entusiastiche, tanto che sono costretta a dirgli di smettere.

«Esci dal tuo guscio o rimarrai imprigionata lì dentro finché non sarà troppo tardi» replica senza sorridere, «e nessuno ti verrà a prendere.»

Rimango di nuovo colpita dai suoi repentini cambi d'umore e dalla sua scarsa capacità di alleggerire l'atmosfera quando si fa troppo pesante.

È come se temesse che il suo personaggio per un momento non fosse preso sul serio e succedesse l'irreparabile: essere smascherato per quello che è, un essere umano come tutti.

Finalmente ce ne andiamo, ben oltre l'ora stabilita, e scappo a casa per parlare con Edo che non vedo da quasi cinque giorni.

Lo trovo che prepara una valigia buttandoci dentro cose a caso.

«Stai partendo per la settimana bianca?» gli chiedo facendolo sobbalzare come un ladro.

«No, è che mi trasferisco per un po' da mia madre.»

«Ah!» rispondo sentendo una fitta dentro, come qualcosa di vetro che si rompe e perfora qualcos'altro, tipo il cuore.

Mi siedo sul letto. «È proprio necessario?» chiedo non proprio certa della risposta che voglio sentire.

«Ha licenziato Marisa, ed è sola...»

Ecco, era esattamente la risposta che temevo di ricevere,

e mi viene in mente che ci vorrebbe una legge che proibisca di mettere al mondo figli unici: "Chiunque desideri procreare, è tenuto a generare figli in numero di almeno due", affinché i poveretti siano in grado di affrontare situazioni del genere.

«Quindi sei il nuovo badante» ironizzo.

«Le vado solo a dare una mano, non sarà per molto.»

Ci dev'essere stata un'epidemia che ha falcidiato il senso dell'umorismo recentemente, mi dico, mentre anch'io preparo una borsa in cui butto un paio di maglie di ricambio.

«Allora ci rivediamo... quando?» gli chiedo sulla porta.

«Fra qualche giorno» mi sorride come se non stesse andando a trasferirsi da quella donna orribile, che incidentalmente è pure sua madre, «comunque più tardi ti chiamo» e mi dà un bacio sulla fronte che brucia come mi ci avesse appoggiato sopra una moneta rovente.

La rabbia mi monta tutta insieme, mi manca solo che ruoti la testa di 360 gradi e mi metta a vomitare verde. «Ma non ti rendi minimamente conto che tua madre ti sta manipolando?» gli dico duramente.

«Manipolando?» risponde come fosse una nuova parola.

«Sì, proprio così! Non capisci che era tutto calcolato? Che lei non ti mollerà mai, nemmeno quando sarà morta, perché vivrà nei tuoi sensi di colpa? Quella donna mi odia dal primo giorno e tu hai sempre fatto finta di niente, non mi hai mai difesa, non hai mai preso le mie parti, niente, stai lì e osservi come fosse la finale del Roland Garros!»

«Non è vero» risponde con il suo solito sorriso accomodante e lo sguardo tenero.

«E smetti di sorridere sempre come se non stesse succedendo niente» continuo infuriata, «non lo vedi che non stiamo andando da nessuna parte, Edo? Che non viviamo la stessa storia? Non è fingendo che tua madre sia una brava donna che lo diventerà veramente! Tu neghi la realtà, fingi che il mondo sia buono e bello e non fai che ficcare la testa sotto la sabbia!»

Mi guarda colpito come se non parlassi di lui, come se non parlassi di noi.

«Ma io non nascondo la testa sotto la sabbia... non capisco perché ti arrabbi.»

«Lo so che non capisci!» grido fuori di me. «Lo so perfettamente che non capisci niente di me, di cosa provo, di come sto di merda, di come sto cercando di tenere insieme tutti i pezzi con la Coccoina, e tu col tuo cavolo di sorriso non mi aiuti per niente!»

Ride.

«Ma perché ridi adesso» dico con la frustrazione che mi sale alla gola, «ti sembra il momento?»

«No, ma non voglio che ti agiti!»

«Io invece mi voglio agitare» esplodo, «io voglio arrabbiarmi, urlare, strapparmi i capelli, dare di matto, sfogare tutta la rabbia che ho dentro! Io non sono un fottuto monaco zen come te!!!»

Ho il fiatone.

Mi appoggio con le spalle al muro, stanca, e per la prima volta mi rendo conto che non è un essere umano.

E che non ci sono due persone più diverse di noi sulla terra.

«Cerca di calmarti ora, non è successo niente» mi dice con la sua voce pacata. «Sto solo qualche giorno da mia madre e tu starai da Paola, non cade mica il mondo...»

«No, Edoardo, hai ragione, non cade il mondo» dico sorridendo amaramente, caricandomi la borsa sulla spalla e uscendo di casa.

Sicura che non mi correrà dietro.

Con Paola passiamo un'altra serata tranquilla e silenziosa giocando a carte e mangiando lupini.

Anche se ogni volta che sentiamo sbattere il portone ci salta il cuore in gola.

«Come va con Edo?» mi chiede.

«Bene!» mento per evitare di caricarla con i miei problemi.

Mi guarda da sopra le carte. «Non sai barare.»

«Perché, mi è venuto qualche tic?» rispondo facendo strane smorfie con gli occhi.

«Perché ti conosco. Avanti, spara!»

Alzo gli occhi a mia volta dalle carte. «Mi ha regalato un anello, perché se ci sposiamo sua madre gli dà i soldi per comprarsi una casa, e quando le ha detto che ci eravamo fidanzati le è preso un colpo.»

Paola scoppia a ridere. «È bellissimo! Ed è tutto così romantico!»

«Vero?» rispondo sputando una buccia di lupino nel portacenere. «È esattamente il sogno di ogni donna.»

«Ma non vi conviene aspettare che muoia?»

«Non morirà mai, è come Highlander. Si nutre di cattiveria, ci seppellirà tutti. E comunque, anche se dovesse mai morire, Edoardo non vorrà più vendere la casa appartenuta ai suoi amati genitori e io finirò i miei giorni seduta nella poltrona sdrucita della vecchia in quell'appartamento senza il riscaldamento, con Polly che mi sbava sulle ginocchia!»

«Peggio di *Psyco*!»

«Strana cosa, l'amore» rifletto a voce alta, «dovrebbe essere tutto così facile e logico, nero o bianco, o ami o te ne vai, o c'è feeling o non c'è, e quando le cose funzionano dovrebbe esserci una crescita naturale di tutti e due attraverso le esperienze della vita, non un volersi aggrappare all'adolescenza a tutti i costi e rimanere lì immobili senza fare assolutamente niente.»

«Io ho chiuso con le relazioni, ti avverto!» mi annuncia battendomi a scala quaranta per la terza volta di fila.

«Avresti bisogno di un bravo ragazzo» le dico alzandomi per mettere sul fuoco l'acqua per il tè.

«Tu l'hai trovato un bravo ragazzo e non mi sembri sprizzare dalla gioia...»

«La sai una cosa?» le dico voltandomi a guardarla. «Mi sa tanto che rimarremo zitelle, io e te: non single fighe che girano per locali trendy a Milano, no no, proprio zitelle inacidite coi baffi, e vivremo qui per sempre e adotteremo dei gatti che figlieranno fra loro e prenderanno il sopravvento facendo la cacca ovunque e, siccome non avremo soldi, finiremo per mangiare anche noi croccantini, direttamente dalla scatola.»

«Che prospettiva allettante!» risponde mescolando le

carte. «Però guardala dal lato positivo, almeno non saremo sole.»

«Ah certo! E poi quando morirà una, morirà anche l'altra!»

Passo l'ennesima notte insonne, a rigirarmi sul divano, che mai come ora mi sembra scomodo.

Delle migliaia di preoccupazioni che mi tengono sveglia, nessuna sembra avere una soluzione pratica o a breve termine.

Devo correre il rischio di far scrivere questo nuovo romanzo a Calamandrei? Lo devo dire subito a Bigazzi? E che cosa faccio con Edo? E con mia madre?

Non ricordo di essermi mai sentita più scoraggiata e sola di adesso.

C'è un momento in cui siamo tutti chiamati ad affrontare le nostre responsabilità, che ci piaccia o no: le conseguenze delle nostre scelte più o meno consapevoli, i nostri fantasmi, i mostri sotto il letto. E per quanto rimandiamo l'appuntamento, saranno sempre lì ad aspettarci, con la pioggia o il sole, il vento o la grandine, la luce o il buio.

Come si fa a trovare il coraggio di alzare la voce, di andarsene senza voltarsi indietro, o rischiare mettendo in gioco anche la pelle di qualcun altro?

Bisogna diventare orrendamente egoisti o si deve solo imparare a sopravvivere?

16

Bigazzi mi convoca nel suo ufficio venerdì di prima mattina.

«Francesca, la prego, mi faccia felice almeno lei, che mia moglie mi ha dato il preventivo della ristrutturazione della casa nuova e ho solo voglia prendere in mano un fucile.»

Mi sistemo il possibile pur di perdere tempo, nell'ordine: occhiali, gonna, cardigan, capelli, penne, finché sono obbligata a dargli una risposta.

Sono la prima a non essere affatto convinta dal nuovo progetto, ma non posso guastare questo neonato rapporto di fiducia con il volubile Calamandrei.

«Credo di poter affermare che stia andando tutto molto bene, dottor Bigazzi.»

«Crede?»

«No no, ne sono certa!» mi affretto ad aggiungere. «Calamandrei sta scrivendo un romanzo molto intenso e tormentato, totalmente nel suo stile. Sono molto soddisfatta», anche se francamente non so di che sto parlando.

«Meno male, Francesca, mi creda che non ci dormo la notte. A lei posso confessare in tutta onestà di aver effettuato un incauto acquisto...» mi dice con aria afflitta.

«Non si abbatta» lo consolo. «Sì, è un po' difficile da gestire, ma ha davvero un grande talento. Ce la faremo, mi creda!» lo rassicuro come un dirottatore che dice ai passeggeri: "Tranquilli, atterreremo in scioltezza".

«Oh, Francesca, mi sta restituendo dieci anni di vita! Non

le nascondo che Calamandrei non aveva grandi quotazioni al momento della mia acquisizione. Il suo editore storico me l'ha quasi regalato insieme ai buoni pasto, tanto non ne poteva più di lui, ma ho pensato che con l'aiuto di una editor capace come lei avremmo potuto realizzare IL romanzo. Mi dia dell'ingenuo, ma ho sempre avuto un buon fiuto per gli affari, e non credevo che mi sarei trovato in un tale casino!»

«Termineremo nel tempo prestabilito» insisto nella mia lucida follia, «glielo assicuro.»

«Non sa quanto mi tranquillizzino le sue parole, faccia conto che la promozione sia già sua!»

Se Calamandrei non termina un qualunque romanzo, lo abbatto.

Edoardo mi chiama dopo pranzo per rassicurarmi sulle condizioni di salute di sua madre.

«Sono contenta che stia bene» mi sforzo, «avete assunto un'altra badante?»

«Veramente no...» esita «dice che per il momento non vuole estranei per casa.»

«Un momento che durerà fino alla fine dei suoi giorni, se tu rimani lì...» non riesco a evitare di aggiungere.

«Ma no, vedrai che sarà per poco, è ancora debole...»

«Certo, come un alligatore...»

Non mi risponde, e capisco di aver esagerato.

«Scusa...» mormoro «non volevo.»

«Non è niente, Tuz, so che non intendevi offenderla.»

Oh sì che intendevo, oh sì!

«Allora ci vediamo... quando?» chiedo tristemente.

«Appena sta meglio e la posso lasciare un po' da sola. Per ora non mi fido troppo, sai, è anziana...»

«Okay, quindi, se ho capito bene, tu non torni a casa per non lasciare sola tua madre e io non posso venire da te perché sennò lei si agita, giusto?»

«Non dire così, dài...»

«È così o no?» insisto.

«Sì, ma è solo per poco...»

«Ma ti rendi conto che è assurdo, almeno?»

Non risponde.

Per l'ennesima volta non risponde, non trova le parole perché non sa cosa dirmi, e come dirmelo.

E riattacco con violenza.

Tanto che Ilaria, entrando, vede schizzare un tasto del telefono.

«Dimmi!» le ringhio.

«Ho fatto la lista della spesa per la cena da Paola stasera» mi dice immobile sulla porta, senza osare avvicinarsi.

«Paola mangia pochissimo» rispondo brusca rimettendomi a scrivere, «basterà ordinare le pizze.»

«No, niente pizze» ribatte lei con enfasi, «ho preso un permesso di due ore, così posso cucinare a casa e poi io e Alessandro veniamo da voi con la cena.»

Mi sento subito in colpa per averle risposto male. «Addirittura un permesso?» le chiedo stupita.

«Sì», mi sorride, «ci tengo davvero a farvi qualcosa di buono. Ora però scappo, che devo accompagnare la Spagnulo a tenere una lezione di scrittura creativa a un circolo di caccia!» mi dice lanciandomi il tasto del telefono.

Chiamo zia Rita giusto per farmi cambiare un po' l'umore, dato che tra la mancanza di sonno, Edoardo e Bigazzi sono fin troppo tranquilla.

E poi, se non la chiamo io, lei non ci pensa proprio a darmi notizie.

«Ah sei tu, Francesca!» esordisce. «Quand'è che mi riporti Leonardo? Le mie amiche sono curiosissime, ho intenzione di organizzare un tè e leggere brani dai suoi romanzi. Puoi invitarlo per favore?»

Sarebbe più facile farci venire Lady Gaga, ma evito di dirglielo.

«Sai zia, Calamandrei è molto molto impegnato, ci vuole almeno un preavviso di sei mesi per fissare un appuntamento con lui.»

«E allora come mai l'altro giorno è venuto?»

«Perché gli era saltato un impegno all'ultimo momento, ma è un'eventualità rarissima...»

La sento respirare innervosita.

E non posso perdere la sua collaborazione.

«Va bene, zia, ti prometto che farò quello che posso per portarlo da te, fra l'altro ha detto che sei simpaticissima!»

«Davvero?» squittisce.

«Sì, davvero, e ha adorato il tuo limoncello, ha detto che hai le mani d'oro perché uno così buono non lo aveva mai assaggiato!»

«Maddaiii!!!» strilla come una sciocchina. «Ha detto proprio così?»

«Parola per parola.»

«Allora ci conto?»

«Contaci!» confermo. «Senti, non è che potresti passarmi la mamma adesso?»

«Aspetta, vado a vedere se può...»

Nemmeno stesse tenendo una conferenza sui nuovi orizzonti della biotecnologia.

«Pronto?» mi risponde una vocina lontana, ma stranamente squillante.

«Ciao mamma, sono io, come stai?»

«Bene!» mi dice senza aggiungere altro, ma ho come la sensazione che stia sorridendo.

«Hai fatto qualcosa di bello oggi?»

«Sì, "La Settimana Enigmistica"!»

«Davvero» esulto, «le parole crociate?»

«Sì, ha unito i puntini e colorato gli spazi» interviene quell'immensa merda.

«Zia Rita, stavo parlando con lei. Puoi non intrometterti?»

«La stai stancando, è meglio che torni in camera.»

«Senti, mia madre non è in libertà vigilata... stai prendendo il tuo ruolo di carceriera un po' troppo sul serio, mi pare!»

«Occhio a come mi parli, carina» risponde, «o sai cosa rischi!»

«Allora tu scordati il tè con Calamandrei!»

La sento distintamente digrignare i denti, mentre me la ripassa.

«Mamma, sono sempre io: dài, raccontami ancora delle parole crociate!»

«Sì, niente, sono stata un po' in giardino.»

«Hai visto che bel sole che c'è? Non sembra nemmeno Milano.»

«Sì, si stava bene.»

Prendo il coraggio a due mani e mi butto. «Mamma, senti... ti ricordi quello che mi hai detto l'altro giorno, riguardo a... sì... quando mi hai detto che non tutte le cose sono quello che sembrano...»

Segue un lungo silenzio, nel quale immagino si sia persa tentando di afferrare i fili dei pensieri che volano via in fretta come palloncini.

«Non era niente, Francesca, solo vecchie cose, stupide, passate» mi risponde con cognizione di causa.

«Parlamene, mamma» la prego, «voglio saperlo davvero» insisto.

«Il tè si fredda!» sento urlare zia Rita.

La sento respirare. «Tuo padre... io, non... lui...»

«Ho detto che il tè si fredda!» si intromette di nuovo la secondina, strappandole la cornetta dalle mani. «Sei sempre tu che riesci a sconvolgerla.»

«Ti odio, zia Rita!» urlo riattaccando.

Perfetto, come minimo mio padre non era il mio vero padre, ci mancava un bel test del DNA per chiudere in bellezza una fantastica settimana.

«Mi hai portato altre pagine?» chiedo a Calamandrei.

«Oggi no!» mi risponde con *nonchalance*.

Ho un brivido lungo la schiena. «Leonardo, ti prego» mi rabbuio immediatamente, «stamattina ho assicurato a Bigazzi che sta andando tutto bene, vuoi davvero che gli dica come stanno le cose in realtà?»

«Che palle con sto Bigazzi! Manco fosse Dio. Cos'hai, una cotta per lui?» risponde aggressivo, sapendo di essere in torto.

Lo fisso seria per lunghi secondi, finché abbassa lo sguardo.

«Vuoi che andiamo a fare un giro in un museo?» gli chiedo, sarcastica. «O preferisci parco Sempione, dimmi tu, tanto sono a tua disposizione, non abbiamo proprio niente da fare qui. L'ufficio stampa si sta massacrando di lavoro per promuovere un libro che non c'è e che non ci sarà mai, quindi, tanto vale approfittare del bel tempo e andare a fare una bella passeggiata, o a berci un cappuccino di soia, quello che vuoi tu!» dico sorridendo, incrociando le mani dietro la testa.

«Ho fatto tardi...» ammette.

«Evviva, che novità! Ma non ce la fai proprio ad avere un brandello di disciplina, giusto per qualche settimana ancora? E non chiamarmi maestrina o professoressa, perché lo so da sola, ma a quanto vedo non funziona nemmeno questo. Tu non hai rispetto per niente e per nessuno, solo che qui ci sono in ballo un sacco di soldi e un casino di lavoro, quindi se proprio a te non frega niente, vai da Bigazzi, che in un certo senso è anche il tuo datore di lavoro, digli che rinunci e poi pagagli la penale!»

Calamandrei mi guarda come un ragazzino pestifero che ha rotto non una finestra, ma un'intera vetrata di Notre-Dame. «Dài, Fra...»

«Fra, cosa? Non siamo amici!»

«Sì che lo siamo» fa l'offeso.

«No, Leonardo, proprio per niente, e tu te ne stai approfittando da troppo tempo. Io mi sono stancata di questo atteggiamento da bulletto di periferia! A me non cambia niente se pubblichi o no, io sarò sempre una editor e continuerò a fare quello che facevo prima di incontrare te, ma tu farai una figura di merda incredibile, ti rideranno tutti dietro. Di articoli come quello di Zanieri ne pioveranno a centinaia, e stavolta avranno ragione perché avrai veramente dimostrato di essere un bluff!» concludo, al limite della sopportazione.

Calamandrei mi guarda da sotto in su, con un'espressione che potrebbe voler dire tutto – da "ti prego non mi sculacciare" a "non osare parlare così a Dio".

Propendo per la seconda ipotesi, ma sinceramente è l'ultima delle mie preoccupazioni adesso.

Mi alzo ignorandolo completamente, ma questa volta non è una tattica: sono proprio stufa.

«Dove stai andando?» mi chiede con un tono ansioso nella voce.

«A occuparmi di altro!» gli rispondo voltandomi sulla porta. «Non sai neanche quanto lavoro sto trascurando a causa tua!»

Mi volto e subito mi sento afferrare per il braccio.

«Dài, ora basta con questi giochetti» gli rispondo dura, «ora ti metti a piagnucolare e fra due giorni siamo da capo. Ho capito che non ti suscito nessun senso di autorevolezza. Ci ho pensato, sai?» gli dico in tutta serenità. «Dev'essere perché sono una donna e tu le donne non le rispetti, c'è poco da fare, e quindi ogni tanto devi tornare a dimostrare a te stesso chi è che comanda. Solo che non ho proprio tempo per la psicoanalisi e poi, francamente, nemmeno me ne importa di te. Ci siamo sbagliati, facciamocene una ragione e chiudiamola qui» continuo, sinceramente stremata, «dico a Bigazzi di trovarti qualcun altro, magari un editor uomo, vedrai che così lavori davvero!»

«No dài, Francesca, non farmi questo» mi dice prendendomi per le spalle e chiamando a raccolta tutte le sue capacità persuasive, che sfortunatamente per lui ormai conosco a menadito.

«Hai finito?» replico, per niente impressionata.

«Ti devo parlare» mi dice prendendomi la mano e trascinandomi fuori dall'ufficio e poi giù nell'atrio, dove ovviamente ci sono meno due gradi. «Senti» mi dice effettivamente turbato, «io ho già combinato un mezzo casino dov'ero prima. Non ho rispettato il contratto, li ho messi nella merda, ho dovuto restituire l'anticipo, che era anche bello grosso, e alla fine hanno preferito farmi fuori invece che lavorare ancora con me. Bigazzi è *veramente* la mia ultima possibilità.»

«E quindi? Ci abbiamo provato e non funziona» rispondo come se lo stessi lasciando, ci manca che aggiunga: "Non sei tu, sono io"...

Scuote la testa e dà un pugno nel muro che mi impressiona.

«Sono una testa di cazzo!» esclama massaggiandosi la

mano. «Una gran testa di cazzo, e ho esagerato.» Do un piccolo colpo di tosse di conferma. «Ma solo tu mi puoi aiutare ora. Se cambio editor non finirò mai, questo è certo.»

«Eh sì, la tua vita è molto triste, dolce Remì, e mi dispiace tanto, ma dovevi pensarci prima. Ora, se permetti, torno di sopra perché sto congelando!»

Calamandrei non dice nulla, e rimane lì fermo, a fissare il muro, incredulo che qualcosa stia sfuggendo al suo controllo per una volta in vita sua, come forse gli era successo solo perdendo una partita a flipper a tredici anni.

Entro in ufficio e non penso più a lui, e per un paio d'ore mi sembra di essere tornata al periodo precedente l'inizio di quest'incubo. Quando potevo occuparmi della burocrazia e delle scartoffie e delle telefonate scomode e di tutto il resto.

Ma dopo due ore ecco che la luce del telefono che corrisponde all'ufficio di Bigazzi lampeggia sul mio apparecchio.

«Francesca, mi consideri in ginocchio.»

«Cosa le è successo?» chiedo, sorpresa.

«Calamandrei è qui davanti a me e giura solennemente che non si comporterà più come un cretino, che lavorerà sodo e farà tutto quello che dice lei, altrimenti ci siamo accordati che lo prenderò personalmente a calci nel sedere! Ho già provveduto al suo bonus in busta paga.»

Viene anche a me una gran voglia di dare un pugno nel muro e magari fracassarmi tutte le falangi, almeno starei a casa.

Prendo una decina di respiri profondi e mi rassegno al mio destino, quando sento bussare alla porta e mi trovo di nuovo Calamandrei davanti con lo sguardo da cane bastonato, ma contento di aver ritrovato il padrone che lo aveva mollato sull'autostrada.

«Allora, ce l'hai fatta un'altra volta, eh?» sorrido sarcastica. «Vediamo quanto dura, 10 a 1 che fra tre giorni siamo da capo.»

«Ti giuro di no, te l'ho detto: voglio che tu mi aiuti a diventare una persona migliore. Ho bisogno di qualcuno che mi metta davanti ai miei limiti e mi aiuti a superarli.»

«Non li vedi da solo, i tuoi limiti?» rispondo serafica.

«Non è mica tanto difficile, in fondo: sei un narcisista, un egocentrico, pensi che tutto ti sia dovuto e che tutti debbano fare quello che vuoi, e occasionalmente sei uno scrittore di talento. Io vorrei avere a che fare solo con quest'ultima parte di te, invece purtroppo si presentano molto più spesso tutte le tue altre personalità.»

Sorride solo perché sa di avere di nuovo ottenuto quello che voleva, e io mi devo rassegnare a tornare a occuparmi di questo bamboccio viziato.

«A una condizione, Calamandrei.»

«Tutto quello che vuoi!»

«Molla il progetto del libro su di me e torniamo a quello che stavamo scrivendo fino alla scorsa settimana.»

«Non posso» si irrigidisce.

«E allora io non posso lavorare con te.»

«L'ho appena detto a Bigazzi, è d'accordo!»

«Non ci credo, fammelo chiamare» rispondo alzando la cornetta.

«Fai pure!» mi invita, tranquillo.

Chiamo Bigazzi e lui mi conferma di essere stato messo al corrente del cambio di programma e che non ha niente in contrario, purché scriviamo qualcosa.

Questo io lo chiamo essere alla canna del gas.

«Perfetto» ironizzo riagganciando, «hai vinto ancora. Mi rimetto a te adesso, o lo finiamo in tempo record o tu hai davvero chiuso!»

«Ti prometto che non ti deluderò» mi dice con una nuova luce negli occhi.

Lavoriamo di nuovo fino a tardi, concentrati sulla storia di Marina (questo il nome della protagonista), che ha una madre malata, un marito che non ama e una lunga fila di sensi di colpa.

Cerco in ogni modo di rimanere distaccata, ma diventa sempre più difficile non identificarmi, anche perché l'*autore* si prende la libertà di usare tutta una serie di dettagli sulla mia vita senza che io possa impedirglielo.

Almeno lavora.

A sera per andare a casa di Paola ci permettiamo il lusso

di un taxi pagato da Calamandrei, che prima, però, vuole fermarsi da Peck a comprare due bottiglie di Franciacorta, tre di Château Lafite, e una selezione di formaggi prestigiosi con salse abbinate.

«Non c'era bisogno» gli dico, «Ilaria ha cucinato tutto il pomeriggio.»

«Non vado mai a una cena a mani vuote» mi redarguisce.

«Sì, ma fra "mani vuote" e arrivare carico come un Re Magio c'è la sua differenza!»

«Ho gusti di lusso, io!» mi dice pizzicandomi una guancia.

Arriviamo da Paola, che apre senza la parola d'ordine, sorpresa di vederci.

«Ma che ci fate qui?» ci chiede. «Cioè tu sì, Fra, ma lui?»

«Se non mi vuoi, me ne vado...»

«No, ma figurati» risponde lei ridendo nervosamente, «sono io che mi sono scordata le buone maniere, scusami!»

«Non hai mai avuto buone maniere, tu!» le ricordo entrando con le buste e Calamandrei al seguito.

Fingo di non notare il suo disagio, e comincio a disporre le bottiglie sul tavolo, mentre Calamandrei ci illustra le meraviglie del Tête de Moine, della mozzarella di bufala campana e dei caprini erborinati, con i vari abbinamenti.

Osservo Paola con la coda dell'occhio, che lo ascolta a braccia incrociate cercando di interessarsi a quello che dice, ma è come se in realtà stesse tendendo l'orecchio a qualcosa che è là fuori, come un cerbiatto nel bosco che fiuta il pericolo.

Ci vorrà un sacco di tempo perché le cose tornino normali, se mai torneranno normali.

Il Demente subirà un processo per direttissima e, nonostante il rito abbreviato, speriamo che gli diano almeno uno o due anni per aggressione e lesioni dolose.

Che è una pena ridicola, ma meglio che niente.

Speriamo solo che i suoi compagni di cella gli facciano passare la voglia di picchiare le donne.

Una volta ho letto di un farmaco che cancella i traumi dalla memoria. Non so come sia possibile che una molecola se ne vada a zonzo nel tuo cervello a riconoscere gli shock ed eliminarli come fossero file infetti ma, succedesse a me una cosa del genere, lo prenderei di sicuro.

Forse dovremmo prenderlo tutti, in qualche misura.

Riempio a Paola un generoso bicchiere di rosso e le ordino di mettersi tranquilla sul divano a fumare e guardarci apparecchiare.

Obbedisce brontolando e si va a sedere avvolta nel maglione accendendo MTV.

Io e Calamandrei disponiamo i preziosi formaggi secondo il suo preciso ordine, dal più leggero al più forte, e non senza discutere. Lui insiste anche per usare più calici e più posate, ma rinuncia quando si rende conto che non c'è un servizio da ventiquattro e che è troppo tardi per andare a comprarne uno.

Mezz'ora più tardi Alessandro e Ilaria suonano alla porta e salgono con tanti di quei vassoi che sembra davvero la cena di Natale.

Paola è un po' confusa, ma le leggo negli occhi che è felice di avere gente intorno che la fa sentire protetta.

E come al solito l'alcol aiuta.

«Tutto bene?» le chiedo sottovoce sedendomi accanto a lei.

Fa sì con la testa.

«Non ti dispiace che abbiamo organizzato questa cena per te?»

Fa no.

«Piano piano passerà» le dico con dolcezza, «intanto mangia questi tre etti di formaggi da un milione di dollari, che altrimenti Calamandrei si offende!»

Nel frattempo Ilaria occupa ogni superficie libera della tavola con vassoi e contenitori di alluminio e Alessandro con l'occhio innamorato obbedisce a ogni sua richiesta.

«Mi sa che ho esagerato con le quantità» confessa Ilaria con una smorfia, «ma avevo talmente voglia di cucinare che non ho pensato che eravamo solo in cinque. A casa mia siamo minimo in dodici e non abbiamo idea di cosa siano le mezze porzioni!»

«Ho già preso tre chili» commenta Alessandro guardandosi la pancia.

«Sei ancora più sexy» gli risponde lei, abbracciandolo ai fianchi e schioccandogli un bacio sulle labbra.

Paola dal divano mi guarda e fa il gesto di infilarsi due dita in gola.

Scoppio a ridere.

È tornata.

O, meglio, non se n'è mai andata, si era solo allontanata un attimo.

Ci sediamo a tavola e passiamo i piatti a Ilaria, che li riempie con porzioni immense di sformato ai funghi, crespelle, patate al forno, piselli, involtini di carne e torta di verdure.

Ma è tutto talmente buono che mangiamo e beviamo fino a scoppiare, ascoltando gli aneddoti di Calamandrei (sicuramente inventati all'80 per cento, ma esilaranti).

«Dài Leonardo, raccontaci della volta che a quella festa a New York hai insegnato a giocare a briscola ad Al Pacino!» lo esorta Ilaria. «E di quella volta che ti hanno rubato il Rolex e sei andato dal capo degli zingari, che te l'ha ritrovato in cambio dei ringraziamenti nel tuo prossimo romanzo!»

Calamandrei è completamente nel suo centro, non ci risparmia pettegolezzi e scoop su gente del mondo dello spettacolo e infila una storia dietro l'altra come solo un consumato affabulatore riesce a fare.

Paola ride di gusto e mi sembra serena.

Io invece mi sento distante anni luce.

Penso a Edoardo da sua madre e mi viene una gran rabbia.

Anche se sono abbastanza certa che non sarebbe mai venuto qui stasera.

Non posso credere che quella donna riesca a manipolarlo in un modo così estremo e che lui non se ne renda conto. Cos'hanno di così sbagliato certe madri da non capire che non si sposano i propri figli?

Ho un senso di nausea, ed esco sul balcone al freddo per prendere un po' d'aria.

Calamandrei mi nota e mi raggiunge con in mano una bottiglia di vino e un bicchiere, che mi porge.

«Qualcosa che non va?» mi chiede appoggiandosi alla ringhiera accanto a me.

«Solo un po' di stanchezza» rispondo guardando il bicchiere.

«Sei sicura?»

«Abbastanza.»

«Non è per tua madre o per il tuo fidanzato che non ti accompagna mai?»

Di nuovo mi si stringe lo stomaco: che, di tutti gli uomini al mondo, lui sia l'unico esemplare che riesca a leggermi dentro è veramente il colmo.

«Un po' tutt'e due» ammetto.

«Lo immaginavo. Secondo me tu sei una donna che ha bisogno di molto di più, ma so che il mio punto di vista non ti interessa.»

«Cosa intendi per "molto di più"?» chiedo, davvero interessata.

«Più passione, più entusiasmo, più vita, più avventura. Se continui così, arriverai a settant'anni senza accorgertene e non ti sarai goduta nemmeno un pezzettino dello spettacolo!»

«Che ne sai che non mi godo la vita?» rispondo fintamente offesa, sapendo che ha ragione da vendere.

«Quando è stata l'ultima volta che ti sei rilassata o che hai fatto qualcosa che ti piace veramente? Oltre al lavoro, intendo» mi domanda guardandomi con la testa piegata di lato.

«Oddio, così su due piedi...»

«Lo vedi? Avevo ragione, come sempre del resto! Avanti, dimmi qualcosa che ti fa veramente piacere fare: vale tutto!»

«Non lo so, non mi viene in mente niente», rido. «Mangiare la cioccolata, forse...»

«Che banalità, prova ancora!»

«Boh, fare un viaggio?» tento.

«Queste sono cose buone per tutti, io voglio sapere qualcosa di te, di più intimo. Ci sarà una cosa che ti fa piacere davvero!»

Ci rifletto un attimo. «Non lo so proprio» rispondo scoraggiata.

«Okay, ti aiuto. Io adoro sdraiarmi nell'erba fresca appena tagliata, possibilmente al mare. Poi l'alba, sono un fan dell'alba, mi alzo prestissimo oppure non vado a letto per niente e sto lì a guardare il sole che sorge e a volte mi commuovo, e poi suono la chitarra. Faccio pena, ma continuo a suonare come se ci riuscissi e mi sento Eric Clapton.»

Rimango un attimo in silenzio.

«Ci sono!» esulto. «Credo di aver capito: le nuvole, mi piace cercare le facce nelle nuvole, ma solo facce di attori morti.»

«È esattamente quello che volevo sentirti dire, vai avanti!»

«I cotton fioc, mi piace tantissimo pulirmi le orecchie con i cotton fioc!»

Calamandrei scoppia a ridere. «A me piace infilare le dita nel barattolo del miele. Mangio solo quello di castagno!»

«Le dichiarazioni d'amore scritte per terra mi hanno sempre emozionata, le leggo e le ricopio su un taccuino. Nessuno ha mai fatto una cosa del genere per me!»

«Molto poetico. A me piace andare a correre in posti che non conosco.»

«Le bolle di sapone» proseguo, «adoravo le bolle di sapone da bambina e non le faccio da trent'anni.»

«Vedi? Basta smuoverti un attimo! L'odore della vernice fresca» rilancia.

«Il profumo del glicine!»

«È perché sei una romantica, come tutte le donne. Io l'odore della benzina.»

«I piedi nella sabbia!»

«Guidare di notte.»

«L'odore della pioggia!»

«Un filetto al sangue.»

«Il pane caldo!»

«Il Magere Brug di Amsterdam!»

«La torta di noci che faceva mia mamma.» Poi scuoto la testa. «Scusa» dico, «mi è venuta così.»

«Hai fatto bene» mi rassicura, «il gioco è questo. Elencare le cose che ami di più senza pensarci!» Poi tace per un attimo. «Doveva essere speciale quella torta, eh?»

«Era incredibile» riconosco, «sapeva d'amore.»

Mi sorride. «Scommetto che la riassaggerai presto!»

«Chissà» rispondo rattristandomi.

«Non ti buttare giù, dài, continuiamo» mi dice scuotendomi. «Tramonti alle Maldive, bucato fresco, e i Maroon 5!»

«Ma questa è roba da donne!»

«Lo sai che vi conosco bene» ribatte sornione.

«Okay, allora adesso ti confesso qual è la cosa che adoro di più fare in assoluto, sei pronto?»

«Non dirmi *selfie* nuda allo specchio!»

«Ho già passato quella fase» lo rassicuro ridendo. «La cosa che mi piace di più fare è chiudere gli occhi quando salgo con la scala mobile dalla metropolitana. Mi piace sentire il vento nei capelli che arriva dall'uscita e immagino di essere su un tappeto volante. Non riapro mai gli occhi fino a quando sono quasi in cima.»

«Lo sai che userò tutto questo nel mio romanzo?»

«Lo so perfettamente e lo faresti anche se cercassi di impedirtelo.»

«Infatti!»

Ridiamo e poi rimaniamo in silenzio fissando la nebbia che avvolge i lampioni.

«Sul serio, Francesca, scusami per averti reso la vita difficile ultimamente. Vorrei dirti che apprezzo molto quello che fai e che ho veramente bisogno del tuo appoggio.»

«Dovresti bere più spesso, sai?» rispondo alzando il mio bicchiere. «Sei molto più simpatico e sincero quando non fai il "Calamandrei"», mimo le virgolette.

«Sì, ma poi quando bevo faccio le quattro del mattino e tu t'incazzi!», mi dà una gomitata.

«Vorrei vedere! Il problema è che tu non sei stato sculacciato abbastanza da piccolo!»

«Sculacciami tu, allora!»

«Non faccio altro», rido, «metaforicamente parlando, s'intende. Ma non funziona, anzi ti ricordo che mi devi un favore, e bello grosso anche!»

«Qualunque cosa» mi dice con un inchino.

«Devi venire a fare una lettura a casa di zia Rita, davanti a lei e alle sue amiche.»

«Non puoi chiedermi questo!»

«L'ho appena fatto.»

«No Fra, dài, da tua zia col limoncello non posso, così mi uccidi!»

«Devi: mi hai obbligato a continuare a lavorare con te andando a fare la spia da Bigazzi.»

«Ho fatto un atto di umiltà!» si schermisce.

«No, hai fatto una paraculata per ottenere quello che vuoi come sempre, ecco tutto!» gli dico spingendogli l'indice sulla spalla.

«Va bene, farò qualsiasi altra cosa, ma non obbligarmi a questo, ti prego!»

Scuoto la testa: «Un'opera buona ti farà diventare una persona migliore, ed è quello che volevi, no?».

Si scompiglia i capelli. «Okay! Verrò» dice magnanimo, «ma a una condizione.»

«Non puoi dettarne!»

«Io posso sempre dettare condizioni, sono l'autore di punta, ricordi?»

«Cosa vuoi ancora» rispondo fingendo di piangere.

«Vieni a Parigi con me per una conferenza.»

«Scordatelo!»

«In cambio faccio innamorare tua zia!»

«Non possiamo andare avanti sempre a ricatti, io e te, ti rendi conto?»

«Se tu fossi più disponibile non ne avremmo bisogno!»

«Ah okay, scusa, se io dicessi sì a tutto quello che chiedi come il resto del mondo, intendi?»

«Esattamente!»

«Calamandrei, scusa la banalità, ma se non ci fossi bisognerebbe inventarti!»

La portafinestra si apre e appaiono Alessandro e Paola.

«Ragazzi, ora che Ilaria è in bagno, devo chiedervi un favore enorme» fa Alessandro eccitato.

Lo guardiamo in attesa.

«Dobbiamo preparare un *flash mob* per Ilaria, le voglio chiedere di sposarmi!»

«Sposarti?» mi agito. «Ma sei diventato pazzo?»

«Lo sai che "matrimonio" è sinonimo di "morte" e "distruzione"?» incalza Paola.

«Sinceramente, fratello, riflettici bene» aggiunge Calamandrei: «vuoi davvero rovinarti la vita?»

«Che entusiasmo!» risponde il povero Alessandro, deluso dalla nostra reazione. «Comunque ho deciso, è lei quella giusta!»

Ilaria compare sulla soglia. «Quella giusta a fare cosa?»

«Chi vuole altro vino?» gridiamo in coro.

17

Cos'hanno tutti, a volersi sposare?

Penso mentre monto le chiare a neve con una tale energia che potrei far girare tutte le pale eoliche del Salento.

Che poi l'ultimo che avrei potuto immaginare sposato è proprio Alessandro, uno che aveva una donna diversa a settimana. E che al culmine della sua carriera ha raggiunto un *turnover* di ben tre bionde in cinque giorni.

Perché a lui, prima di Ilaria, piacevano solo le bionde.

Cosa succede tutto a un tratto, che non si vuole più vivere un minuto della propria vita senza quella persona accanto?

Ho letto troppi pessimi romanzi per non sapere che funziona così solo nella fantasia.

Che, come dice Calamandrei, "e poi un giorno qualcosa va storto" e ti trovi a rielaborare ogni secondo della tua vita chiedendoti: "Dove ho sbagliato e perché è andato tutto a rotoli?".

Può una passione durare per sempre?

Possono due anime rivelarsi totalmente affini, predestinate, indivisibili?

Che ti manca il respiro se l'altro è lontano, che ogni cosa anche stupida che ti succede non ha senso se non gliela racconti subito, e hai la sensazione che ti manchi un braccio se lui non c'è?

È questo il vero amore? O è solo una bieca invenzione di cinema e romanzi per confinarci nel limbo dell'attesa eterna, e farci sentire sbagliati e confusi in modo da costringerci a spendere una fortuna in libri, manuali e film per continuare a sperare nell'arrivo del grande amore?

E cosa voleva dirmi mia madre a proposito di mio padre?

Sono scoraggiata e devo aver contagiato anche i miei *cupcakes*, che non ne vogliono sapere di lievitare.

Mi siedo davanti al forno come se osservarli servisse a convincerli a gonfiarsi e penso a Edo abbracciandomi le ginocchia.

Siamo ancora in tempo per cambiare?

Sono ancora in tempo per recuperare quell'amore devastante che non sento e che non mi ricordo di aver mai provato?

Si può reimparare ad amare?

Spengo il forno, lascio i dolci al loro destino e mi rannicchio sul divano infilando la testa sotto la coperta per proteggermi dal mondo e dalle sue domande.

E sprofondo in un sonno agitato e triste.

«Non so ballare!» mi lamento camminando spedita lungo il corridoio.

«Dài, è una cosa semplicissima» mi incalza Alessandro tallonandomi senza tregua, «destra, sinistra, salta, incrocia e gira, che ci vuole?»

«Da quando sei membro di una *crew* di "So You Think You Can Dance"?» gli chiedo senza guardarlo mentre faccio delle fotocopie. «Il massimo che posso concederti è stare seduta sulla sedia girevole e farmi spingere da qualcuno!»

«Sai che non è un'idea malvagia?» mi dice pensieroso. «Penserò a un'entrata trionfale sul ritornello.»

«Ale» gli dico guardandolo negli occhi, «che ne è stato del mio amico che diceva cose del tipo: "Ho superato le vette dell'*hacking*! Ho disabilitato Flash e fatto credere al sito che ero un tablet Android, poi con un *tool* ho intercettato i flussi e catturato il file, mi sento Matthew Broderick in *WarGames*".»

«Io ho detto cose del genere?» mi domanda perplesso.

«La volta che Bigazzi ti ha chiesto di scaricargli un vi-

221

deo di power yoga per la moglie da un sito più protetto di quello del Pentagono!»

«Sì, be', okay, ma adesso devi darmi una mano per questa cosa: ballano tutti tranne te!»

«È perché sono l'unica persona seria rimasta in giro!» rispondo entrando in ufficio e chiudendogli la porta in faccia.

«Fra, non te lo chiederei se non fosse importante» mi dice bloccando la porta col piede.

Mi gratto la testa riflettendo. «Okay Ale, ma non ti prometto niente!»

«Sei un'amica!» mi dice dandomi un bacio sulla guancia con lo schiocco e correndo fuori a convincere qualcun altro.

Questo posto era una vera casa editrice, un tempo.

Chiamo Edo, per avere sue notizie.

Ormai passiamo da casa nostra solo per prendere dei vestiti puliti.

«Sì, la mamma sta meglio» mi rassicura, «rimane sempre a letto e quindi ha bisogno di qualcuno che le faccia delle commissioni.»

«Ma perché rimane a letto?» chiedo impaziente. «Non le farebbe bene un po' di movimento?»

«Sì, ma lei ha i suoi tempi, e non le piace che le sia detto cosa deve fare.»

«Sì, questo lo avevo notato» commento amaramente.

«E Paola come sta?» mi chiede a sua volta.

«Meglio. Tornerà al lavoro domani, anche se non sarà facile.»

«Immagino. Salutamela tanto.»

«Lo farò!» rispondo, come fosse un tizio che non sento da anni e non l'uomo con cui convivo da anni.

Calamandrei in splendido umore arriva a rallegrarmi il lunedì.

«Grande serata venerdì, vero?»

«Sì» confermo, «bella serata.»

«Paola sta bene?»

«Meglio» ripeto, grata che così tanta gente si preoccupi per lei.

«Ti devo chiedere un altro favore, Fra.»

Lo guardo come se un pinguino mi stesse chiedendo da accendere.

«Che altro vuoi...?»

«Devi farmi conoscere Edoardo, è fondamentale perché io capisca qual è la relazione fra Marina e il suo uomo.»

«Non ci penso proprio!»

«Ma perché?» si lamenta imbronciato.

«Perché la mia vita privata la devi lasciare fuori, come te lo devo dire?» rispondo piuttosto seccata, o almeno nella misura in cui Calamandrei me lo consente prima di mettersi a fare capricci.

«Devo capire come stanno le cose fra voi per poterci ricamare sopra un romanzo!»

«Usa la fantasia, fai lo scrittore. Sei pagato per questo!»

«Non è la stessa cosa» ribatte piccato.

«No, no e poi no! Non ti presenterò Edoardo, e comunque adesso non c'è: sua madre è stata male e lui vive da lei!» rispondo sperando di liquidarlo.

«Per quanto?»

«Non lo so, spero per poco.»

«Mmm» commenta pensieroso, «questa non ci voleva.»

«Mi dispiace per te» taglio corto, «possiamo lavorare ora?»

«Non posso!», incrocia le braccia.

«Cos'è, sciopero degli scrittori?» gli chiedo togliendomi gli occhiali.

«Mi manca un tassello troppo importante, non posso andare avanti.»

Sospiro. «Calamandrei, tu sei la prova vivente che il karma esiste e non perdona. Devo essere stata Torquemada in una vita precedente!» rispondo con le mani sulla fronte.

«Sono un artista e sai che ho bisogno di stimoli.»

«Gli stimoli sono sopravvalutati» commento, «e anche gli artisti!»

«Be', trova il modo di farmelo conoscere o non posso proseguire» mi risponde alzandosi e andando verso la porta per una delle sue classiche uscite di scena.

«Va bene, allora domani vieni da mia zia a conoscere le

sue amiche» annuncio senza scompormi. «Quid pro quo» aggiungo ispirandomi a Jodie Foster nel *Silenzio degli innocenti* più che alle mie reminiscenze del liceo classico.

«Okay!» risponde uscendo.

Che fatica.

Non finiremo mai.

Bigazzi mi telefona col suo solito tempismo.

«Tutto bene, Francesca? Come procediamo?»

«Tutto bene, dottor Bigazzi, andiamo spediti, è davvero questione di poco» mento sfacciatamente.

«Sono contento, stanotte ho sognato che vincevamo lo Strega: è un segno, senz'altro. Continui così, sono molto fiero di lei!»

«Continuo così...» mormoro riattaccando.

Così come?

Rileggo le pagine.

Sono trascinanti, emozionanti, forti, durissime, ma sono anche maledettamente poche.

E il tempo sta stringendo davvero.

Prendo il telefono e chiamo Edo.

«Senti, non te lo chiederei se non fosse una specie di situazione di emergenza, ma Calamandrei ti vuole conoscere.»

«Calamandrei, il tuo autore?»

«No, Calamandrei l'invasato!» rispondo già sfinita. «Dice che ha bisogno di "tasselli" per il suo nuovo romanzo. Non devi cercare di capirlo, io ci ho rinunciato già da tempo, assecondalo e basta. Possiamo vederci a casa stasera? Anche solo una mezz'ora.»

Lo sento riflettere. «Potrei far cenare mia madre presto e poi passare un attimo a casa.»

«Fammelo come regalo, ti prego, sennò non scrive più.»

«Okay, ma perché vuole conoscermi?»

«E che ne so?» rispondo. «Lo sai come sono sti autori!»

«Veramente non lo so» ammette candido.

«No, in effetti non lo so nemmeno io... allora ci vediamo alle nove a casa.»

Alessandro entra di nuovo nel mio ufficio come se ci fosse un allarme bomba.

«Ilaria è scesa a pranzo. Veloce, dobbiamo andare in bagno a provare!»

«In bagno a provare cosa?» chiedo nel panico.

Non mi risponde e mi prende quasi di peso per trascinarmi fuori.

«Okay Fra, lo so che sei impedita, ma conto molto sul tuo impegno!» mi dice come un consumato coreografo.

Rimango un po' male, ma mi rendo conto che l'impresa è disperata, soprattutto se deve trascinare tutto l'ufficio in bagno ogni volta che Ilaria è fuori.

«Okay, guardami, ti faccio da specchio» mi dice mettendosi davanti a me.

Lo osservo concentratissima e seguo ogni movimento – che, fatto da lui, sembra un assolo di Pina Bausch e, fatto da me, un attacco epilettico.

«Mamma mia, Fra, che pena!» mi dice al quarto tentativo. «Forse devo davvero prendere in considerazione la sedia girevole» mi dice scoraggiato.

«Oh vabbè, allora finiamola qui» sbuffo stizzita, «fai pure senza di me!»

«Ma figurati se faccio senza di te, anche se mi toccherà venire a farti provare la sera!»

«Posso solo battere le mani?»

«No!»

«Okay» capitolo, «riproviamo.»

Dopo venti minuti Alessandro esce sudato fradicio con me al seguito.

«Dài Ale, non andava così male!» lo supplico.

«Ho visto orsi zoppi ballare meglio di te, Fra, sei la negazione della danza, sei l'apocalisse, sei veramente una catastrofe!»

Mi abbandona in corridoio e nonostante io lo chiami con un filo di voce non si volta nemmeno.

La mia carriera di ballerina si è chiusa miseramente prima ancora di decollare.

Più tardi, a casa, aspetto seduta sul divano l'arrivo di Edo e Calamandrei.

Mi chiedo che cosa spera di capire conoscendolo, cosa

spera di vedere in lui, e mi sento inquieta, perché, come al solito, il suo istinto animale riesce a colpire con la precisione di un bisturi.

Sento delle voci e delle risate farsi vicine, e subito dopo la porta si apre e Calamandrei e Edo entrano ridendo come due vecchi amici.

C'è qualcosa che mi deve essere sfuggito, o è anche questo un *flash mob*?

Adesso salta fuori Alessandro, si mettono a ballare e mi danno la promozione?

È così, vero?

No, perché normalmente Edo non li sopporta quelli come Calamandrei, che poi non è nemmeno del tutto vero, perché non ho mai sentito Edo pronunciare le parole "Quello non lo sopporto", ma non conosco due persone che abbiano meno cose in comune di loro due.

Uno è sempre pulito e stirato, l'altro sempre trasandato e con le stesse scarpe da quando lo conosco; uno si commuove quando legge di un anziano scippato, l'altro non mi stupirebbe se andasse a scipparli, gli anziani; uno ha avuto solo una donna nella sua vita, l'altro si addormenta se si mette a contarle.

Eppure Calamandrei gli ha appena dato una pacca sulla spalla.

«Vi stappo due birre, ragazzi?» ironizzo sentendomi quasi di troppo.

«Magari!» fa lui buttandosi sulla poltrona manco fosse a casa sua.

Edo lo guarda con un misto di curiosità e forse qualcosa che posso interpretare come ammirazione.

Parlano di politica, di letteratura, di calcio (calcio?) e finiscono per ordinare le pizze.

E in un attimo sono le dieci e mezzo e Edo viene riportato alla realtà da una telefonata di sua madre che lo richiama all'ordine.

«Scusa, Leonardo, ma devo tornare da mia madre... sai, non sta bene ed è sola» gli dice quasi con rammarico.

«Figurati, è stato davvero un piacere conoscerti» lo rassicura lui con un'altra pacca sulla spalla, «dovremmo andare a bere qualcosa, una sera di queste.»

«Volentieri!» risponde Edo con l'entusiasmo di un bambino che ha trovato un nuovo amico in cortile, poi mi dà un bacio ed esce di casa lasciandoci soli.

Mi volto verso Calamandrei, che è tornato a stravaccarsi in poltrona e sta scrivendo messaggi a raffica.

«Cos'era quello?» gli chiedo sbalordita indicando la porta.

«Quello cosa?», mi guarda senza alzare la testa.

«Quello che hai fatto adesso con Edoardo! Cos'era quella manfrina?»

«Quale manfrina? Ma se è *adorabile*!» risponde come fossi scema.

«Ne dubitavi?» gli chiedo stranita.

«In un certo senso sì, almeno vedendo te che sembri così fri... cioè... rigida... Immaginavo che stessi con un cinquantenne burbero e anaffettivo, con tre figli che lo odiano e due ex mogli che lo tormentano per gli alimenti, invece hai un tesoro di ragazzo!»

Mi siedo anch'io. «Lo so che è un tesoro» riconosco, leggermente a disagio.

«E allora che c'è che non va?»

«Non c'è niente che non va!» rispondo tentando di mostrare indifferenza.

«Si vede lontano un miglio che la tua vita di coppia non ti soddisfa» insiste.

«E dovrei parlarne con te?» gli chiedo andando a prendere altre due birre. «Perché tu sei uno che capisce le donne, per caso?»

«Le donne sono la cosa più facile da capire a questo mondo» risponde prendendo la bottiglia, con una faccia che intende l'ovvietà, «voi volete tutte *esattamente* le stesse cose anche se fate finta di no e, una volta imparata questa semplice regola, farvi cadere come birilli è un gioco da ragazzi!»

«Ma senti, senti...» dico bevendo un sorso, «la faccenda si fa interessante: *Come le faccio innamorare* di Leonardo Calamandrei» scrivo in cielo, «bestseller assoluto!»

«Sai qual è il segreto, Fra?» mi dice scuotendo il ciuffo

e accomodandosi meglio sulla poltrona. «Basta dire le parole magiche: "Io non mi sono *mai* innamorato", e loro impazziscono! E me la offrono su un piatto d'argento. Tutte!»

«Ah sì, e come mai, secondo te?» chiedo in attesa dell'illuminazione.

«Perché vi scatta qualcosa dentro per cui volete essere a tutti i costi la prima, l'unica e la sola. Quella che riuscirà a farci cambiare, a redimere il cattivo ragazzo. Mi puoi credere, non ho mai mancato un colpo. Una volta mi sono fatto anche una suora!»

«No, la suora no!» inorridisco coprendomi gli occhi.

«Sì, ma ha lasciato il convento poco dopo, non era più tanto convinta.» Scuoto la testa. «Più sei sfuggente e più ti corrono dietro» prosegue, «perché non potete resistere all'idea che un uomo non si innamori *proprio* di voi, che siete così speciali e uniche, e che vi porti a letto solo perché ne aveva voglia. Voi volete la storia, soprattutto con quelli che la storia proprio non la vogliono!»

«Non so che dirti, Calamandrei, sono fuori dal giro da troppo tempo» rispondo sbucciando l'etichetta della bottiglia.

«Voi donne non siete fatte per una botta e via, anche se i telefilm cercano di convincervi del contrario: appena andate a letto con uno avete già il cuore coinvolto. E anche se dite che vi va bene una storia senza impegno, alla "chiamami quando vuoi", vi siete già fatte un film, completo di titoli di coda, e state tutto il giorno con l'orecchio teso ad aspettare il messaggino. E questa cosa vi frega alla grande, perché ci fa sentire onnipotenti.»

«Vuoi che prenda appunti?» gli chiedo, senza più argomenti. «No, perché magari Bigazzi...»

«Ricordati questo» mi dice alzandosi in piedi e mettendosi a camminare su e giù: «le donne vogliono possedere un solo uomo, mentre gli uomini vogliono possederle tutte! È la natura che ha previsto così. Ovviamente le convenzioni sociali hanno stabilito delle regole, ma ogni uomo segretamente sogna di avere un harem, e di questo dovete farvene una ragione!»

«Io non credo che Edo abbia mai sognato un harem...» tento di rispondere immaginandolo con un turbante, circondato da odalische danzanti.

«Certo che sì, ma è stato castrato a dovere dalla società, da sua madre e dalle maestrine come te... Vuoi sapere come faccio a rimorchiare?» mi chiede come se morissi dalla voglia di sentirlo. «Non faccio assolutamente niente! Dopo ogni presentazione mi ritrovo minimo una decina di numeri di telefono in tasca. E, se sono dell'umore e mi ricordo la faccia di una a caso, le mando un messaggino e le dico che mi sono rimasti impressi i suoi occhi, conto fino a cinque ed è fatta. E non ti dico quanto è facile convincerle a farsi dei *selfie* nude. Vuoi vedere quante foto ho nel telefono?»

«No no» mi affretto a dirgli con le mani avanti, «mi fido ciecamente!»

«Fanno le ritrose per cinque minuti, cominciano a mandartene una della faccia di tre quarti, della caviglia, del tatuaggino e allora le chiedi di mandartene una un po' più audace e nel giro di un paio di giorni ti trovi le sue tette sullo schermo. Dio, quanto siete ingenue!» grida rivolto al cielo.

Mi immagino mentre mi faccio dei *selfie* con le mutande scolorite e le occhiaie, e di nuovo mi chiedo se lui e io non viviamo in due universi paralleli.

«Dovete capire che noi vi ascoltiamo rapiti e diciamo di sì a ogni vostra richiesta solo finché non riusciamo a portarvi a letto... soprattutto la prima volta che vi invitiamo fuori a cena, facci caso! Poi l'interesse ci cala di botto. È così, siamo animali, siamo istintivi! E, quando capirete questo, finirà la guerra fra i sessi!» termina soddisfatto.

«E il tuo consiglio finale quale sarebbe, scusa?» domando frastornata.

«Datela più spesso e datela allegramente, che quando avrete settant'anni non ve la chiederà più nessuno, e soprattutto non rompeteci le palle, perché, anche se vi sembra assurdo, siamo in grado di sopravvivere pure senza una camicia stirata!»

Mentre mi chiedo se dovrei farmici una maglietta, con

l'ultima frase, cerco di digerire tutte queste informazioni improvvise come meglio posso.

Di certo "leggerezza" non è la parola che mi descrive meglio, ma, adesso, pensare che gli uomini là fuori siano ancora tutti armati di clava e che sognino di trascinarci per i capelli nella caverna, per accoppiarsi e sparire subito dopo, mi sembra quantomeno discutibile.

Anche se prima di Edo ne ho avuti diversi così... e non c'era manco WhatsApp.

Ma davvero siamo così dipendenti da cuore e ormoni?

Finisce la birra e mi dà un bacio sulla guancia. «Ci vediamo domattina!» mi dice uscendo. «E, mi raccomando, puntuale!»

Io dico che è una specie di congiura, rifletto una volta rimasta sola, ci hanno dato un cuore svampito come un'oca che sa solo innamorarsi di quello sbagliato, un cervello capace di inchiodarsi su una frase e rimuginarci sopra per anni senza mai trovare una soluzione e, a complicare il tutto, arrivano gli ormoni con la tequila in mano che hanno solo voglia di far festa! Come può una donna uscire viva da questo casino?

E mi chiedo se il sunto di tutta la sua sparata sia che noi donne siamo tutte cretine, o se il suo narcisismo sia così patologico che "Calamandrei" diventerà il nome di uno psicofarmaco.

E, al solito, propendo per la seconda.

18

Paola varca la soglia dell'ufficio con aria non propriamente entusiasta, anche se sappiamo entrambe che lavorare è l'unica cosa che le farà veramente bene.

Annamaria la prende sottobraccio, come fa con la Zarina, fingendo che le interessi qualcosa di lei e l'accompagna nel suo ufficio.

E dopo quattro minuti sento Paola urlare.

«Le fotocopie e i caffè???» grida. «Ma sei cretina? Lo facevo a quindici anni!»

«Ma che ci posso fare io?» si difende Annamaria. «Il tuo lavoro adesso lo fa Ilaria...»

«Vuoi dirmi che in questa casa editrice non c'è più un cazzo da fare adesso? Sta finendo il mondo per caso?»

«No, ma nel tuo *stato* è preferibile che ti occupi di mansioni più semplici, ecco, non vogliamo che ti stressi troppo...»

«Quale *stato*?» urla. «Vuoi che mi metta davanti al cesso e chieda gli spiccioli? Se vuoi lo faccio, che mi frega?»

«Puoi dare una mano a Ilaria, ha un sacco di lavoro!»

«Ah certo, io devo diventare l'assistente dell'assistente, mi sembra logico!» grida sbattendo la porta.

«Ti giuro che ne ho conosciute di stronze, ma questa le batte tutte!» mi dice passandomi davanti come un uragano.

«Vuoi che ci parli io?» le chiedo.

«No, grazie, ci hai già provato una volta! Posso cavarmela benissimo da sola» risponde con rabbia. «Quella credeva di avermi fatto fuori e ora non le va giù di avermi di nuovo tra i piedi! Quindi devo trovare il modo di renderle la vita impossibile, che nel mio *stato* è esattamente quello che mi ci vuole!»

Probabilmente ha ragione lei, è un modo per convogliare la rabbia in un'altra direzione, non molto buddista probabilmente, ma se funziona...

Calamandrei arriva con un ritardo accademico di tre ore.

«Allora? Fatto un *selfie* in bagno con la barista?», lo prendo in giro.

«Intervista fiume con Radio 24. Sai, quando si parla di cultura...»

«... Cercano te, certo. Poi ci si lamenta che l'Italia sia un Paese allo sbando!» lo sfotto approfittando del suo momentaneo buon umore.

Si siede e si fruga nelle tasche della giacca.

«Hai qualcosa per me?» gli chiedo speranzosa. Questa settimana sta battendo la fiacca.

«Tieni!» mi dice dandomi qualche foglio.

«Dio, ti ringrazio» mi faccio sfuggire mettendomi a leggere.

Nelle nuove pagine, parla di Edo come di un santo, naturalmente, e Marina ne esce sempre più come una donna arida e frustrata, che non perde occasione per massacrare il pover'uomo.

Istintivamente mi irrigidisco e cerco di prendere le distanze da quelle righe, ma sento gli occhi di Calamandrei su di me, pronti a cogliere, al solito, ogni mio minimo segnale di debolezza.

«È interessante» dico cercando di non tradire emozione alcuna, «un profilo psicologico molto preciso, che si incastra alla perfezione con quello di Marina.»

«Siete voi» risponde diretto. «Non ho fatto altro che descrivere la vostra vita di coppia.»

«Adesso mi sembra un po' azzardata la pretesa di conoscere le dinamiche di una coppia di totali sconosciuti, ma diciamo che quello che scrivi funziona ed è assolutamente credibile» ribatto con tono professionale, cercando di salvarmi in corner e non farlo innervosire di primo pomeriggio.

«Mi vuoi prendere per il culo?» mi risponde, cambiando totalmente umore.

«Perché?»

«Sei diventata rossa e non fai che toccarti il sopracciglio. A chi la vuoi dare a bere?»

«Ah ecco, un mentalista!» ribatto cercando di rimanere immobile.

«Come te lo devo dire che, voi donne, vi leggo come un libro aperto?»

Sospiro. «Okay Calamandrei» taglio corto, «colpito e affondato. Adesso però preparati che andiamo da mia zia, e con un taxi che pagherai tu!»

Un'ora dopo siamo davanti al cancello della casa di zia Rita e, visti da fuori, sembriamo due testimoni di Geova.

«Magari non c'è» spera.

«Ti piacerebbe...» rispondo sorridendo alla zia che apre la porta strizzata in un tailleur rosso, il cui décolleté sembra esplodere da un momento all'altro, e con una massa di capelli così gonfi da sfiorare l'abuso edilizio.

«Finalmenteee!» esulta sequestrando Calamandrei e chiudendomi quasi la porta in faccia.

In salotto una decina di signore elegantissime aspettano con una copia del suo libro più famoso in mano e gli occhi sognanti.

Calamandrei mi guarda veramente *disperato* e dal labiale leggo qualcosa che suona come: "Ti prego, aiutami, farò tutto quello che vuoi!", o almeno così mi sembra.

Lo guardo con tenerezza e comprensione e poi gli faccio ciao ciao con la mano andando dritto nella stanza di mia madre, e senza essere nemmeno fermata o perquisita.

«Ciao, mamma!» le dico affacciandomi in camera con un megasorriso stampato in faccia, evitando di soffermarmi sull'accostamento dei colori del suo abbigliamento, che mi fa sospettare che zia Rita sia daltonica.

«Ciao, bella!» mi risponde lei con un piccolo slancio.

Continua a sembrarmi più reattiva e la ragione non può che essere quella di aver preso meno pillole del solito.

«Come sta andando qui?»

«Mi annoio un po'» mi risponde sorprendendomi, «zia Rita non mi fa fare nulla a parte accompagnarla al supermercato, e parla sempre di gente della televisione che non conosco.»

«Immagino la noia! Senti, perché non ci facciamo un giretto in giardino? Lei è tutta presa dal suo scrittore preferito e non ci disturberà per un po'!»

L'aiuto a mettersi un maglione più pesante addosso e usciamo come due ladre nel giardino sul retro passando dalla cucina, mentre sento la voce di zia Rita leggere a voce alta brani di un libro di Calamandrei.

Mi riprometto di fargli un regalo, magari un paio di All Star nuove.

Ci sediamo sulle sedie nel prato sotto un cielo plumbeo che fa dubitare dell'esistenza del sole, e per un attimo, chiudendo gli occhi, mi godo il fatto di essere di nuovo con lei.

Apro la borsa e tiro fuori un sacchettino di carta con dentro una fetta di torta di mele renette alla cannella e uvetta.

«L'assaggi e mi dici cosa ne pensi?»

La studia un momento, l'annusa e poi dà un morso e mastica lentamente, con aria riflessiva. «Troppa cannella e l'impasto non ha preso abbastanza aria. Hai setacciato due volte la farina?»

«Sì, mamma.»

«Hai versato il burro fuso intorno all'impasto per non far uscire l'aria?»

«No, mamma.»

«Ecco, vedi? Per questo si è appesantita. Ma non è male, eh? Davvero» mi dice riappoggiando la fetta sul tovagliolo neanche fosse un giudice di "Bake Off".

«Come va il lavoro?» mi chiede esattamente come una persona normale.

«È troppo, come sempre. Praticamente ci vivo, in ufficio, ma mi piace, mi fa sentire utile.»

«Anche tuo padre lavorava tanto» risponde.

«Sì, è vero, mi ricordo che rientrava sempre tardissimo.»

Si volta verso di me e mi osserva intensamente. «Come gli somigli...» mi dice all'improvviso.

E tiro un sospiro di sollievo all'idea che non debba cercare il mio vero padre.

«E come va con Edoardo?» mi chiede ancora, come una buona amica.

«Male, mamma» le rispondo di pancia, «lui sta vivendo a casa di sua madre, io sono sempre sola... sta andando tutto a rotoli e non so come fermare il disastro. Pensavo di avere tutto sotto controllo, pensavo di avere trovato la mia metà e non dovermi più preoccupare di altro, pensavo di aver avuto la vostra fortuna, invece no: siamo due estranei, due che non si conoscono, due che...»

«Non è stato tuo padre l'amore della mia vita» mi sbatte in faccia, «non è di lui che sono stata innamorata perdutamente e non è lui la passione che mi ha spezzato l'anima e che mi ha ridotta così, consumandomi giorno dopo giorno...»

Sono certa di aver sentito il rumore di un tuono.

Mi volto a guardarla, quasi ad accertarmi che sia stata mia madre a parlare.

«Come... non era papà il tuo grande amore?» mormoro.

«Tuo padre è stato l'uomo migliore del mondo» prosegue guardando lontano, «mi ha amata in un modo assoluto, in ogni momento, e con qualunque umore. Quando ero depressa e quando ero felice. Ha sempre vegliato su di me, mi ha protetta, sostenuta, capita, e non ho mai potuto fare a meno di lui. Ma, se devo dirti che c'era passione fra noi, be', quella si era estinta da tanto, tantissimo tempo. Per questo quando conobbi Marcello e cominciai ad avere una relazione con lui, tuo padre si fece da parte.»

«Marcello?» chiedo sconcertata. «Marcello chi?»

Si perde sforzandosi di ricordare. «Marcello... Co... io non mi ricordo», si scoraggia.

«Va bene, mamma, stai tranquilla» la rassereno. «Va tutto bene, cioè, non va bene per niente, io non sapevo, non avevo idea...» riprendo scossa. «Papà sapeva che avevi una relazione con un altro uomo e non ha detto niente?»

«Lo sapeva. L'ha sempre saputo, ma l'ha accettato» sospira torturandosi le dita. «Nessuna storia è perfetta, soprattutto quelle che lo sembrano. Hanno tutte un rovescio della medaglia, che spesso è dolorosissimo e quasi impossibile da capire o accettare.»

«E... allora perché non sei andata a vivere con Marcello dopo che papà è morto?»

Chiude gli occhi come se la luce le desse troppo fastidio. «Stava venendo da me, stava lasciando la moglie, e io avrei lasciato tuo padre. Lo aspettavo in salotto. Ma non è mai arrivato.»

«Ha avuto un ripensamento?»

«Un incidente di macchina.»

«Dio...»

Non so cosa dire. Non so cosa pensare. Mi si stringe il cuore.

Mi alzo con la testa che mi gira vorticosamente.

«Non avrei dovuto dirtelo, forse, ma era importante che sapessi» mi dice improvvisamente turbata, come se non ricordasse il motivo per cui me l'ha detto, ma avesse sentito l'urgenza di farlo.

«Non fa niente mamma, hai fatto bene, davvero» cerco di rassicurarla.

«Le cose importanti sono quelle che senti dentro, non quelle che fai vedere fuori... per salvare le apparenze...» prosegue per essere certa di aver recapitato il messaggio. «L'amore è importante, il resto... il resto... non c'è tempo per il resto.»

Non è mai stata una dalle mezze misure, mia madre, penso accarezzandole la testa e cercando di ricacciare indietro le lacrime. Quello che doveva dire, lo diceva senza filtri e senza girarci intorno.

E io lo sapevo che sarebbe tornata senza tutta quella merda in circolo nel cervello, lo sapevo.

Così come sapevo che stavano esagerando, che stavano sbagliando tutto, e chissà se quella scema di zia Rita ha seguito le istruzioni dei medici o gliele ha date a caso, le medicine.

La lascio un momento sola con la scusa di usare il bagno e sgattaiolo in camera sua per sostituire tutti i blister degli psicofarmaci con altri molto simili per forma e colore, che sono riuscita a trovare dopo una lunga ricerca: antiacidi, antistaminici, antidolorifici, che senz'altro le faranno meno male di quello che prende adesso.

Io ci provo, nella peggiore delle ipotesi che cosa può accadere?

Che torni a essere la mamma *borderline* che ho sempre avuto? Che ride alle lacrime e piange allo sfinimento?

Non chiedo altro.

«Ti porterò via di qui, te lo prometto» le dico piano più tardi, riaccompagnandola in stanza, «abbi ancora un po' di pazienza.»

Fa di sì con la testa.

Esco dalla sua camera e scendo silenziosamente in taverna, dove zia Rita tiene gli scatoloni con le cose di mia madre.

Ma ce ne sono ovunque e ci vorrebbe una settimana per aprirli tutti.

E non so nemmeno cosa cercare.

O chi.

Il nome di Marcello mi rimbalza in testa... Come è possibile che io non mi sia mai accorta di nulla, che non abbia mai notato niente?

Quando è morto? E dove è stato sepolto? E la moglie?

Ero convinta che i miei fossero la coppia perfetta, che si amassero così tanto da dimenticarsi anche di me: invece no, mia madre si struggeva per un altro uomo.

E se si fosse inventata tutto? E se fosse un'allucinazione, un corto circuito, qualcosa che ha sognato in quelle lunghe ore di oblio sintetico, un espediente della mente per fuggire dalla realtà?

Eppure io mi ricordo, chiaro come fosse oggi, mia madre in piedi alla finestra del salotto che aspetta e aspetta, e mio padre che la porta via di lì, coprendole le spalle con una coperta. Rossa, forse.

Apro un paio di scatole dove trovo solo vestiti (i bei vestiti di mia madre!), i suoi vecchi dischi, gli stampi da pasticceria, pacchi legati con lo spago contenenti i documenti di una vita, fogli, fogli e ancora fogli, e poi mi salta all'occhio una vecchia copia di *Cent'anni di solitudine*. La vedevo sempre sul suo comodino.

La apro e sulla prima pagina bianca leggo:

Sei il mio Fiore, la mia aurora, la mia pace sempre.

Marcello

Barcollo.

Allora è vero. Non se l'è immaginato, non è un fantasma, Marcello è esistito davvero e lui e mia mamma hanno avuto una relazione.

Si amavano.

E leggevano Márquez.

Improvvisamente mi viene voglia di abbracciare mio padre, che amava mia madre da lontano e vegliava su di lei, accontentandosi di poterle stare vicino, di scaldarsi alla sua luce e perdersi dentro al suo buio.

Potrebbe essere un destino simile a quello mio e di Edo? Con lui che accetta che io ami qualcun altro pur di non perdermi?

Prendo il libro, lo metto in borsa e torno a recuperare Calamandrei che, nel frattempo, è diventato l'idolo delle signore, e temo che finiscano con il dargli anche loro il numero di telefono.

Non per altro, ma sono certa che ne approfitterebbe.

«Eccoti!» mi dice vedendomi entrare in salotto. «Voglio presentarti queste splendide ragazze: Clara, Nora, Mariella, Sandra, Ludovica, Anna e Giulia» dice in fila senza un'esitazione come un presentatore, facendole arrossire lusingate.

«Piacere», sorrido stupita davanti a cotanto entusiasmo.

«Lei è Francesca, la migliore editor che si possa desiderare» dice mettendomi un braccio intorno alle spalle e stringendomi forte.

«Evviva!» mormoro imbarazzata.

«Deve tornare, Leonardo!» dice una delle *groupies*.

«Eh, ma Leonardo è talmente impegnato» mi affretto a chiarire e a spezzarle il cuore, «è stato un miracolo poterlo portare qui...»

«Tornerò senz'altro» risponde lui di rimando, «è stato un piacere immenso essere fra voi oggi, un onore anzi!»

Sono certa di non aver sentito bene.

Adesso ama le presentazioni casalinghe?

Le signore, capitanate da zia Rita, si mettono in rispettosa fila per farsi autografare i libri e per regalargli barattoli di conserva, dolci e poesie autoprodotte. Poi è la volta delle foto e finalmente possiamo guadagnare l'uscita.

Zia Rita è talmente affascinata che mi dà anche un bacetto, sulla porta.

«Non dirmi che non sei morto di noia!» gli chiedo in taxi.

«No, ti assicuro» risponde entusiasta, «avevano letto tutti i miei libri e li citavano quasi a memoria, e mi hanno fatto un sacco di domande. Sono adorabili: devo assolutamente concentrarmi di più su questo target!»

«Calamandrei, sei una continua sorpresa, sai?»

«Lo so» mi dice dandomi una pacca sul ginocchio, «lo so!»

«Edo, quando pensi di tornare a casa?» gli chiedo più tardi al telefono. «O devo portarti Calamandrei per convincerti?»

«Ancora non so, è molto determinata a rifiutare una badante e per adesso è meglio se resto qui da lei» mi dice con un leggero senso di colpa nella voce.

«Certo che è determinata a non volere una badante, ne ha una gratis! Capisci che sei regredito ai sedici anni? Devi fare anche il riposino pomeridiano, per caso?» riparto con il solito pesantissimo quanto inevitabile sarcasmo.

«No dài, Fra, non essere arrabb...»

Riattacco. O rischio di dire cose di cui mi pentirò per il resto della vita.

Mi sento ferita e incompresa. Si sta facendo riassorbire dall'utero di sua madre e non vuole rendersene conto.

E, qualunque cosa gli dica, mi risponde: "Non essere arrabbiata, Fra".

«CRISTO!» urlo mentre Paola entra nel mio ufficio con un caffè in mano.

«Meglio una camomilla, mi sa!» mi dice venendosi a sedere sulla mia scrivania come ai vecchi tempi.

«Edo?»

«Mm-mm» rispondo.

«Fra, la gente non cambia, ficcatelo in testa, e più la vuoi cambiare meno lo farà.»

«E quindi?»

«O lo sposi o lo lasci!»

«Non posso sposarlo, anche perché sua madre morirebbe... il che potrebbe comunque essere una soluzione. E non posso neanche lasciarlo.»

«Allora te lo tieni così com'è, non c'è altra alternativa.»

«Ci deve essere, nessuna di queste scelte mi piace.»

«Allora prendetevi un fine settimana e andatevi a fare un weekend romantico da qualche parte, scopate come ricci e poi quando tornate sono sicura che avrete le idee più chiare!»

«E la vecchia?»

«Ci sto io con la vecchia, almeno ci facciamo compagnia!»

«Ma quella odia tutti!»

«Non odierà me, o se ne pentirà!»

«Quanto prendi all'ora?»

«Non molto, solo la felicità della mia migliore amica!» mi dice strizzandomi l'occhio.

Appena esce, tiro fuori dalla borsa *Cent'anni di solitudine* per esaminarlo bene.

Mia madre deve averlo riletto un milione di volte da quanto è consumato, sottolineato e commentato.

Mi chiedo come sarebbe andata la sua vita se Marcello non fosse morto. Sarebbero stati felici insieme? O sarebbe finita come ogni volta che i sogni vengono contaminati dalla realtà? Avrebbe saputo proteggerla come mio padre o si sarebbe stancato dopo un po'?

Chi eri Marcello? E come posso sapere qualcosa su di te?

Scrivo il nome "Marcello" sul mio blocco degli appunti, poi mi metto a cercare un posto carino che sia vicino a Milano, in caso di emergenza, dove Edo e io potremmo staccare un paio di giorni e riuscire a parlare.

Mi sento in un frullatore, e questo stato confusionale non mi permette di capire a che punto sono arrivata con la mia vita.

A che punto *siamo* arrivati.

Vorrei tanto che qualcuno alleviasse questa pressione, che mi dicesse: "Non preoccuparti, adesso penso a tutto io, appoggia la testa qui sul mio petto e chiudi gli occhi, e non dovrai più avere paura. Mai più".

Esiste qualcuno così a questo mondo o solo nei libri della Spagnulo?

Perché il pacchetto non può mai essere completo e manca sempre qualcosa di fondamentale?

O è solo la nostra naturale attitudine all'insoddisfazione che ci fa perdere di vista le cose importanti e ci fa concentrare solo su dettagli che, da insignificanti, diventano col tempo differenze inconciliabili?

Seleziono un paio di agriturismi con la SPA e mando una richiesta di prenotazione, poi mi rituffo nel lavoro e mi dimentico di tutto fino a quando fa buio.

O, meglio, fino a quando Calamandrei mi telefona per chiedermi di presentarlo a una libreria sui Navigli un'ora dopo.

No, in realtà non me lo chiede, me lo ordina.

«Non posso stasera, è già tardissimo e voglio andare a casa, sono stanca e sfinita, e in buona parte per colpa tua. Poi voglio proporre a Edoardo un weekend da qualche parte, perché ultimamente mi sembra di essere fidanzata più con te che con lui: quindi, mi dispiace, ma stasera no!» concludo.

«Francesca, non te lo chiederei se non fosse questione di vita o di morte!»

«Me lo chiederesti comunque.»

«Il relatore ha avuto un incidente e non me la sento di presentarmi da solo.»

«Come mai tutti i tuoi relatori si suicidano, te lo sei mai chiesto?»

«Non sono in vena di scherzi adesso» risponde contrariato.

«Chiama qualcun altro, ci sarà qualcuno che ti deve un favore, no?»

«Già chiamati tutti, è troppo tardi.»

«È esattamente quello che ti ho appena detto, è troppo tardi anche per me.»

«Francesca, sei la mia ultima possibilità.»

«Sono *sempre* la tua ultima possibilità.»

«Finisco di scrivere il libro in cinque giorni.»

«Ma figurati!»

«Ti presto casa mia in campagna.»

«No grazie, odio la campagna.»

«Ti faccio assumere da una casa editrice a tua scelta!»

«Questa sarebbe l'unica cosa che mi tenta davvero, ma poi dovrei esserti debitrice per il resto dei miei giorni e sinceramente non me la sento.»

Silenzio dall'altro capo del filo.

«Allora non vuoi proprio venire?»

«No davvero, non me lo chiedere, non stasera.»

«Okay, vorrà dire che mi arrangerò.»

«Vuoi che faccia qualche telefonata io?» mi offro.

«No, ti ringrazio, ci pensa la mia agente. Come non detto, scusa il disturbo!»

Riattacca.

Raduno le mie cose, mi alzo, mi infilo il cappotto e il berretto, spengo la luce, esco dal mio ufficio, scendo in strada e mi dirigo verso la fermata dell'autobus.

Estraggo il telefonino dalla borsa, lo osservo per una decina di secondi, urlo un "AAARRRGGGGHHHH!!!!!!!!!" al cielo, e poi chiamo: «Oh, al diavolo! Calamandrei, dove ti devo raggiungere?».

Tre ore più tardi stiamo mangiando una pizza in un ristorante di un suo *carissimo* amico.

«Grazie ancora, Francesca» mi dice riempiendomi il bicchiere di vino.

Non alzo nemmeno la testa dal piatto e continuo a tagliare la fetta. «Non mi ringraziare» rispondo a bocca piena, «tanto tu ottieni sempre tutto quello che vuoi, no?»

«Sì, però questa volta mi hai davvero salvato il culo.»

«Per così poco!» minimizzo bevendo un sorso. «Nel contratto che hai firmato ci dev'essere una clausola, di cui evidentemente non sono stata informata, che include la mia totale disponibilità, ma sono piccolezze...»

«Senti, ho un'amica che ha una splendida residenza storica sul lago di Como, la chiamo e ci andate questo fine settimana tu e Edoardo, e siete miei ospiti. Come la vedi?»

Ci rifletto un attimo.

Non vorrei accettare niente da Calamandrei, ma porca miseria, da quando l'ho conosciuto sono stata risucchiata dai suoi impegni e non faccio che lavorare per lui, mi sembra il minimo risarcimento.

«Okay, ci sto!» dico seria.

Mi sorride, leggermente sorpreso.

«Allora ti metto in contatto?»

«Sì, certo, chiamala anche subito!» gli dico indicando il telefono con la forchetta.

«Ah... okay, allora lo faccio» risponde cercando il numero nella rubrica. «Ciao Betty, sono Leo...» gli sento dire, «benissimo, grazie... ah sì, l'hai letto? Grazie, troppo buona... Senti, vorrei mandarti una mia carissima amica questo fine settimana... no, non è una delle mie fidanzate...», ridacchia e mi getta un'occhiata come a dire: "Scusala". «Okay, le lascio la tua mail così vi mettete d'accordo... Grazie, sei un tesoro... Sì, passo senz'altro a trovarti.»

Riattacca e mi guarda compiaciuto.

«Mi chiedo quanto durerà questo palleggio di favori fra me e te» gli dico, «sembra che facciamo una gara!»

Prende una sigaretta dal pacchetto e la tiene fra le dita. «Mi sei molto simpatica, Fra, lo sai?» mi dice passandosi una mano fra i capelli. «Mi sembri un po' una sorella. Io non divento mai amico delle donne, me le porto a letto e basta, e poi non le richiamo nemmeno. Con te è diverso, ti trovo stimolante, un po' rompicoglioni ma stimolante. E vedrai quando vincerò lo Strega con un libro sulla tua vita!»

«Sì, ecco, quello vorrei che tu evitassi di sbandierarlo ai quattro venti» gli chiedo fingendo indifferenza.

«Però le cose fra di voi si stanno appianando, se avete deciso di fare un weekend romantico» mi stuzzica facendomi l'occhietto.

«È stata un'idea di Paola» ammetto, «non ci vediamo da

troppo tempo con questa storia di sua madre e dobbiamo davvero parlare seriamente.»

«Hanno una vasca idromassaggio incredibile, e fanno trattamenti ayurvedici con l'olio caldo pazzeschi, anche in coppia... dovresti prenotarne uno» mi dice malizioso.

«Vedremo» rispondo sorvolando.

«Vedremo?», inorridisce. «Cioè, non hai intenzione di fare sesso spinto?»

«Leonardo, la priorità è *parlare*, credimi!»

«No, credimi tu!» si agita sulla sedia. «La priorità è sco-pa-re, e se non capisci questo non hai capito niente degli uomini.»

Alzo le mani. «Ti assicuro che me lo scrivo su un Post-it domattina come prima cosa!» cerco di ironizzare versandomi dell'acqua.

«No, Francesca, seriamente, il sesso è tutto per un uomo, o almeno l'85 per cento. Se non gliela dai, alla fine andrà a cercarsela da un'altra parte!»

«Non tutti gli uomini sono degli assatanati, Calamandrei, credimi!»

«Invece sì, e specialmente quelli che fingono che gli vada bene una donna frigida!»

«Ancora??? Ma io non sono frigida!» sbotto facendo voltare il tavolo accanto.

«Io dico di sì!»

«Ma che ne sai?» rispondo a muso duro. «E poi smettila, che mi metti in imbarazzo.»

«È tutto lì il problema, ti devi sbloccare, e prima lo fai prima la tua storia decollerà, se vuoi ci parlo io con Edo!»

«No, stiamo benissimo così, davvero. Grazie dei consigli, ne farò tesoro ma, ti prego, non ti immischiare ulteriormente» gli dico facendo cenno al cameriere di portarci il conto.

Calamandrei ride divertito. «Ah Francesca... Francesca, ho trovato il tuo punto debole!»

«Finiscila adesso!» rispondo ormai bordeaux, alzandomi e strattonando la sciarpa incastrata sotto la sedia.

Si alza anche lui e mi segue, dopo aver lasciato una mancia che commuove il cameriere e anche me.

Usciamo ad aspettare il taxi.

«Sei veramente scemo!» gli dico stringendomi nel cappotto.

«Ma se sono la cosa migliore che ti sia capitata negli ultimi vent'anni!» mi dice senza ombra di ironia.

«Sì, insieme all'operazione al menisco nel '98...»

Il mio taxi arriva, salgo e abbasso il finestrino per salutarlo.

Calamandrei si appoggia al bordo dell'auto, si sfila dalla tasca una specie di cilindro lungo, impacchettato in carta regalo, e me lo consegna.

«Non è un vibratore, gioia, non esultare!» mi dice con la solita faccia da schiaffi, allontanandosi con la sigaretta spenta fra le labbra e salutandomi con la mano, di spalle.

Scarto il pacchettino e rido, con un tubetto di bolle di sapone fra le mani.

19

«Eccola, sta arrivando!» ci grida Beatrice, mentre corriamo ai nostri posti come formiche impazzite.

«Mi raccomando a te, Fra!» mi intima minaccioso Alessandro, afferrandomi per il colletto della camicia.

«Va bene» rispondo punta sul vivo, «un po' di fiducia no, eh?»

«Non dopo quello che ho visto» chiarisce lasciandomi andare.

Ci nascondiamo tutti in sala riunioni aspettando il segnale di Beatrice, che significherà che Ilaria è salita in ufficio e si è seduta al computer. Dopodiché con un pretesto la manderà in sala riunioni con la scusa del lancio speciale di alcuni romanzi, e daremo inizio al *flash mob*.

Mi sento come quando, da piccoli, giocavamo a nascondino, che ti venivano i sudori freddi mentre te ne stavi rintanato dietro un muro da dove non vedevi assolutamente niente e morivi di paura, mentre sentivi i passi di chi ti cercava avvicinarsi al tuo nascondiglio.

Che è un po' la stessa sensazione che provo quando Bigazzi si avvicina al mio ufficio.

Ci infiliamo tutti sotto l'immensa scrivania in rovere, finché sentiamo il colpo di tosse di Beatrice che annuncia l'entrata di Ilaria nella sala.

La porta si apre lentamente, Ilaria si affaccia nel buio e dice: «Ma qui non c'è nessuno!» e, appena finisce la frase, la luce si accende e parte *Happy* di Pharrell Williams ballata dalle stagiste, giovani promesse della zumba.

Ilaria rimane a bocca aperta, appoggiata alla porta con i libri in mano, mentre tutti cominciano a scatenarsi in figure da professionisti fra ruote e spaccate, con al centro Alessandro in giacca, jeans e cappello, che canta il pezzo in playback.

Non posso credere che abbia fatto provare tutto il gruppo in bagno!

Mi preparo per la mia timida performance che, per limitare i danni, è stata ridotta a un semplice passaggio camminato insieme a Paola e Silvia, che mi precedono nel caso mi perda, con un cestino di petali di rosa in mano che dobbiamo spargere per terra.

E mentre penso che è veramente bello che un ufficio intero si mobiliti per far piacere a un amico, l'altra porta della sala si spalanca ed entra Bigazzi: in giacca e cravatta, avanza schioccando le dita a tempo alla John Travolta.

Ma questo è niente davanti a una Maria Vittoria Spagnulo, in rosa fucsia dalla testa ai piedi, che appare subito dietro di lui, che la solleva fra le braccia e la fa volteggiare con leggiadria. Poi la mette giù e insieme ad Alessandro finiscono il pezzo ballando insieme, perfettamente coordinati, mentre noi disposti in cerchio teniamo il ritmo con le mani (in questo sono imbattibile!) e finalmente Alessandro termina in ginocchio e porge l'anello a un'emozionatissima Ilaria.

Il che mi ricorda un altro anello, che mi era stato regalato una vita fa, ma che aveva sortito un altro effetto.

E mi si stringe lo stomaco al pensiero che, alla fine, è stato completamente dimenticato a casa, in un cassetto della camera da letto.

Ilaria sta piangendo e tutti le si fanno intorno gridando "evviva" e battendo le mani.

«Mi vuoi sposare?» le chiede Alessandro con la voce tremolante.

Ilaria fa sì con la testa e poi lo abbraccia stretto e riprende a piangere come una fontana.

Bigazzi tira fuori lo champagne dalla sua riserva speciale e la Spagnulo si congratula con lei dicendole che pure il suo terzo marito le aveva fatto una sorpresa del genere, anche se erano a Parigi e il direttore delle Folies Bergère aveva annunciato il loro fidanzamento interrompendo lo spettacolo e facendola portare in trionfo da otto ballerini vestiti solo di un papillon rosa...

Paola mi si avvicina a braccia incrociate e mi sussurra in un orecchio: «Non dirmi che non stai rosicando neanche un po' perché io sono verde d'invidia!».

«Lo senti questo rumore?» rispondo. «Sono i miei denti... altro che *bite*...»

L'amore regna sovrano per l'intera mattinata, contagiando tutti: non facciamo che mangiare cioccolatini e risponderci gentilmente, Annamaria compresa.

E non nascondo una punta di tristezza nel vedere questa genuina, serena e perfetta felicità.

Un po' perché temo che non ci saranno più le nostre serate da Paola, un po' perché ammiro il coraggio di Alessandro nell'aver fatto una scelta del genere, tanto improvvisa, tanto fuori dal suo modo di essere, tanto radicale.

È così che bisogna fare, mi dico, buttarsi, agire d'impulso, cavalcare l'onda dell'entusiasmo, senza riflettere, rimuginare e farsi domande.

È così che la gente si sposa, fa figli e va avanti, perché coglie l'attimo, perché sente che in quel momento non potrebbe essere più felice, e non si chiede come sarebbe se tutto finisse domani, non pensa alle conseguenze di un divorzio, di un tradimento o di un lutto. Prende quello che c'è, giorno dopo giorno: sole, pioggia, brezza o tempesta. E lo affronta un minuto alla volta, con coraggio e pazienza.

Così fanno gli adulti.

Il resto sono tutte scuse.

Sospiro e mi chiedo ancora e ancora cosa devo fare a questo punto.

Se non abbiamo aspettato troppo tempo, se non dovevamo sposarci dopo un anno, quando ancora c'erano emozioni e aspettative, se dovevamo fare subito dei figli e non pensarci più.

Ma questi pensieri mi lasciano solo una grande amarezza

in bocca, come se avessi perso un treno importante, come se avessi giocato male le mie carte.

Da che ho memoria le persone che amo se ne vanno, o non mi considerano abbastanza importante per restare.

Mio padre era sempre troppo occupato per pensare a me come a una priorità e mia madre era troppo fragile per farmi da guida. Così la solitudine è stata la mia compagna di giochi più fedele per tutta l'infanzia.

E quando, crescendo, questo vuoto che avevo dentro prendeva sempre più spazio e diventava una cosa dura e gelata, incollata alle pareti del mio cuore, ho capito che le persone sono come la sabbia fra le dita: non le puoi trattenere, e un genitore non è obbligato ad amarti solo perché ti ha messo al mondo.

E mi sono resa conto che l'amore non sarebbe stato mai qualcosa che mi spettava di diritto, ma un privilegio che mi sarei dovuta meritare, con fatica, con sacrificio e non necessariamente a tempo indeterminato.

E poi un giorno è arrivato Edoardo col suo caotico bagaglio fatto di paure e insicurezze e mi ha vista come un'ancora di salvezza, scambiando la mia abitudine ad arrangiarmi per sicurezza, rovesciandomi addosso tonnellate di fedeltà assoluta, dedizione e affetto.

Proprio a me, che non ho mai saputo cosa fosse l'amore incondizionato, e che tuttora lotto con quel gelo senza nome che la notte mi tiene sveglia.

Il paradosso è che l'unica persona che è rimasta accanto a me non mi sta veramente accanto.

Ecco perché siamo arrivati a questo punto, in un rapporto dai ruoli sbilanciati, fra due individui che non sanno cosa sia il vero amore, ma solo il bisogno.

Finisco le cose che devo fare e torno a casa ad aspettare Edo, gli ho chiesto di passare per proporgli il fine settimana offerto da Calamandrei.

Se devo essere sincera, non mi sento come all'inizio della nostra relazione, quando l'idea di un weekend romantico era sinonimo di passione, vino e coccole, mentre ora è un "cerchiamo di ritrovare quello che avevamo!".

Se lo vogliamo ancora.

Al solito deve sistemare sua madre e poi può dedicarmi il tempo che lei gli permette di dedicarmi.

È tutto così assurdo che non ho idea di come ci siamo arrivati.

Suppongo che questo accada quando molli la presa, quando ti senti così sicuro della tua storia da non temere più niente, quando sei certo che la tua barca andrà dritto in porto senza che tu debba tenere il timone.

E poi ti schianti contro un iceberg che non avevi previsto.

«È solo un fine settimana!» dico, quasi implorandolo. «Quarantotto ore al massimo e Paola starà da tua madre, non può accadere nulla!»

«Lo so, ma non mi sento troppo tranquillo, Tuz!»

«Quindi non andremo mai più da nessuna parte finché tua madre è viva? È questo che stai cercando di dirmi?»

«Non voglio dire questo, ma solo aspettare ancora un po', forse...»

«Edo, ti prego, quanto ancora? Seriamente...»

Mi guarda smarrito, ma consapevole di dovermi una risposta. «Quindi Paola dormirebbe da lei?»

«Non si muoverà nemmeno di un millimetro. Un Menhir, guarda!»

Sospira rendendosi conto di esagerare, ma non riuscendo a prendere una decisione che possa accontentare tutte e due.

Per il semplice fatto che è impossibile accontentare la madre e la fidanzata allo stesso tempo.

«Posso provare a parlargliene...» tenta «vediamo se se la sente...»

«Edo!» mi agito. «Ti sto proponendo un fine settimana in un posto bellissimo, che non potremmo mai neanche permetterci e che per fortuna ci regalano. Possibile che non possiamo andare da nessuna parte perché tua madre potrebbe *simulare* un collasso da un momento all'altro?» e mi pento subito di averlo detto.

«Simulare?»

«Non volevo dire questo, scusa... intendevo... intendevo... niente, scusa» mi arrendo.

«Amore, è questione ancora di un pochino, poi quando si sarà ripresa...»

«Edo! Ma lo vuoi capire o no che lei non si riprenderà mai perché non ne ha nessuna intenzione?» dico duramente.

«Non essere così negativa» cerca di ammorbidirmi, «sta migliorando a vista d'occhio e poi chiede sempre di te, si preoccupa che tu sia sola e mi esorta a tornare a casa.»

«Che donna amorevole, scommetto che quando lo dice tossisce o ha un mancamento...»

«Fra... dài...»

«Okay okay, la smetto» dico alzando le mani al cielo, «tanto ho perso in partenza. Quindi annullo tutto?» lo sfido.

«No, dài, aspetta...», mi trattiene per le spalle, «lascia che le parli.»

Ho una tale rabbia dentro che potrei spostare una piramide. E sono combattuta fra il duplice omicidio e il gesto eclatante.

Ma di nuovo cerco di lasciar perdere e di stare calma.

«Quarantotto ore, Edo, sono solo quarantotto ore: ce la può fare.»

«Sì, in fondo» mi risponde più disponibile, «cosa può succedere in quarantotto ore?»

«Allora è tutto chiaro?» dico a Paola, mentre sistemo i tegami in cucina di Silvana per non farmi sentire.

«Fra, ti prego, quella sta meglio di me!»

«Lo so benissimo» le intimo, «ma non si può dire, capisci? Lei è malata, ripeti con me: ma-la-ta!»

«Malata... di mente, ho capito!»

Alzo gli occhi al cielo mentre Edo compare sulla soglia un po' nervoso, ma con tutta la buona volontà di collaborare.

«Di solito vuol cenare alle sette e mezzo» le spiega, «le fai un po' di pastina in brodo e un petto di pollo. Dopo cena deve prendere le medicine per la pressione e poi guarda la televisione fino alle nove. Se puoi portare fuori Polly, basta farle fare un giretto dell'isolato.»

«Perfetto, e verso le due la porto al Plastic, va bene? Siamo in lista!» gli dice dandogli una gomitata.

«Okay, è arrivata l'ora di andare o troveremo traffico sulla tangenziale!» intervengo prima che Edo creda veramente che Paola porti la vecchia in discoteca.

Anche se ne sarebbe capacissima.

Mi affaccio a salutare Silvana sulla porta della sua camera, sperando che non si agiti proprio adesso.

«Arrivederci» le dico con un sorriso che non vorrei risultasse troppo entusiasta.

«'Derci...» risponde con un filo di voce voltandosi verso la finestra.

Abbraccio Paola sussurrandole un «Dio ti benedica» all'orecchio e spingendo Edoardo fuori dalla porta e poi giù in strada, finalmente liberi.

È una giornata fredda ma limpida, perfetta per una gita sul lago di Como. Peccato che la macchina di Edo sia ancora quella del padre: una vecchia Alfa Romeo del '91 che cade a pezzi, con uno sportello bloccato, lo specchietto rotto, piena di ammaccature e senza riscaldamento.

Ma non la rottama per pigrizia, o perché sarebbe un sacrilegio, o tutte e due le cose insomma, ho smesso di chiederglielo.

È in standby come il resto della sua vita.

Delle nostre vite.

Ci dirigiamo verso l'autostrada, c'è poco traffico e in un'oretta dovremmo esserci.

«Sai che strada dobbiamo fare?» mi chiede dopo una decina di minuti.

«Io? Veramente no, credevo che avessi controllato tu!» gli rispondo già in ansia.

«Non ho fatto in tempo a stampare la mail che mi hai mandato, credevo conoscessi la strada.»

«No che non la conosco!» ribatto seccata. «Mica posso fare tutto io!»

«No, che c'entra, lo so, ma pensavo...»

Non rispondo e cerco di recuperare l'indirizzo sul mio telefono, ma comunque non abbiamo un navigatore e dobbiamo affidarci a una vecchia guida dell'Automobile Club rimasta nel cruscotto per almeno quarant'anni.

Sono nervosa e delusa.

Non sono forse queste le famose "cose da uomini"? I parcheggi, le mappe, le strade, il pallone? Non sono forse queste le cose che loro fanno d'istinto come noi contemporaneamente facciamo partire una lavatrice, facciamo bollire l'acqua per la pasta e parliamo al telefono?

Perché allora lui queste cose non le fa? Non avrebbe dovuto fissarlo lui il weekend a sorpresa? Non dovrebbe essere lui quello che mi protegge, mi sostiene e mi fa sentire importante?

Perché devo farlo io, il *maschio alfa*?

Cerco di mantenere la calma, di non essere acida e cattiva, mentre con la coda dell'occhio lo vedo andare nel panico perché *sente* che adesso sono arrabbiata, e vorrebbe recuperare, ma non sa come.

«Lainate-Como-Chiasso» dico laconica.

«Come?» risponde lui sovrappensiero.

«Prendi la A9 in direzione Como, poi da lì chiamerò l'albergo.»

Obbedisce e non ci diciamo altro per una buona mezz'ora di strada, nella quale non riesco più a godermi il panorama né la bella giornata invernale, e soprattutto mi passa la voglia di confidargli la novità circa mia mamma e il misterioso Marcello.

«Mi dispiace, credevo che te lo fossi fatto spiegare...» tenta ancora.

«Lo so, lo so, ho capito, basta!» taglio corto, sfinita. «In qualche modo faremo.»

Ci mettiamo quasi tre ore ad arrivare perdendoci e sbagliando strada un'infinità di volte fra uscite perse, stradine e vicoli remoti, e nonostante lui mi sorrida con tenerezza e mi dica: «Dài, che fra un po' arriviamo e staremo bene!», io vorrei solo prenderlo a randellate.

Finalmente giungiamo al cancello di una stupenda villa ottocentesca con un immenso giardino disseminato di statue e fontane, dove immagino Mr Darcy passeggiare a braccetto con Elizabeth.

La facciata è un susseguirsi di finestre con piccole colonne e un balcone centrale, e la grande scala con il doppio accesso è ricoperta da edera verdissima, ai cui lati troneggiano due enormi vasi in pietra.

Sotto gli alberi secolari alcuni ospiti conversano sulle sdraio avvolti in un plaid e sorseggiano un aperitivo osservando il lago che sonnecchia placido.

Mi sento improvvisamente meglio.

Come se la cappa grigia che mi avvolge solitamente fosse rimasta oltre il cancello e ci fosse un mondo oltre la foschia.

Edo mi segue in silenzio con un enorme sorriso stampato in faccia.

Sento che potrebbe essere un bellissimo fine settimana, che ci rilasseremo e riusciremo a parlare.

E, eventualmente, a fare altro. Chissà.

L'amica di Calamandrei, Betty, ci accoglie con mille complimenti e mi dice di quanto lui si sia raccomandato di trattarci benissimo. Poi ci accompagna in camera, una suite con mobili d'epoca, tende a pacchetto color ocra e un immenso baldacchino, da far impallidire Maria Antonietta.

Sul tavolino un cesto con frutta, dolci e una bottiglia di champagne con un biglietto. Lo apro e leggo:

Bevetela alla mia!

L.C.

Sorrido e mi volto verso Edo, che si è seduto sul letto e mi guarda.

Mi siedo accanto a lui e gli sfioro la mano con la mia.

La sua presenza costante mi dà calma.

È come se dicesse: "Io sono qui, lo sai, non vado da nessuna parte".

Ma allo stesso tempo c'è un che di disperato e triste in tutto questo, è come se sottintendesse: "Non vado da nessuna parte perché non ho nessun posto dove andare", e questo mi fa sentire sola.

Anni fa, molti anni fa, saremmo stati probabilmente già nella vasca da bagno piena di schiuma a bere lo champagne e ridere.

Adesso, nessuno dei due sta facendo la minima mossa per stimolare l'altro, come se ci fosse una pigrizia di fondo, una non-necessità.

Stai insieme da una vita, ti conosci fin troppo bene, vai in bagno lasciando la porta aperta e ti fai lanciare la carta igienica quando finisce.

Poi uno si chiede perché cala il desiderio...

Forse perché il corpo comprende sempre tutto molto prima della mente, e te lo fa capire rendendo una cosa così naturale come il sesso uno sforzo di volontà.

«Andiamo a vedere il lago?» gli chiedo anticipandolo.

Mi rivolge un sorriso dolce, mi accarezza una guancia e insieme scendiamo a passeggiare sulla sponda.

C'è una calma quasi surreale, un silenzio interrotto solo dal verso delle anatre, il vento leggero che increspa appena l'acqua, altrimenti immobile.

Un'atmosfera che mi spingerebbe al suicidio dopo due settimane.

Ci sediamo su una panchina a guardare lontano. Edo mi mette un braccio sulla spalla e mi stringe a sé e rimaniamo un po' così, senza dirci niente.

Mi ero preparata il "discorsone", quello in cui, come al solito, gli ripeto cosa c'è che non va nella nostra storia, cosa non va in lui, cosa non va in me, che non sono più sicura di niente, che non posso pensare che i prossimi dieci anni saranno così, piatti e immobili come questo dannato lago, ma improvvisamente mi sento travolta da una nostalgia profonda e inspiegabile, come se fossi posseduta dal fantasma di qualche sventurata che si è buttata in acqua per amore e il cui spirito senza pace aleggia ancora fra questi luoghi.

Mi immagino da sola su questa panchina, senza più Edo nella mia vita, senza i suoi occhi e il suo sorriso che vegliano su di me, a dover ricominciare da capo, col senso di vuoto che ritorna a farmi compagnia, e mi prende un misto di vertigine e paura.

Che niente ha a che vedere con l'amore, e tutto con la sindrome da abbandono che non sono mai riuscita a superare, ma che ho solo ricoperto con strati di falsa sicurezza.

Come una bambina che si mette le scarpe della mamma per sentirsi adulta.

Sono cresciuta intellettualmente ma non emotivamente.

Emotivamente ho cinque anni e mezzo e ho paura di essere dimenticata in un supermercato deserto. Di voltarmi e non trovare più nessuno, e dover correre disperatamente fra i reparti, cercando mio padre o mia madre, con le luci al neon che lampeggiano intermittenti e si spengono lentamente una dopo l'altra, finché il buio s'impossessa di me.

«Hai freddo?» mi chiede Edo. «Stai tremando.»

«Sì, forse è meglio rientrare» gli dico stringendomi nel maglione, «il sole sta calando e comincio ad avere fame. Facciamoci consigliare un buon ristorante.»

Ceniamo in una trattoria suggeritaci da Betty, non troppo lontana in modo da non perderci al ritorno e dover dormire in macchina.

Mangiamo benissimo, e tantissimo, una cosa che ci è sempre riuscita bene.

Forse perché il mangiare ci distrae dall'affrontare questioni molto più serie, e il vino ci aiuta a rilassarci e la serata scorre piacevolmente.

Se soltanto fosse un po' più intraprendente, mi scopro a pensare osservandolo attraverso la luce tremula della candela, mentre mi parla dell'ultima uscita del suo capo.

È sempre bello, con quel naso piccolo, gli occhi scuri e un sacco di capelli, e potrebbe essere incredibilmente sexy, se fosse meno buono e meno scontato.

E quando dai per scontato qualcuno, perdi completamente ogni interesse, e allo stesso tempo lo condanni a essere sempre come ormai ti sei convinto che sia.

Ed è per questo – o anche per questo – che mia madre si dev'essere innamorata di Marcello.

Eppure, se non ci provo nemmeno, se non mi sblocco un attimo, se non smetto di fare la maestrina come mi dicono tutti...

Ma come faccio? Manco mi ricordo come si fa!

Non sono mai stata brava a prendere l'iniziativa, in queste cose poi!

E non dovrebbe provarci lui? Non dovrebbe tentare lui di sedurmi in qualche modo? Farmi sentire irresistibile e attraente?

Certo che anch'io l'ultimo reggiseno decente me lo sono comprato cinque anni fa... e da Tezenis!

«Prendiamo un dolce?» mi chiede Edo distraendomi dai miei pensieri.

«Certo!»

«C'è questo fondente con cioccolato al peperoncino» dice scrutando il menu.

«Mi sembra perfetto» e ci leggo un invito a qualcosa di più, una volta saliti in camera.

E decido di stare al gioco.

Ce lo servono con una montagna di panna montata e una strepitosa grappa alle mandorle che contribuisce ad alzare un po' la temperatura, ma una volta in macchina, senza il riscaldamento, e meno cinque gradi fuori, mi risale la solita rabbia cieca che mi fa prudere le mani.

«Edo, ma perché non lo rottami, questo rottame?» mi lagno alitandomi inutilmente sulle mani gelate.

«Ma tesoro, per quello che usiamo la macchina noi va più che bene!» risponde con gentilezza.

«Non va "più che bene", Edo» ribatto senza gentilezza alcuna, «o uno ha una macchina decente oppure ne noleggia una all'occorrenza. Sono quasi sicura che potresti anche smettere di pagare il bollo, ormai questa è d'epoca!»

«E va bene, uno di questi giorni la rottamo.»

«Quale di questi giorni?»

«Non so, prima o poi!»

Il solito suo tergiversare che mi manda in bestia, come se la vita fosse infinita.

«Certo Edo, hai totalmente ragione!» attacco. «E allora perché darsi da fare? Attivarsi? Migliorare? Crescere? Cercare la propria strada o almeno quello che ci può fare non dico felici, ma quantomeno più soddisfatti?»

«Non capisco cosa c'entri questo adesso con la macchina...» mi chiede sorpreso.

«La macchina è un esempio» sbotto, «è la metafora della tua vita! Tu... tu non fai mai niente per cambiare un minimo la tua situazione e aspetti che la realtà ti stringa all'angolo!»

«Eddai Tuz, siamo stati così bene, non litighiamo per questo adesso» mi dice tenero.

Ma non c'è cosa peggiore che dire a una donna arrabbiata di non arrabbiarsi, perché è l'equivalente del gettare benzina sul fuoco.

Anche se mi sento orribile, ormai la miccia è accesa e pericolosamente vicina alla polvere da sparo.

«Io voglio litigare invece, e comunque è impossibile evitare i conflitti!»

«Ma io non evito i conflitti, semplicemente credo che arrabbiarsi non risolva niente.»

«Oh, ma tu sottovaluti il potere terapeutico di una gigantesca incazzatura! Tu sei sempre tranquillo e sereno e non c'è mai niente che ti tocca!»

«Ma non è vero, ci sono tante cose che mi danno fastidio...»

«Per esempio? Dimmene una, su!» lo incalzo.

«Ora così su due piedi non saprei... be', per esempio in metropolitana non sopporto quelli che suonano troppo forte, perché non riesco a leggere.»

«Oooohhhh!» esclamo alzando le mani. «Attenzione! A Edoardo danno fastidio quelli che suonano in metro perché lo distraggono, mi inchino, non c'è che dire!»

«Mi danno fastidio i maleducati, quelli che trattano male gli anziani, quelli che hanno sempre il telefonino in mano...»

«Ma danno fastidio a tutte le persone civili e oneste, non è di questo che sto parlando!» continuo, pronta a impiccarmi con la cintura di sicurezza. «Parlo di cose che ti danno fastidio nel profondo, che ti smuovono qualcosa. Vuoi forse dirmi che non c'è niente in me che ti dia fastidio?»

Ride. «Non c'è niente che mi dia fastidio in te, tu sei l'amore mio!»

Non ci posso credere.

È un alieno.

«Edo, è impossibile! In te ci sono 12.000 cose che mi danno fastidio e te le elenco da anni ormai, prima fra tutte questo tuo considerarmi la Madonna nonostante io sia piena di difetti, per cui è impossibile che non ci sia niente in me che non va!»

«In effetti una cosa che mi dà fastidio c'è.»

«Spara!»

«Quando lasci il filo interdentale usato sulla mensola del bagno.»

«E basta?»

«E basta!»

«Non c'è nient'altro di quello che io dico o faccio che non approvi» ripeto scettica.

«Già» ammette solare.

Non dico più niente. Mi ha disarmata di nuovo.

Come si fa con uno così?

Saliamo in camera, ci spogliamo ognuno dalla propria parte, ci mettiamo il pigiama e poi vado in bagno (buttando il filo interdentale dopo averlo usato), e quando esco lo trovo infilato a letto che mi guarda.

Mi guarda come fossi la cosa più bella che c'è, anche se non è vero, anche se sono un disastro, e anche se sa che ce l'ho con lui.

E questo però non mi eccita per niente.

Perché non ti puoi eccitare con qualcuno che fa sempre e solo quello che gli chiedi... alla fine è come stare con se stessi.

Mi infilo a letto anch'io, cercando di ricordarmi quando abbiamo smesso di fare l'amore, e qual è stata l'ultima volta e perché, e giuro che non me lo ricordo.

Abbiamo semplicemente smesso perché non era più importante; da sempre i nostri ruoli sono capovolti, e così adesso io faccio il marito rompicoglioni e lui la casalinga disperata.

E se dovessi dire che ora muoio dalla voglia di saltargli addosso mentirei.

Perciò spengo la luce sul comodino e mi preparo all'ennesima notte in bianco, nonostante il materasso perfetto e i cuscini morbidissimi.

Ma non passano dieci minuti che i nostri cellulari squillano contemporaneamente.

«Pronto, Paola!», «Pronto, mamma!» diciamo in coro sedendoci sul letto.

«Come sarebbe a dire ti ha chiuso fuori casa?»

«Che intendi con quella se n'è andata e ti ha lasciata sola?»

Mezz'ora dopo siamo in macchina diretti a casa.

E non diciamo una parola per tutto il tragitto.

Una volta arrivati sotto casa di sua madre, vedo Paola con i capelli dritti in testa che mi viene incontro a grandi passi strattonando al guinzaglio la povera Polly.

«Quell'arpia!» esordisce mentre Edoardo sta parcheggiando il catorcio. «Le ho detto che portavo fuori il cane e che avrei suonato per farmi aprire e quella invece non mi ha aperto più! Sono qui da quasi tre ore e sono morta di freddo!»

«Ma perché non sei tornata a casa?»

«Con quale autobus?» mi dice mollandomi il cane.

«Potevi prendere un taxi, te lo rimborsavo io!»

«E con quali soldi? Mi ha vinto gli ultimi 20 euro a briscola!»

«Briscola?» ripeto sconvolta.

«Ha anche bevuto mezzo litro di vino, se è per quello. Non ho mai visto una moribonda più in forma di lei!»

Istintivamente guardo su come se una presenza oscura mi stesse osservando, e la vedo affacciata alla finestra che mi fa un cenno con la mano e un sorriso che non ha niente di quello del figlio, ma tutto del ghigno di una strega.

E poi mi viene in mente il premio Strega e rabbrividisco.

20

«Smetti di ridere, Calamandrei, non è divertente!»

«Sì che lo è!» continua asciugandosi una lacrima. «Oddio muoio, giuro che muoio» dice fra un colpo di tosse e l'altro. «E quindi siete ripartiti di notte e non avete fatto niente...»

«Ti ho già raccontato tutta la storia tre volte, cosa non ti è chiaro?» ribatto con la guancia appoggiata sulla mano, tamburellando con le dita, mentre aspetto paziente che smetta di sbellicarsi.

«È incredibile, Fra, sei veramente sfigata.»

«Grazie, è sempre bello essere incoraggiati.»

«No, dico davvero, sei circondata da gente assurda. Ho fatto proprio bene a sceglierti come protagonista del mio libro, sei una fonte costante di sorprese, non ho neanche bisogno di inventare niente!»

«A proposito del libro, sai che la data di consegna si avvicina, vero? Manca solo un mese. Devi concludere presto o è finita: scrivi la notte, fatti di anfetamine, trovati un *ghost writer*, ma consegna tutto al più presto. Bigazzi mi sta col fiato sul collo e gli ho fatto credere di avere tutto sotto controllo e che abbiamo quasi terminato, ma adesso comincio a dubitare che tu ce la faccia e siamo nella merda, per dirla con un francesismo!» gli dico a muso duro.

«Dubiti di me?» mi chiede quasi indignato.

«Dubito di te» confermo.

Strizza gli occhi impercettibilmente e si passa le mani fra i capelli un paio di volte.

«A proposito di francesismi, se vieni a Parigi con me questo fine settimana lo finisco in dieci giorni!»

«No!»

«Ti prego, ho questa serata in mio onore al Centre culturel italien e devo andarci per forza, vieni con me!»

«Ho detto no e non andare a dirlo a Bigazzi perché è fuori discussione, e stavolta sono seria.»

Si rabbuia. «È definitivo?»

«Lo è!»

«Non sai cosa ti perdi» rilancia.

«Penso di immaginarlo invece. Avanti, al lavoro!» lo riporto all'ordine.

Più tardi Ilaria entra per informarci di tutte le varie iniziative dell'ufficio stampa legate al lancio del libro, cosa che di solito faceva Paola, e mi dispiace davvero tantissimo per lei, che non si merita di essere retrocessa così.

Ilaria è in gamba, carina e sensibile (è la prima a sentirsi in difficoltà per la situazione che si è creata), ma Paola ha quella marcia in più, quella testardaggine e quell'ostinazione tipica di chi deve passare la giornata a convincere tutta la stampa che *quel* libro è il più bello del mondo quando nessuno lo ha letto, né lo leggerà mai.

«Vieni con me a Parigi?» le chiede Calamandrei mentre sta uscendo, gettandomi un'occhiata assassina.

«No, grazie!» gli risponde chiudendosi la porta alle spalle.

«Visto? Il tuo fascino comincia a vacillare!» gli dico, ironica.

«Un tempo questo non sarebbe accaduto. Credi che stia invecchiando?»

«Probabile!»

Sospira e diventa pensieroso. Modalità in cui l'ho visto davvero in rarissime occasioni.

«Su, dài, non te la prendere per così poco» lo consolo. «Troveremo qualcuno che venga a Parigi con te.»

«Non è per quello, c'è la fila se voglio!» replica con la consueta acidità. «È che io a volte non ti capisco. Cos'è che vuoi *veramente*?»

Lo guardo intensamente negli occhi. «Tu che credi di sapere tutto delle donne, be', ti dico io cosa vorremmo veramente: poterci fidare!»

Uscendo, la sera, faccio un pezzo di strada insieme a Paola, che è in vena di sfogarsi.

«... Mi ha chiesto mille cose oggi, e io come una scema le ho dato consigli e suggerimenti su chi fosse meglio chiamare e quando, e quali fossero le strategie migliori, anche se il mio ruolo qui attualmente è un vago "collaboratrice" che temo sottintenda "domestica"!»

«Ne hai parlato con Bigazzi?»

«Certo, ma lui non vuole seccature e delega tutto ad Annamaria, che davanti a lui è premurosa come mia madre e quando esce torna a essere la carogna di sempre!»

«Annamaria dev'essere la vera figlia di mia suocera, non Edoardo» dico pensando alla sua immagine spettrale alla finestra «... dovrò trovare il modo di farle un test del DNA! Puoi rubare la sua tazza del caffè?», rido prendendola sottobraccio.

«... E poi secondo me è una gran ruffiana» continua senza avermi ascoltato un attimo. «Fa sempre un sacco di sorrisetti a destra e a sinistra, tutti l'adorano, ma non è così brava come fa credere e tu le sei anche troppo amica!» mi rimprovera dandomi un pizzicotto nel fianco.

«Ahi!» urlo. «Io non sono troppo amica di Annamaria, cosa stai dicendo? Non la saluto nemmeno, a momenti» mi difendo massaggiandomi.

«Non sto parlando di Annamaria» mi scuote, «ma di Ilaria!»

«Che c'entra Ilaria adesso?» le chiedo perplessa.

«Ma non ti accorgi che da quando è qui ha fatto una scalata in piena regola?»

«Dici così perché ha preso il tuo posto. È normale, la odierei anch'io fossi in te.»

«Non è per questo» ribatte spazientita, «anche se basterebbe per farmela volere morta!» prosegue fermandosi di fronte a me. «L'ho osservata attentamente: da semplice baby-sitter della Spagnulo ha già avuto una bella promozione sul campo e adesso si sposa con Alessandro, non ti sembra sospetto?»

«Vuol dire che se l'è meritato!» replico per niente intenzionata ad assecondare questa sua nuova fissazione. «E per quanto riguarda Alessandro, sono sinceramente felice per lui! O lo preferivi quando si torturava per la Gatta Morta?»

«Si è messa con Alessandro per separarlo da noi, non lo capisci?» continua puntandomi i due indici contro. «Lui era il nostro amico inseparabile, e in questo modo sta riuscendo a farmi il vuoto intorno.»

«Ora esageri» le dico sinceramente, «adesso non mi dirai che credi anche al complotto delle scie chimiche!»

«Dammi retta e facci caso» insiste piccata.

«Se vuoi parlo io con Bigazzi» propongo.

«Non me ne frega niente che tu parli con Bigazzi» urla fuori di sé, «ti assicuro che quella è una vera vipera e tu sbagli a trattarla da amica.»

«Ma non la tratto da *amica*, Paola, è solo una collega.»

«Come ti pare, poi dimmi che non ti avevo avvertito!»

E marcia via a prendere l'autobus.

Non arrivo alla fine del mese, questo è poco ma sicuro.

A casa non trovo Edoardo, ma un suo biglietto in cui mi avvisa di essere (di nuovo) da sua madre.

Sospiro e penso automaticamente a Marcello, del quale mi sto perdutamente innamorando anch'io.

Lo immagino con l'aspetto di uno spagnolo tenebroso, con gli occhi scuri e i ricci ribelli, passionale e folle, che mi canta struggenti canzoni gitane e mi sussurra all'orecchio poesie di García Lorca, ballando sulla spiaggia al chiaro di luna, e mi promette amore e passione eterni.

Sono scema. Questo è assodato.

Ma devo assolutamente sapere chi è Marcello.

Prendo di nuovo il libro e di nuovo lo sfoglio pagina per pagina, finché mi accorgo di un adesivo, quasi completamente consumato, della libreria dove è stato acquistato quindici anni fa.

Che cerco in internet, ma che non esiste più.

Però siccome sono testarda e risoluta come il commissario di Rapisardi, mi ricordo perfettamente chi era la libraia, e con un rapido giro di telefonate riesco a rintracciarla.

«Signora Repetti, quanto tempo... scusi l'ora, ma è un po' un'emergenza...»

La signora Repetti si dimostra estremamente disponibile, anche perché da quando è andata in pensione ha una voglia matta di poter parlare di libri e di autori, anche se io per una volta ho bisogno di parlare di clienti.

«Non si ricorda un signore di nome Marcello?»

«Mmm... Marcello... mi dice qualcosa... non sa il cognome?»

«Co... qualcosa, ma è l'unico indizio che ho e non è detto sia esatto.»

«Costantini! Ma certo, Marcello Costantini! Me lo ricordo eccome: una persona squisita, veniva spesso e comprava un sacco di libri, li prendeva per una persona speciale, mi diceva, e voleva che lo consigliassi molto bene perché ci teneva a fare bella figura e mi chiedeva sempre di impacchettarglieli con la carta azzurra.»

Mi viene da piangere.

Da piangere per tutta questa storia sciagurata, dove non solo non c'è stato un lieto fine, ma la fine è stata orribile per tutti.

«Lei non ricorda un indirizzo, per caso?»

«Eh no, mi dispiace. Abitava a Sesto San Giovanni, questo me lo ricordo bene perché ci abitava anche mio fratello, ma poi non è più venuto... Sono passati tanti anni, chissà...»

La ringrazio dal profondo del cuore, e mi segno questi pochi indizi su cui lavorare, poi chiamo Edo.

«Edo, sei tornato lì?»

«Sì, il fatto è che non si è trovata bene con Paola e aveva piacere che tornassi da lei.»

«Non si è *trovata* con Paola? Le ha anche vinto a briscola 20 euro!»

«Impossibile, mia madre odia le carte!»

Stringo la cornetta con le due mani come fosse il suo collo. «E cos'hai intenzione di fare d'ora in poi? Mi cerco una coinquilina per dividere l'affitto?»

«Ma no, ascolta, è ancora per poco...»

«L'hai già detto che era per poco, invece hai ricominciato. Devo veramente chiederti di scegliere Edo: o me o lei!»

E mi prenderei a schiaffi per aver detto una cazzata del genere.

«Come faccio a scegliere, Tuz? Lei è mia madre e tu sei tu, non posso scegliere!»

«Bene, allora scelgo io!»

Riattacco furibonda con le mani che tremano.

Poi chiamo.

«Calamandrei, quando si parte per Parigi?»

Quattro giorni dopo lo sto aspettando a Malpensa davanti al check-in, ed è ovviamente in ritardo.

Edoardo era felice che partissi: «Almeno ti rilassi un po', visto che con me non ci riesci!» mi ha detto con un sorriso triste.

E io mi sono sentita morire come sempre.

Non gli dà nemmeno fastidio che io vada a Parigi con un donnaiolo impenitente.

Questa non è fiducia, questa è follia pura.

Se almeno fosse stato un po' geloso o mi avesse detto: "No, a Parigi ci vieni con me", ma niente, mi ha lasciata andare.

Abbiamo tutte questa idea *naïve* dell'uomo che, se te ne vai, ti viene a cercare in capo al mondo, e poi nella realtà lui rimane lì, sulla soglia, a guardarti andare via, morendo dentro, ma senza il coraggio di allungare una mano e dirti "ferma".

Perché tu ti fermeresti.

Finalmente Calamandrei arriva di corsa, allargando le braccia come a dire: "È successo di tutto!", ed evito di farmi raccontare a che ora è andato a letto e con chi, perché so che me lo racconterebbe.

Viaggio per la prima volta in *business class* e devo dire che mi ci potrei abituare, Calamandrei si addormenta subito dopo il decollo e io ne approfitto per dare un'occhiata alla guida di Parigi.

L'ultima volta ci sono andata coi miei.

Ricordo solo che mangiai una crêpe alla Nutella enorme e mi venne un tale mal di pancia che non sono mai più riuscita a mangiarne una in vita mia.

E poi un giro in *bateau-mouche*, mentre mio padre ci scattava le foto in una giornata di fine ottobre, malinconica, silenziosa.

Guardo fuori dal finestrino le nuvole basse e cerco di individuare qualche faccia di attore morto, ma vedo solo conigli e leoni, allora chiudo gli occhi e mi chiedo se non sto cercando di muovere le carte a caso, sperando che qualcuno mi dia un segno.

Ma non ho mai creduto agli oroscopi, né ai miracoli.

Una hostess passa per svegliare Calamandrei in vista dell'atterraggio e nonostante sia assonnato non perde l'occasione per fare il cascamorto, dicendole in un francese maccheronico che ha dei bellissimi occhi.

«Sei irrecuperabile» gli dico ridendo.

«*Noblesse oblige*» risponde scuotendo il ciuffo.

Arriviamo in taxi in un albergo in zona Bastille, piove e il cielo è plumbeo, ma Calamandrei mi mette una fretta incredibile perché vuole che andiamo subito a comprare il suo profumo preferito in un minuscolo negozietto vicino a Saint-Germain-des-Prés, dove glielo creano personalizzato, e insiste perché me ne faccia fare uno anch'io.

«Non sono tipa da profumo» gli dico.

«Invece dovresti, sai? Cosa usi, il Sanex? Borotalco Roberts?» Arrossisco come se mi avesse chiesto se porto le mutande. «Sei tutto il contrario della femminilità» mi dice scuotendo la testa e facendo cenno alla signorina di occuparsi di me.

Mi perdo in una miriade di fragranze incredibili, dagli agrumati ai talcati agli speziati, finché decido per qualcosa di decisamente floreale, con una base di gelsomino, muschio bianco e pepe nero, che Calamandrei approva immediatamente tirando fuori la sua Visa.

Usciti di là ci fermiamo per un aperitivo a Les Éditeurs, dove ordina un Kir Royal per me e un Pastis per lui, e ci mettiamo a osservare la gente che passa fuori, come due vecchi amici.

«Ti ci vedrei a vivere qui, sai?» gli dico guardando scendere la pioggia. «Saresti veramente il prototipo dello scrittore maledetto! Il cliché!»

«Se vivessi qui morirei di cirrosi epatica nel giro di due mesi» risponde mettendosi in bocca una manciata di noccioline, «e poi ci sono troppe donne, non scriverei più niente!»

Alzo il calice per brindare alla sincerità.

«Potresti sempre metterti a fare il pittore, o il fotografo» propongo. «Dovresti prendere in considerazione un piano B. Sai, nel caso ti si esaurisse la vena creativa.»

«Già» mi risponde, «forse dovrei. E il tuo? Qual è il tuo piano B?»

Mi gratto il mento. «Non so, non ho un vero e proprio piano B... ho un sogno, piuttosto: una libreria-agenzia letteraria. Ma non saprei nemmeno da che parte cominciare e quindi resterà un sogno. A ogni modo, in qualsiasi progetto alternativo dovrei stare in mezzo ai libri, non c'è altro che ami così tanto.»

«Nemmeno Edo?»

«Che c'entra Edo!»

«Che secondo me tu non ami nessuno come il tuo lavoro, nemmeno Edoardo» risponde con la solita aria saccente. «Hai talmente paura di provare delle emozioni forti che ti seppellisci fra le scartoffie in modo da poter evitare di vivere davvero.»

«Ti ricordo che fra le "scartoffie", come le chiami, c'è anche il tuo libro e poi, dettaglio non trascurabile, se io non lavoro non posso pagare l'affitto, ed è *incredibile* ma me lo chiedono ogni mese!» puntualizzo sarcastica.

«Vedi? Sei sulla difensiva» afferma schioccando le dita, «vuol dire che ho ragione.»

«Hai sempre ragione, Calamandrei» lo rassicuro.

«Dài, andiamo!» mi dice alzandosi di scatto e buttando 20 euro sul tavolo.

Lo seguo fuori dal locale senza fare nemmeno in tempo a

infilarmi il cappotto, mentre ferma un taxi per raggiungere il quartiere del Marais, dove dobbiamo *assolutamente* mangiare le ostriche in un posto speciale che conosce solo lui.

«A me non piacciono le ostriche» mugolo storcendo il naso, mentre spruzzo il limone sul mollusco viscido.

«Certo che ti piacciono» mi ignora mentre condisce la sua. «Tu *pensi* che non ti piacciano, invece sì, come tutto il resto delle cose di cui fai a meno, tipo il sesso!» commenta placidamente buttando giù la terza ostrica e asciugandosi la bocca col dorso della mano.

«Sei un animale» gli dico, fra il disgustato e il divertito.

«Lo so, me lo dicono spesso, ma mai in senso negativo» risponde facendomi l'occhiolino.

Rido di nuovo e butto giù l'ostrica tutta d'un fiato.

«Allora? Com'è?» mi chiede, curioso.

Faccio una smorfia e ci rifletto un attimo. «Non è così male» ammetto.

«Visto?» mi dice illuminandosi e fa cenno al barista di servirci altri due bicchieri di champagne.

«Se continuo a bere così non ci arriverò mai a stasera!»

«Il segreto è continuare a bere poco, ma costantemente, così hai sempre un po' la testa leggera, ma non stai mai male. È una tecnica!» mi dice ammiccando.

«Come ho fatto a cavarmela per trentasei anni senza le tue preziose perle di saggezza?»

«Me lo chiedo anch'io!» mi dice finendo il bicchiere d'un fiato e alzandosi di nuovo. «Dài, ora dobbiamo occuparci del tuo guardaroba!»

«Guardaroba? Che guardaroba, sei matto?» lo blocco terrorizzata. «Cos'è, un remake di *Pretty Woman*? Guarda, non ci tengo per niente, vanno benissimo le cose che ho!»

Non mi degna di uno sguardo ed esce per fermare un altro taxi, direzione Galeries Lafayette.

Invano cerco di dissuaderlo, ma è irremovibile.

Mi sento in terribile imbarazzo, è una cosa che non accetterei mai nemmeno da Edoardo, così è costretto a trascinarmi fuori dal taxi perché mi rifiuto di scendere.

Odio fare shopping, odio spendere soldi in vestiti e, cosa peggiore di tutte, odio guardarmi allo specchio.

E le tre cose insieme, alla presenza di Calamandrei, sono la mia idea esatta dell'inferno.

«Cominciamo con qualcosa di facile...» mi dice camminando velocemente fra gli infiniti stand del piano terra «direi con una borsa!»

Prende alcuni modelli con il manico, me li fa tenere in mano, poi opta per una modello Kelly in pelle.

«Questa mi sembra perfetta» decide. «È elegante, ma ha carattere e non grida "mercatino" come tutto il resto delle cose che indossi.»

Ignoro il commento e lo seguo al reparto scarpe.

«Ecco, questo è il mio regno!» esclama dirigendosi verso i modelli coi tacchi più vertiginosi. «Sappi che gli uomini adorano le scarpe coi tacchi, io personalmente divento matto, quindi fidati del mio gusto al 100 per cento» mi dice consegnandomi un paio così alto che mi deve sorreggere lui perché non cada.

Mi guardo allo specchio e devo dire che sono veramente bellissime, anche se sopra ho i pantaloni e il cardigan grigio.

«Aspetta, vado a cercarti un abito decente» mi dice sospirando, «mi fai pena così!»

Fingo di nuovo di non aver sentito e aspetto che torni con un vestito nero lungo con una manica sola e uno spacco laterale che starebbe bene ad Halle Berry alla serata degli Oscar.

«È troppo elegante, non saprei quando metterlo» protesto, «e poi è carissimo!»

«Lo metti stasera, e il prezzo non è un problema tuo.»

Sbuffo. «Leonardo, non mi va. Davvero!»

«Provatelo!» mi ordina.

«Ma non mi va!» insisto.

«Forza» mi dice e mi spinge in camerino, «tanto lo so che sotto hai i gambaletti, non mi ci fare nemmeno pensare! *Brrrr!*»

Mi spoglio controvoglia e mi infilo l'abito lungo.

È veramente un sogno, e quasi non mi riconosco.

Mi affaccio alla tenda per mostrargli come mi sta, camminando impacciatissima e incespicando nello spacco per cercare di nascondere i gambaletti.

«Oh, finalmente ora cominciamo a ragionare» mi dice compiaciuto. «Girati un po'.» Faccio un giro su me stessa. «Ti sta veramente bene, ma... Oddio, cosa sono quelle?» domanda indicandomi inorridito.

«Cosa?»

«Quelle sporgenze lì davanti, si direbbero tette! TU HAI LE TETTE!!!» si mette a gridare.

«Zitto, idiota!», rido coprendomi.

«Allora bisogna anche prenderti un completino intimo come si deve.»

«No, quello no, Calamandrei!» mi oppongo.

«Eh sì invece, vorrai stupire quel poverino con cui stai oppure no?»

E corre a chiamare una commessa alla quale mima con le mani due palline da golf, credo per riferirsi alla mia taglia.

Torna dopo qualche minuto con alcuni reggiseni di pizzo nero e color champagne, con perizoma abbinati.

«Ah no, il perizoma non è davvero il mio caso» protesto divertita.

«Come no. Se conosco bene le donne, fra un mese ti trovo a scegliere una frusta in un sexy shop!»

Andiamo alla cassa con tre paia di scarpe, due borse, due gonne, una maglia aderentissima con uno scollo impossibile, l'abito lungo, una pashmina, tre completi intimi e svariate paia di collant.

«E poi questo» dice consegnando un rossetto rosso alla cassiera. Poi, al mio orecchio: «Non uscire mai senza».

«Calamandrei, non innamorarti di me perché potrei spezzarti il cuore!» gli dico di rimando.

«Io non ho un cuore» mi risponde come se fosse ovvio.

«Giusto, che sciocca!»

E però ci sa fare!

Facciamo rientro in albergo per prepararci per la serata. Chiamo Edo per salutarlo, e perché mi sento vagamente in colpa che lui sia a casa, mentre io faccio shopping sfrenato con l'autore di punta della casa editrice.

«Ciao, *Escargot*!» esordisce.

Mi fa sorridere. «Come sta andando lì?» gli chiedo.

«Tutto bene, ho fatto la spesa, ora faccio la lavatrice e dopo torno da mia madre. Ti stai divertendo?»

«Sì, abbastanza, Calamandrei è il solito matto, ma Parigi è molto bella.»

«Lo immagino» dice con una punta di amarezza subito camuffata da un «ti meritavi proprio di staccare un po'».

«Già» rispondo e mi chiedo cosa farei io se lui fosse in giro per Parigi con una bella donna, mentre io mi sto occupando di mia madre.

Probabilmente imparerei a usare un kalashnikov.

Mi faccio una lunga doccia approfittando di tutto il lusso che la mia camera a cinque stelle offre e scelgo cosa indossare fra quello che abbiamo acquistato insieme: completino, collant, scarpe, abito lungo e profumo.

E ovviamente il rossetto rosso.

Stavolta non mi dispiace guardarmi un momento di più allo specchio.

Alle sette Calamandrei bussa alla mia porta.

Apro e appena mi vede fischia di approvazione.

«Oh là là!» mi dice ammirato. «Adesso sì che si ragiona!»

Mi porge il braccio con un «Madame» ed entriamo in ascensore come una coppia di celebrità, tanto che la gente nel *foyer* ci osserva incuriosita.

Calamandrei, col completo Hugo Boss e il capello sale e pepe spettinato, fa effettivamente la sua figura e anche la glaciale receptionist solleva gli occhi dal computer un paio di volte.

Al Centre culturel italien veniamo accolti con tutti gli onori. La serata è interamente dedicata a lui e la sala è strapiena di italiani che abitano qui e che non vedevano l'ora di conoscerlo.

Glielo farei conoscere davvero...

Viene introdotto come fosse l'inventore del vaccino contro la malaria e, nel più religioso silenzio della platea, parla per un'ora dei suoi libri, dei suoi personaggi e di qualsiasi cosa gli venga in mente... sembra un predicatore.

E giuro che se riusciamo in questo miracolo di vincere il premio Strega mi metterò a credere agli UFO, a Babbo Natale e anche alle scie chimiche.

Dopo applausi torrenziali e una fila incredibile per la firma autografi e un'altra ancora più lunga per le fotografie, ecco che lo lasciano libero.

«Ci sarebbe una cena organizzata da loro» mi informa, «ma ho detto che ho un impegno già preso che non potevo rimandare, quindi siamo liberi.»

«Bene, e cosa prevede il programma?»

«Ti porto a mangiare...»

«... Nel ristorante più buono di tutta Parigi!» termino la sua frase.

Il tassista si ferma in rue de Rivoli davanti a Le Meurice, ristorante di Alain Ducasse, che Calamandrei mi informa aver ottenuto tre stelle Michelin.

Deglutisco cercando di non darlo troppo a vedere, mentre lui fa il giro della macchina per aprirmi lo sportello e aiutarmi a scendere.

«Pensi di trattarmi così anche in ufficio lunedì?» gli chiedo.

«Scordatelo, bella! Appena scocca la mezzanotte, torni a lavare i piatti in cucina!» ridacchia sadico.

Entriamo nella sala fastosissima, arredata in stile Impero, con grandi lampadari che scendono dal soffitto affrescato, enormi finestre, dipinti, stucchi e tavoli con tovaglie immacolate apparecchiati in maniera impeccabile.

Il mio menu non ha i prezzi indicati, ma sbirciando il suo vedo che solo le verdure miste costano 80 euro.

Ma Calamandrei non sembra farci caso e ordina subito champagne e due menu che se non vado errata costano qualcosa tipo 300 euro a testa, e sono a base di animali in via di estinzione di cui è rimasto un solo esemplare al mondo.

Mi riempie il bicchiere fino all'orlo e solleva il suo in un brindisi che suona più come un titolo *selfhelp* della Bigazzi Edizioni: «Alla tua rinascita!».

Sorrido e ricambio il brindisi ringraziandolo per la sua generosità, ringraziamento che accetta con una scrollata di spalle quasi infastidita.

«I soldi si devono spendere, altrimenti a che servono?»

La cena è indescrivibile tanto i sapori sono delicati, equilibrati e squisiti, nonostante io non abbia idea di cosa stia mettendo in bocca.

«Dopo andiamo a mangiare dei falafel pazzeschi dal miglior libanese di Parigi» mi dice con la bocca piena. «Io quando esco di qui ho sempre fame!»

Sorrido e per la prima volta mi scopro a pensare che, quando sarà finito tutto, un po' mi mancherà.

È un treno in corsa, un inaffidabile, un irrequieto, ma sa viversi la vita e forse non ha tutti i torti a brindare alla mia rinascita.

Qualunque essa sia.

Mi eclisso in bagno per evitare di vedergli pagare il conto, che equivale a metà del mio stipendio, e risaliamo in taxi direzione "miglior libanese di Parigi" dove mangiamo un enorme kebab in piedi sul marciapiede e poi via, in rue de Lappe, a bere la migliore tequila eccetera eccetera.

«Adesso ti insegno un gioco e ti assicuro che lo farai per il resto della tua vita» mi dice versandomi un generoso bicchiere di tequila scura, seduti al tavolo di un rumorosissimo locale messicano. «Ogni volta che uno dei due dice la parola "acqua" deve bere uno *shot*!»

«Che gioco scemo» rispondo, «e perché dovrei dire "acqua"?»

«Visto? Uno per te!» dice facendo cenno al cameriere.

«Non vale» rispondo, «stavo ancora imparando le regole!»

Il cameriere ci porta un bicchierino di tequila e Calamandrei mi esorta a berlo d'un fiato.

Sono già talmente ubriaca che non ho nemmeno la forza di mettermi a polemizzare, così decido di seguirlo. «Okay, facciamo il gioco degli indovinelli allora» dico picchiando le mani sul tavolo, «tu pensi a uno scrittore che ti piace e io devo indovinare chi è.»

«Okay, ci sto» mi dice concentrandosi «... pensato!»

«È uno scrittore vivente?»

«Sì.»

«Maschio?»

«Sì.»

«Americano?»

«Sì.»

«John Irving!» sparo, certissima che non sia lui.

«No! Acqua, acqua!»

«Beccato!», rido e faccio cenno al cameriere di portare un altro *shot*.

Mi guarda scioccato come se gli avessi bucato il palloncino in faccia. «Ma allora non ti interessa sapere che scrittore sia?»

«Avrai pensato di certo a Philip Roth, *Pastorale americana*: l'unico libro che avrai letto in vita tua!»

Mi guarda con odio e incrocia le braccia. «Non dirlo a nessuno, però!»

«Ma va'! Custodisco segreti ben peggiori.»

Bevendo si versa un po' di tequila sul vestito. «Noooo» esclama, «il completo nuovo, ora rimarrà la macchia!»

«Mettici su un po' di acqua gassata» gli suggerisco.

«AHAHAHAH!», ride. «Altro giro!»

Beviamo d'un colpo.

«Di che segno sei tu?» gli chiedo a mia volta con la gola in fiamme.

«Pesci.»

«Ah, segno di terra!» gli dico convinta.

«No, d'acqua!» ribatte senza esitazione.

«*Garçon! Un autre, s'il vous plaît!*» grido al cameriere.

«Questa era fortuna!» mi dice avvilito.

«No, questa era Wikipedia» rispondo fregandomi le mani.

Continuiamo così per un'altra mezz'ora, finché siamo veramente ubriachi fradici e ridiamo per qualunque cosa ci venga in mente.

Usciamo dal locale e ci incamminiamo barcollando verso la metropolitana.

«Vieni, dobbiamo andare in un posto» mi dice prendendomi per mano e mettendosi a correre nonostante i miei tacchi.

Sembro una bambola di pezza in stato confusionale, ma rido come non ricordavo più di saper fare.

Entriamo alla fermata di Bastille, compriamo i biglietti e scendiamo giù ai treni.

«Dove hai voglia di andare adesso?» piagnucolo massaggiandomi una caviglia. «Non ho più fame e sono distrutta!»

«Fidati.»

Scendiamo due fermate dopo e camminiamo fino a un locale dove stanno suonando musica senegalese: la sala è immensa e tutta di legno e le note si diffondono morbide nelle mie orecchie come cioccolato fuso.

Calamandrei mi prende per i fianchi e mi fa ballare.

O almeno ci prova.

«Lo sai che sono negata!» gli ricordo.

«Lo so, lo so. Cerca solo di starmi dietro come puoi e non mi pestare con quei tacchi!»

Cerco di affidarmi a lui per quel poco di cui sono capace e, un po' inciampando nell'abito un po' su di lui, alla fine riusciamo in una specie di etilico passo a due, in cui lui mi fa girare e mi riprende con una sicurezza che non so dove trovi.

Usciamo che è notte fonda e riprendiamo la metro nonostante, per la prima volta, io lo preghi quasi in ginocchio di chiamare un taxi.

«È più fico tornare in metro vestiti eleganti, fa molto Truffaut!»

«Fa molto male ai piedi, veramente» mi lamento, «vorrei vederti camminare con queste!»

«Toglile!» mi incita.

«Ma no, dài, che schifo!»

«Lo vedi? Ti fai sempre un sacco di problemi» mi rimprovera uscendo dal vagone, «sei una mammoletta!»

«Okay, le tolgo» ribatto spavalda, «nessun problema.»

Sciolgo il laccetto e mi incammino verso la scala mobile con il passo incerto e le scarpe in mano.

«E adesso chiudiamo gli occhi!» gli dico solennemente mentre la scala comincia a salire verso l'alto. «Senti che bello il vento fra i capelli che si fa sempre più intenso?»

gli dico in estasi, tenendomi forte al corrimano con la testa che gira.

Rido con gli occhi chiusi, e mi sento veramente leggera e straordinariamente bene, come se il mondo là fuori fosse fatto di panna, coriandoli e bolle di sapone.

E poi le labbra di Calamandrei si appoggiano sulle mie, mentre mi stringe a sé, e non oppongo resistenza.

21

La mattina mi sveglio con un mal di testa spaventoso.

E la sensazione di aver fatto qualcosa di orribile.

Arranco fino al frigo bar per bermi un'intera bottiglia d'acqua e appena formulo il pensiero "acqua" mi vengono in mente almeno sei *shot* di tequila e corro in bagno a vomitare.

Mi guardo intorno e cerco di ricordare qualcosa della serata, ma è tutto un collage psichedelico di luoghi e alcol e non riesco veramente a ricostruire nulla di sensato, non dopo il ballo al concerto senegalese.

Guardo l'orologio, sono le undici passate, non dormivo tanto da quella volta che Bigazzi ci fece sistemare i conti per tre giorni consecutivi perché gli avevano detto che sarebbe passata la finanza.

Ho ancora il vestito e la biancheria addosso, ma questa non è affatto una garanzia, devo assolutamente sapere se abbiamo fatto qualcosa.

Mi rimetto i miei vestiti da suora laica e vado a bussare vigorosamente alla porta di Calamandrei.

«Chi è» biascica dopo cinque minuti.

«Servizio in camera!» rispondo.

Viene ad aprire in una condizione pietosa, con gli occhi gonfi e i capelli che sembrano un nido di passeri, per non parlare dell'alito pestilenziale che mi colpisce come una testata al setto nasale.

«Dimmi che abbiamo fatto ieri sera!» gli intimo.

Fa fatica a mettermi a fuoco, e non capisce la mia domanda.

«Calamandrei, dimmi cosa c'è stato fra noi ieri sera, ho un vuoto di ore!»

«Ah, quello vuoi sapere!» mi risponde tornando verso il letto, grattandosi il sedere attraverso i boxer. «Lo sai che sei davvero niente male? Non avrei mai detto che eri così calda!»

«Calda?» ripeto allibita.

«Pensavo che fossi un ghiacciolo, invece accidenti se ti dai da fare, una cavalla di tutto rispetto!»

«Oddio!» mugolo con le mani nei capelli. «Ma perché mi hai fatto bere così tanto? Sei veramente uno stronzo, lo sai?» lo accuso con lo stomaco che mi si chiude.

«Mica è colpa del bere» si stringe nelle spalle, «quello ti ha solo sciolto un po', il resto lo hai fatto tutto da sola, ti assicuro che non ho dovuto pregarti...»

Sono furiosa e il suo sorrisetto furbo mi scatena una rabbia tale che afferro un cuscino e comincio a colpirlo ripetutamente, mentre lui si ripara e domanda pietà.

«Sei un vigliacco, un approfittatore! Dovrei denunciarti per circonvenzione di incapace!»

«Smetti, che mi fai male!» si difende scendendo dal letto e scappando a chiudersi in bagno.

Busso con foga, non mi lascerò fermare da una semplice porta.

«Calamandrei, vieni fuori o la sfondo, te lo giuro!»

«Ne vuoi ancora per caso? Non ti è bastata stanotte?» dice dall'altra parte.

«Cretino, vieni fuori o peggio per te!»

Non posso crederci, che ho fatto? Sono andata davvero a letto con lui? E neppure me lo ricordo?

Il bacio sì, quello me lo ricordo eccome... era leggero, era morbido, era profumato, intenso... e, anche se è sbagliato e tutto il resto, mi ha smosso qualcosa dentro. Il mio corpo era vivo, io ero viva e poi... possibile che non mi ricordi altro?!

Mi siedo per terra con la testa che mi scoppia e maledico il momento in cui ho deciso di venire qui.

Sono una stupida vera.

La porta si apre e Calamandrei esce con l'asciugamano legato in vita e mi guarda.

«Vuoi che me lo tolga?»

Suoto la testa e mi alzo per andarmene.

«Dài, Fra, non t'incazzare!» mi grida dietro.

«Sparisci!» rispondo uscendo.

«Fra, scherzavoooooo!» lo sento gridare una volta in corridoio.

Mi blocco. «Che dici?» chiedo voltandomi.

«Ma figurati se approfittavo di te» mi dice mettendosi a ridere, «nemmeno mi piaci! Ma la tentazione era troppo forte!»

Torno lentamente verso di lui.

«Cioè fra me e te non c'è stato niente stanotte?»

«Ma no! Ti ho dato un bacio sulla scala mobile e sei collassata, allora ti ho presa sulla spalla tipo sacco di patate e ti ho portata in camera. Sei pesante, anche se non si direbbe! Poi ti ho buttata sul letto e sono tornato in camera mia. Tutto qua.»

«Tutto qua!» ripeto seria.

Lo fisso per un lungo attimo, dopodiché gli allungo uno sberlone così forte che risuona in tutto il corridoio.

«Ma perché?» mi chiede tenendosi la guancia.

«Questa perché sei un deficiente!» gli annuncio prima di allungargliene un'altra ancora più potente.

«E questa perché non si dice a una donna: "Nemmeno mi piaci"!»

E rientro in camera a fare le valigie.

Più tardi, in volo, cerco di ignorarlo il più possibile mettendomi a leggere. Anche se ammetto di sentirmi non poco a disagio dopo stanotte, e non voglio indagare oltre sul perché.

Ma lui non mi dà tregua. «Sei la prima che si è incazzata perché ha creduto di essere venuta a letto con me» si ostina cocciuto, «ti giuro che le donne quasi mi pagano!»

«Non io» rispondo tranquilla continuando a sfogliare la rivista.

«Ma perché?» insiste.

«Perché ti trovo sgradevole, arrogante e soprattutto ignorante!»

«No, ignorante no, dài!»

«Ignorante soprattutto!» ripeto senza guardarlo.

E non mi parla più fino all'atterraggio.

«Mamma, ho baciato un altro uomo» le dico sedendomi sul suo letto.

«Ah» mi risponde inaspettatamente incuriosita, drizzandosi con la schiena, «e com'era?»

«Com'era cosa, il bacio o l'uomo?» chiedo sovrappensiero.

«Tutti e due!» risponde allegra.

La guardo con gli occhi sbarrati.

Questa è una risposta da *persona normale*.

È tornata, mia madre è tornata.

Non so per quanto rimarrà, ma me la voglio godere finché posso.

«Mamma, ti prego, puoi dirmi ancora qualcosa di Marcello?» le domando, approfittando subito di questa sua lucidità.

Si illumina immediatamente.

«Marcello era un uomo stupendo. Non che tuo padre non lo fosse, credimi, ma lui era speciale e riusciva a farmi sentire speciale, a farmi sentire unica, era "lui", se riesco a farti capire. Quando si dice l'anima gemella, sai? Per questo tuo padre ha capito, perché era come se io e lui ci fossimo trovati e niente potesse più separarci. Io avrei pagato per amare tuo padre tanto quanto amavo Marcello, perché se lo meritava davvero, ma era più forte di me. E per questo» fa una pausa «credo che siamo stati puniti.»

«Non credo che il cielo ci punisca se tentiamo di essere felici.»

«A noi è successo, però, e io ci ho provato a rassegnarmi, a dimenticarlo, a farmene una ragione, ma stavo così male che... che alla fine, quel giorno di maggio, non ce l'ho fatta più...»

«... E hai tentato...»

Annuisce. «So che fa schifo sentirselo dire dalla propria madre, ma è la verità. Io mi sentivo morire e volevo morire. Ho fallito in tutto, come madre, come moglie, come donna, e non volevo più andare avanti. C'era solo il nero intorno a me e dentro di me, ed era meglio per tutti se sparivo.»

«Mamma, che dici?», la fermo. «Hai affrontato un dolore orribile tutto da sola, non ne avevi colpa, è successo e non eri preparata. Sei sempre stata una persona sensibilissima, non colpevolizzarti per questo!»

«Ma sono stata una madre orribile!» conclude, dura.

«Hai fatto del tuo meglio, come tutti. Non esiste un libretto di istruzioni per essere buoni genitori.»

E lo penso davvero. Nonostante il vuoto che ho dentro e che non perde occasione per farsi sentire, so, dal profondo, che lei ha fatto veramente del suo meglio.

L'amore per alcuni di noi è semplicemente qualcosa di troppo difficile da maneggiare. E quando ti prende in quel modo feroce, impetuoso e prepotente, se non sei preparato, ti travolge come un'onda cattiva, ti sbatte sugli scogli e poi ti trascina via.

Rimane in silenzio, gli occhi bassi, come se non l'avessi convinta. Quindi proseguo.

«Non sei responsabile della sua morte, mamma. Tu lo amavi e quindi, in un certo senso, amando il suo ricordo lo hai mantenuto in vita.»

«Ma Marcello non è morto!»

«Non è morto?» ripeto confusa.

Scuote la testa. «Quando andai a casa sua, dopo l'incidente, sua moglie mi cacciò via dicendo che ero stata un capriccio, che quella era la sua famiglia e lui non voleva vedermi mai più. E di sparire dalle loro vite, e così ho fatto. Ha scelto di rimanere con la moglie, capisci? Non ero abbastanza importante per lui, come mi aveva giurato e spergiurato, e mi ha abbandonata.»

Questa frase mi trafigge come una lama, e venendo da lei mi fa temere che questa sia un'amara eredità, un errore genetico.

Marcello ha mollato mia madre dopo averle promesso mari e monti. Il classico adagio, il leitmotiv di tutte le tragedie che si rispettino. L'unica arma letale ancora capace di demolire una donna senza sfiorarla, anche nel civile ventunesimo secolo.

E io che credevo fosse un eroe.

Vaffanculo, Marcello. Vaffanculo pure tu.

«Mamma» tento, «purtroppo non c'è modo di dimenticare, ma l'unica cosa che conta è che adesso siamo qui noi due. Tu stai meglio e starai sempre meglio e il passato lo lasciamo lì dov'è, senza scomodarlo: non ci pensiamo più, lo seppelliamo. Invece ci concentriamo sul futuro, su quello che faremo domani e dopodomani, un giorno alla volta, sei d'accordo?»

Mi sorride e intreccia le sue dita con le mie. «Hai ragione, bambina mia. Sembri tu la madre e io la figlia.»

Rimaniamo in silenzio per un po', poi decido di confessare. «Senti mamma, le medicine...»

«Le medicine non le prendo più da una settimana» mi interrompe. «Alla zia faccio credere di sì, ma butto tutto in bagno. All'inizio mi girava la testa, avevo la nausea e mi tremavano le mani, ma ora mi sento molto molto meglio. E poi sono stata a letto anche troppo tempo.»

Una settimana che butta via le finte medicine, poi ditemi se non sono figlia di mia madre...

«Allora, dimmi un po' di questo tipo che hai baciato!» mi chiede regalandomi di nuovo un sorriso.

«Non è Edo» rispondo abbassando lo sguardo.

«Questo lo avevo capito anch'io che sono matta!» scherza. «E quindi chi è?»

«È un nostro autore. Un tizio insopportabile e presuntuoso che però non posso negare sia interessante e sicuro di sé.»

«Ed è bello?»

«È molto affascinante» ammetto «e incredibilmente intraprendente. Tutto il contrario di Edo.»

«Ma sei sempre insieme a lui, no?»

«Sì, ma stiamo attraversando un periodo nero. Siamo distanti anni luce, non siamo più nemmeno una coppia: siamo due amici che si vogliono un bene dell'anima, due perfetti compagni di viaggio, e coinquilini ideali, ma sento che siamo arrivati al capolinea.»

«Mi dispiace tanto, tesoro» mi dice accarezzandomi la guancia. «Sei sicura di aver provato tutto ciò che potevi?» mi chiede con dolcezza.

«Non so se esiste un "tutto il possibile", mamma. Ma tu mi insegni che tentare di essere felici è un nostro dovere e non egoismo.»

Sospira. «Non lasciare mai nulla di intentato, tesoro» mi dice con un velo di nostalgia negli occhi, «non bisogna coltivare rimpianti, né rimorsi. Quelli sono la cosa peggiore, capito? La vita non è un nemico.»

Zia Rita irrompe nella stanza con la sua grazia elefantiaca. «Non ti aspettano al lavoro?» mi dice, sgarbata.

«Ancora cinque minuti, guardia!» le risponde mia madre sorridendo.

«Non ti devi stancare, Fiorella!» la rimprovera.

«Non devo mica correre la maratona» risponde con troppa enfasi.

Zia Rita la guarda con sospetto, poi mi fa cenno di seguirla fuori. «Non ti sembra strana negli ultimi tempi?»

«Strana?» ripeto. «No, non mi pare, non più del solito» mento.

«La vedo agitata» mi risponde, «non è normale che faccia così.»

«Non è neanche normale che dorma tutto il giorno» obietto.

«Devo chiamare il dottore e farle cambiare i farmaci, credo che non le faccia più effetto quello che prende.»

Mi salta il cuore in gola all'idea di ritrovarla di nuovo a letto catatonica che guarda il soffitto, e comincio a pensare rapidamente a una qualsiasi soluzione.

«Lo scopo dei farmaci è di farla stare tranquilla» spiego con calma, «e a me non sembra più vispa del solito, sinceramente. E poi non è questo che vogliamo, in fondo? Che non si faccia del male, e non cada in depressione? Certo che tu la conosci meglio di tutti, quindi se vuoi chiamare il medico...»

Mi scruta un attimo, poi scrolla le spalle. «Ma sì, forse è perché la vedo troppo e non me ne accorgo più» conclude facendomi scendere il sudore lungo la schiena. «Comunque la tengo d'occhio!» mi dice con il dito alzato.

«Fai bene, zia Rita» rispondo pronta, «come sempre.»

Rientro in camera e mia madre mi guarda e sorride, ma non più come una bambola di pezza: le pupille sono reattive e il colorito roseo.

Scoppio a ridere. «Mamma, smetti di essere così sana di mente per favore, o la zia si insospettisce!»

Ride anche lei. «E cosa devo fare, il vegetale?»

«Un po' sì, prova, dài!» la provoco.

Appoggia la testa al cuscino e guarda nel vuoto. «Va bene così?» mi chiede.

«Un po' meno spiritata, magari?»

Fa un'espressione concentrata e socchiude gli occhi.

«Mamma, così sembri Gloria Swanson in *Viale del tramonto*» le dico a voce bassa soffocando una risata, «cerca di stare solo zitta quando arriva lei e non sorriderle troppo.»

Sbuffa insofferente incrociando le braccia, come ogni volta che comincia a ritrovare l'energia dopo che l'effetto schiacciante della depressione è uscito silenziosamente di scena. Ed è una fase anche più pericolosa dell'altra, perché diventa improvvisamente impaziente, euforica e piena di entusiasmo, ed è allora che rischia di farsi male con la vita.

I farmaci, quelli li dovrebbe prendere per sempre, non è un segreto per nessuno. È la dose il più difficile enigma. I delicati equilibri chimici sono così unici che non esistono ricette buone per tutti.

«Mamma, prendi il litio, però. Non devi smettere con quello» le dico aprendo il flacone ed estraendo due compresse un po' preoccupata, «queste ti fanno stare tranquilla, lo sai.»

Mi porge la mano obbediente, e ingoia le due pillole mostrandomi la lingua.

Afferro la borsa e mi infilo il cappotto, poi mi avvicino per baciarla.

Mi guarda negli occhi, impaziente. «Fra, mi porti via di qui?» mi chiede in un sussurro.

«Te lo prometto, mamma» le dico prendendole il viso fra le mani. «Un'idea ce la facciamo venire, ma tu devi collaborare. Zia Rita non deve accorgersi di nulla o ti rimanda in clinica, e poi di lì non esci più.»

Annuisce vigorosamente.

Raggiungo la porta e mi volto a guardarla.

«Te lo prometto, ti porto via di qua!»

Torno in ufficio e mi accoglie un'atmosfera che non riesco a decifrare.

Da una parte Bigazzi di umore radioso che mi saluta entusiasta canticchiando, e dall'altra Paola con un diavolo per capello che non mi saluta proprio.

Decido di cominciare da Bigazzi, che mi aspetta seduto alla sua scrivania, sorridente e pacifico come un monaco tibetano.

«Ah, Francesca, la vita mi sorride» mi dice appoggiandosi alla poltrona e allentandosi la cravatta. «Mia moglie è partita per un ashram in India, Calamandrei non mi dà più problemi, il libro è quasi terminato, e in ufficio regna l'armonia. Cosa posso desiderare di più?»

«Sono contenta che vada tutto bene» gli dico sinceramente, chiedendomi di quale ufficio stia parlando o se si sia fatto una canna, «anche se il libro non è ancora...»

«Ferma» mi ordina con il dito alzato, «le proibisco di rovinarmi il buon umore con qualunque notizia negativa!» e mi blocca aprendo un flacone di spirulina e ingurgitandone una manciata.

«Non è negativa, è solo che... siamo ancora un po' indietro, ecco.»

«Ah, ma non mi preoccupo affatto!» risponde con un gesto della mano. «Lei è una in gamba, ce l'ha sempre fatta a finire per tempo, anche con quei libri senza capo né coda che le davo da editare. Questa è la sua grande occasione, Francesca, mi dimostri che ho puntato sul cavallo vincente.»

Sento dei brividi sulla nuca e un'ondata di orgoglio misto a terrore puro che mi invade.

Dobbiamo terminare quel fottuto libro o mi gioco la carriera.

Uscendo vado a cercare Paola, che trovo, al solito, alla fotocopiatrice.

«Non siamo più amiche?» le chiedo.

Fa spallucce. «Ti sei alleata col nemico!» mi risponde continuando con le fotocopie.

«Non mi sono alleata con il nemico» rispondo scoraggiata. «Le dico solo buongiorno!»

Con tempismo perfetto Ilaria viene sorridente verso di me. «Pronta per il caffè al bar?» mi chiede allegra.

Guardo Paola con la faccia di chi è stato colto orribilmente sul fatto. E lei per tutta risposta mi squadra con lo stesso disprezzo di un vegano davanti a una macelleria equina, quindi gira sui tacchi e se ne va a passo di marcia.

«Invitiamo anche lei?» mi chiede Ilaria imbarazzata.

«Meglio di no, non credo che sia una buona idea. Ultimamente è di umore pessimo.»

Scendiamo al bar all'angolo e la barista mi chiede subito dove sia Leonardo.

La rincuoro dicendole che verrà presto e che parla sempre del suo cappuccino di soia e lei, dalla gioia, corre a sgomberarci il tavolo migliore: quello fra la slot machine e il bagno.

«Allora Ilaria, come vanno i preparativi per il matrimonio?» le chiedo addentando un cornetto.

«Oh, Fra, sono così emozionata!» esclama con una voglia incredibile di parlarne con qualcuno. «Alessandro è veramente l'uomo della mia vita. E io ti giuro che non credevo a queste cose: sono secoli che lavoro e basta, l'ultima storia l'ho avuta tre anni fa e sono stata così male che ho deciso di metterci una pietra sopra, sull'amore. Ma bella grossa, anche! Poi quel giorno in ufficio... quando me lo avete presentato... BANG!, e da quel momento ho saputo con certezza che è con lui che voglio vivere per il resto dei miei giorni!»

Vorrei saltare dalla gioia insieme a lei, e dirle che è esattamente così che dovrebbe essere, ma la frase: "sapere con certezza che era lui e solo lui per il resto dei miei giorni" risveglia in me solo un'incredibile malinconia e la sensazione di aver perduto qualcosa di importante, unico, e per giunta irrecuperabile, per il semplice fatto che *quelle* persone che eravamo Edo e io sei anni fa non esistono più.

«Dove vi sposate?» le chiedo.

«All'abbazia di Morimondo.»

«Buffo! Ci si sono sposati i miei» rispondo chiedendomi se sia un posto particolarmente propizio alle relazioni felici.

«Anche i miei!» mi dice con gli occhi a cuore. «E il motivo per cui ti ho invitata qui è che vorrei tanto tu fossi la mia damigella.»

«La tua damigella?» ripeto quasi soffocandomi. «Ma io e te ci conosciamo appena...»

«Lo so, però so anche quanto Alessandro vi voglia bene e sarebbe bellissimo avervi tutte e due all'altare insieme a noi... ma dato che Paola mi detesta, sarà lui a chiederglielo.»

Sono colpita dalla sua delicatezza, è così che dovrebbe essere: uno spontaneo moto di generosità assolutamente disinteressato.

Mi chiedo se io ne ho mai avuti per Edo, e mi chiedo se, fra sei anni, lei sarà ancora così generosa con Alessandro.

Forse sì.

«Sarà un onore, allora, farti da damigella» le dico.

«Ti ringrazio tanto, Fra, ne sarà felicissimo.»

E un po' la invidio.

Un po' vorrei essere al suo posto, e provare quell'amore da romanzo di cui tutti farneticano, quello in cui ti perdi totalmente e assolutamente negli occhi dell'altro, pur rimanendo salda sulle tue gambe, quello che non ti fa mai dubitare di niente, quello che ti fa lanciare dal decimo piano di schiena sapendo che quelle mani ti afferreranno sempre, quello che dopo dieci, venti, trent'anni ti fa dire ancora, guardandolo con orgoglio: "*Quello* è il *mio* uomo!".

Risaliamo in ufficio chiacchierando del più e del meno e

fingo di non notare lo sguardo assassino di Paola, che mi fissa appoggiata alla porta.

La guardo come a intendere: "Dài, ora esageri", ma lei insiste col suo atteggiamento ottuso e oltranzista, così decido di ignorarla.

Calamandrei mi sta aspettando nel mio studio con in mano una copia delle *Correzioni* di Jonathan Franzen.

Anche senza volerlo, riesce sempre a strapparmi un sorriso. E scoppio a ridere così forte che mi viene il singhiozzo.

«Dài, Leonardo, sei ancora offeso perché ti ho dato dell'ignorante?»

Fa spallucce e continua a leggere.

«Ce la fai da solo o hai bisogno di un vocabolario, o magari di un righello per aiutarti a leggere meglio? Oppure preferisci usare il dito?»

«Ti credi molto simpatica, vero?» mi risponde aggrottando la fronte, proseguendo nella lettura.

«A che pagina sei, alla dedica?» lo provoco.

«Vai a correggere la punteggiatura in qualche manuale di giardinaggio, cara!»

«Vado a correggere la *tua* punteggiatura, casomai» rispondo sedendomi al mio posto, «perché, mi dispiace, ma non azzecchi una virgola neanche a pagarti!»

Chiude il libro e sbuffa.

«Leonardo, dobbiamo finire» gli dico con apprensione. «Bigazzi crede che siamo già alla revisione, invece siamo appena a metà romanzo, vuoi dirmi come intendi fare?»

«Ce la faccio, ti ripeto, è davvero questione di poco, qualche nottata e consegno. È solo che ho un dubbio su di lei, su Marina...» mi dice passandosi la mano sulla barba di tre giorni.

«Che dubbio» chiedo paziente.

«Cioè, lei è *veramente* così?» mi domanda seriamente. «Voglio dire, è possibile che non ci sia modo di scioglierla una volta per tutte, ma che torni sempre a essere rigida e sulla difensiva, anche dopo che si è aperta un po'?»

Prendo tempo tirando fuori il computer dalla borsa.

«Le barriere si innalzano per difendersi da un pericolo percepito, solitamente dopo brutte esperienze» spiego. «Il fatto di "aprirsi un po'" non significa abbatterle definitivamente: modificare le abitudini è la cosa più difficile che ci sia!»

«Ma se uno si rende conto di non riuscire a godersi niente, perché non si rilassa e allenta un minimo la presa?»

«È facile dirlo per chi è naturalmente rilassato e a suo agio nel mondo, ma per quelli che si sentono sempre come in un paio di scarpe scomode e devono affrontare strade accidentate non è affatto scontato godersi la vita, senza considerare che nascere ricchi di famiglia aiuta sempre!»

«Potrei citarti decine di rampolli di famiglie ricchissime morti suicidi» puntualizza.

«Non saranno mai tanti quanti quelli nati in famiglie poverissime!» insisto.

«Ma se uno si rende conto di sprecare la sua vita?»

«Chi ti dice che sto sprecando la mia vita?» sbotto. «Faccio quello che so fare meglio e lo faccio al *mio* meglio. Non potrei essere niente e nessun altro, perché a quel punto non sarei più io!» e mi alzo facendo cadere la sedia. «E adesso fammi l'immenso piacere di metterti a scrivere!»

Mi allontano dal mio ufficio col fumo che mi esce dalle orecchie e vedo Alessandro chiacchierare con Ilaria con il sorriso radioso di un ragazzino innamorato.

Reprimo un moto di rabbia e mi sforzo di sorridere e di essere felice per loro, che non si meritano i miei nervi.

Alessandro si scusa con Ilaria e viene verso di me.

«Fra, ho appena chiesto a Paola se vuol fare da damigella a Ilaria, ma mi ha detto di no!»

«E perché?» gli chiedo stupita.

«Perché, parole sue: "Non sopporto né la tua amica, né la tua futura moglie". Potresti fare qualcosa?» mi chiede con il musetto triste.

«Tipo darle una botta in testa e infilarla in un sacco il giorno delle nozze?»

«Sì, qualcosa del genere!»

«Posso provarci, ma non ti prometto niente.»

«Provaci, Fra, non posso sposarmi con voi due che non vi parlate... siete le mie migliori amiche, cazzo!»

«Ale» ribatto, «è Paola che è in modalità "ipotesi di complotto" e non parla più con nessuno, io che posso farci?»

«Convincila! So di poter contare su di te» mi dice mettendomi le mani sulle spalle e guardandomi serio.

Vorrei capire perché tutti contino così tanto su di me.

Forse perché sanno che ho un senso del dovere talmente distorto che non mollo finché non porto a termine quello che mi è stato chiesto.

Bella fregatura!

22

L'amore è solo un'illusione ottica.

Credi di vedere cose.

Bellissime, eccezionali, rare cose.

Aurore boreali, unicorni, arcobaleni.

Ma quando ti avvicini e allunghi la mano, ti accorgi che questa ci passa attraverso.

Senza afferrare niente.

Io lo amavo, Edo. Lo so che lo amavo.

Ma poi, un giorno, qualcosa si è rotto.

E mi ricordo di averne sentito quasi il rumore.

Anche se ho finto indifferenza, se ho finto che tutto fosse come prima, dentro di me quei vetri hanno cominciato a scavarsi un varco.

E a trafiggermi a ogni movimento brusco.

Dicono che quando si chiude una storia, in realtà, questa sia già finita da molto tempo, ma che non vuoi accettarlo perché fa troppo male e continui ad andare avanti fino a che non c'è più niente da salvare.

Fino a quando l'abitudine supera il peso specifico dell'amore e allora ti rendi conto che l'unica cosa che ancora puoi salvare... sei tu.

23

Non ce la faccio più a vivere così.

Penso mentre affronto una delle ricette più insidiose di mia madre: la crema catalana. Semplice ma delicatissima.

Devo affrontarlo, devo obbligarlo ad ascoltarmi, deve capire che non possiamo più andare avanti in questo modo, che questa non è più una relazione, e dobbiamo separarci almeno temporaneamente.

Che abbiamo il diritto di darci un'altra chance, e siamo troppo giovani per seppellirci in un rapporto che si è infilato in un vicolo cieco senza che ce ne accorgessimo.

Edo mi sta logorando.

E questa sua tecnica del tergiversare a oltranza è peggio della tortura della goccia, mi tiene bloccata in un limbo in cui comincio a sentirmi soffocare.

Non c'è niente di peggio di qualcuno che non ti dice cosa prova e nemmeno cosa vuol fare, e si adatta a tutto ciò che decidi e dici. Qualcuno che ti dà sempre ragione a prescindere, perché la sola idea di contraddirti e poi sostenere un'opinione diversa è troppo faticosa.

Che preferisce perderti invece di provare a trattenerti.

Vorrei tanto che potessimo litigare davvero, una volta, di quelle belle e sane litigate in cui ti dici tutto in faccia, anche quello che non pensi, ma fai sentire all'altro quanto ci tieni.

Ma le discussioni che affronto con lui sono soltanto nella mia testa.

Come quella che sto avendo in questo momento, mentre tramite un colino verso la panna liquida, che ho fatto bollire con i semi di vaniglia, nella leggerissima spuma di tuorli e zucchero. Mentre aspetto che lui arrivi.

L'ho chiamato pregandolo di venire qui per sederci, parlare e decidere del nostro futuro.

Verso la crema nelle coppette e le metto a cuocere a bagnomaria in forno a 150 gradi (non di più!), poi mi siedo e aspetto, rileggendo le ultime pagine di Calamandrei.

E non so dove vuole andare a parare.

Questa storia corre talmente parallela alla mia che temo che Calamandrei stia prendendo tempo per poter vedere le mie mosse, perché è talmente pigro che non ha nemmeno voglia di inventarsi un finale.

Edo arriva con il suo sorriso felice e malinconico. «Mi sei mancata, Tuz!» mi dice.

Vorrei dirgli "anche tu", ma non ci riesco. Ho un groviglio di sentimenti così confusi dentro che non sono più in grado di distinguere dove finisce l'affetto e dove inizia la rabbia.

«Edo» comincio senza indugiare oltre, «così non possiamo più continuare» gli sbatto in faccia aspettandomi una risposta decisa o, quantomeno, il prodotto di una qualunque sua riflessione.

Edo abbassa lo sguardo e fa sì con la testa.

E basta.

«È tutto qui quello che hai da dirmi?» ribatto già un po' agitata.

«Lo so. Siamo ai minimi termini, non è che non me ne sia accorto.»

«E...?» lo incalzo.

«E... non lo so» risponde sedendosi e deludendo ogni mia aspettativa.

«Non sai cosa fare?» gli chiedo con tristezza.

«So solo che non voglio che ci lasciamo.»

«Edo, questo non può bastare, lo capisci?» rispondo sedendomi accanto a lui. «Le nostre strade si sono separate da qualche parte tanto tempo fa senza che ce ne accorgessimo, e adesso siamo quasi due estranei che si vogliono un bene dell'anima, ma che non trovano più punti di contatto» dico con rammarico.

«Lo so...» ripete guardandosi le mani.

I nervi mi mordono dentro come piccoli pesci piranha affamati di risposte e quel briciolo di calma che avevo tenuto da parte evapora più in fretta dell'alcol.

«Quindi non hai intenzione di fare niente per provare a cambiare la situazione?» chiedo invano.

«Vorrei» risponde sinceramente, «ma non so cosa fare. Che cosa posso fare?»

«Non sai cosa fare...» ripeto, mentre un vuoto abissale si impossessa di me e sento distintamente il freddo del fallimento penetrarmi nelle ossa. «Tu non mi hai mai amata» scandisco gravemente.

«Non è vero, Fra, io ti amo» mi dice quasi in un lamento.

«No» replico con una fitta al cuore, «tu mi hai voluto bene come un bambino con la madre, per questo non sai cosa fare per recuperare questo rapporto, perché hai dato tutto per scontato, hai creduto che sarei sempre rimasta lì, proprio come fanno le madri qualunque cosa accada, ma io non sono tua madre, io sono...» mi correggo «ero... la tua compagna, e adesso guardami» gli dico aprendo le braccia, «guarda come mi sono ridotta, non so da quanto non mi senta più desiderata, voluta, cercata. Sono diventata un pezzo del mobilio, una *certezza* come questo fottuto divano!» concludo alzandomi e dando un calcio a Ektorp.

«Ma Tuz...»

«Ma Tuz un corno, Edo!» gli urlo esasperata afferrandogli le spalle e scuotendolo nella speranza di sentire un po' di energia in quel corpo, un minimo desiderio di non perdermi.

Ma niente, rimane lì così, un pupazzo inerme, in attesa che *io* gli dica cosa fare.

Come sempre.

Che io gli dica di farmi sentire importante, di farmi sentire amata, di trattenermi.

Questa volta no. E lo fisso con dentro un dolore disperato e sordo che cerca l'uscita, un dolore che di nuovo si prende gioco di me e che sembra dirmi: "Cosa credevi, di essere abbastanza importante per qualcuno?".

È tutta la vita che mi preparo a dire addio.
È tutta la vita che non faccio che dire addio.

«È finita, Edo» pronuncio lapidaria.

E questa frase che si materializza nel silenzio mi riempie di tristezza e solitudine.

Edo non si muove. Non tenta di fermarmi, né di dirmi qualcosa che possa almeno farmi intravedere il barlume di una reazione.

Mi guardo intorno, stordita.

Il nostro salotto, improvvisamente, è un posto che aspetta solo di essere smantellato.

«Suppongo che tornerai da tua madre» gli dico per farmi ancora più male.

Si stringe nelle spalle continuando a guardarmi, impotente e scoraggiato.

In attesa che io cambi idea.

Ma non lo faccio.

Lo guardo uscire di casa più vecchio di dieci anni, voltandosi un'ultima volta come per dirmi: "Ripensaci".

Ma non lo dice.

E l'unica cosa che faccio, appena la porta si chiude, è tirare fuori le coppette di crema catalana dal forno e cominciare a piangere.

Anche mentre ci passo sopra la fiamma ossidrica per caramellare lo zucchero, senza nemmeno averle fatte raffreddare, carbonizzando tutto.

Irrimediabilmente.

La mattina sono impresentabile.

Arrivo al lavoro tardi e non saluto nessuno, ma mi chiudo nel mio ufficio per seppellirmi fra le carte.

Solo Ilaria, intuendo il mio malumore, entra discretamente per portarmi un tè, senza chiedermi nulla.

Sei anni della mia vita che terminano così, a causa dell'inerzia, dell'indifferenza, e della vigliaccheria.

Sei anni sprecati, in cui credevo di aver costruito qualcosa, in cui credevo di essere stata amata, in cui credevo.

E continuo a rivedere l'immagine di Edo che esce dalla mia vita senza nemmeno chiedermi perché, senza nemmeno provarci.

E mi sento insignificante.

Possibile che io non valga mai la pena?

Possibile che non sia stata mai veramente importante per nessuno?

E il pensiero di mia madre respinta da Marcello, che non ha neanche il coraggio di dirglielo in faccia, ma glielo fa comunicare dalla moglie, mi disgusta.

Non avrei mai pensato che i nostri destini fossero così simili.

E la mia rabbia mista a quella di mia madre e di tutte le donne del mondo deluse e ferite mi fa ingaggiare la più agguerrita ricerca dai tempi del KGB.

Marcello, non mi scapperai.

Calamandrei entra senza bussare, ma la mia faccia deve essere talmente eloquente che evita qualunque commento idiota.

Lavoriamo tutto il giorno senza sosta.

E quando arriva l'ora di spegnere il computer, l'idea di tornare a casa, sapendo che adesso è solo casa mia, mi crea un'ansia tremenda.

«Tu stasera ceni con me!» mi ordina Calamandrei. «Non mi fido a lasciarti da sola, non con quelle occhiaie.»

«Non ho voglia» declino, «e poi avrai di meglio da fare.»

«Ho sempre di meglio da fare» mi assicura, «ma stasera farò un sacrificio» dice prendendomi sottobraccio.

Mi sembra di essere in una specie di bolla ovattata. Guardo le strade dal finestrino del taxi e mi sento senza pelle.

Sento che sono di nuovo fuori al freddo fra i lupi, che non ho più un rifugio dove tornare la sera, che mi protegga e mi rassicuri. Se mai l'ho avuto.

Forse era tutto nella mia testa.

Mi sono creata un piccolo castello di carte.

Ma era tutto un inganno.

Ho voluto crederci, ho voluto sperare di essere in salvo. Di aver trovato l'unica persona che ti ama incondizionatamente, la famigerata anima gemella.

E invece no, è stato solo un incontro di solitudini, una specie di tacito accordo fra anime disastrate.

Niente a che védere con l'amore vero.

Questa storia mi ha disidratata.

«Scendi o ti lascio qui?» mi chiede Calamandrei tenendomi aperta la porta del taxi.

Scendo senza nemmeno rendermene conto.

E lo seguo all'interno di una palazzina in Brera.

«Da chi sei invitato?» gli chiedo, per niente in vena di cene ufficiali.

«Siamo a casa mia, sciocca!» mi risponde aprendo.

L'appartamento di Calamandrei non poteva che essere un loft gigantesco in perfetto stile newyorkese, con i mattoni bianchi, un divano infinito, la cucina a vista con elettrodomestici di ultimissima generazione e un maxischermo da far invidia a un cinema multisala.

«Cosa vuoi bere?» mi dice spalancando il frigo a due ante pieno di ogni ben di dio.

«Quello che ti pare» rispondo sedendomi su uno sgabello della cucina.

Prende due birre, le stappa e me ne mette una davanti.

«Che palle quando sei così, Fra.»

«Se questo è il tuo modo per tirarmi su sei piuttosto fuori strada» gli rispondo.

«Morto un papa se ne fa un altro, lo sai come si dice, no?»

Faccio spallucce.

«Siamo stati insieme sei anni, non sei giorni, sai? Durata per te inconcepibile, ma che alcuni esseri umani chiamano "relazione stabile".»

«È proprio questo il vostro problema» sentenzia appoggiando rumorosamente la bottiglia sul tavolo. «St'ossessione per i legami fissi... Come te lo devo ripetere che gli uomini non sono fatti per le relazioni durature? Che è contro natura? Che prima o poi esplodono?»

«Va bene, Calamandrei, tanto per te la vita si riassume tutta in un concetto semplicissimo: scopare o non scopare, giusto?»

«Perché, esiste qualcos'altro?»

Rido. «Dovresti saperlo, visto che nei tuoi libri sei tanto bravo a parlare di emozioni!»

«Ma scrivere di emozioni è facilissimo» mi risponde con logica disarmante, «basta dirvi quello che volete sentirvi dire. Tanto siete tutte uguali, ormoni a caso coi capelli lunghi! Mentre noi continuiamo a voler provare l'emozione della conquista: hai mai visto un pescatore che si ferma dopo aver preso la prima spigola? No, va avanti perché è troppo divertente, e anche troppo facile!»

Sorrido all'acutissima metafora, giocando con il tappo di metallo. «Ma sì, forse hai ragione tu, sai?» riconosco. «Siamo condannate all'infelicità, perché continuiamo a voler credere che il grande amore esista davvero, che ci sia un'altra metà della mela, che arrivi quel qualcuno che ci risarcisca di tutto l'affetto che ci è mancato, colmando quel vuoto una volta per tutte: invece la natura, come tu m'insegni, è cinica e crudele. A lei interessa soltanto che ci riproduciamo, e al diavolo i sentimenti. Dico bene?»

«Non avrei potuto spiegarlo meglio!» mi dice alzando la sua birra.

«E allora c'è veramente qualcosa che non va» proseguo, «perché, se doveva essere così, a che scopo averli, i sentimenti? Tanto valeva continuare a comportarsi da animali e colpirsi con la clava per accoppiarsi in mezzo alla foresta! E allora, scusa, che senso ha avuto l'evoluzione?»

«Ah, Francesca, è sempre stimolante parlare con te» dice togliendosi le scarpe e andandosi a sedere sul divano per giocare con la PlayStation 4. «L'evoluzione e lo sviluppo tecnologico non hanno proprio niente a che vedere con i rapporti umani: noi siamo ancora al Paleolitico, anche se andiamo a vivere su Marte!»

«È così incoraggiante parlare con te, invece...» gli rispondo.

«La vita è semplice, tesoro! E uno non se la deve complicare» taglia corto, ipnotizzato dalla partita ad "Assassin's

Creed", «tanto anche se te la complichi non ci puoi fare niente.»

Decisamente Calamandrei non si è evoluto molto dal Paleolitico, penso guardandolo con un misto di tenerezza e invidia, mentre duella con i cattivi.

Rimango ancora un po' con lui, più per l'angoscia di tornare a casa da sola che per la gioia della sua compagnia, osservandolo dannarsi per passare a un livello successivo, e giuro che vorrei tanto essere al suo posto in questo momento.

Leggero, superficiale, egoista, senza pensieri a parte i bisogni primari e, come se non bastasse, disgustosamente ricco.

Com'è ingiusta la vita.

Prima di andarmene, gli ricordo che al più presto dobbiamo trovare un titolo da sostituire al provvisorio *Il libro segreto di Leonardo Calamandrei*. Lui fa sì con la testa senza riuscire a staccare gli occhi dallo schermo, e me lo immagino vestito con una pelle di capretto mentre picchia insieme due pietre per accendersi il fuoco, schiacciandosi le dita.

Torno a casa, e aprire la porta e non trovare definitivamente nessuno mi fa ricordare che questa, d'ora in poi, sarà la mia consuetudine.

Preparo una tisana e me la bevo a letto, sperando di riuscire a prendere sonno e di placare il freddo e i nervi. Ma so che non servirà a niente.

24

«Lei!» esclama Calamandrei spalancando la porta del mio ufficio.

«Prego?» gli domando confusa.

«Si intitolerà *Lei*.»

«Oh!» commento, riflettendo su tanta originalità. «Potrebbe andare, aspetta che lo dica a Bigazzi... sai, lui vuole sempre l'ultima parola» rispondo, alzando la cornetta.

«Non hai capito, non te lo sto chiedendo, te lo sto *dicendo*: *Lei* sarà il titolo del mio libro!» replica, già acido.

«Okay, allora non discuto oltre» confermo riattaccando, «e *Lei* sia! Ci hai pensato stanotte?»

«Sì, mi è venuto in mente appena sei uscita di casa.»

«Sono contenta di averti ispirato» rispondo mettendogli davanti il blocco con gli appunti per invitarlo a buttare giù il prossimo capitolo.

«Come stai oggi?» si informa in un riflesso involontario d'altruismo, ignorando volutamente il gesto con cui lo richiamavo all'ordine.

«Come ieri, più o meno.»

«Ti manca molto?» mi chiede apparentemente interessato.

Ci penso un attimo. «Mi manca perché so che non lo rivedrò a casa, e mi manca perché so che non mi chiamerà più tutti i giorni alle due e un quarto...», faccio una pausa. «Ma questo non è il vero motivo» gli dico guardandolo negli occhi, «se devo dirti la verità, e non so perché te la voglio dire, è che sono arrabbiata da morire. Sono incazzata come una iena, sono verde di rabbia...» dico in un tono distorto che non mi appartiene. Calamandrei indietreggia impercettibilmente col busto come fiutando la minaccia, da buon cavernicolo. «... Odio il fatto che se ne sia andato così, senza una benché minima reazione, accettando di buon grado che io decidessi la fine della nostra storia, senza una parola! Hai idea di cosa significhi essere totalmente invisibili? Non essere mai speciali per qualcuno?» mi infervoro. «No, non lo sai perché tu sei nato "speciale"», mimo con le dita, «scommetto che i tuoi hanno comprato il paginone centrale del "Corriere della Sera" per annunciare la tua nascita e cosparso i tappeti di casa di petali di rosa per non nuocere ai tuoi preziosi piedini, mentre il Centro Aerospaziale chiamava una stella cometa col tuo nome! Ma, cazzo, io no! Io non lo so cosa significhi essere speciali, essere la stella cometa per qualcuno, io non lo so e non lo saprò mai!» grido cercando di trattenere le lacrime. «... Però con Edo ho creduto di valere la pena, di aver fatto qualcosa di buono, di meritare un'attenzione in più, di non essere così scialba e banale come mi ripeti tu di continuo. Credevo di esistere, ecco!» E scoppio in singhiozzi.

E Calamandrei fa qualcosa di insolito nel suo genere: fa il giro della scrivania e viene ad abbracciarmi.

Mi abbraccia stretta, non come il bambinetto insopportabile che giocava alla Play ieri sera, ma come un uomo, un uomo solido che comprende e accoglie la mia tristezza.

«Non piangere, piccola. Non piangere, va tutto bene» mi sussurra carezzandomi i capelli, «passerà, credimi che passerà, ogni giorno sarà un giorno diverso.»

Mi lascio stringere perché ne ho bisogno come l'acqua nel deserto, ed è una di quelle scene che succedono solo nei film, che mentre li guardi dici: "È solo un film!", ma invece lui lo fa davvero, e lo fa in quel momento preciso, intuendo che ho bisogno di sentirmi protetta.

Anche solo con un semplice abbraccio.

«Ma se non ti sei mai innamorato in vita tua» mugugno.

«E tu cosa ne sai?» mi chiede continuando a tenermi fra le braccia.

«Me l'hai detto tu» gli ricordo asciugandomi gli occhi.

Tace per un secondo, poi mi guarda. «Si chiamava Valeria. Mi ha spezzato il cuore.»

«Vuoi dire che il grande Calamandrei ha sofferto per un amore finito?» gli domando cercando un fazzoletto.

Fa sì con la testa.

«E cos'è successo, se posso chiedere?», mi soffio il naso.

«Si è messa col mio migliore amico. Un classico. Ma sono stato *malissimo*.»

«Mi dispiace» rispondo sincera, «ma ti confesso che questo ti rende più simpatico ai miei occhi... almeno capisci cosa si prova!»

«Lo capisco, eccome» sottolinea, «per questo rifuggo ogni possibile relazione. Non ne vale la pena, tanto prima o poi finiscono tutte, lasciandosi dietro solo dolore, amarezza e brutti ricordi. Quindi, che senso ha? È solo una perdita di tempo!»

«Se tutti la pensassero come te la vita sarebbe un continuo *speed date*, non ti pare? Invece la vera vittoria è poter affidare il proprio cuore a qualcuno, sapere di poterci contare sempre, e di poter essere se stessi in tutto e per tutto.»

«Io sono sempre me stesso!» ribatte strizzando gli occhi.

«Oh! Tu credi di esserlo, in realtà solo con chi amiamo lasciamo cadere ogni difesa. È quello il vero rischio, è quello il gioco d'azzardo più pericoloso.»

«Che dovrebbero vietare...» conclude.

«E quindi?» insisto, incuriosita. «Dopo Valeria, per vendicarti, hai deciso che avresti trattato tutte le donne come fazzolettini usati?» dico mostrandogli il mio.

«Io non tratto nessuno come un fazzoletto usato. Sono tutte adulte e consenzienti» si difende, «ma di certo ho fatto in modo di non innamorarmi mai più.»

«Ma non è qualcosa che si decide a priori» obietto, «l'amore *succede*, non puoi evitarlo. È come l'influenza, anche se ti vaccini e ti imbottisci di Multicentrum, puoi sempre beccarla.»

«Non io» mi risponde sicuro, «non io, credimi!»

«Un po' ti invidio» confesso sospirando, «riuscire a fare a

meno dell'amore altrui è un gran vantaggio. Io invece, stupidamente, l'ho sempre cercato, ma non ho ottenuto molto.»

Mi guarda con un sorriso intenerito: «Cambierà tutto quando smetterai di cercare».

«Oh, Calamandrei» lo imploro divertita, «risparmiami le frasi dei tuoi libri, adesso!»

«Non è mia» mette le mani avanti, «però suona bene! Dài, vieni qui» e mi abbraccia di nuovo.

«Ehi, adesso basta», rido sfilandomi dalla sua stretta, «non ci prendere l'abitudine!»

«Sei la mia editor e posso fare quello che voglio!» dice e non so quanto stia scherzando.

«Peccato che tu riesca a perdere punti così rapidamente ogni volta.»

«È che non voglio che t'innamori di me, perché poi cominceresti a tempestarmi di telefonate e messaggini, ad appostarti sotto casa mia e poi a chiedermi perché ho tolto l'ultimo accesso di WhatsApp, e alla fine dovrei ucciderti!», ride.

«Solo le pazze si innamorano di te» lo informo. «Sei pericoloso come un torrone per un portatore di dentiera: sei irresistibile, ma fai disastri, e qualunque donna con un briciolo di buon senso sa che è bene starti alla larga.»

«Allora nessuna donna ha buon senso!»

«Calamandrei, esci da questo corpo: con me non attacca!»

Si passa le mani fra i capelli. «Lo sai perché mi piaci, Francesca? Perché qualunque cosa faccia, non ti piaccio proprio. E questo ti rende veramente fuori dal comune!»

Lo guardo colpita, poi mi avvicino alla sua faccia e gli sussurro: «Leonardo, posso farti una domanda?».

«Prego» risponde intimidito.

«Perché hai tolto l'ultimo accesso di WhatsApp?»

In pausa pranzo mi siedo su una panchina a mangiare un triste tramezzino al tonno.

E alle due e un quarto mi ritrovo a fissare il cellulare che non squilla.

È tanto difficile per gli uomini capire che quando diciamo una cosa intendiamo tutto il contrario?

Che la maggior parte delle volte speriamo che ci leggano nel pensiero per non dover spiegare le stesse cose ancora e ancora?

Che forse desideriamo davvero che prendano la clava e ci colpiscano in testa per dimostrarci il loro interesse, purché facciano qualcosa, perché l'amore tiepido fa più male dell'indifferenza?

Finisco il panino sotto un cielo più grigio e pesante del solito – o forse è solo la mia impressione.

E ho voglia di sentire mia madre.

La chiamo e sento zia Rita dire: «Molla la cornetta, Fiorella!».

«Che succede, zia?» chiedo preoccupata.

«Tua madre fa il diavolo a quattro, ora mi sono proprio stufata!»

«Dai qua» sento mia madre perentoria, «amore della mamma! Quand'è che mi porti via da qui? Io, tua zia, non la sopporto più! La adoro, eh? Ci mancherebbe, però adesso basta!»

«Mamma, fosse per me ti verrei a prendere anche subito, ma è la zia la secondina, e quella, lo sai, è capace di denunciarmi per rapimento. Stai tranquilla e lasciami parlare con lei e col dottore, e una soluzione la troviamo.»

«Fra, fai presto però, che io un giorno o l'altro la strangolo e lo sai che ne sono capace!»

«Sì, mamma» rispondo deglutendo. E mi chiedo perché lei vada sedata per il suo eccesso di entusiasmo e Edo invece vada scrollato perché abbia un briciolo di iniziativa.

Ma temo che sia proprio questa la ragione che mi ha attratta in lui, perché i continui e imprevedibili sbalzi d'umore di mia madre mi hanno fiaccata al punto da farmi scegliere un uomo calmo e tranquillo, da cui non aspettarmi brutte sorprese né fughe né pianti né feste improvvisate il mercoledì sera per scacciare la malinconia.

Ci difendiamo tutti come possiamo.

E raramente nella maniera giusta.

Mi chiudo il cappotto e mi preparo a risalire in ufficio, quando mi sento chiamare a gran voce.

Mi volto e vedo Ilaria che mi corre incontro con fastidioso entusiasmo.

«Sei pronta?» mi dice col fiatone e i pomelli arrossati.

«Pronta a fare cosa?»

«La prova degli abiti...» mi dice con un'ombra di disappunto sul viso «è oggi...»

«Oddio» rispondo picchiandomi il palmo della mano sulla fronte, «mi è completamente passato di mente, io... scusami.»

«Non fa niente, so che non è un bel periodo per te, perciò se non te la senti non importa...»

No! Non un'altra oncia di senso di colpa in più, non ce la posso fare.

«Certo che me la sento» esclamo cercando di mostrarmi esaltata, «andiamo, su!»

«C'è un problema però...» mi frena. «Paola non era in ufficio.»

Sospiro al cielo pensando che l'abbia fatto apposta.

«Non ti preoccupare» la rassicuro, «abbiamo quasi la stessa taglia, lo provo io per lei e, se non le sta bene, spille da balia!»

Mi sorride leggermente sollevata e le chiedo solo di darmi il tempo necessario per chiamare Calamandrei e avvertirlo che starò fuori un paio d'ore.

«Voglio venirci anch'io, a vedere la prova» si intromette subito.

«No, tu resti a lavorare!» gli ordino.

«Scherzi? Questo è il genere di cose che mi risolve una giornata: femmine nel loro habitat naturale, non me lo perdo per niente al mondo, meglio della finale dei Mondiali!»

«Calamandrei, miseriaccia, ma non riesci mai a essere serio per sette minuti consecutivi? Non puoi permetterti di perdere tempo e Dio sa che neanch'io potrei, possibile che per te sia tutto un gioco?»

Scoppia a ridere. «Fra, dovresti sentirti quando parli, sei veramente una palla. Ci credo che nessuno ti scopa, lo faresti venire moscio anche a Rocco Siffredi. Dammi l'indirizzo che vi raggiungo lì.»

Urlo di rabbia e riattacco, come sempre.

Salgo in macchina con Ilaria e ci dirigiamo in una piccola boutique in zona Lorenteggio, dove due minuscole sarte centenarie fanno abiti su misura di ogni colore e foggia.

Non mi sento propriamente a mio agio, ma la sua allegria prematrimoniale è talmente contagiosa che non posso fare a meno di essere sinceramente felice per lei e sinceramente disperata per me.

Il mio abito da damigella è color champagne, con le spalline sottili, molto semplice e lineare, e il suo vestito da sposa è il classico modello Barbie Principessa delle Meringhe: bustino tempestato di perline di tre colori, con un complicato intreccio di nastri tipo ballerina di can can e una pomposa gonna di tulle con un fiocco dietro.

Mi dovrebbero ipnotizzare per farmene indossare uno.

«Che ne pensi?» mi chiede elettrizzata, girando su se stessa, mentre una delle due sarte appunta qualche spilla sul bordo della gonna. «L'ho disegnato io!»

«Sei bellissima!» dico, come è giusto che sia.

«Non mi ingrassa secondo te?» mi chiede un po' dubbiosa, lisciandosi i fianchi.

«Ma no, che dici? Stai benissimo, vero?» chiedo alla sarta per conferma.

«Certo, e vedrà con il velo!»

Già, ci manca solo il velo...

Calamandrei mi riporta alla realtà piombando nel negozio come un ciclone e facendo tintinnare il campanello appeso sopra la porta.

«Oh, che spettacolo sei» dice sollevando Ilaria e facendola volteggiare, «quasi quasi ti sposo io!»

«Leo, che sorpresa!» risponde lei, tutta emozionata.

«Sei un sogno» continua, e mi chiedo se sia sincero o se stia segretamente scrivendo *Le 100 cose che le donne vogliono sentirsi dire*, che sarebbe il vero bestseller dell'anno.

Poi viene da me. «Anche tu non sei male» mi dice osservandomi da capo a piedi. «Sto colore ti uccide, ma almeno si vede come sei fatta!»

«Grazie» gli rispondo, «sempre troppo buono con me.»

Ci sediamo su un divanetto, mentre le due sarte circondano Ilaria per apportare le modifiche all'abito, continuando a battibeccare fra di loro.

«Allora» mi dice, «non ti fa venire voglia?»

Faccio una smorfia. «No. Credimi, se l'avessi voluto l'avrei fatto anni fa.»

Mi studia un attimo, poi sentenzia: «Non mi freghi. Tutte volete sposarvi».

«Eh no, guarda, mi dispiace tanto di scombinare le tue teorie, ma ci sono un sacco di donne che, come me, non hanno proprio voglia di sposarsi.»

«Perché non hai trovato ancora quello giusto!»

«L'avevo trovato, e mi aveva anche chiesto di sposarlo, ma come vedi, alla fine, si è rotto qualcosa. Alla fine tutto si consuma» dico guardandomi le mani.

Mi dà un leggero colpetto con la spalla: «Sei triste?».

Faccio sì con la testa.

«Ti passerà!» mi risponde con la sua logica basica.

«Certo, passa tutto prima o poi» rispondo con una malinconia sorda che mi punge dentro, «e nell'attesa che passi, che le ferite si rimarginino, e che tu, con fatica, rialzi la testa, passa anche la vita.»

«Che palle, Fraaa» risponde muovendo le mani in gesti plateali, «come sei negativa!»

«Non sono negativa, sono semplicemente e *comprensibilmente* giù di morale, solo che tu non ci arrivi, perché non hai un briciolo di sensibilità.»

«Scusate» ci interrompe Ilaria veramente seccata, «potete dedicarmi cinque minuti del vostro preziosissimo tempo?»

«Certo, scusa!» rispondiamo in coro.

«Fai un giro su te stessa!» le dice Calamandrei muovendo il dito in circolo, forte della sua consumata esperienza di stilista di *show room*. La osserva concentrato e poi, rivolto alle sarte, decreta: «Il décolleté del bustino deve essere più profondo».

«Lo credo anch'io» mi associo, «altrimenti sembra che le manchi il collo!»

Si voltano tutti verso di me.

«Non è questo che volevo dire!!! Giuro, io... no, cioè...»

Calamandrei mi fulmina e Ilaria ha già le lacrime agli occhi.

«Intendeva» cerca di riparare «che una scollatura più profonda ti slancerebbe e renderebbe più sexy, vero?»

«Assolutamente!» confermo disperata. «Molto più sexy.»

La sarta viene a sistemarle le spille per tracciare il nuovo margine dello scollo, mormorando con la fronte aggrottata: «Le si vedrà tutto!».

«Meglio» fa Calamandrei, «sarà felice lo sposo!»

Ilaria riacquista un attimo di serenità e io decido di non fiatare fino al termine della prova. Chiamo solo Paola un paio di volte, che però non mi risponde, così tento di spiegare alle sarte quali modifiche ci vorranno per lei, nonostante i loro grugniti di disapprovazione.

Più tardi Ilaria mi riaccompagna in ufficio in macchina, in un silenzio di tomba.

«Senti, mi dispiace per l'uscita infelice di prima... non volevo davvero intendere quello!»

«Ma no, non ti preoccupare» mi risponde, «anche mia mamma me l'ha sempre detto che ho il collo corto!»

Mi sento morire. «Se non mi vuoi più come damigella, guarda che capisco!»

«Ma no, ti pare? Per così poco!» mi tranquillizza. «Sarà tutto perfetto e andrà tutto bene» aggiunge.

Guardo fuori e spero davvero che abbia ragione.

Tornate in ufficio, trovo Paola nel suo solito angolo a sistemare fogli.

«Ma perché non sei venuta alla prova, si può sapere?» le invesco contro. «Credi che a me piaccia l'idea di fare la damigella? In questo momento, poi? Proprio per niente! Ma lei ci tiene e Ale pure, e tu potevi quantomeno...»

«Un anno e due mesi» mi interrompe, gelida.

«Come, scusa?»

«Gli hanno dato un anno e due mesi... al Demente!»

«E come lo sai?»

«Perché ero in tribunale, per la sentenza, mentre tu ti provavi il vestito da damigella.»

«E non me lo potevi dire?» sbotto, incredula. «Devi sempre fare tutto di nascosto, cazzo!»

«Tu sei sempre con Ilaria, non volevo disturbarvi» risponde senza guardarmi.

«Sei completamente scema, Paola, ma completamente! Se dovevamo fare le prove degli abiti è ovvio che fossi con lei, ti pare?»

Tace e fa spallucce nel suo maglione enorme.

«Paola, guardami per favore» la prego togliendole le fotocopie di mano, «parlami, dài, raccontami com'è andata.» Continua a non dirmi niente. «Sul serio, come stai?» insisto.

«Un po' sollevata, un po' incazzata, ma tutto sommato bene» risponde finalmente.

«Hai avuto modo di parlarci? Insomma, tramite il tuo avvocato...»

«Sì. Si è scusato. Si è pentito. Mi pare abbia capito, insomma, e penso che non avrò più sue notizie. Però è così triste pensare che era l'uomo che amavo e adesso è dietro le sbarre perché per un pelo non mi ammazza.»

Annuisco. «Lo so, stella» le dico abbracciandola, «l'amore non è mai come uno crede, alla fine...»

«Che palle!» risponde asciugandosi una lacrima.

«Mi dispiace non esserci stata oggi. Davvero.»

«Lo so, sarà per la prossima volta» dice con un mezzo sorriso.

«Speriamo di no!», incrocio le dita.

«Oppure per il prossimo matrimonio di Ilaria» aggiunge.

«Sarà difficile che mi faccia fare di nuovo la damigella» le dico. «Le ho detto che ha il collo corto, e adesso mi odia.»

«Davvero gliel'hai detto?»

«Ero sovrappensiero...»

«È vero che ha il collo corto!»

«Sì, infatti!»

Ci guardiamo e cominciamo sghignazzare e in due secondi stiamo ridendo a cascata senza riuscire più a fermarci.

«Oddio, mi fa male la pancia!»

«A me le mascelle! Non ce la faccio più, smetti, ti prego!» continua picchiando la mano sul tavolo.

«Smetti tu, mi scappa la pipì!» dico tenendomi le mani sulla pancia per paura di farmela sotto.

Ilaria ci passa davanti e si ferma a guardarci ridere come idiote.

Smettiamo di botto tentando di ricomporci, ma la sua faccia interrogativa ci fa esplodere di nuovo e, più ci guarda, più ridiamo con le lacrime che scendono giù.

«Ma che avete?» ci chiede senza capire.

«Niente, niente» rispondiamo piegate in due, «tutto bene!»

Scuote la testa e si allontana lasciandoci lì, a continuare a ridere e a darci pacche sulle spalle perché una delle due smetta.

«È finita, ci odia» dice Paola.

«Sei contenta adesso?» le chiedo asciugandomi le lacrime.

«Adesso sì!»

La mattina dopo sono in piedi fuori dal cancello di una villetta fuori Milano e sto per premere un campanello con scritto "Costantini".

Ho il cuore in gola e non ho idea di quello che dirò.

Mi faccio coraggio e suono.

Un cane corre al cancello e comincia ad abbaiare. Speravo in qualcosa di più discreto.

Dopo alcuni minuti mi apre una donna dell'età di mia madre, presumibilmente la moglie.

Non so perché, ma immaginavo che avrebbe aperto lui... in effetti, però, perché avrebbe dovuto?

«Buongiorno signora, suo marito è in casa?» chiedo, sperando che nel frattempo mi venga in mente una buona scusa.

La donna mi guarda con sospetto e il cane comincia ad abbaiare ancora più forte, ringhiando e mostrandomi i denti.

Esattamente il tipo di accoglienza che mi aspettavo.

«No, mio marito non c'è» risponde brusca. «Lei chi è?»

Ecco fatto...

«Io sono una... sto facendo un sondaggio sulla... qualità dell'acqua...» improvviso tirando fuori l'agenda dalla borsa.

«Chi è?» dice una voce maschile alle sue spalle.

«Nessuno!» risponde lei dando una rapida occhiata dietro di sé. «Nessuno, hanno sbagliato.»

«Ah, il signor Marcello è in casa allora!» esulto infilando incautamente una mano attraverso il cancello, che per poco il cane non mi stacca con un morso.

«Mio marito non vuole essere disturbato, vada via ora!»

«Magari ripasso un'altra volta» insisto con la faccia più mite che ho.

«No no, se ne vada e non torni» risponde, rientrando in casa e sbattendo la porta.

Okay. Almeno so che il farabutto c'è.

Devo solo trovare il modo di stanarlo.

Ma come?

Mi allontano fingendo di suonare a un'altra casa, e faccio il giro della villetta.

E aspetto.

La moglie prima o poi dovrà uscire, spero.

Aspetto mezz'ora lavorando alla revisione dei primi capitoli del romanzo di Calamandrei seduta sul marciapiede, finché la sento salutare e uscire.

Mi alzo veloce e mi volto di spalle, poi sento una macchina mettersi in moto e poco dopo la vedo passare.

Perfetto, è il momento di entrare in azione.

Mi sembra di dover liberare un ostaggio in mano ai rapitori.

Non ho mai avuto tanta paura in vita mia dal giorno in cui a scuola rimasi chiusa nel bagno fino all'ora di cena, quando finalmente i miei si accorsero che non ero tornata.

Ho una paura fottuta di quello che succederà, ma, caro Marcello, se pensi di poter spezzare il cuore di mia madre e passarla liscia, be', ti sbagli di grosso.

Mai mettersi contro generazioni di donne deluse.

Suono con le mani che mi tremano e lo stomaco attorcigliato.

Ma di nuovo non succede niente.

Il cane è dentro e lo sento agitarsi e grattare alla porta.

Poi finalmente una voce gli ordina di stare a cuccia.

«Chi è?» dice la voce in maniera più minacciosa di quella della moglie.

«Signor Marcello» attacco un po' titubante, «scusi se la disturbo ancora, ma vorrei parlarle solo un minuto.»

«Chi è, cosa vuole?» continua burbero.

Guardo al cielo e respiro forte. «Volevo parlarle di una persona, una persona importante per me... e... anche per lei, credo, o almeno un tempo lo era...» Silenzio dall'altra parte. «Una persona che non ha mai smesso di pensare a lei, che l'amava moltissimo, che la considerava la cosa più importante... la sua metà.» E qui comincia a salirmi la rabbia. «... Una persona alla quale aveva promesso amore eterno e un futuro insieme, e a cui regalava libri avvolti nella carta azzurra e a cui aveva promesso di lasciare sua moglie per vivere per sempre felici e contenti, e invece...», mi si spezza la voce, «e invece l'ha scaricata come un peso inutile, brutto cazzone!» urlo. «E lei è andata in depressione e da allora ha fatto dentro e fuori dalle cliniche per colpa sua! E se non si sente nemmeno un po' in colpa per tutto questo, be', allora sa che le dico? Che quelli come lei sono un pericolo pubblico e che mia madre si meritava di meglio! Va bene, Marcello, ha vinto lei» concludo con un nodo in gola. «Le lascio il mio numero in una busta dentro la cassetta delle lettere, nel caso la coscienza le rimordesse. E le auguro una buona vita, anche se da quello che ho visto non mi sembra che le sia andata meglio che a mia madre. Addio!» grido alla porta e scappo via.

Non sento Edo da giorni.

Non mi chiama e non lo chiamo, e mi chiedo se lo facciamo perché stiamo cercando di attenerci a una parola data o perché non sappiamo come comportarci.

Mi manca molto, ma è una mancanza che non riesco a definire; è più un vuoto generale, senza contorni, vago, colmo di rabbia. Misto alla voglia di raccontargli quello che mi sta accadendo, di mia madre, di Marcello, del lavoro.

Lui era il mio migliore amico e gli dicevo tutto, e ora, tutto continua ad accadere, ma non ho più Edoardo a cui raccontarlo e, se non hai nessuno a cui raccontare la tua vita, qualcuno che sta lì per documentarla, allora è come non vivere davvero.

La sua roba è ancora a casa e non so quando abbia intenzione di portarla via.

Anche se in fondo spero che non la porti via mai, perché mi conforta avere l'ombra della sua presenza ancora con me. I suoi libri sulle mensole, i suoi vestiti nell'armadio, la sua bicicletta sgonfia.

Mi chiedo se sono pronta a ricominciare tutto da capo.

O forse sarebbe meglio dire a ricominciare da qualcosa, perché da capo non si comincia mai veramente, si riparte da un punto del percorso. Un po' più consapevoli, un po' più saggi, un po' più disincantati.

Ero comoda con lui, al sicuro, protetta dal mondo e dalla sua follia, nella nostra immobile ma rassicurante routine.

Ma non stavo vivendo.

Adesso però mi chiedo se vivere sia stare in ansia l'85 per cento della giornata, come se dovesse entrare un orso bianco da quella porta, perché è così che mi sento ora.

In uno stato di allerta costante.

Sospiro mentre la pioggia battente allaga le strade di Milano e rileggo le ultime pagine di Calamandrei.

E neanche questo mi rende tranquilla.

È come se la storia si avvitasse in una spirale, un racconto claustrofobico che non vuole svoltare, troppo sottile per uno come lui. Troppi sottotesti e uscite filosofiche.

Si è messo a scandagliare la psiche femminile come se ne sapesse veramente qualcosa, e il risultato spesso è confuso, contraddittorio, e anche un po' goffo, ma come glielo dico senza che si offenda a morte e non scriva più una riga?

Bussano alla porta del mio ufficio e vedo entrare Alessandro.

«Ehi, futuro sposo!» cinguetto battendo le mani, felice di vedere una faccia diversa.

Si morde il pugno come per evitare di dire qualcosa di più.

«Che ho fatto?» gli chiedo sentendomi già in colpa.

«Cosa *avete* fatto!» risponde entrando, seguito da Paola.

«Il principe azzurro è incazzato perché siamo state stronze con la sua bella» dice Paola sedendosi sul mio tavolo, «ed è venuto a difenderla! Che pena!» sentenzia.

«Non siamo state stronze» mi lamento.

«Soprattutto tu» mi accusa lui. «Ma proprio che ha il collo corto, dovevi dirle? Ha pianto tutta la sera!»

«Credimi, mi dispiace» gli dico. «Farei qualunque cosa per rimediare, ma mi è uscita così, senza cattiveria. E poi, scusa, quante volte mi avete ripetuto che sono rigida e maestrina e sciatta e non so cos'altro? Avrei dovuto togliervi il saluto da anni!»

«È diverso, Fra, quella era una cosa che le ripeteva sempre sua madre, e l'ha colpita a morte!»

«Sarebbe ora di superare i traumi infantili, forse...» commenta Paola.

«È arrivata Anna Freud!» risponde Alessandro, sarcastico. «Vi costa tanto non essere stronze con lei?»

«Ma non siamo stronze» mi difendo di nuovo con voce stridula.

Ci guarda con i pugni sui fianchi, come se avesse voglia di sculacciarci. «Come se non vi conoscessi quando siete insieme!»

«Ale, sei diventato pallosissimo!» dice Paola. «Ti preferivo scopatore seriale e cinico, com'eri prima di diventare "Su, fate le brave con la mia fidanzata"!»

Alessandro prende un grosso respiro. «Lo capirete quando troverete la vostra anima gemella.»

«AAAARGH!» grida Paola tappandosi le orecchie. «Questa era peggio delle unghie sulla lavagna! Cos'altro hai in serbo, "Quando incontri l'amore te ne accorgi subito"? Presto, datemi il cestino che devo vomitare!»

«Ale, obiettivamente... eri più simpatico prima!»

«È che siete in un'*impasse*, voi due» risponde con aria di superiorità. «Non state andando avanti, e si vede!»

«Che intendi per "impasse"?» chiedo, interessata.

«Che le vostre vite sono bloccate, che non progredite.»

«Perfetto, ci mancava Tony Robbins!» fa Paola.

«No, Deepak Chopra!» aggiungo io.

«Vedete che siete stronze?» insiste. «E anche un po' rosicone, aggiungerei!»

«Rosicone???» ripete Paola con gli occhi fuori dalle orbite. «Saremmo invidiose perché ti sposi? Mi sa che ci sottovaluti! Noi donne ci realizziamo diversamente, sai?»

«Sì sì, come no...», ride. «Infatti voi due siete ridotte così perché il vostro lavoro vi soddisfa troppo, certo...»

«Tienilo fermo che lo prendo a calci!» dico a Paola.

Alessandro scoppia a ridere: «Lo vedete? Voi senza un uomo al fianco siete isteriche. Credetemi, lo so bene!».

«No!» mi dispero. «Un altro seguace delle *100 banalità* di Calamandrei!»

Alessandro ci osserva ancora con quel suo sguardo superiore, che arriva dritto dritto dal pianeta Felicità, dove io credo di non essere mai stata neanche per sbaglio e nemmeno in sogno, e per questo, d'accordo, lo ammetto, rosico!

«Lo fate un favore al vostro vecchio amico?» ci chiede sornione.

«Cosa» fa Paola.

«Un addio al nubilato come si deve per Ilaria!»

«Organizzato da noi?» domando.

Annuisce.

Io e Paola ci guardiamo interdette, senza sapere cosa rispondere.

«Ehm... sì... cioè... si può fare, credo... insomma... sì» balbetto.

«Sì, boh, non so, però... forse, ecco, perché sei tu... palle» farfuglia Paola.

«Sapevo che avrei potuto contare sulle mie migliori amiche!» esclama venendoci ad abbracciare.

Io e Paola ci guardiamo ammutolite.

Ma possibile che Ilaria non abbia le sue, di migliori amiche, per organizzarle la festa?!

Un addio al nubilato era veramente l'ultima cosa di cui avevo bisogno.

Due giorni dopo ci troviamo a casa di Paola a gonfiare palloncini rosa con scritto sopra "Ilaria".

«Non capisco perché proprio da me!» si lagna.

«Perché a casa mia non era il caso, e le cene le abbiamo sempre fatte qui. Non vedo perché dovremmo cambiare adesso.»

«Perché lo sai che lei non mi è simpatica e questa cosa mi sa proprio di punizione... Ti ricordi quando da bambine ci dicevano di non litigare e di fare la pace? Perché devo fare la pace con una stronza, se non la sopporto?»

«Non è una stronza, te lo ripeto!» le dico legando il palloncino al grappolo insieme agli altri. «È che a te non va giù che si sia portata via Alessandro», e aggiungo: «... e poi si sia portata via il tuo lavoro...»

«E ti pare poco per odiare una?»

«Fammici pensare...» rifletto «no, direi che peggio di così non potrebbe essere. Però ha il collo corto, tu invece no!» cerco di sdrammatizzare.

«Bella consolazione, quella ha la vita che vorrei io!» sbotta accendendosi una sigaretta.

«Anch'io» rispondo malinconica sedendomi sul bracciolo del divano. «Ha una grazia e un magnetismo che attraggono automaticamente gli altri, a me invece il più delle volte sembra di avere intorno il filo spinato con l'alta tensione. Come ti spieghi che alcuni abbiano questa facilità a gestire la propria vita come dei giocolieri, e riescano a intendersi con chiunque e a ottenere sempre quello che vogliono senza fatica?»

«Lo stai chiedendo alla persona sbagliata, lo sai, vero?»

«Sì, lo so, ma questo perché devi sempre aprire la bocca e dire quello che pensi, che è una cosa degna solo di mia madre (per ovvie ragioni) e della madre di Edoardo (per ragioni che ignoro), quindi potresti anche evitare, tu che sei più o meno normale.»

«Mi stai dicendo che mi comporto da pazza?»

«No, ma se vuoi ottenere qualcosa devi essere un tantino più...»

«Ilaria?»

«Esatto!» concludo andando al frigo per tirare fuori burro e salmone.

«Quindi concordi con me nel dire che Ilaria è una grandissima leccaculo!»

«Non è una leccaculo, direi più prosaicamente che è molto *diplomatica*.»

«È uguale» conclude.

«Come vuoi, ma se ti comportassi un po' più come lei avresti vita molto più facile là dentro.»

Spegne la sigaretta sotto il rubinetto del lavandino e poi si asciuga le mani sui jeans.

«Hai mai pensato di fare altro, oltre a quello che fai?» mi chiede versando le patatine nelle ciotole.

«Non credo di saper fare altro» rispondo sinceramente.

«Oh, andiamo, i dolci li sai fare!»

«Non a detta di mia madre, è lei la vera esperta. E poi i dolci li odio!»

«Però se tutto va a puttane una pasticceria la puoi sempre aprire.»

«Con le pasticcerie abbiamo già dato» ricordo, «l'unica cosa che voglio adesso è quella dannata promozione!»

Continuiamo a preparare i vassoi in silenzio, ognuna assorta nelle sue preoccupazioni e domande senza risposta. Finché il campanello ci riporta alla realtà.

Beatrice, Annamaria e Silvia entrano con le braccia cariche di pacchetti e bottiglie, seguite dalle altre colleghe e da due amiche di Ilaria che non conosco.

Corro subito ad aprire le bottiglie e a distribuire i bicchieri per evitare che la sobrietà ci si ritorca contro in uno spazio così ristretto, e ci troviamo in piedi in cucina a parlare del più e del meno aspettando la festeggiata. Che, fortunatamente, non tarda ad arrivare, offrendoci un argomento di conversazione comune e inoffensivo.

Do un'occhiata a Paola per invitarla, quantomeno, ad accogliere Ilaria e prenderle il cappotto, e lei le va incontro spalancando le braccia con fare esageratamente plateale.

Sillabo "cretina" con le labbra mentre abbracciandola si rivolge verso di me strizzandomi l'occhio.

La serata scorre piacevolmente e senza intoppi, soprattutto perché Annamaria è quasi sempre sul balcone a fumare e Paola gira a versare continuamente vino nei bicchieri.

Ilaria ride divertita quando apre i regali, che provengono tutti dallo stesso sex shop all'angolo della Bigazzi Edizioni. Nell'ordine: un paio di *geisha balls* con cui tutte ci facciamo foto cretine, un vibratore fucsia grande quanto un salame ungherese, un perizoma commestibile, lubrificanti di ogni gusto e le immancabili manette pelose.

Tutte ridiamo e ci passiamo il materiale, pensando esattamente la stessa cosa: "Come vorrei poter usare tutto questo anch'io con qualcuno!"»".

Verso mezzanotte suona di nuovo il campanello, io e Paola sussultiamo e le leggo negli occhi, per un attimo, un lampo di spavento, riflesso dei mesi appena trascorsi.

Al citofono una voce che non riconosco mi dice di avere un regalo per Ilaria.

Mi volto a guardare le ragazze che, completamente ubriache, mi invitano ad aprire la porta fischiando e battendo le mani e mi dico che, se è il Demente che è fuggito da San Vittore, dopo i calci che prenderà da tutte noi pregherà per tornarci.

Ma quando apro la porta non riesco a credere ai miei occhi.

Calamandrei, in jeans e giacca senza maglietta sotto e l'iPhone in mano, entra, si mette al centro della stanza e fa partire *Love Never Felt So Good* di Justin Timberlake e Michael Jackson, cominciando a ballare come un professionista.

Tutte gli andiamo intorno battendo le mani, mentre Calamandrei fa alzare Ilaria dalla poltrona e la trascina insieme a lui, strusciandosi addosso a lei come un vero *stripper*.

Le ragazze cominciano a tirare fuori biglietti da 10 euro, e infilargliele nei pantaloni, Annamaria gliene lancia addirittura uno da 50 invitandolo a spogliarsi, cosa che, egocentrico com'è, non si fa ripetere due volte.

Si toglie le All Star sfilandole con la punta dell'altro piede, fa scivolare la giacca con un colpo di spalla che mi fa capire come ha impegnato queste settimane invece di scrivere il romanzo, e infine si volta di spalle e inizia ad armeggiare con la cintura, che si sfila e si fa passare in mezzo alle gambe nel delirio collettivo.

Annamaria nel frattempo gli versa del prosecco sul petto e poi lo lecca fra gli urli generali, mentre Paola fa un video per usarlo come arma di ricatto contro di lei.

Ilaria è bordeaux e si copre gli occhi ripetendo inutilmente: «Dài Leo, ti prego!», mentre lui le gira intorno in boxer e Silvia gli lancia le manette, che lui afferra al volo e chiude ai polsi della poveretta, che non può far altro che starsene lì in piedi a subire l'assalto.

«*Quello* è un vero paraculo!» sussurro a Paola indicandolo, mentre ci godiamo lo spettacolo appoggiate al mobile del salotto.

«Puoi dirlo forte, e comunque, già che siamo in tema, gran bel culo!»

«Concordo» rispondo bevendo un sorso di vino.

Finito il pezzo e sollevata Ilaria di peso fra le risate e i complimenti generali, passa a una serie di *selfie* da postare su Facebook, e finalmente si riveste e viene a sedersi vicino a me, sudato e soddisfatto.

«Mi spieghi una cosa, Calamandrei?» gli chiedo.

«Dimmi!»

«Perché non hai studiato danza invece di fare lo scrittore?»

Ride sguaiatamente e mi dà una pacca sulla gamba. «Perché sono pigro e non sopporto che mi si dica cosa devo fare e a che ora. L'unica cosa a cui posso applicarmi nella vita è scrivere, perché non devo rendere conto a nessuno, sempre se si può considerare un lavoro!»

«Quindi nessuna speranza che tu smetta e ti dedichi interamente al balletto?»

«Nessuna, dovrai sopportarmi!» mi dice mettendomi un braccio intorno alle spalle.

«A proposito, ho letto le tue pagine» gli dico.

«E?»

«E...» misuro le parole «bisogna lavorarci ancora un bel po'» dico.

Si rabbuia. «Cos'è che non ti piace?» mi chiede togliendo subito il braccio dalla mia spalla.

«Non è che non mi piaccia, è che siamo come sul filo di un rasoio, ed è molto rischioso» gli dico seriamente. «La verità, Calamandrei, è che sono tutti lì ad aspettare che ti spacchi la faccia, lo sai bene, e non puoi permetterti una mossa falsa. Non puoi improvvisamente metterti a fare letteratura psicanalitica, perché ti smonterebbero in cinque minuti e tu non reggeresti le critiche, e io non voglio che ti massacrino!»

Mi sorride colpito. «Allora ci tieni a me!»

«Certo che ci tengo a te, imbecille!» gli dico, supportata dall'alcol. «Ma tu devi venire incontro a me, incontro a Bigazzi, a tutti noi che ti sosteniamo e crediamo in te. Non puoi continuare a fare tutto di testa tua, perché sono stati investiti un sacco di soldi su di te e devi fidarti, o rischiamo di andare incontro a un flop pazzesco», respiro forte. «Scusami se te ne parlo proprio ora, so che non è il momento giusto, ma tu non sai come sono in ansia e il tempo stringe...»

Non dice niente, ed elabora le informazioni. «Sono un cazzone» esordisce.

«Come, scusa?»

«Sì, sono sempre il solito cazzone e incasino tutto, esattamente come ho fatto nell'altra casa editrice. Pensavo di essere insostituibile, invece alla fine mi hanno fatto fuori» dice con rammarico.

«Questa è la tua grande occasione, Leonardo, non sprecarla» insisto. «Ti ricordi quando mi hai detto che volevi diventare una persona migliore? Ecco, questa è l'occasione giusta. Metti da parte l'orgoglio e ascolta i consigli di chi può aiutarti veramente a fare un buon lavoro.»

«Tu mi puoi aiutare?»

«Certo che sì» gli dico con enfasi, «ci sto provando dall'inizio, ma da quando hai cambiato la trama tu vai avanti da solo, non ti fidi di me, mi credi una bibliotecaria sfigata con una vita di merda, che in parte è anche vero... ma, insomma, almeno nel lavoro sono in gamba!», cerco di sorridere.

«Ti abbraccerei, sai?»

«Mi hai abbracciata abbastanza ultimamente!» gli dico tendendogli la mano. «Allora abbiamo un accordo?»

«Okay» mi dice stringendola.

«Da ora in poi, per quel poco tempo che abbiamo, lavoreremo come matti, senza prenderci nemmeno una pausa per respirare finché non avremo finito e il libro ci convincerà totalmente.»

«Ci sto, Fra!»

E, pur essendo l'ennesima promessa di una serie infinita, per una volta mi sembra che non mi stia prendendo per il culo.

Quando, alla fine della festa, usciamo per tornare a casa, per terra davanti al portone leggiamo:

ILARIA

HO DICHIARATO AL CIELO IL MIO AMORE PER TE
E PER UN ATTIMO IL CIELO SI È SENTITO PICCOLISSIMO!

E adesso sono ufficialmente invidiosa!

25

Sono quattro giorni che Calamandrei mangia letteralmente dalla mia mano.

Non si lamenta, lavora come un mulo e ho la sensazione che ce la stiamo facendo.

Certo non sarà un capolavoro, ma per uno Strega può anche andare; se poi Bigazzi riesce ad accaparrarsi i voti a forza di bottiglie di Sassicaia e weekend a Cortina è davvero fatta.

Credo che Calamandrei si sia preso una strizza mortale dal mio discorso dell'altra sera.

Ogni tanto la facciata del suo personaggio si crepa e dalle fessure filtra la spietata luce della realtà, e allora intravedo l'uomo, quello vero, piccolo e pieno di paura, che piange ancora al buio, e riesco persino a volergli bene.

Mentre stiamo lavorando a casa sua, come facciamo ultimamente, squilla il mio cellulare.

Rispondo al numero che non conosco e rimango di sasso.

«Sono Marcello» mi dice una voce dall'altra parte.

Guardo Calamandrei con gli occhi sbarrati e sento il sangue defluirmi alle caviglie.

«Sì... buo...nasera» balbetto.

«Lei potrebbe venire qui, a casa mia, fra una mezz'ora?»

Guardo l'orologio. «S...sì certo» mi sento rispondere, «prendo un taxi e sono da lei.»

Mi alzo e prendo la mia roba come fosse scoppiato un incendio.

«Ma dove vai? Mi molli così?» mi chiede Calamandrei in preda a una sindrome da abbandono in piena regola.

«Una cosa importante... è per mia madre, ti chiamo dopo!» gli rispondo correndo fuori.

Ho il cuore che batte a mille, non so cosa pensare, non so cosa dirgli, a parte "perché" un milione di volte.

Che è la domanda che noi donne ci poniamo più volte nell'arco di una vita.

Il taxi mi lascia davanti alla villetta.

Temporeggio e sento che mi manca l'aria.

La moglie dev'essere fuori, oppure è solo una trappola: è lei che ha imitato la voce del marito per attirarmi qui, io entro, la casa è buia, mi accoppa alle spalle con un trofeo vinto a una gara di freccette dal marito morto, mi trascina in cantina e nessuno saprà mai più niente di me perché non ho mai detto a nessuno che venivo qui...

Mi decido a suonare.

Passano i soliti infiniti minuti, e finalmente la porta si apre.

E lo vedo.

E sento come una secchiata d'acqua gelida rovesciarmisi lungo la schiena.

«Mi dispiace» riesco appena a dire, «io non sapevo...»

«Venga dentro, che fuori si gela» taglia corto.

Entro in casa timidamente e chiudo la porta, assicurandomi che non ci sia nessuno pronto a tendermi un agguato.

Lo seguo fino in salotto e rimango in piedi con le mani nelle tasche del cappotto, in totale imbarazzo.

«Mi dispiace di averle dato del cazzone!» esordisco. «Ero molto arrabbiata, non potevo sapere...»

«Perché, se avesse saputo, non me l'avrebbe detto? Uno può essere un cazzone anche in sedia a rotelle, anzi, siamo i peggiori!»

Sorrido amaramente.

«Si sieda, la prego» mi esorta indicandomi il divano, «io, come vede, sono già seduto.»

Sorrido di nuovo e faccio come dice.

Ci guardiamo in silenzio.

Il suo aspetto non si allontana molto dall'idea che mi ero

fatta di lui. È moro, coi ricci e la barba, è magrissimo e non dimostra più di sessant'anni.

Dev'essere stato incredibilmente affascinante da giovane.

«Le somiglia moltissimo» dice, serio.

«Già» rispondo logica, «è mia madre.»

Serra le labbra impercettibilmente. «Avrà molte domande da farmi, immagino» dice accendendosi una sigaretta, pensieroso.

«In effetti sì» rispondo, «anche se non so nemmeno da dove cominciare. Ho appena scoperto della sua esistenza e non avevo idea che il grande amore di mia madre fosse... lei, quindi... ecco... sì, sono piuttosto sorpresa.» E terribilmente a disagio.

Mi aspettavo un uomo simpatico ed espansivo, con la pancia e un maglione a rombi, che mi dicesse qualcosa del tipo "finalmente ti conosco, sei la figlia che non ho mai avuto, fatti abbracciare!". Quelle banalità lì, insomma, che si dicono per dire, ma che ti aprono il cuore, ti commuovono e ti mettono a tuo agio; invece mi trovo davanti a questo tizio freddo e un po' distaccato, oltre che paraplegico, che invece di compassione mi fa venir voglia di spingerlo giù per la via.

Oddio, che sto dicendo.

«Mia madre dice che vi amavate molto» attacco, «che volevate lasciare le vostre famiglie per stare insieme. Insomma, che volevate fare le cose per bene. Cos'è successo poi?»

«Non lo vede da sola?» risponde cinico.

«Certo che lo vedo, ma è successo tanto tempo fa, non so, non poteva farsi vivo, magari per un saluto. A Natale...» cerco di smorzare la tensione.

«Io amavo sua madre. Moltissimo» mi dice con la stessa violenza che se stesse dicendo "la odiavo".

«Non ho motivo di dubitarne» rispondo per niente colpita, «ma per quello che mi riguarda, ecco... sono solo parole.»

Mi fissa risentito, come Calamandrei quando gli do dell'ignorante.

«L'amavo più di ogni altra cosa al mondo» risponde irritato, «meglio?»

«Sì, bene, e allora?» lo incalzo facendo spallucce. «Anch'io amavo moltissimo John Lennon ma, dato che non l'ha mai saputo, sono parole, solo parole!»

«Ma noi siamo stati insieme, avevamo dei progetti!»

«Sì, lo vedo, e nel frattempo mia madre ha completato la collezione dei piatti della clinica psichiatrica, a forza di raccogliere punti. Tutto qui, era solo una constatazione.»

Se potesse si alzerebbe in piedi per cacciarmi.

Spegne furiosamente la sigaretta nel portacenere e mi rivolge un altro sguardo carico di rancore. «Cosa crede, che io non mi sia roso l'anima per tutti questi anni?» riprende con rabbia. «Che non abbia pensato a lei ogni giorno? A quello che abbiamo perso? Alla vita di merda che mi è toccata?» dice picchiandosi sulle gambe morte. «Io adoravo Fiorella, e non me la sono mai tolta dal cuore, né dalla pelle! Io le scrivo, le parlo, le faccio il regalo per il suo compleanno, è come se fosse qui con me ogni giorno e mi manca da morire, ma cosa dovevo fare, eh? Me lo dica lei, cosa dovevo fare?»

«Non so, una telefonata?»

«E per dirle cosa?»

«COME, PER DIRLE COSA!!!» urlo con la voce di tutte le donne che non sono state mai più cercate da un giorno all'altro e che hanno passato la vita a chiedersi "perché", appunto. «Per dirle che l'amava, imbecille! Per dirle che non ha mai smesso di pensarla ogni giorno della sua vita! E che non se l'è mai staccata dalla pelle. Mi vuole spiegare che senso ha scomodare tutte queste belle frasi se poi uno fa tutto il contrario? Quando uno dice "ti amerò per sempre", l'altro si aspetta quantomeno di essere amato una decina d'anni! Non che alla prima difficoltà se la dia a gambe... cioè, scusi», alzo le mani.

«E me la chiama una piccola difficoltà?» ribatte in collera. «E cosa avrei potuto offrirle, eh? Ma mi guardi! Sono un vecchio paralitico che non può fare niente da solo, e non sento niente dalla vita in giù, può immaginare cosa significa? Che non sono più un uomo!»

«A quanto vedo, la testa le funziona più che bene, e pure le braccia. Poteva almeno avere la decenza di farlo decidere a lei, non crede?» insisto, per niente intimidita. «Mia madre l'amava e non l'avrebbe lasciata mai! MAI!» urlo. «Mia madre si è lasciata consumare perché LEI, da vigliacco, ha fatto dire a sua moglie che non voleva mai più vederla e che era stato solo un capriccio! Si immagina quel povero cuore che colpo deve aver subito? Eh, se lo immagina? Questo per me significa non essere uomini!»

Mi guarda turbato. «Come... mia moglie...?»

«Adesso non scarichi la colpa su sua moglie, eh? Troppo facile!» gli rispondo a tono incrociando le braccia.

«Io sono stato in coma per due mesi» risponde cercando di ricordare, «poi la riabilitazione... dentro, fuori dagli ospedali... e mia moglie si è occupata di tutto e, anche se prima dell'incidente l'avevo lasciata, mi è rimasta vicino. Avevo un obbligo nei suoi confronti, sebbene non l'amassi più. Ma non sapevo che avesse detto una cosa del genere a Fiorella.»

«Gliel'ha detta, a quanto pare» riprendo. «Per carità, come biasimarla? Ma lei poteva quantomeno fare una telefonata a mia madre, una volta riabilitato... per il compleanno.»

«Ma mi aveva scritto che era finita, che tornava con il marito, che aveva capito di amarlo... e di non cercarla mai più» risponde confuso. «L'ho conservata, la sua lettera» dice andando a rovistare in una scatola di vecchie bollette.

«Be', non credo proprio, dato che ha tentato il suicidio dopo che lei, o sua moglie!, l'ha lasciata.»

«Il suicidio?» ripete a bocca aperta.

«Eh sì. Quante cose si è perso, Marcello!» dico a denti stretti. «Mio padre e io ci siamo divertiti moltissimo per anni a cercare di tenere insieme i suoi pezzi, ma evidentemente lei era impegnatissimo ad autocommiserarsi, come vedo che continua a fare.»

«Ma quindi questa...» mi dice porgendomi la lettera.

Do un'occhiata e sorrido con un angolo della bocca. «Non è la sua calligrafia» rispondo tranquilla restituendogli il foglio, «e lei è veramente un ingenuo, o un opportunista. Ancora non so, deciderò tornando a casa», prendo la borsa e mi avvio verso la porta. «Non si disturbi ad accompagnarmi, so dov'è l'uscita. E arrivederci!» gli dico uscendo.

Uomini.

Giuro che adesso lo scrivo io un manuale su quanto le donne possano essere ingenue e lo intitolerò *Se incontri il principe azzurro, prendilo a calci in culo!*

Se mia madre sapesse che il suo Marcello si è fatto abbindolare da tre righe scritte malamente da sua moglie, rendendo infelici due famiglie pur di continuare a punirsi, chissà se cambierebbe idea sul suo conto.

Il senso di colpa è ciò che ci uccide davvero.

Inspiro profondamente un paio di volte e chiamo Calamandrei.

«Finalmente ti degni di farti viva, dove sei stata?» mi chiede in un tono che mi sembra preoccupato.

«Poi ti racconto, ti servirà per il romanzo.»

«Allora ordiniamo giapponese da me. Tu intanto vai a casa mia, le chiavi ce le hai. Io devo incontrare una persona e poi ti raggiungo.»

Il taxi mi lascia sotto il portone. Infilo le chiavi, spingo forte, ma una scritta bianca sotto le mie scarpe attira la mia attenzione.

Indietreggio per vederla meglio e leggo:

FRA
QUANDO NON SONO CON TE NON SO PIÙ CHI SONO
PERCHÉ CROLLA IL PAVIMENTO
E MI SCIOLGO DENTRO

Scoppio a ridere e mi volto per cercarlo, ma non lo vedo, allora salgo in casa di corsa continuando a ridere.

È davvero un fenomeno, non c'è niente da fare, passa la vita a giocare e a non prendere niente sul serio, ma sa veramente come sorprenderti.

Calamandrei è già sulla soglia.

«Allora, ho realizzato un altro tuo desiderio?» mi chiede col suo solito sorriso furbetto, appoggiandosi alla porta.

Sorrido senza sapere cosa rispondere.

Si avvicina verso di me continuando a guardarmi negli occhi, e mi prende il viso fra le mani.

Ed è allora che il cervello mi va in tilt.

E non capisco più niente.

Mi toglie gli occhiali, mi accarezza la fronte, il collo, e mi bacia a lungo e lentamente.

So che tutto questo è profondamente sbagliato, che me ne pentirò per il resto della vita e oltre, che mi metterò nei guai, e che è assolutamente non professionale, ma so anche che il mio corpo non ne può più e che tutta questa astinenza mi sta facendo appassire.

Mi accarezza, mi stringe, mi spoglia, mi scivola dentro, mi parla, mi bacia, mi tocca, mi tira i capelli, mi morde, mi fa urlare, mi fa ridere, mi guarda, mi fa sentire bella, mi dice cose che voglio sentirmi dire e cose che non voglio, mi travolge, mi confonde, mi volta, mi invade e così all'infinito, finché siamo tutti e due esausti e finalmente appoggio la testa sul suo petto.

E dormo tutta la notte.

Mi sveglio da sola e ci metto un po' a ricordarmi dove sono e perché sono nel letto di Calamandrei.

Nuda.

Poi la nebbia del sonno si dirada e tutto mi torna alla mente.

Il cuore mi fa un salto involontario, e non so se questa volta prevalga il senso di colpa o la consapevolezza di aver fatto una cazzata irreparabile.

Di una cosa soltanto sono sicura al 100 per cento: che mi è piaciuto tantissimo.

Mi alzo, raccolgo i miei vestiti sparsi per la stanza e cerco di capire che fare adesso.

Lo trovo in cucina che parla al telefono con la sua agente.

È agitato e, appena mi vede, mi indica la caffettiera.

Cerco di rendermi invisibile mentre mi verso il caffè nella tazza e tento di organizzare un qualunque tipo di pensiero coerente, ma senza successo.

Non posso farci nulla ormai. Il danno è fatto, non posso tornare indietro, e Calamandrei ha un fascino pazzesco. E con il mio bisogno di sesso arretrato, è già tanto se gli ho resistito finora.

Ma comunque sono una stronza.

Finalmente riattacca e scuote la testa.

«Io questa la licenzio!» esclama. «Tanto, se devo dirle io quello che deve fare, a che mi serve pagare un'agente?»

Mi limito a sorridergli, mi accorgo solo adesso, come una delle sue *groupies*.

Si avvicina e mi bacia sulle labbra.

«Sai di caffè...» mi dice «buono», e un secondo dopo sono seduta sul tavolo della colazione e facciamo sesso selvaggio (e intendo esattamente *selvaggio*), spazzando via tazze, biscotti e zuccheriera, che volano a infrangersi contro ogni angolo della cucina.

Non mi riconosco più, non sono io – non la solita io almeno –, il mio corpo è totalmente separato dalla mia mente, dal buon senso, dalle cose giuste, morali, sensate, quelle che ho seguito per tutta la mia vita e che mi hanno portata alla confusione totale.

Dopo la doccia indosso la solita divisa da "invisibile", con il vantaggio che nessuno si accorgerà che sono vestita come ieri, e corro in ufficio.

«Ehi!» mi ferma Paola appena entro. «Stai facendo la camminata della vergogna?»

«Che intendi?» indago sulla difensiva.

«Sei vestita come ieri. So distinguere tutte le sfumature dei tuoi cardigan beige e non te li metti mai due volte di fila! Poi dimmi che non ti conosco!»

Divento blu in un istante.

«NOOOO!» urla scoppiando a ridere. «Tu hai scopato con Calamandrei!!!»

«SHHHH!» le grido, tappandole la bocca. «Zitta, ti prego!»

«Ci hai scopato o no?»

«Un... un po'!»

«Come un po'? Raccontami tutti i dettagli, brutta porcona!»

«Ti prego, non deve saperlo nessuno» bisbiglio, «è stata la cazzata di una sera... e di stamattina... sul tavolo... e in doccia... okay, ma poi basta, mai più, giuro!»

«Ti ci voleva, invece!» mi assicura dandomi una pacca

sulla spalla. «Ti ha fatto solo bene, hai già gli occhi diversi. Lo dico sempre che una bella botta rimette al mondo chiunque, e tu era da troppo tempo che non ti facevi una bella...»

«Dormita!» la interrompo, salutando con la mano Silvia che passa davanti a noi. «Una bella *dormita* di otto ore filate!»

Entro nel mio ufficio e sono incredibilmente produttiva fino alle undici passate, quando mi accorgo che Calamandrei è in ritardo di un'ora.

Prendo il telefono per chiamarlo, ma mi sento improvvisamente in imbarazzo. Come se dopo quello che c'è stato fra noi non avessi più gli stessi diritti di prima, come se non potessi chiedergli semplicemente "dove sei" in quanto editor con cui aveva un appuntamento, perché sembrerei chiederglielo in quanto donna che vuole *sapere* dov'è perché c'è andata a letto.

E lo sentivo io, che era una cazzata!

Cerco di non pensarci continuando la revisione del suo romanzo nella speranza che arrivi, ma dopo un'altra ora passata ad aspettarlo decido di farmi coraggio e chiamarlo.

Il telefono suona a vuoto, e sento scattare il vero segnale d'allarme.

Aspetto dieci minuti e riprovo, e così di seguito ogni mezz'ora, finché mi arrendo e gli mando un messaggio, a cui non risponde.

Cristo.

Sabato pomeriggio chiamo Paola.

«Puoi provare a telefonare a Calamandrei, per favore? A me non risponde!» le dico cercando di nascondere lo stato di ansia in cui verso da ventiquattr'ore.

«Siete già agli avvocati? Avete bruciato le tappe!»

«Dài, ti prego, non mettertici anche tu. Già mi sento una merda per un milione di motivi... se molla adesso è un disastro!»

«Okay, lo chiamo e ti faccio sapere!»

Prego che non risponda neanche a lei e che sia stato rapito da un commando di contrabbandieri messicani, ma il sospetto peggiore che mi sta crescendo dentro è che io sia ormai entrata a far parte della schiera di tutte quelle stupide che si è portato a letto "dopo aver detto loro quello che volevano sentirsi dire".

Cinque minuti dopo mi richiama Paola.

«Allora, staccato?» le chiedo speranzosa.

«No no, mi ha risposto» mi dice e sento una fitta al fegato. «È a Berlino, dice che lo sapevi!»

«A Berlino?» balbetto. «No che non lo sapevo. E a fare che?»

«Amici, non so, non sono stata tanto a indagare. Comunque l'ho sentito in forma.»

E qui la fitta si fa dolorosissima. «Capisco» taglio corto e riattacco.

È a Berlino, da amici ed è in forma.

«Fantastico!» urlo scaraventando il vaso di cristallo, dono della madre di Edo, che non aspettava altro che una buona occasione per farsi polverizzare contro il muro. «VAFFANCULO!» urlo. «Vaffanculo! Vaffanculo! E vaffanculo!»

Sono solo una cretina! Cosa speravo, che mi avrebbe portato rispetto? E perché mai? Ero solo una preda un po' più difficile delle altre e quindi si è voluto divertire a farmi capitolare, tanto per avere la conferma che non ce n'è una che gli resiste.

Come un cruciverba particolarmente difficile che gli ha preso più tempo ed energie del solito per essere completato.

E ora sono totalmente impantanata.

Dio come vorrei essere nata uomo: adesso avrei una vita tanto più facile e senza complicazioni, e sarei a Berlino!

Calamandrei aveva assolutamente ragione a dire che noi donne non siamo fatte per una botta e via, e che per loro invece è tutta una questione di "tacche" in più. Ma venire dimenticata da un giorno all'altro è comunque dolorosissimo.

E io sono una che ci fa i conti già da una vita, con l'indifferenza.

Passo un fine settimana orrendo, in cui cerco di lavorare al libro di Calamandrei sforzandomi di non pensare a lui né a quello che c'è stato fra noi – impresa ovviamente impossibile –, e l'idea di vederlo lunedì mattina mi annichilisce.

Arriverà sereno, rilassato e si sarà scopato almeno tre

hostess, mentre a me non risponde neanche al telefono perché non si ricorda più nemmeno come mi chiamo.

Devo finire prima possibile, mi dico, e poi tornare alla mia vita.

Ah già, che sciocca. Non ho più nemmeno quella!

Il lunedì mattina giunge anche troppo in fretta e, quando mi presento in ufficio, cerco meglio che posso di fingere disinvoltura, ma inutilmente.

Alle dieci e mezzo il mio telefono squilla dalla linea di Mr Big, che mi chiama a rapporto. E mi preparo a imbastire un'altra quantità di balle, sperando che Calamandrei si sbrighi a tornare e a dirmi che intenzioni ha.

Appena apro la porta del suo ufficio, però, mi accorgo che è di umore nero.

Di quel nero che non vedevo da tempo.

«Si sieda» mi dice con un gesto affettato.

Mi accomodo sulla sedia come fosse cosparsa di carboni ardenti e ripasso mentalmente la scusa più plausibile che ho trovato.

«Allora, mi vuol spiegare cos'è successo con Calamandrei?» mi chiede secco.

Avvampo dall'imbarazzo. Non ero pronta a questo.

«Non saprei... niente» rispondo in difficoltà, «è sempre lo stesso... insomma, è un autore impegnativo, lo sapevamo!»

«Non dica sciocchezze, mi ha chiamato venerdì sera per dirmi che non vuole più lavorare con lei. Qualcosa dev'essere successo per forza!»

Comincio a sentirmi in debito di ossigeno.

Che significa che *lui* non vuole più lavorare con me?

Prendo tempo.

«Non ho idea! Ci siamo lasciati giovedì sera e andava tutto bene...» dico passandomi una mano sulla gola come se una corda mi ci scivolasse attorno «non saprei proprio...»

«Senta» taglia corto, «dice che per quanto lui ci abbia provato non c'è sintonia con lei e il libro a cui avete lavorato non gli piace perché è stata lei a insistere per farglielo scrivere, ma non è affatto nelle sue corde.»

«Non è vero» mi oppongo, «è stato lui a voler cambiare soggetto, se lo ricorda? Ha voluto scrivere questo romanzo su una donna che non ha la vita che vorrebbe e...»

«Lei mi aveva assicurato che il libro era praticamente finito» urla interrompendomi con un pugno sul tavolo che fa cadere le cornici, «invece non siete a niente! Mancano pochi giorni e non abbiamo nemmeno la metà di un libro brutto!»

«Ma aveva anche trovato il titolo, ha detto che vuole chiamarlo...»

«Aveva il dovere di avvertirmi se c'era qualcosa che non andava! Sapevo che Calamandrei era una testa calda, ma io mi fidavo di *lei*. Invece mi ha mentito, mi ha giurato che il libro c'era e che andava tutto bene!»

«Ma dottor Bigazzi...»

«Sono stato un'ora al telefono con lui e la sua agente! E mi sono dovuto scusare, ha capito? *Scusare* perché lei si è sentita talmente sicura di sé da scavalcarmi e credere di avere tutto sotto controllo! Invece si sbagliava, cara Francesca, solo chi ha il potere ha le cose sotto controllo, e lei il potere non ce l'ha. Non ce l'ha mai avuto: ha solo creduto di averlo!»

«Ma io...»

«Lei ha creduto di poter fare il mio mestiere senza nemmeno saper fare il suo!» Abbasso la testa, mortificata. «Qui stiamo parlando di uno Strega, non di un romanzo per casalinghe frustrate di quelli che era abituata a seguire» continua a gridare.

«Lo so, dottor Bigazzi» cerco di giustificarmi, «ma...»

«Ma, cosa???? Pensa di poter risolvere? Lei è sollevata dall'incarico a partire da questo momento!»

La stanza comincia a girare vorticosamente.

«Ma, dottor Bigazzi, il libro è avanti, glielo assicuro, è questione di poco. Ho fatto di peggio in meno tempo, io...»

«Calamandrei non vuole più scrivere nessun libro con lei, l'ha capito o no?» grida. «Ha scelto un altro editor di sua fiducia, si metta l'animo in pace e soprattutto si scordi la promozione perché non l'avrà mai! E naturalmente si scordi pure il bonus alla fine del mese... stava per rovinarmi, perciò mi ringrazi che non la licenzio in tronco!»

«Dottor Bigazzi... la prego» lo imploro trattenendo le lacrime.

«Pensava veramente di poter tenere sotto controllo uno scrittore?» mi dice sprezzante. «È veramente di un'ingenuità inconcepibile!»

Annuisco.

«Ora esca, non la voglio più vedere. Lei mi indispone!»

Esco frastornata come mi avessero preso a pugni.

Piena di una vergogna e di un senso di umiliazione tali che non riesco nemmeno a trovare la strada verso il mio ufficio.

Paola mi vede sconvolta e mi corre incontro per accompagnarmi in bagno, sostenendomi per un braccio.

Le racconto cosa è successo piangendo.

«Gli uomini sono orribili» commenta grave.

«Alcuni. Alcuni sì.»

Raduno le mie cose, prendo la mia borsa e mi concedo il lusso di un taxi per andare dritto a casa di Calamandrei.

La prima cosa che mi salta all'occhio è che la scritta per terra è scomparsa.

Suono e non mi risponde, ma il portiere mi assicura di non averlo ancora visto uscire.

E allora mi ricordo del mazzo di chiavi che mi ha lasciato in totale fiducia e mi precipito salendo i gradini a due a due.

Apro la porta e rimango di sasso.

Non tanto nel vederlo con la mano sulla tetta di una donna che si sta scopando sul tavolo di cucina (come me 72 ore fa), ma perché la tetta in questione è quella di Ilaria.

Sì, esatto.

Di Ilaria.

Calamandrei mi guarda come fossi un fantasma.

Sul volto una smorfia di sorpresa, che si trasforma subito in un ghigno compiaciuto.

«E così è lei che ti fa l'editing, adesso?» riesco appena a dire.

«È più sulla mia lunghezza d'onda» mi risponde come se la situazione non fosse già abbastanza surreale.

«Lo vedo...» rispondo gettando le chiavi su quello stesso tavolo, mentre Ilaria ha almeno la decenza di scendere e coprirsi.

Serro i denti, sentendomi incredibilmente stupida.

Calamandrei viene verso di me con quel sorriso che crede possa risolvere tutto.

«Dài, Fra, non te la prendere!»

«Io non so chi cazzo ti credi di essere, Calamandrei, ma di certo Dio è più umile di te!» riesco a dirgli prima di guadagnare di nuovo le scale.

Ilaria mi corre dietro e mi raggiunge alla seconda rampa.

«Francesca, senti, non dire niente di quello che hai visto, okay?» mi chiede in un tono niente affatto pentito o imbarazzato, ma quasi a minimizzare l'accaduto, come se l'avessi vista rubare dei pennarelli in ufficio.

«Tranquilla. Lo dirai tu ad Alessandro, se la tua coscienza te lo consente!»

Passo due giorni a casa dandomi malata, sicura di fare un favore a tutti, continuando a chiedermi perché è successo tutto questo e perché Calamandrei sia arrivato a tanto.

Perché tanta cattiveria gratuita.

Perché? Perché? Perché?

E quella gran troia di Ilaria, poi.

Paola aveva intuito tutto da subito.

Ha ragione Bigazzi, sono stata davvero incredibilmente ingenua a voler credere che fossimo una grande famiglia, a credere che fossimo una squadra.

Evidentemente ho letto troppi libri e ormai ho perso il contatto con la realtà.

E mi manca Edo. Ma è troppo facile ora.

Dopo il lavoro, Paola passa a trovarmi.

«Come stai tesoro?» mi chiede, preoccupata.

«Male» rispondo, «e non sai quanto.»

Mi guarda in silenzio, di quei silenzi cupi di quando non ci sono parole di conforto né suggerimenti utili da dare, e va a prepararmi una tazza di tè.

«Avevi ragione al 100 per cento su Ilaria. È una vipera.»

«Ho saputo che sarà lei a occuparsi del libro di Calamandrei» mi dice avvilita, «Bigazzi ha indetto una riunione stamattina.»

Mi si gela il sangue. Sono già diventata invisibile. Non esisto più.

Paola legge l'angoscia sul mio viso. «Ma non c'è più tempo per fargli scrivere un nuovo libro, nemmeno con un miracolo ci riuscirebbe... e poi vedrai che quello si stancherà anche di lei!» tenta. «È fatto così, si annoia subito!»

«Non credo che si stancherà, invece!», scuoto la testa. «Sono veramente uguali, quei due, e chissà da quanto tempo andavano già a letto insieme prima dell'altro giorno!» mi lascio sfuggire.

«Vanno a letto insieme?» mi chiede strabuzzando gli occhi. «E tu che cosa ne sai?»

«Niente, dico così» mi correggo, «si vede che sono affiatati e...»

«Che cazzo dici, Fra, hai detto "prima dell'altro giorno"!» mi scuote per le spalle, facendomi rovesciare il tè bollente addosso.

«Ahia» grido, «brucia!»

«Fra, guardami negli occhi e dimmi che non hai beccato Ilaria e Calamandrei insieme!»

«Non ho beccato nessuno insieme!» rispondo, abbassando subito lo sguardo.

«Fra! C'è in ballo il futuro del nostro migliore amico: la deve sposare!» insiste. «Vuoi avere questa cosa sulla coscienza per sempre?»

Faccio spallucce. «Tanto l'amore fa schifo, tanto vale che viva nell'illusione.»

«Fra» dice schioccandomi le dita davanti al naso, «dimmi cosa sai o ti torturo fisicamente! E lo faccio!»

«Paola, ti prego, non mi obbligare...»

«Francesca, dimmi che cosa sai!!!» mi urla in tono per niente accomodante.

Sospiro. «Quando sono andata da lui a chiedergli spiegazioni, li ho beccati a scopare in cucina. Sul tavolo» dico stringendomi nelle spalle.

«Non ci posso credere» esclama schifata, «che gran troia!»

Annuisco.

«E faceva tutta la sposina innamorata...» dice con le mani nei capelli.

«È solo innamorata del matrimonio, non di Ale!» commento. «E adesso che hai intenzione di fare?»

«Dirglielo, naturalmente!»

«No, non farlo Paola!»

«Certo che lo farò, se non lo fai tu. Tu non vorresti saperlo?»

«No, Paola, non vorrei saperlo, fa troppo male. E poi magari si è trattato solo di una volta, e magari neanche Ale lo vuole sapere. Non fare una cosa così, ti prego. Non gli rovinare la vita, non se lo merita.»

«Fra, ma ti è esploso il cervello? Ti pare possibile che uno debba rimanere all'oscuro di una cosa come questa?» dice seria. «Il matrimonio è un giuramento fatto davanti a Dio e agli uomini, non davanti ai Teletubbies! Lui deve saperlo! DEVE!» si spazientisce.

«Non lo so, io non me la sento di farlo.»

«E infatti glielo dico io!»

«Paola, pensaci bene almeno...»

«Ci ho già pensato e mi stupisce che tu non sia d'accordo con me!»

Mi prendo la testa tra le mani. «Non so più cosa è giusto e cosa è sbagliato. Non chiederlo a me. La mia vita sta andando tutta a puttane.»

Letteralmente.

26

Torno in ufficio con la sensazione di entrarci per la prima volta.

Tutti mi guardano imbarazzati, ma allo stesso tempo felici di non essere al mio posto.

È quello che i tedeschi chiamano *Schadenfreude*, il piacere che si prova nell'assistere alla sfortuna altrui.

Sono tornata a occupare la scrivania che avevo prima, nella stanza con Silvia, e a stare dietro alle solite cose, e devo dire che, tutto sommato, sono contenta di stare lontana dagli sguardi di commiserazione degli altri. E dalle risate di Calamandrei e Ilaria, in totale – quanto sgradevole – sintonia.

La sera mi trascino fino a casa a testa bassa, come se scontassi una condanna che mi pesa fisicamente sulle spalle.

L'unica cosa che sapevo fare bene, che mi dava un senso nella vita, il mio unico vero progetto per il futuro è naufragato.

Adesso cosa faccio? Adesso chi sono?

Questa domanda mi gira e rigira in testa mentre preparo una quantità spaventosa di meringhe, che faccio bruciare volontariamente in forno.

Verso le dieci suona il campanello.

Apro senza chiedere chi è, aspettandomi di vedere salire Paola.

Invece è Edo.

Sorrido sorpresa di vederlo, senza sapere bene come accoglierlo, con il cuore imbarazzato e confuso.

Lo abbraccio? Lo bacio sulle guance? Improvvisamente non so più come comportarmi.

Anche lui è impacciato e a disagio, nonostante questa sia stata casa sua fino a poco tempo fa.

«Sei venuto a prendere le tue cose?» gli chiedo asciugandomi le mani nel grembiule.

«No, io... cioè, dovrei prenderle, lo so, ma siccome non sono mai stato bravo a parlare, ecco... ti ho scritto questa lettera...» mi dice porgendomi una busta. «Mi manchi troppo» continua con gli occhi lucidi, visibilmente emozionato, «e voglio tornare con te, non mi piace non averti accanto, non mi piace la vita senza di te...»

Lo guardo seria e per un istante mi scorre tutta la nostra storia davanti.

Tutta quanta.

E mi ricordo la persona meravigliosa che è, entusiasta della vita, ottimista, fiducioso, sempre pronto a cogliere il lato buono delle cose, sensibile, onesto.

Tengo la busta fra le mani come a volerne soppesare il contenuto, e riesco quasi a *sentire* le parole attraverso la carta, come se le mie dita percepissero l'amore.

«Ti ho tradito.»

«Come?» dice piano.

«Hai sentito bene, sono stata con un altro. È giusto che tu lo sappia.»

E i vetri del suo cuore infranto si sparpagliano sul pavimento della cucina, lo stesso dove ballavamo, io in piedi sui suoi piedi.

Abbassa la testa, sconfitto, distrutto, morto.

L'ho ucciso io.

Se ne va.

Questa volta per davvero.

Questa volta per sempre.

Ciao Tuz.

Lo so, dovrei scrivere "Cara Francesca", ma è la forza dell'abitudine e proprio non ce la faccio.

Non so nemmeno da dove cominciare, l'ultima volta che ti ho scritto una lettera era per il nostro primo anniversario, ti ricordi? Eravamo andati a cena in quell'agriturismo in Toscana dov'era saltato il riscaldamento e si gelava, e la padrona ci aveva regalato una bottiglia di vino e una montagna di castagne arrosto che avevamo mangiato chiusi in macchina.

Ti avevo regalato un lettore MP3 e ci avevo caricato sopra Born to Be My Baby *dei Bon Jovi perché avevamo deciso che era la nostra canzone, quella del nostro primo bacio.*

Tu avevi un cappello di lana giallo calato fino sugli occhi, la sciarpa e i guanti, e ridevi e cantavi e sbucciavi le castagne ed eri felice.

E ti ho dato quella lettera in cui ti dicevo che la mia vita è cominciata il giorno che ti ho incontrata a quella macchinetta del caffè e che speravo di riuscire a renderti felice così per il resto della mia vita.

Credevo che il mio amore sarebbe bastato a colmare le nostre solitudini e l'amarezza delle nostre infanzie disgraziate.

Volevo proteggerti da te stessa, dai tuoi dolori, e dalle tue paure, ma non ce l'ho fatta e mi sono perso da qualche parte per la strada.

Tu mi hai fatto da guida, sei stata la mia amica, la mia complice, il mio mentore, il mio amore immenso, ma si vede che me ne sono approfittato senza rendermene conto.

E ho cominciato a deluderti.

Certe cose si fanno senza sapere, convinti di stare facendo del proprio meglio, e ti chiedo perdono dal profondo del cuore.

Lo so che sono pieno di difetti e, come mi hai sempre ripetuto, non sono dinamico e ambizioso, però una cosa l'ho sempre saputa: che tu eri quella giusta e che io avrei amato te e soltanto te.

Avrei voluto offrirti tanto di più, ma sono riuscito a darti solo quello che avevo.

Però devi sapere che tu, invece, sei stata tutto quello che potevo desiderare, e anche di più.

Per questo non ho altri rimpianti, se non quello di non essere stato all'altezza.

Una volta mi hai chiesto che cosa avrei fatto se non fossi arrivata tu nella mia vita, e io ti ho risposto: «Ti sarei venuto a cercare».

Ed è vero, l'avrei fatto.

Ti sarei venuto a cercare fino in capo al mondo.

Ma per fortuna sei stata tu a venire a cercare me e a salvarmi.

In tutti questi anni ti ho osservata e ho imparato a conoscerti, e ho capito che non c'è niente che cambierei in te, nemmeno i tuoi difetti (a parte il filo interdentale che lasci sulla mensola del bagno!).

So che dopo che hai fatto il bagno ti piace sederti sul bordo della vasca avvolta nel tuo accappatoio verde perché lo facevi da bambina, hai paura dell'aereo e quando sei nervosa ti tocchi il sopracciglio destro, quando sei felice invece canticchi Inner Smile *dei* Texas, *non hai il benché minimo senso dell'orientamento e al cinema hai un deficit dell'attenzione dopo 45 minuti esatti, il caldo ti fa gonfiare le caviglie e il freddo ti secca la pelle, capisco quando ti sta venendo il mal di testa un quarto d'ora prima, rimpiangi di non aver continuato a studiare il pianoforte e detesti Venezia. E non è vero che odi i dolci, è che ti ricordano tua madre quando stava bene.*

Sei più forte di quello che pensi e hai dovuto fare da madre a tutti, anche un po' a me, lo ammetto, e capisco che invece avevi bisogno di qualcuno che ti sostenesse di più.

Per questo trovo impossibile che le nostre vite si separino senza un motivo concreto.

Avrei capito se uno dei due avesse tradito l'altro o se l'avesse trascurato, maltrattato, offeso, ma finché c'è una possibilità di cambiare voglio tentare.

Ci metterò tutto l'impegno possibile e non te ne pentirai.

Sicuramente non sono l'uomo perfetto, ma per me, per te e per il nostro amore da ora in avanti vorrò sempre e solo una cosa, quello che ci meritiamo.

Il meglio.

Diventerò l'uomo più sicuro di sé che si sia mai visto, non dovrai più pensare a niente d'ora in poi, sarò io l'uomo di casa.

Con amore,

Tuo Edo

E poi mi è mancata l'aria.

E nonostante abbia spalancato le finestre non sono più riuscita a respirare.

Quando una storia finisce davvero, lascia dietro di sé un vuoto che non si può spiegare a parole.

È come immaginare di annegare e poi trovarcisi veramente, sott'acqua, con la bocca spalancata e i polmoni che esplodono.

La differenza è soltanto questa.

Pensare che la tua vita diventerà migliore quando lui non ci sarà più, e constatare che il silenzio assoluto che ha preso il posto del suo buon umore è una colata di catrame denso e asfissiante.

Che ti si incolla addosso e non ti fa muovere più dal divano.

Lo stesso divano Ektorp a due posti che improvvisamente è diventato troppo grande per te da sola.

E ogni minuto che passa senza di lui è solo uno degli infiniti minuti che verranno in futuro, così come la consapevolezza che non ci sarà mai più un "noi" è una mano che ti prende lo stomaco e lo rivolta come un guanto.

La casa adesso è mutilata.

Non è una casa dove vive una persona, è la casa dove ne vivevano due.

Metà armadio è vuoto, la libreria è piena di spazi, è rimasto un solo spazzolino nel bicchiere, il letto è diventato enorme e gelido, e la mia tazza *"Keep calm and eat cupcakes"* sembra mi derida dal mobiletto della colazione.

Era questo che volevo tanto? Rimanere qui, da sola, insieme all'eco assordante dei nostri ricordi come fra le mura di un castello infestato dai fantasmi?

Mi fanno male tutte le ossa, mi sto sbriciolando e non posso farci più niente.

Non posso fare più niente, a parte assumermi le mie responsabilità e prepararmi a vivere il resto della mia vita senza di lui.

27

La vita in ufficio è diventata insopportabile.

Sono praticamente invisibile, come se tutto il lavoro che ho fatto in dieci anni fosse stato spazzato via da questa mia unica mancanza: l'essermi fidata di un buffone come Calamandrei.

Ci sono giorni in cui la rabbia mi mangia viva e non smetto di darmi della stupida e dell'ingenua. Troppo sicura di me per credere di fallire... poi mi ricordo che sono un essere umano e cerco di perdonarmi.

Ma non ci riesco. E non credo ci riuscirò mai.

Ilaria, Calamandrei e Bigazzi sono inseparabili. Raramente escono dal suo ufficio, giusto per andare a pranzo da Nobu a spese della casa editrice, e quando attraversano il corridoio ridono e si danno del tu come vecchi amici, e quando Calamandrei mi vede in corridoio mi fa l'occhiolino.

E io vorrei ucciderlo.

Il libro è *top secret*.

Stanno facendo un *battage* pubblicitario mai visto: *Il libro segreto di Leonardo Calamandrei*. Tutti vogliono sapere di cosa si tratta, la stampa sta impazzendo e i librai stanno prenotando migliaia di copie.

Tutte le trasmissioni più importanti si contendono l'anteprima e Calamandrei si sta facendo corteggiare come una vecchia diva di Hollywood.

Bigazzi è così tronfio da disgustarmi. Si sente lo Strega in tasca e si comporta come uno che ha scoperto la cura contro il cancro.

E purtroppo, a questo mondo e per certa gente, le due cose si equivalgono.

Io tengo la testa bassa e nelle orecchie le cuffie del mio MP3, in modo da non dover intercettare sguardi o informazioni di cui non voglio essere messa al corrente.

Ho ripreso a occuparmi di Maria Vittoria Spagnulo e degli esordienti; almeno fra lamentele, crisi isteriche e capricci la giornata passa in un attimo.

La casa di Paola è diventata una specie di *rehab* per cuori spezzati: io, lei e naturalmente Alessandro, che Paola ha prontamente informato e che ora giace in mezzo a noi sul solito divano, senza lavarsi da giorni, continuando a piangere come nemmeno Oliver quando Jenny gli muore fra le braccia alla fine di *Love Story*.

Ognuno cerca di raccogliere i pezzi dell'altro, e nel farlo riperde i suoi.

Non abbiamo piani d'azione né progetti, a parte quello di arrivare al venerdì sera, bere e piangere.

Il tappeto di fazzoletti di carta è tale che sembra abbia nevicato in salotto.

A turno, ognuno di noi si sfoga improvvisamente, continuando un ragionamento cominciato nella propria testa mezz'ora prima, e gli altri due cercano di calmarlo e farlo riflettere, con buon senso e diplomazia. Ma quando uno si azzarda a dire agli altri: «Tu non puoi sapere come sto io», ecco che scatta la competizione a chi sta peggio. Vinta all'unanimità da Alessandro.

Ognuno di noi ha perso la persona che amava in maniera differente: Ale è stato disgustosamente preso in giro, Paola ha finito per essere aggredita da qualcuno che diceva di amarla troppo, e io ho distrutto tutto, o non ce l'avremmo mai fatta a lasciarci, tanto era l'affetto che ci legava.

Ho riletto un milione di volte quella lettera e ogni volta ho pianto come una pazza dal dolore per quello che ho perso, ma mi sono anche ricordata di ogni volta che Edo mi ha promesso di diventare più forte e più adulto, e dopo

345

aver provato per due giorni a fare l'uomo si è di nuovo accomodato nella mia rassicurante scia, affidandosi alle mie decisioni.

E no. Non potevamo più andare avanti così.

Ma il male che provo nel ricordare il suo viso nel momento esatto in cui gli dico di averlo tradito è una croce che mi porterò dentro per sempre.

Paola mi rinfaccia in continuazione che non avrei dovuto dirglielo, allora io le rinfaccio che lei lo ha voluto dire per forza ad Alessandro e lei si impunta dicendo che sono cose diverse. Che per me era "una botta e via", che non facevo sesso da tantissimo tempo, e che era una specie di esigenza terapeutica fine a se stessa, mentre Ilaria è una stronza che aveva premeditato tutto per riuscire a prendere il mio posto e quindi Ale andava avvertito del pericolo.

Ad oggi non è ancora riuscita a convincermi.

Non ce l'avrei mai fatta a non dirglielo, non volevo che continuasse ad amare una persona che non esiste più.

È giusto che trovi una donna che lo renda felice come merita.

Inutile dire che il sonno è qualcosa che ho dimenticato e che mi sono scheggiata un molare a forza di digrignare i denti.

Mia madre continua a fingersi catatonica se è con mia zia ma, quando non ce la fa più e la manda a quel paese, quella chiama il medico. Solo che poi alle visite si fa trovare perfettamente tranquilla e un po' ebete come dovrebbe, la zia allora pianta una scena isterica dicendo che la prende in giro e il medico se ne va prescrivendo dei tranquillanti a lei.

Ma non può continuare così per molto, stanno decidendo di cambiarle terapia e diventa difficile gestire tutto questo.

Devo trovare un dottore che sia disposto a considerare terapie alternative alla molecola chimica, cose obsolete tipo la dolcezza e l'amore.

E non è facile.

Ale si alza per andare a prendere le sue sei lattine di birra da 50 cl e non ci parla fino a che si è scolato la terza.

Poi, quando è sufficientemente calmo, ci guarda, ci sorride e dice dolcemente: «Siete tutte delle puttane!».

E nessuna delle due osa dargli torto.

«Tu credi che potrebbe farsi del male?» mi sussurra Paola.

«Più di così?» le rispondo dal mio angolo del divano.

Mi rannicchio ancora di più e sonnecchio un po'. E così per tutto il fine settimana, finché la domenica sera triste, ottusa, e asfissiante per il riscaldamento troppo alto, lascia finalmente spazio al desolato lunedì e con lui a una parvenza di normalità.

«Francesca, buongiorno. Sono Marcello» mi dice con una voce che tenta di essere amichevole.

«Buongiorno» rispondo «... tutto bene?»

«Ecco... no, per niente. E lei è l'unica che può aiutarmi, quindi... si immagini.»

«La diplomazia non è proprio il suo forte, eh? Ora capisco cosa ci trovava mia madre in lei!»

«Senta, Francesca, da quando è venuta qui non ho fatto altro che pensare alle sue parole, a tutto il tempo che ho perso e a quanto mi manca Fiorella. Ho litigato a morte con mia moglie per la storia della lettera e mi creda che dire "me ne vado!" e rimanere bloccati davanti alle scale con la sedia a rotelle non è l'uscita di scena migliore, per cui adesso sono in una situazione veramente scomoda!»

«Le credo. E in cosa potrei esserle utile, di grazia?»

«Devo vedere Fiorella!»

«Se lo scordi. Lei è l'ultima cosa che ci vuole per mia madre!» mi oppongo.

«Lo so, Francesca, lo so, ma ho bisogno di parlarle, di vederla, di dirle come sono andate veramente le cose. Mi aiuti, la prego. Lo sa cosa provo per sua madre.»

Rimango in silenzio, piena di risentimento e pena.

«È difficile crederle, Marcello, e io non voglio gettare mia madre in un'altra spirale di dolore proprio ora che comincia a uscirne. Mi scusi, ma non me la sento proprio.»

È il suo turno di rimanere in silenzio.

«Lei ha ragione da vendere» risponde dopo una lunga pausa, «e io non sono certo da compatire. Mi sono rovinato la vita rimanendo con una donna che non amo e che non mi ama per tenere a bada i sensi di colpa e ho buttato via quello che avevo di più caro, pensando che non cercandola più le avrei fatto un favore. Non potevo immaginarla ingabbiata in una non-vita con me e, credendo mi avesse lasciato lei, ho preferito non tornare a tormentarla col passato. Mi sono punito giorno dopo giorno e piano piano sono diventato acido, cinico, burbero e astioso, tutto quello che non ero prima... perché tu non lo sai, Francesca, ma io ero uno che rideva sempre e che amava la vita, amava ballare, viaggiare e fare l'amore, e io volevo stare con Fiorella più di ogni altra cosa al mondo. E in tutti questi anni, bloccato qui, non ho fatto che immaginare la vita che avremmo avuto se fossi arrivato a casa vostra quella sera. È egoista da far schifo, me ne rendo conto, e non è a te che dovrei raccontarlo, ma l'amore che ho provato per lei è quello che mi ha dato la forza di andare avanti per tutti questi anni senza farla finita. L'aver conosciuto l'amore vero mi ha salvato la vita.»

Mi si chiude la gola dal magone che mi sale. «Ci diamo del tu...?» mormoro, travolta da questa valanga di sentimenti.

«Mi piacerebbe tanto. Mi piacerebbe conoscerti, rivedere lei, scusarmi, provare a renderla felice. Non è a me che penso, credimi, e non è certo per fare ammenda: è per non sprecare altro tempo, che non ce n'è più molto ormai...»

«Marcello...» gli dico in lacrime «ti prego, tu che lo sai, dimmi che cos'è l'amore, l'amore vero... che io non lo so, e credo non lo saprò mai.»

«Francesca cara, tutto quello a cui devi fare attenzione è ciò che l'amore non è, e l'amore non è rabbia, risentimento, amarezza, noia o paura. Il resto, quello che fai col cuore aperto e fiducioso per qualcuno senza il quale non riesci a stare nemmeno un minuto, ecco, l'amore è quello.»

«Quando vuole vederla?» singhiozzo.

«L'ultima domenica del mese un'associazione di volontari ci porta fuori: mi faccio lasciare al Parco Nord... ti prego, portala lì!»

Ciò che amore non è, dico a me stessa riattaccando.

28

«Ho tradito Edo con il nostro autore di punta, con cui dovevo scrivere il romanzo che avrebbe vinto lo Strega, adesso lui per dispetto non vuole più lavorare con me, quindi mi sono giocata la promozione e per poco anche il lavoro. E me la sono cercata, ho scherzato col fuoco pensando di non scottarmi e invece mi sono bruciata viva. Ma quel che è peggio è che ho ferito Edo in una maniera atroce, e non se lo meritava, così adesso ho perso tutto quello che veramente contava.»

Mi fissa intensamente e mi sorride come se fosse al corrente di qualcosa che non sono ancora in grado di comprendere.

Come quando mi diceva: "Lo capirai quando sarai grande".

Eppure adesso comincio a capire.

«Non devi sentirti in colpa, tesoro...» mi dice con tenerezza «siamo umani e come tali siamo pieni di difetti, e diamo un peso esagerato alle cose in cui crediamo, come fossero scritte nella pietra. Perché abbiamo un bisogno assoluto di aggrapparci a qualcosa di solido. Ma i sentimenti sono l'ultima cosa che ci può sostenere, sono come le ragnatele: sembrano resistenti, ma al primo strattone cedono. So che è comico che sia proprio io a dirtelo, ma se c'è una cosa che ho capito in questi anni persi a guardare nel vuoto è proprio questa: l'equilibrio è tutto.»

Poi mi dà un leggero bacio sulla fronte.

Mi faccio coraggio. «Mamma, c'è una cosa importante che devo dirti» le annuncio titubante.

«Dimmi, tesoro mio.»

«Ho paura. Ho paura a dirtela perché temo che ti faccia più male che bene, ma se non te la dico non potrai mai affrontare la verità... e Dio solo sa se non ci sono già stati abbastanza feriti sul campo.»

Mi guarda interrogativa.

«Ho visto Marcello» pronuncio cautamente.

«Cosa?» si allarma.

Annuisco.

«Ma dove? Quando? Come sta? Dov'è? E perché l'hai visto?»

«Volevo capire, mamma, volevo sapere chi era l'uomo che hai amato più della tua stessa vita, era importante che capissi perché era così speciale!»

Si copre la bocca con la mano, sconvolta. «Tu l'hai...»

«L'ho cercato. C'è voluto un po', ma l'ho trovato. Sono andata da lui e purtroppo...», respiro, «purtroppo è rimasto paralizzato dall'incidente.»

Abbassa le palpebre e sussurra un "no" di pancia, penosissimo, lontanissimo.

Cerco di mantenere la calma, una calma che non ho, e mi sto pentendo ogni minuto di più di averglielo detto.

Lei non poteva reggere una cosa simile, lo sapevo. Sarebbe stato troppo per chiunque.

«Mamma... ti prego...» le dico accarezzandole la schiena.

«Paralizzato...» ripete con la voce strozzata in un mare di lacrime.

«Lui non ti voleva lasciare... è stata sua moglie a dirti quelle cose. Poi ha scritto una lettera a lui fingendo di essere te, dove dicevi che era finita. Per questo lui non ti ha più cercata, credeva di non poterti offrire più niente e non ha voluto insistere pensando che lo avresti dimenticato e saresti stata di nuovo felice con papà...»

«Io non lo sapevo... io pensavo che mi avesse dimenticata, che mi avesse presa in giro.»

«No, invece, il tuo ricordo è stata l'unica cosa bella di questi ultimi lunghi anni. Marcello non ha smesso un minuto di amarti.»

Il suo pianto ora è una diga di dolore che cede tutta insieme e deflagra in tutta la sua potenza. Come se l'anima le stesse esplodendo.

«Ti vuole vedere, mamma. Vuole incontrarti, ti vuole parlare.»

«Davvero?» chiede con una vocina piccola piccola.

Faccio sì con la testa.

«Ma come facciamo...?»

«Ti accompagno io fra tre domeniche al Parco Nord, lui sarà lì. Senza la moglie!», sorrido. «Pensi di farcela? Altrimenti gli dico che non te la senti, capirà.»

«Sì, voglio vederlo» mi dice con una sicurezza assoluta, «ma tre domeniche è un sacco di tempo!»

«Avete aspettato tutti questi anni! Cos'è questa fretta adesso?», rido.

Sorride anche lei fra le lacrime e mi sembra tornata giovane, come se le si fosse riaccesa la luce dentro.

«Allora ti farai bella per lui e smetterai di piangere, promesso?»

«Promesso!» mi dice come la mia sorellina minore. Buffo, io che non ho mai voluto figli ho finito per fare da mamma alle persone che più amo.

29

Due settimane più tardi la Bigazzi Edizioni è in pieno fermento per l'arrivo del libro.

Sembra ci abbiano consegnato il nuovo *Harry Potter* con il furgone blindato nella cassetta di sicurezza.

Bigazzi ha fatto ordinare un rinfresco a base di caviale e champagne, e decine di vassoi con splendide tartine di ogni colore e forma sono disposte sul grande tavolo delle riunioni insieme a una grossa scatola di cartone contenente le copie fresche di stampa.

L'ufficio stampa è in fibrillazione e Annamaria è vestita come per un matrimonio, messa in piega e unghie comprese, ed è tutta pappa e ciccia con la Zarina e con Ilaria, che sorride felice come si stesse sposando, appunto. Il fatto che le nozze siano saltate non l'ha minimamente scalfita, forse riadatterà l'abito da sposa per la serata finale dello Strega. Comunque, ogni volta che mi guarda, essendo convinta che abbia fatto io la spia, nei suoi occhi leggo solo la promessa di torture inenarrabili.

Lei non sa che, al mondo, non c'è niente di peggio di quello che sto passando adesso, niente che potrebbe ferirmi ulteriormente.

Paola e io ci mettiamo in fondo alla sala appoggiate al calorifero, aspettando l'arrivo di Calamandrei, che ci riserva solo una mezz'ora di ritardo.

Entra come fosse appena uscito dalla doccia, dà un bacio a Ilaria e alla Zarina e dice qualcosa nell'orecchio a Bigazzi che lo fa ridere moltissimo e che mi provoca un'ulcera perforante.

«Vi ho riuniti tutti qui perché questo, come sapete, è un giorno speciale!» annuncia Bigazzi con voce tonante. «Intanto perché il 18 è il mio numero fortunato e oggi è il 18 marzo ed è proprio oggi che esce il libro di Leonardo...» Applausi. «... E questo non può essere che un segno...» prosegue «ci abbiamo lavorato sodo, nonostante i *problemi* della fase iniziale. Ma, grazie a un fortissimo spirito di squadra, siamo riusciti a tirare fuori un capolavoro!»

Applausi.

«Addirittura un capolavoro...» sussurro a Paola «si sta prendendo tutto il merito quella... senza collo!»

«Te l'avevo detto...» risponde alzando una spalla.

«Questo è il libro più bello dell'ultimo decennio» prosegue, «meglio di Franzen, meglio di Coe, meglio anche di Grossman!» e qui dà una pacca sulla spalla a Calamandrei, che finge modestia.

Applausi a scena aperta.

«Dimmi che non ha detto Grossman» mi sussurra Paola.

«Ha detto Grossman.»

«... Ed è con incredibile orgoglio che vi mostro il bestseller destinato a vincere il premio Strega e a rimanere in vetta alle classifiche per i mesi a venire e che... la Warner Bros ha appena opzionato per la trasposizione cinematografica!» annuncia in un crescendo di euforia.

Fischi e urla di gioia non si contano più.

Ilaria abbraccia Calamandrei e gli dice qualcosa del tipo "grande, ce l'abbiamo fatta!", che fingo di non sentire mentre la Zarina gli alza la mano destra come a un pugile che ha vinto l'incontro.

Bigazzi prende il trincetto che gli porge Annamaria e si appresta a incidere lo scotch che sigilla la scatola di cartone, con la solennità del varo di una nave. Apre le quattro ali della scatola e ne estrae la prima copia, che ci mostra pieno di emozione ed entusiasmo, neanche fosse suo figlio appena nato.

In copertina una foto in bianco e nero di alcune lettere di

posta aerea cadute per terra e sullo sfondo del filo spinato, e sopra il titolo *Lettere nella neve*.

Sorrido all'idea del terzo romanzo che si è inventato nel giro di due mesi e batto le mani lentamente, ripetendo: «Complimenti, carogna», sicura che mi stia guardando e legga il labiale.

E mentalmente mi congratulo con Ilaria, per essere riuscita a fargli portare a termine un romanzo senza l'uso di stupefacenti, ma è evidente che aveva argomenti molto più persuasivi dei miei.

Il libro passa di mano in mano fra i commenti entusiastici di tutti, e finalmente arriva a me.

Per deformazione professionale mista a masochismo comincio a leggere dal fondo: i ringraziamenti. Ovviamente bene in vista compaiono i nomi di Bigazzi (*senza il cui supporto non ce l'avrei mai fatta*) e Ilaria (*la migliore editor che si possa desiderare*).

Infine passo a leggere la sinossi, e mi si gela il sangue.

«È il libro di Rapisardi!» dico a Paola.

«Che?» mi risponde strappandomelo di mano.

«È il suo romanzo, parola per parola, lo riconosco benissimo: non si sono nemmeno preoccupati di cambiare i nomi dei protagonisti!»

«Ma com'è possibile?» mi chiede sfogliando le pagine.

«Il manoscritto è rimasto per mesi sulla mia scrivania in attesa che arrivasse il momento buono per proporlo a Bigazzi e... l'avevo fatto leggere a Ilaria per avere un'opinione, lei lo adorava quel libro!»

«Che stronza!» esclama.

«Sì, lo sapevamo già, ma questo è peggio! È un plagio!»

«E che cosa possiamo fare?»

«Devo parlarne a Bigazzi, non posso credere che abbia acconsentito a una cosa del genere: questo è furto di proprietà intellettuale, ci sono delle leggi al riguardo!» dico, chiedendomi se davvero ci siano delle leggi al riguardo.

Sono sconvolta, offesa e soprattutto schifata.

Attendo fino al tardo pomeriggio che si calmi l'euforia, poi mi faccio coraggio e vado in ufficio da lui.

Entro senza nemmeno bussare.

Il suo sorriso, vedendomi, si trasforma in una smorfia di fastidio.

«Allora» mi chiede, «è venuta a congratularsi?»

«Niente affatto» rispondo mostrandogli il libro. «Lei sa quanto me che questo non l'ha scritto Calamandrei, ma Rapisardi!»

«Io non so proprio niente, Francesca. Lei creda pure quello che preferisce ma, se vuole accettare un consiglio, cerchi di non saperne niente nemmeno lei, giusto per dormire tranquilla.»

«Mi minaccia?»

Si rilassa sulla sedia. «Io non minaccio nessuno» risponde serafico, «non è mai stato il mio stile. Solo, fossi in lei, mi godrei questo bel momento di condivisione con la mia azienda e lascerei i pettegolezzi fuori. Poi, le ripeto, faccia pure come crede.»

Rimango lì in piedi, in silenzio. «Come siamo arrivati a questo punto?» riesco appena a dire dopo qualche attimo. «Da quando vendere è diventato più importante del lavoro, della passione, del sacrificio, e del talento degli autori? Quando è diventato tutto uno schifo simile?»

«Questa è la giostra, Francesca» risponde schietto, «a lei decidere se salirci o meno.»

Lo guardo negli occhi per un istante.

«Mi dispiace. Io scendo qui!»

Non mi degna neanche di una risposta, ma si limita a un'espressione che interpreto come "faccia quello che vuole".

Torno alla scrivania, raduno le mie cose, avverto Paola che la vedrò a casa e me ne vado più in fretta che posso.

Non so cosa fare, non so se avvertire Rapisardi o aspettare che se ne accorga, sono totalmente confusa e, come al solito, sola.

Torno a casa come in trance.

Il lavoro per me è sempre stato tutto. Non avrei mai pensato di arrivare a dimettermi. E non avrei neanche lontanamente immaginato di trovarmi in una situazione del genere.

Che cosa faccio adesso?

Provo a chiamare Rapisardi per tastare il terreno.

«Francesca cara, che bello sentirti!» mi dice con la consueta dolcezza.

«Era tanto tempo che ti volevo chiamare, poi, sai, gli impegni... ma ecco, adesso immagino che avrò molto più tempo libero, dato che non lavoro più alla Bigazzi.»

«Davvero?» mi chiede preoccupato. «E come mai?»

«Divergenze divenute... inconciliabili.»

«Gesù, mi dispiace, ma ti confesso che sapevo sarebbe successo prima o poi, non era il posto per te.»

«Già, immagino di no. E...» tento, cauta, «volevo chiederti, solo per curiosità, a proposito del tuo manoscritto.»

«L'ha letto?» mi chiede speranzoso.

«Non... lo so, Mauro, però mi chiedevo se avevi salvato il file sul tuo computer...»

«Che buffo, me l'ha chiesto anche la tua collega Ilaria, due o tre settimane fa... ma, come ho detto a lei, in realtà era una cosa che scrivevo avanza tempo a mano, poi l'ho data a te perché mi fido solo del tuo giudizio... tanto lo so che scriverò solo giallacci per il resto della vita», ride amaramente.

Mi si chiude lo stomaco. «Nemmeno una copia, quindi...»

«No, non ci ho pensato, ma puoi farla tu, se credi...»

Batto i pugni sul tavolo tenendo la mano sul microfono perché non mi senta urlare: «Imbecille!».

«Come dici, scusa?»

«Niente! Bigazzi è un imbecille a non darti questa opportunità.»

«Eh, ma si vede che il mio destino è questo...»

«Ci sentiamo presto!» lo liquido per continuare a urlare liberamente: «Imbecille tu, a non fare una cazzo di copia!»

A mano! Ma chi crede di essere, un amanuense? Venanzio del *Nome della rosa*?

Perfetto, si sono appropriati del suo manoscritto e lui non può dimostrare che sia suo, e Bigazzi lo sapeva benissimo.

Ho la testa che fuma e non so cosa fare, a parte consegnare un curriculum al venditore di caldarroste in piazza del Duomo, sempre che mi ritenga abbastanza referenziata.

Adesso capisco perché erano tutti così rilassati e sicuri,

sapevano di avere il libro giusto e l'hanno attribuito allo scrittore più insensatamente amato degli ultimi anni: bello, stronzo e ignorante – il trinomio perfetto!

Urlo, prima di mettermi a preparare sessanta focaccine dolci.

«Non so come fare!» dico a Paola, mentre Alessandro vomita in bagno.

«Glielo dico io?» si offre subito.

«No! Deve essere preparato gradualmente.»

«Ma il libro è in tutte le librerie d'Italia ormai, se ne accorgerà!»

«È appena partito per un trekking sull'Himalaya e ci rimarrà fino alla fine dell'estate, dubito che ci siano copie lassù. Anche se potrei sbagliarmi. E poi lui non è un tipo mondano, non sta dietro alle classifiche: potrebbe non scoprirlo mai.»

«Fra, che cacchio dici? Credi che non si insospettirebbe se d'un tratto in cima alle classifiche ci fosse un libro che parla di "una storia d'amore ambientata nel campo di concentramento di Buchenwald fra uno scrittore e un'infermiera ebrea"? Non ci sono un po' troppe coincidenze?»

Mi copro il viso con le braccia. «Paola, se c'è una cosa che ho capito in tutta questa faccenda è che la verità quasi sempre ti uccide e, se permetti, non voglio avere un altro morto sulla coscienza.»

«Con un po' di fortuna non vincerà lo Strega» conclude lei.

«La fortuna non ci sta assistendo da un pezzo ormai, ti ricordo.»

Ale torna dal bagno verde come un prato all'inglese e sempre più magro.

«Mangi qualcosa?» gli chiedo.

«No» risponde e va a ributtarsi in poltrona.

Paola e io ci guardiamo e andiamo a sederci sui braccioli per tentare di confortarlo.

Ma il suo dolore è così assurdo, immenso e devastante che non c'è modo di arginarlo, e continua anche lui a ripetere "perché" senza sosta.

«Domani ci parlo io con quella troia!» salta su Paola.

«E cosa credi che ti dica? Mi ero sbagliata?»

«Qualcosa deve pur rispondermi!»

«E perché mai? Non ci deve niente... se la mattina si guarda tranquillamente allo specchio, come sono convinta faccia, noi siamo l'ultimo dei suoi pensieri.»

«Sì, ma la soddisfazione di dirle in faccia che è una gigantesca stronza me la voglio togliere comunque!»

«Basta, per favore» sbotta Alessandro, alzandosi e correndo di nuovo in bagno, «non sono sordo!»

«Se non lo conoscessi direi che è incinta!»

«Paola, ma ti sembra il momento di scherzare questo? Io sono preoccupatissima!»

«Sì, anch'io. Che facciamo?»

«Dobbiamo farci venire un'idea. Un'idea che salvi tutti e tre.»

«Già, ma quale?»

Lettere nella neve schizza immediatamente in cima alle classifiche, come previsto, e da quello che mi dice Paola critica, pubblico e librai sono tutti impazziti, e non stento a crederlo.

La notizia che me ne sono andata ha fatto il giro abbastanza velocemente, ma il problema è che siamo nel momento storico più critico per l'editoria, e così ogni mia telefonata "informativa" si chiude con un "e come faccio ad assumerti con il tuo curriculum, con un contratto di formazione?".

Io evito di rispondere che mi andrebbe benissimo, piuttosto che rimanere a casa a leggere gli annunci economici, ma a quanto pare sono anche riusciti a farmi il vuoto intorno.

Incredibile come sia facile annullare la carriera di qualcuno che ha lavorato come un mulo per tutta la sua vita adulta, penso girando fra le dita il biglietto da visita di Augusto Bonaccorsi, la mia ultima speranza.

E finalmente mi decido a telefonargli.

«Era ora che mi chiamassi!» esordisce dopo avermi riconosciuta.

«Non volevo disturbarti e sinceramente mi sento in grande imbarazzo, come puoi immaginare.»

«Immagino, ma non ce n'è ragione, non potevi rimanere lì ancora a lungo. Era una follia, ho sentito storie assurde su Bigazzi!»

«Penso di potertele confermare tutte», sorrido.

«Senti, dammi un po' di tempo per fare qualche telefonata. Qualcosa mi faccio venire in mente, anche se è un periodo di merda. Intanto ti manderei un po' di bozze da correggere di alcuni miei autori, così non rischio di trovarti a suonare il violino in metro.»

«Te ne sono grata, Augusto» dico, sinceramente riconoscente.

«E non buttarti giù, eh? Chiusa una porta, lo sai come si dice!»

Riattacco un po' delusa. Ma cosa speravo? Che mi avrebbe trovato un posto da senior editor domattina?

Forse è vero, mi sono sopravvalutata.

Dovevo accontentarmi della mia tiepida vita di prima e farmela bastare, invece di credere di meritarmi di più.

Però cosa volevo, in fondo? Una vita di coppia soddisfacente, una carriera professionale affermata, un buono stipendio, la possibilità di comprare finalmente una casa... Non mi sembrava di chiedere la luna, invece evidentemente l'ho fatto: ho schiacciato un qualche bottone proibito e il sistema è andato in tilt.

Preparo le scatole con le mie cose insieme a Paola per portarle a casa sua, dato che non posso più permettermi l'affitto dell'appartamento da sola.

Tutto quello che ho comprato con Edo – i piatti, il televisore, il tappeto, il divano, lo stereo, le tende –, lo lascio qui.

Non posso permettere ad altri ricordi di seguirmi come cani randagi.

Non posso zavorrarmi ulteriormente.

Mi guardo intorno.

La casa che un tempo avevo arredato con amore e pazienza è stata smembrata pezzo per pezzo.

Ricordo quanta energia avevo impiegato per sistemarla

come piaceva a noi, cercando di fare le cose per bene, pensando che sarebbe stato per sempre.

Ci avevo messo tempo e impegno, dedicandomici in ogni momento libero, perché era una cosa preziosa, era una cosa importante.

Le nostre vite dovevano stare in perfetto equilibrio, e l'equilibrio, si sa, è delicato come un fiore seccato fra le pagine di un libro.

Volevo dimostrare a me stessa che ce la potevo fare anch'io a creare qualcosa di stabile, di speciale, che non sarei stata più il terzo incomodo come nella vita dei miei.

E quando crei qualcosa ci metti sempre la massima attenzione, delicatezza e dedizione possibile.

Solo quando la distruggi non devi fare altro che lanciare la palla da demolizione e stare a osservare il crollo.

Chiudo la porta dietro di me senza voltarmi, mentre porto fuori l'ultimo pacco.

Paola mi vede così desolata che, prima di scaricare la macchina sotto casa sua, saliamo a berci una cioccolata calda con tanto zucchero.

Gli sciocchi rimedi dell'infanzia, gli unici che, in qualche modo oscuro, riescono ancora a soffiare sulle ferite che bruciano.

«Non ce la faccio più, Paola», piango, «non ce la faccio proprio più.»

«Sì che ce la fai», mi abbraccia, «ce l'hai sempre fatta!»

«È questo il problema, ce la fai sempre perché resisti, ma nel momento in cui molli la presa scivoli giù in un secondo. È la forza di gravità che ci trascina, noi non siamo fatti per salire verso l'alto!»

«No, Fra. Adesso hai tutto il diritto di parlare e di sentirti così, ma ci sono io qui con te e troveremo il modo di uscire da questo casino, insieme. Come abbiamo sempre fatto.»

«Ma come? Sono senza un soldo, senza una casa, senza lavoro e con mia mamma così...»

«Una casa intanto ce l'hai» mi dice indicando il soffitto «e al resto penseremo.»

La notte mi giro e mi rigiro sul divano, finché mi alzo e accendo il computer, giusto per vedere la replica di "Un libro è per sempre" con Calamandrei ospite d'onore che si sente Salman Rushdie, e farmi venire l'ennesimo attacco di nervi.

È sempre insopportabilmente sicuro di sé, del tutto immerso nel suo ambiente, affascinante, disinvolto e con la coscienza candida come quella di un neonato. E se ne sta lì, seduto sulla poltrona arancione, le gambe accavallate, a flirtare con la conduttrice.

Com'è possibile che io non riesca a dormire e lui sì?

Ha pianificato tutto quel corteggiamento solo perché ero l'unica che non gliela dava. Mi ha confusa e ricoperta di attenzioni, mi ha fatto perdere la testa. Per un attimo, ma me l'ha fatta perdere.

Mi ha fatto star bene, mi ha fatto sentire viva, femminile e attraente... e poi più nulla.

Finito, basta, dimenticata: avanti un'altra!

Mica dovevamo essere una coppia, figuriamoci! Ma voglio dire: come fai a non voler più sentire una persona che chiamavi tre volte al giorno?

È illegale!

«Dio, come lo odio!!!» urlo chiudendo il laptop con un colpo che quasi lo disintegro.

Paola accorre da camera sua. «Che è successo?» mi chiede nel panico.

«Niente, avevo voglia di farmi del male e mi sono messa a guardare Calamandrei.»

Si siede accanto a me. «Fra... certo che anche tu...»

«Sì, lo so, lo so... non dovrei, ma è come guardare un incidente sull'autostrada: sai che non dovresti, ma è più forte di te.»

Mi mette un braccio sulla spalla, e mi appoggio a lei. «Quanto durerà tutto questo?» le chiedo.

«Dipende.»

«Da cosa?»

«Da quanta volontà ci metti per uscirne.»

«Non è questione di volontà» ribatto, «è ovvio che vorrei uscirne domani, anzi stanotte, schioccare le dita e aver metabolizzato tutto. Ma non è così, il cervello non fa altro che divertirsi a tormentare quel rammollito del cuore a forza di ricordi, ogni volta che si rilassa un attimo!»

Paola sospira. «Lo sai qual è il tuo problema?» mi dice. «È che tu vedi solo il lato negativo di tutto questo.»

«Perché, ce n'è uno positivo, forse?»

«Certo che sì! Hai detto addio alla tua vecchia, noiosa, rancida vita e lo volevi fare da tanto, e ora che ci sei riuscito e stai nuotando nel mare aperto è ovvio che vorresti tornare indietro.»

«In parte sì. Darei un braccio per ritrovare la rassicurante immobilità che avevo prima. E poi mi manca Edo. Da morire.»

«Fra, se ci pensi bene, non ti manca tutto di Edo. Ti mancano la sua dolcezza, la sua tenerezza, il suo affetto, ma il motivo per cui l'hai lasciato è un altro, e me lo ripetevi da anni.»

«Non mi ricordo più perché l'ho lasciato» borbotto, «dimmelo tu.»

Paola sospira di nuovo. «Quella volta che sei stata male di notte, chi ha chiamato la guardia medica?»

«Tu, ma perché lui non trovava il numero su internet.»

«Certo. Lo so, era difficilissimo: guardia + medica + turno + Certosa.»

«Okay, la prossima.»

«Quante volte siete riusciti a entrare in un ristorante? Cominciava a girare indeciso in macchina perdendo ogni parcheggio possibile e, quando finalmente trovava un posto, i tavoli erano al completo.»

«Ma sai a Milano... il parcheggio.»

«Un taxi, Cristo! Potevate prendere un taxi!»

«*Next*...»

«Cosa gli piaceva fare che non piacesse a te?»

Ci rifletto un attimo: «Non so, gli piaceva fare molte cose...».

«Tipo? Leggere non vale, tutti leggiamo.»

«Non so, il cinema, la televisione...»

«Neanche quelli valgono.»

«Non lo so» mi arrendo.

«Fra, quell'uomo ha passato questi sei anni a cercare di rendere felice te, senza rendere felice se stesso, senza esplorare un po' dei suoi desideri, cercare di conoscersi, anche solo scoprire quale gusto di gelato preferisse.»

«Crema e nocciola» rispondo giocando con le maniche della felpa.

«No, Fra, quelli sono i gusti che piacciono a te, e lo so bene perché ti conosco. Ma io preferisco fragola e cioccolato e Ale limone e pistacchio, ed è così perché siamo tutti diversi! Ma quel poverino è stato rovinato da sua madre e se non sfugge dalle sue grinfie è spacciato.»

«Lo so, però io non gli ho certo facilitato il compito. L'ho praticamente obbligato a tornare da lei!»

«Fra, abbiamo tutti almeno una scelta, e quella non è l'unica che ha! Può andare a vivere da un amico... se ne trova uno, insomma, o cercare un posto più economico dove sistemarsi, sposare un'ucraina... ci sono mille soluzioni, ma lui vedeva solo te, e avrebbe saltato in un cerchio di fuoco se tu glielo avessi chiesto!»

«E non è una cosa buona?»

«No, non lo è e lo sai perfettamente, perché ogni donna a un certo punto si stanca di avere un tappeto ai suoi piedi, per quanto morbido, confortevole e coperto di petali.» Annuisco. «E tu avevi bisogno di confrontarti, di capire te stessa anche attraverso di lui, di crescere, fare progetti per il futuro, litigare e fare pace, e soprattutto fare sesso. E io sarò sempre qui per ricordarti che non litigavate mai e non facevate neanche mai sesso.»

«Hai finito?!» le chiedo.

«Direi di sì.»

«Non ti dirò mai più che mi manca Edo.»

«Brava, adesso dormi» dice alzandosi e uscendo dal salotto.

«Paola?»

«Eh!» mi risponde sulla soglia.

«Perché gli uomini spariscono dopo averti portata a letto?»

«Guarda, Fra, se vuoi ti dico dov'è sepolto il Santo Graal!»

30

Domenica sono davanti a casa di zia Rita con la macchina di Paola che aspetto mia mamma, emozionata come se all'appuntamento dovessi andarci io.

«Voglio sapere dove vai!» sento strillare da dentro.

«Ma mi lasci? Vado con mia figlia a fare colazione fuori, è così strano per te?»

«Non ci sei mai andata, cos'è sta novità?»

«E adesso mi va di andarci! Voglio fare un *brunch*, va bene? E tu sbrigati che fai tardi a Messa!» le urla sbattendo la porta e avanzando a passo di carica verso la macchina.

Zia Rita riapre e cerca di raggiungerci, ma mia madre mi spinge la mano sulla leva del cambio e mi grida: «Parti!».

Sgommiamo via ridendo come Thelma e Louise, poi mi volto a guardarla meglio.

È uno splendore.

Si è messa un vestito blu notte, con le scarpe coordinate, e sopra un cappottino con la manica al gomito che fa molto Audrey Hepburn.

È deliziosa e bella e giovane e, se avessimo un'amnesia collettiva, potremmo credere che non sia mai successo niente.

Man mano che ci avviciniamo, perdiamo progressivamente coraggio e smettiamo di parlare.

E quando mi fermo all'ingresso del parco ci prende il panico.

«Oddio Francesca, riportami a casa, non me la sento!»

«No, mamma, siamo arrivate fin qui e adesso non ti puoi tirare indietro!»

«Non ho la forza di parlarci, non so cosa dirgli, è passato troppo tempo. Un conto è immaginare un appuntamento con la musica e tutto, altra cosa è andarci davvero! La realtà è sempre deludente...»

«Be', mamma, di sicuro non ti correrà incontro, ma per lo meno senti cos'ha da dirti!»

Si gira e mi afferra la mano. «Non ce la posso fare!»

«Sì, invece» rispondo raccogliendo briciole di coraggio dalle tasche.

Scendiamo insieme e camminiamo lentamente nell'aria fresca del mattino, guardando per terra con le mani strette nelle tasche.

E poco dopo vediamo Marcello spinto dal suo accompagnatore, che lo porta fino alla panchina che mi aveva indicato. Il ragazzo tenta di sistemargli meglio la sciarpa, ma Marcello gli dà una pacca sulla mano e gli fa cenno di andarsene.

Sorrido e guardo mia madre. «Pronta?» le chiedo.

E vedo il vero amore che le si materializza negli occhi.

Vedo una ragazza felice che corre a braccia aperte verso l'uomo della sua vita e il suo futuro pieno di gioia, assolutamente incurante della sedia a rotelle, degli anni passati, del tempo crudele e del dolore che li ha macerati.

Tutto è stato cancellato nell'attimo di uno sguardo, tutto azzerato, e allora davvero capisco ciò che amore non è.

Torno in macchina e rimango ad aspettarla per ore e ore.

Fino a che comincia a fare buio e mi permetto di andare a cercarla.

Ma quando mi avvicino alla panchina e li vedo ridere come ragazzini alla luce fioca del lampione, non ho cuore di disturbarli.

L'accompagnatore di Marcello, anche lui in attesa di riportarlo a casa, mi si avvicina discretamente.

«Pagherei per essere amato così.»

«Anch'io!» rispondo.

31

Le mie giornate scorrono via tutte uguali, senza nessuna novità, se non quella del fiorire della primavera.

Passo le mattine in casa di Paola a correggere bozze per gli autori di Augusto Bonaccorsi, che continua a incoraggiarmi e a dirmi di non mollare, anche se per il momento non è ancora comparso niente all'orizzonte.

Alessandro è quasi sempre in salotto con me. Silenzioso in poltrona, si rode il fegato controllando su Facebook gli aggiornamenti di stato di Ilaria, alla quale, nonostante tutto, non ha tolto l'amicizia.

Non c'è limite al masochismo.

Ma lo capisco. Mi sarei comportata allo stesso modo.

Siamo fatti di cuore, anima e viscere, e saremmo disposti a qualunque cosa pur di smettere di soffrire, anche raccontarci che ci siamo sbagliati davanti all'evidenza.

«Devo vendicarmi in qualche modo» mormora fra sé.

«Sicuro sia una buona idea?» rispondo senza alzare la testa dai fogli.

«È l'unica idea che mi fa stare meglio.»

«Anche una corsa nel parco ti potrebbe far stare meglio.»

«Una corsa sopra di lei con delle scarpe da calcetto, sì.»

Sorrido. «Sei ancora nella fase della rabbia, te ne mancano tre per elaborare il lutto!»

«Voglio fermarmi a questa, è la mia preferita.»

«Io sono della vecchia scuola, quella del cadavere che passa sul fiume.»

«Io invece sono per spingere la stronza nel fiume.»

Rido di gusto. «Vedi? Riesci a scherzarci su, vuol dire che stai meglio!»

«Vuoi vedere una cosa?» mi dice alzandosi e quasi perdendo i pantaloni da quanto è dimagrito.

Apre il suo zaino e ne estrae un cofanetto rosso.

Sorrido, gli faccio cenno di attendere e sparisco in camera, nello sgabuzzino dove tengo i miei scatoloni. Ricompaio in salotto col mio cofanetto blu.

Apre la scatola e mi mostra l'anello di fidanzamento di Ilaria, io apro la mia e mostro il mio zaffiro. E scoppiamo a ridere.

Alessandro mi prende l'anulare e pronuncia solennemente: «Francesca, con questo anello io *non* ti sposo...» e me lo infila al dito.

Prendo il suo anulare e pronuncio a mia volta: «... e nemmeno io, caro Alessandro, nella buona e nella cattiva sorte!», glielo infilo al dito ed è talmente largo che gli entra perfettamente.

«Dove andiamo in *non* viaggio di nozze, cara?»

«Fuori sul balcone?»

«Perfetto!» mi dice facendomi strada.

Rimaniamo una decina di minuti a guardare il palazzo di fronte, e a scaldarci nel tiepido sole d'aprile.

Senza sapere assolutamente che fare delle nostre vite.

«Vieni a prenderla che io non la sopporto più!» mi urla mia zia nell'orecchio. «È insopportabile, mi tratta come una pezza da piedi e mi risponde sempre male.»

Cerco di non farle sentire che la cosa mi riempie di gioia. «Forse sarà il cambio di stagione che la agita un po'... ci vuole pazienza.»

O un uragano di nome Marcello, sorrido fra me e me.

«Pazienza? Non ne ho più di pazienza, l'ho finita tutta! Quella mi prende in giro, quando vede il dottore è calma, tranquilla e collaborativa. Poi, appena se ne va, non mi ascolta nemmeno e mi tratta malissimo, mi sta facendo diventare pazza!»

Si sentono di continuo, non smettono più di mandarsi messaggi col cellulare.

Vorrei ridere, tanto sono contenta che tutto sia tornato come quando erano più giovani, e vorrei dirle che vado a prenderla questo stesso pomeriggio, ma per come si sono messe le cose adesso non posso nemmeno fare questo.

«Zia, io non ho più un posto dove stare al momento, vivo da un'amica... per ora non posso tenerla con me.»

«Ah, vedi come sei? Prima la volevi e adesso ti tiri indietro!»

«Non mi tiro indietro, è che sono cambiate molte cose nel frattempo e, finché non trovo un altro lavoro, non so proprio come fare.»

«E allora cerca di farti venire un'idea in fretta, che io non ho intenzione di continuare così per molto!»

Ovviamente non poteva capitare in un momento peggiore.

Come tutto il resto delle ultime catastrofi.

Decido di prendere un appuntamento col dottor Lippi – l'unico, forse, che mi potrebbe aiutare.

Mi riceve come sempre in fretta e con il suo umore tagliente.

Mi ero dimenticata dell'effetto che mi faceva e di quanto riuscisse a mettermi in soggezione, ma adesso che mia madre non è più sua prigioniera non può certo liquidarmi con tre parole.

Mi siedo nel suo ufficio cercando di ostentare sicurezza.

«Vorrei che parlassimo un po' di mia madre» gli dico con calma, «sta molto meglio e non rappresenta più un pericolo per sé e gli altri.»

«Questo lo lasci decidere a me!» risponde, togliendosi gli occhiali e mostrando delle occhiaie molli e nere.

«Certo che lo lascio decidere a lei» rettifico subito, «ma non può non constatare un suo oggettivo miglioramento.»

Mi guarda serio. «Crede che non sappia che ha smesso da mesi di prendere i farmaci?»

«Da...vvero?» fingo sorpresa.

«E lei lo sa benissimo» sottolinea senza ironia.

«Io non lo so, non vivo con lei, vado solo a trovarla una

volta a settimana, ma non credo che... insomma, la zia non glielo avrebbe permesso.»

Sorride.

In modo sinistro ma sorride.

«Ho parlato con sua madre da solo le ultime volte che sono stato a trovarla e me lo ha detto lei che non prendeva più niente, a parte il litio. Mi sono molto arrabbiato perché nel suo caso le ricadute sono pericolosissime ed estremamente frequenti, ma ho capito che è successo qualcosa, che finalmente è riuscita a sistemare qualcosa del suo passato. Una persona importante è tornata, e questo grazie a lei, alla sua vicinanza e all'affetto che le ha dato.»

Mi sento improvvisamente in imbarazzo.

Ho fatto bene una cosa, per una volta?

«Io non credo proprio di aver fatto nulla di particolare.»

«Lo ha fatto invece, non ha smesso di sperare, non ha smesso di tenere in vita una fiammella che si era quasi spenta del tutto, e l'ha salvata. Ha salvato sua madre. È l'amore che salva la vita, non i farmaci!»

«Davvero?» sussurro.

«Davvero. E non sia troppo dura con se stessa d'ora in poi.»

Faccio sì con la testa. «Grazie» dico.

«Non mi ringrazi» risponde brusco, «se riusciamo a recuperare un paziente è un successo per tutti. Non creda che io mi diverta a tenerli qui, anche se probabilmente lei pensa il contrario.»

«Sa, vorrei tanto tenerla con me» gli confido, approfittando di questo attimo di fiducia nei miei confronti, «ma ho avuto una serie di problemi personali e... insomma, non ho né casa né lavoro e... ecco... è un momentaccio.»

Mi ascolta serio.

«Quando sarà il momento la prenderà con sé. Adesso non si crucci per questo, si goda il suo grande miglioramento e non smetta di starle vicino. Sua madre deve ricominciare il più possibile a vivere una vita normale.»

«Lei crede che possa tornare davvero ad avere una vita normale?»

«Certo che sì, e sa cosa le dico? Credo che si annoi moltissimo. Sua madre ha un'intelligenza vivace, ed è creativa: dovrebbe trovarle qualcosa da fare, non è tipo da stare tutto il giorno davanti alla televisione.»

«No, infatti. L'ha sempre odiata.»

«Menomale, è raro!»

Esco con il cuore leggero e una voglia incredibile di raccontare a Edo quello che è successo. Tiro fuori il cellulare e digito il suo nome, ma prima che squilli riattacco.

È un automatismo che devo rimuovere il prima possibile.

Tutto quello che era normale ora non lo è più.

Me lo devo ricordare.

Approfitto del pomeriggio libero e della giornata piena di sole e mi lascio cullare da quell'unica buona notizia.

E, osservando i mandorli in fiore, forse mi viene un'idea.

«*Mobbing!* Si chiama *mobbing*!» urla Paola piombando in casa all'improvviso e facendo sobbalzare persino Alessandro.

«Successo qualcosa in ufficio?» chiedo fingendo di non immaginarlo.

«Mi hanno fatto andare a consegnare personalmente gli inviti al premio Strega, hai idea di quanti fossero? Perché c'era un regalo speciale per gli Amici della domenica: una scatola con dentro delle farfalle! Idea di chi?»

«Di Ilaria» fa Alessandro senza staccare gli occhi da Facebook. «Voleva farlo per il matrimonio... la Senza collo!»

«Odio le farfalle» dico con espressione di disgusto, «se le avessero recapitate a me, avrei dato il mio voto a qualcun altro!»

«Ne ho liberate venti scatole» confessa Paola. «Povere bestie, mi dispiaceva troppo.»

«Sentite» esordisco con un ottimismo che li sorprende, «ci ho pensato su parecchio e credo che dovremmo fare qualcosa per noi stessi.»

«Tipo» dice Alessandro, «un ciclo di elettroshock?»

Mi alzo e faccio il giro del tavolo. «Ho pensato che, dato che siamo tutti e tre praticamente disoccupati, l'unica cosa che possiamo fare per svoltare è mettere insieme le nostre forze, e ovviamente un po' dei nostri soldi.» Alla parola "soldi" i due si muovono nervosamente sulle sedie. «Ho riflettuto attentamente sulle nostre capacità: io amo i libri, sono tutta la mia vita, il mio lavoro di editor so farlo bene e conosco gli editori, gli agenti e gli uffici stampa; tu, Ale, sei un mago del computer e della contabilità, e poi ci sai fare con le donne e la cosa non guasta mai; tu, Paola, quando vuoi, sei la regina delle pubbliche relazioni, e sei testarda come un mulo e non molli finché ottieni quello che vuoi, e tutti e tre siamo lavoratori instancabili, quindi...»

«... Ci facciamo assumere in un ristorante cinese?» chiede Paola.

«Se falliamo sì, ma prima diamoci una chance...» dico incrociando le braccia con una pausa a effetto. «... Apriamo una libreria-caffè-agenzia letteraria!»

«Che?» chiedono in coro.

«La chiameremo "I cuori infranti", mi sembra in tema.»

Segue un silenzio meditabondo, interrogativo, dubbioso, ma soprattutto incuriosito.

«E dici che si potrebbe fare?»

«Dobbiamo usare una parte della nostra liquidazione per cominciare e poi lavorare come matti, ma sento che è l'idea giusta!»

Alessandro ha cambiato espressione, come se si fosse aperto un pop-up nel suo cervello (forse si immagina mentre consiglia libri alle ragazze infilando fra le pagine il suo numero di telefono), e Paola è lì che fa andare le rotelle.

«Cazzo, sarebbe bello» dice. «Dovremmo trovare un posto centrale, accogliente, in una zona ben servita, con gli studenti. E poi, scusa, perché non prepari tu i dolci? Sei così brava...»

«Perché a quelli penserà mia mamma!»

«Te la sentiresti?» le chiedo il giorno dopo.

«Sarebbe un sogno» mi risponde, piena di entusiasmo. «Ho già un sacco di idee, ho visto tanti di quei programmi idioti sui dolci insieme a tua zia che potrei condurne uno io!»

«È la nostra occasione per cominciare una nuova strada, e stavolta solo per noi.»

Mi sorride e mi prende la mano. «Dài, vieni, andiamo in cucina.»

Comincia a disporre sul tavolo farina, mele, latte, cannella, uvetta, burro, zucchero e una bustina di lievito vanigliato, e poi, esattamente come quando ero bambina, mi dà una ciotola, il cucchiaio di legno e mi dice: «Adesso prepara la torta di mele».

«Oddio, mamma, è quella che mi viene peggio, lo sai!» dico alzando le mani.

«Ci sono io, stai tranquilla.»

Fingo di non sentirmi sulle spine, mentre mi osserva montare lo zucchero col burro fino a che diventa una spuma bianca e poi unire gli altri ingredienti – fra cui la farina setacciata (due volte).

Monto le chiare a neve, aggiungo un po' di zucchero a velo e poi lo incorporo al composto con gesti lenti dal basso verso l'alto, per non far smontare il tutto.

Sto sudando sette camicie, come stessi facendo un esame di alta pasticceria. Anche perché la pazienza non è mai stata il punto forte di mia madre.

«Vedi com'è morbido e arioso il composto?» mi dice mescolando un paio di volte con grandissima cautela. «Adesso unisci una parte delle mele e poi versala nella tortiera, gli spicchi che ti avanzano li userai per decorare. Alla fine non dimenticare di versarci sopra lo zucchero di canna per farla caramellare.»

Eseguo gli ordini come un perfetto apprendista e finalmente infilo in forno la torta, che rimaniamo a guardare e commentare come fossimo davanti a un acquario.

Quando finalmente è pronta, la tiro fuori e l'appoggio sul tavolo.

La facciamo raffreddare un po' ed eccoci al momento della verità.

Mia mamma taglia una fetta di torta di mele, l'adagia su un tovagliolino di carta, la osserva, l'annusa e finalmente le dà un morso.

Guardo per terra pronta a sentirmi dire il solito "buona ma...", invece mastica lenta, assaporando, socchiude gli occhi, e dice semplicemente: «È perfetta».

E ho quasi un mancamento.

Ci ho messo più o meno quarant'anni a riuscire a fare una torta di mele degna di questo nome, e questo è uno dei giorni più belli della mia vita.

Zia Rita spalanca la porta.

«Be', vi sembra questa l'ora di mettervi a cucinare?» ci dice sgarbata mentre si avvicina famelica alla torta.

La mamma le dà una pacca sulla mano: «Per te niente, cicciona!».

32

Sono passati due mesi e stiamo lavorando come pazzi per l'inaugurazione di venerdì.

Alessandro ha trovato un posto semplicemente ideale, in piena zona universitaria, e lo abbiamo allestito in stile londinese, con poltrone in pelle, librerie di legno scuro, tavolini tondi e un bellissimo bancone con una vetrina piena di torte multistrato e biscotti.

Alla fine l'abbiamo chiamato Gli Stregati in onore del premio che ci ha rovinato la vita.

Paola si è licenziata nell'indifferenza generale e, prima di andare via, ha inavvertitamente versato un bicchiere di succo d'arancia sul portatile di Ilaria.

Evento che Alessandro ha accolto con una *standing ovation*.

Sto lavorando sodo per convincere alcuni scrittori legati alla Bigazzi Edizioni da contratti obsoleti a farsi rappresentare da me per svincolarsi ed essere pubblicati da case editrici più prestigiose e, grazie al sito che mi ha creato Ale, ho già un buon numero di richieste anche da parte di scrittori emergenti.

E l'idea di avere un ufficio all'interno di una libreria-caffè mi piace molto.

Paola dirige i lavori come un carpentiere e mia mamma studia il menu dei dolci, che intende cambiare tre volte a settimana.

L'estate appena iniziata è insopportabilmente torrida, ma

siamo così occupati che nessuno ha un secondo di tempo per pensare a quello che manca alla propria vita.

Che tanto per cambiare è l'Amore.

Stiamo talmente tanto tutti insieme che sembriamo usciti da una sit-com, e questa stramba comunità di recupero ci sta facendo bene, ci sta recuperando.

Ho smesso di fare dolci nel cuore della notte, dato che c'è già chi ci pensa... però c'è una cosa che faccio ogni tanto, quando fatico a prendere sonno, anche se so che non dovrei.

Ed è scrivere una mail a Edo.

Così, per dirgli come vanno le cose, tenerlo informato sulla mia vita, cosa assolutamente stupida, infantile e da maniaca del controllo, lo riconosco, però, mi dico, lui ha sempre la possibilità di mettere la mia mail nella casella dello spam.

Cosa che sono abbastanza certa abbia già fatto.

Io l'avrei fatto.

Fra due settimane si disputa la finale del premio Strega e, ovviamente, *Lettere nella neve* è il favorito assoluto, entrato a gamba tesa nella Cinquina, sbaragliando la concorrenza.

E fortunatamente Rapisardi è ancora in Nepal.

Alessandro spiega a mia madre come usare il computer, così lei può spulciare le ricette in internet.

La guardo e mi si gonfia il cuore, e ogni volta devo mettermi a canticchiare *Inner Smile* o mi viene da piangere.

Non eravamo mai state così vicine e così amiche prima, e, anche se me la sono persa per tanti anni, riaverla così adesso mi ripaga di tanta amarezza e dolore.

E mi fa ritrovare e accettare una parte di me stessa rimasta incompiuta, che senza di lei non sarei mai riuscita a scoprire.

Venerdì pomeriggio, prima di partire per l'inaugurazione, ci troviamo tutti a casa nostra (mia e di Paola) per prepararci e fare un brindisi propiziatorio.

Ho deciso, nonostante tutto, di indossare l'abito che mi aveva comprato Calamandrei a Parigi, e lo stesso per le scarpe, il rossetto e il profumo; Paola, dopo lunghe insistenze, si è fatta convincere a mettere un tubino verde scuro che le sta benissimo, anche se continua a insistere di volersi presentare in tuta da ginnastica.

Ale, magro come una modella russa, sfoggia un look alla Calamandrei con giacca, jeans e maglietta di Miley Cyrus con la lingua fuori.

Mia mamma ci mette un po' a uscire dal bagno, cosa che, come sempre, mi fa un po' agitare.

I brutti ricordi fanno sempre scattare campanelli d'allarme.

Quando viene fuori, un po' imbarazzata, si liscia la gonna del vestito rosso, un gesto che riconosco subito come mio.

«Come sto?» mi chiede con un sorriso timido.

«Sei una favola, mamma» rispondo col solito immancabile nodo in gola.

«Questo era il vestito preferito di Marcello. Lo avevo indosso quella sera che... insomma, quel giorno. Non l'ho più indossato da allora, ma adesso è diverso, adesso dobbiamo solo pensare ad andare avanti, e ce la faremo.»

Rosso, mi ricordo... allora non era una coperta, era il suo vestito rosso.

«Penso anch'io» rispondo e guardo in alto perché sento già gli occhi pizzicare.

«Allegria, gente!» grida Paola accorrendo in soccorso lacrime con la bottiglia di champagne, anch'essa sottratta alla scorta privata di Bigazzi.

Brindiamo in silenzio, in piedi in cucina, carichi di emozione, paura e aspettativa, ma certi, per una volta, di stare facendo una cosa per noi stessi, rischiando i nostri soldi e la nostra faccia, senza aspettarci un "bravo" che ci piova dall'alto, subito annullato da un "hai sbagliato tutto".

Questa volta ci siamo messi in gioco, e nel momento più difficile delle nostre vite, decidendo di abbandonare l'isola con una zattera improvvisata e affrontare il mare aperto e tutti i suoi pericoli.

È una scommessa. Se ce la faremo sarà il tempo a dirlo, ma di certo, dopo questo, non avremo più paura di nulla.

Saliamo in taxi e partiamo alla volta degli Stregati, fuori dal quale si è già riunita una piccola folla.

Paola ha contattato tutta la Milano che conta e Ale ha

fatto un tam tam capillare sui social network e, se dovesse partecipare anche solo la metà degli invitati, sarebbe già un trionfo senza precedenti.

Usciamo dal taxi come quattro divi del cinema e un paio di fotografi, mandati dai giornali locali, ci immortalano con qualche scatto.

Siamo al settimo cielo.

Marcello si è fatto accompagnare e indossa uno smoking elegantissimo. Lo raggiungo e gli porgo un bicchiere di vino. «Emozionato?»

«Come un ragazzino» mi risponde mostrandomi un cofanetto rosso.

«Oh no» sussulto, inorridendo alla vista dell'ennesimo anello, «non dirmi che tu...»

«Mia moglie mi ha tenuto segregato a sufficienza. Non vivrò abbastanza per ottenere il divorzio, ma, per dio, mi voglio almeno fidanzare con la mia ragazza!»

Scoppio a ridere. «Hai ragione, Marcello! E guarda com'è bella!» e la osserviamo da lontano mentre serve i suoi meravigliosi dolci agli invitati, che le fanno un milione di complimenti.

«Tu le somigli moltissimo» mi dice stringendomi la mano, «ed è il complimento più grosso che potrò mai farti!»

«Grazie» gli rispondo, «ci hai salvato la vita!»

«Tu l'hai salvata a noi!»

La serata è piacevolissima, fresca e profumata d'estate, la gente è rilassata e abbronzata, ride e si diverte.

Il dj mette la musica, vengono distribuiti gli Spritz, gli stuzzichini e i dolci di mia mamma, e subito la festa è un successo, tanto che finisco in un attimo i cento biglietti da visita che avevo fatto fare.

Sempre per l'assunto che tutti al mondo hanno un libro nel cassetto...

Ma da ora in avanti prometto che non sarò più così prevenuta!

Augusto Bonaccorsi mi si avvicina con una mano in tasca e leva il calice alla mia salute.

«Se ti dico che ti ho procurato un colloquio con una grossa casa editrice, cosa mi rispondi?»

«Ti rispondo che non mi sorprende affatto. È un classico della mia vita!» dico ridendo.

«Non sei nemmeno un po' curiosa di sapere con chi?»

«A dirti la verità, no» confesso. «Per una volta sento che sto facendo una cosa interamente mia e questa soddisfazione non potrebbe darmela nessun altro, nemmeno una grossa casa editrice.»

Annuisce. «Sapevo che eri una tosta» risponde allontanandosi.

Mi siedo con Paola sul marciapiede di fronte al locale, a prendere fiato e godermi per un attimo la serata a distanza.

«L'avresti mai detto sei mesi fa?» le chiedo, con il mento appoggiato sulle ginocchia.

«Non l'avrei detto nemmeno fra cinque anni, se tu non avessi avuto questa idea da malata di mente!» ride, dandomi una pacca sulla spalla.

«Sai come si dice, no? Tale madre...» ironizzo.

«Tua madre è speciale, lo sai?» mi dice.

«Lo so» rispondo orgogliosa.

Ale ci raggiunge carico di buon umore. «Allora, brutte scimmie?»

«Uh, ha smesso di chiamarci puttane, che cosa è successo?»

«Sta elaborando il lutto» spiego, «adesso è in fase di negoziazione.»

«Sì, è vero» conferma, «sto negoziando con quella rossa laggiù.»

Ridiamo, sollevati e leggeri come non ci succedeva da tanto.

«E pensare che l'amore stava per fotterci!» dice Paola.

«Per un pelo» conclude Ale.

Poi, fra la folla, lo vedo, che mi saluta con la mano.

E mi sboccia il cuore.

«Ciao, Fra!» mi dice venendomi vicino e dandomi due baci sulle guance che mi sembrano così innaturali e allo stesso tempo così indispensabili.

«Ciao, Edo!» gli dico buttandogli le braccia al collo e rimanendo un lungo momento così, a ricordarmi quella sicurezza che mi dava, e di cui ho ancora un bisogno assoluto, anche se non più vitale.

«Non me lo sarei perso per niente al mondo!» mi dice, sempre con quel suo sorriso emozionato e dolce.

«Hai visto come sta bene la mamma?» gli chiedo mentre Alessandro e Paola ci lasciano soli.

«È in grandissima forma, dimostra vent'anni di meno!»

«È serena, adesso.»

«E tu?» mi chiede.

Mi stringo nelle spalle. «Lavoro tanto, ma almeno sto costruendo qualcosa di mio!»

«Sei stata proprio coraggiosa» mi dice con orgoglio, «te lo meritavi.»

«E tu? Vivi sempre da tua mamma?»

«Per il momento sì, ma ho una grande novità: si è decisa a vendere la casa!»

«NO!» esclamo sgranando gli occhi.

«Già! Si vede che alla fine l'avevi convinta...» mi dice toccandomi il braccio.

«Ah no! L'idea era tua, nei patti! Ricordi?» dico, facendogli l'occhiolino.

Sorrido all'idea che la perfida Silvana abbia aspettato che fossi fuori dai giochi per fare questa mossa, ma mi sembra una notizia comunque splendida.

Significa libertà, indipendenza, nuova vita, nuovi progetti.

Continuiamo a sorriderci senza parlare.

Gli leggo negli occhi uno sguardo nuovo, più sereno, forse più consapevole.

«Eccomi! C'era una fila pazzesca al bar» dice una ragazza che arriva con due bicchieri.

«Ti presento Michela» mi dice Edo.

Rimango interdetta per un attimo prima di capire, prima di sentirmi ronzare le orecchie e annebbiare la vista.

«Ah, tu sei Francesca!» mi dice con un sorriso fastidiosamente radioso. «Ho sentito tanto parlare di te!»

Penso di balbettare qualcosa tipo "piacere mio" ma molto più probabilmente dico "voglio morire" o "non può essere vero". O forse dico solo "perché".

«Mi ha aiutato a vendere la casa di mia mamma e a trovare una sistemazione comoda per lei e la nuova badante, e un posticino per me» mi spiega con un misto di orgoglio e imbarazzo.

E allora io comincio a parlare come una macchinetta, ridendo come una cretina, fingendo di fare la disinvolta e, una volta che se ne vanno, corro a ubriacarmi come nemmeno quella volta in spiaggia a Ferragosto a sedici anni, quando abbiamo fatto l'indianata con la sangria.

Mi sveglio sul divano in piena notte, fradicia di sudore, e, appena mi ricordo di Edo e Michela, mi metto a frignare come una disperata con la faccia schiacciata sul cuscino.

Paola col suo solito sonno leggerissimo viene a sedersi accanto a me.

«L'ho perso davvero, Paola, l'ho perso per sempre!»

«Tesoro, non potevi pensare che rimanesse lì a macerare nel dolore!»

«E perché no?»

«Perché è un uomo! Non rimangono soli più di due mesi nemmeno se sono vedovi inconsolabili. E poi lui era un bocconcino troppo prelibato, buono, gentile, premuroso, fedele, onesto... era chiaro che non sarebbe rimasto single a lungo!»

«Ma cos'ha quella più di me!» mugolo tirandomi su a sedere.

«Niente» risponde lei facendo spallucce, «semplicemente non è te!»

Due settimane dopo siamo tutti e tre sul divano in trepidante attesa che inizi la diretta da villa Giulia per la finale del premio Strega.

Sono ancora scossa per la faccenda di Edo, ma non posso parlarne né con Paola né con Alessandro, perché tutto quello che ottengo come risposta è un "ma non lo volevi lasciare?" che mi irrita ancora di più.

Sì che lo volevo lasciare, ma non pensavo certo che si sarebbe consolato così in fretta e poi... e poi... al diavolo, non me ne farò mai una ragione.

Edo fidanzato con quella... con quella adorabile e solare ragazza.

È impossibile.

Ed è superfluo dire che mi sono scheggiata un altro molare...

Il ninfeo di villa Giulia è gremito di gente che si attarda a tavola in attesa dell'inizio dello spoglio dei voti. La telecamera gira fra i presenti e a tratti si apre in alcune panoramiche dei finalisti che rilasciano le ultime interviste e degli ospiti presenti alla serata: editori, giornalisti, scrittori e personalità della politica.

«Ecco la Senza collo!» urla Alessandro facendo saltare i popcorn che tiene in una ciotola sulle gambe.

«Che faccia da stronza che ha! Io l'ho detto subito, ma tu invece: "Poverina, è così brava, sei tu che sei gelosa!"» mi imita Paola.

Incasso in silenzio e rilancio con un «Eccolo!» all'apparire di un Calamandrei in versione superstar, che saluta tutti dal palco come Adam Levine alla fine di un concerto.

Mr Big è al massimo dell'espansione del proprio ego.

Potrebbe esplodere o librarsi in aria da un momento all'altro, e riesco quasi a sentirlo mentre si vanta di quanto è fico, furbo e *avanti* rispetto agli altri editori.

Lo spoglio ha inizio e ci mettiamo tutti in religioso silenzio a contare i voti.

Subito *Lettere nella neve* parte con dodici voti consecutivi – seguito da *Gli occhi dell'infinito* e *Tonnara*, che ne racimolano un paio a testa –, per poi continuare a ricevere un voto dopo l'altro avanzando a mani basse e staccando di una ventina di punti *Libellule sacre* e *Il giorno che verrai*.

Ogni volta che il nome di Calamandrei viene ripetuto, Bigazzi sorride e mette una mano sulla spalla del suo protetto come a "marcarlo".

«Che schifo mi fanno!» dice Paola scuotendo la testa.

«E ci abbiamo lavorato insieme per tutti questi anni.»

«Non vi sembra ingrassata, la Senza collo?»

Lo spoglio termina fra il delirio dei presenti con un punteggio sfacciato di 212 voti per *Lettere nella neve*.

Bigazzi trascina Calamandrei per un braccio, strappandolo alle telecamere e ai telefonini, e lo porta sul palco afferrando la bottiglia del liquore dalle mani del conduttore e stappandola lui stesso come non si era mai visto fare.

«Alla faccia di chi credeva che non ce l'avrei mai fatta!» grida, prima di spruzzare tutti quelli che si trovano sotto il palco come se avesse vinto il Gran Premio di Formula 1.

Il fatto che questo gesto gli costerà 4000 euro di lavanderia evidentemente non lo tocca.

Calamandrei stringe la mano agli altri concorrenti e al vincitore dell'anno scorso, e si fa fotografare cercando di mantenere le distanze dall'ipereccitato Bigazzi, che andrebbe sedato con un sonnifero da elefanti.

Intravedo Ilaria che filma tutto con l'iPhone (che le aveva regalato Alessandro) e Annamaria che si aggira fra i tavoli baciando e salutando tutti.

Spegniamo la televisione silenziosi e disgustati di fronte all'ennesima dimostrazione che in questo Paese paga più essere furbi che essere in gamba.

Ce l'avessero insegnato alle elementari, avremmo risparmiato così tanto tempo...

Prendo il cellulare per chiamare mia mamma e vedo due chiamate senza risposta.

«È Rapisardi!» dico allarmata.

«O cazzo» dice Paola, «non mi dire che è tornato!»

Provo a richiamarlo, ma il telefono squilla a vuoto.

Non so come, ma ho un brutto presentimento...

«Ragazzi, che faccio?» chiedo.

Provo ancora un paio di volte, ma niente.

«Sarà incazzato nero!» dice Alessandro.

«Non è il tipo che s'incazza» rispondo aggrottando la fronte, «è più di quelli che si sentono sempre responsabili di tutti i mali del mondo.»

Il telefono mi squilla fra le mani e la scritta "Rapisardi" mi tranquillizza immediatamente.

«Mauro, dove sei?» gli chiedo.

Ma mi risponde una voce di donna. «Francesca, sono Carla, la sorella di Mauro» mi dice agitatissima, «siamo qui a Niguarda, Mauro ha tentato il suicidio.»

«COSA?» urlo.

«Io ero fuori» mi dice piangendo, «l'ho trovato per terra... ha preso delle pillole! Ha lasciato un biglietto in cui dice che *Lettere nella neve* lo ha scritto lui... Io non ho capito se è impazzito o cosa, è tornato due giorni fa e stava così bene. Avrà preso un virus in viaggio, qualcosa che gli ha fatto perdere la testa...»

«No, Carla» mi sento rispondere, «Mauro ha ragione.»

Entriamo in sala d'aspetto e Carla ci viene incontro disperata.

Mi spiega che era strano sin dalla sera prima, non parlava, ripeteva soltanto che non era possibile, che Francesca non l'avrebbe mai fatto.

«Al mattino ero già in ritardo per andare al lavoro e sono uscita... e quando sono tornata era in salotto sul pavimento...»

«E quello intanto sta festeggiando!» sottolinea Paola.

Il medico di turno entra a informarci sulla situazione. «È fuori pericolo» ci dice facendoci tirare un enorme sospiro di sollievo, «ma continua a ripetere che il libro è suo. Allora ho chiesto un consulto in Psichiatria, non vorrei fosse rimasto troppo tempo in debito d'ossigeno.»

«So io cosa vuol dire» intervengo, «possiamo vederlo?»

Ci portano nella sua stanza, dove lo troviamo a letto, bianco come il cuscino, e appena mi vede si agita subito con un misto di disperazione, delusione e rabbia: «Come hai potuto, Francesca? Io mi fidavo di te! Ora ho capito perché mi hai chiesto se avevo una copia del manoscritto».

«Mauro, credimi, non ne ho saputo niente fino a cose fatte, poi ho provato a convincere Bigazzi a non farlo, ma lui se n'è fregato. Io, Paola e Alessandro non lavoriamo più per lui da mesi. Ci siamo dimessi proprio per questo, ma non c'è modo di dimostrare che il libro lo hai scritto tu!» gli spiego afflitta. «Certo, anche tu, ma non potevi fare una copia?»

«Non ci ho pensato...» mugola con la voce rotta, quasi a scusarsi di avermi appena aggredita.

«L'ho fatta io una copia!» esclama Carla.

Ci voltiamo tutti a guardarla.

«Hai fatto una copia del manoscritto?»

«Fotocopio tutto quello che scrive perché sapevo che prima o poi si sarebbe perso qualcosa. Poi, per scrupolo, spedisco a me stessa la busta con la copia del manoscritto insieme a una raccomandata con ricevuta di ritorno, in modo che il timbro postale faccia fede in caso di controversia.»

«E tu come le sai, queste cose?» chiede Paola.

«Ho semplicemente letto in internet...»

Mi volto a guardare Paola, ma lei è già uscita dalla stanza e sta chiamando tutta la stampa.

Mezz'ora dopo fuori dalla camera di Mauro Rapisardi si scatena l'inferno.

Giornalisti, televisione e radio sono lì per ottenere l'intervista in esclusiva e sono pronti a pagargliela oro.

E due giorni dopo un Leonardo Calamandrei pallido e tremante si scusa in conferenza stampa, restituendo il premio Strega fra i fischi di tutti.

Sembra un bambino a cui hanno tolto il gelato di mano, mentre lo sta leccando, e balbetta scuse continuando a passarsi le mani fra i capelli e strizzando compulsivamente gli occhi.

La critica lo ha demolito. In cima a tutti i detrattori, Zanieri, che non aspettava altro che vederlo cadere e sbattere la faccia sul cemento.

Gli ha dedicato un pezzo intitolato *Il colpo dello Strega*.

Un mese dopo, mentre sto rimettendo a posto alcune carte al tavolo del mio ufficio, con la coda dell'occhio vedo alla caffetteria una figura familiare.

Mi alzo e gli vado incontro. «Calamandrei!» esclamo stupita. «Posso offrirti un cappuccino di soia?»

Indugia, dondolando da un piede all'altro con le mani in tasca.

È stanco, e con l'ego in frantumi, e non mi va di infierire.

«No, grazie» risponde, «ero passato così, a salutare. Ti trovo bene» mi dice.

«Sto bene, in effetti. Ora sì.»

Rimaniamo a guardarci per un po', poi lui si congeda. «Allora stammi bene, Fra.»

«Leonardo!» lo chiamo mentre si allontana.

Si volta.

Lo guardo.

«Perché?»

Si morde un labbro e si stringe nelle spalle.

E allora finalmente lo vedo, piccolino, col grembiule e il fiocco azzurro e una gran cesta di capelli in testa, che vorrebbe fare il bambino, ma qualcuno lo convince che dev'essere il migliore di tutti, e a qualunque costo.

E sorrido.

33

È passato quasi un anno.

Gli Stregati va a gonfie vele.

Lavoriamo ventiquattr'ore su ventiquattro, ma non ci siamo mai sentiti così bene.

Il locale è sempre pieno e io ho così tanti autori da rappresentare che ho dovuto prendere un assistente.

Uomo questa volta.

Anche Maria Vittoria Spagnulo è venuta a farsi rappresentare da me, e adesso è un agnellino.

Oddio, forse "agnellino" è un eufemismo un po' azzardato, ma diciamo che si sforza di collaborare.

Le copie di *Lettere nella neve* sono state tutte ritirate dal mercato con una perdita immane per la Bigazzi Edizioni, ma con una pubblicità strepitosa per il romanzo, che ormai tutti vogliono leggere e per cui si è scatenata un'asta fra editori mai vista prima.

I diritti sono tornati in esclusiva a Mauro Rapisardi che, nel frattempo, è diventato più celebre di Calamandrei e passa da un talk show all'altro, e la cosa non sembra dispiacergli affatto.

Bigazzi è stato pestato da un gruppo di teppisti che gli ha fracassato una tibia, uno zigomo e una clavicola.

Si vocifera fossero dei librai.

In compenso Ivanka ha preteso il divorzio, chiedendo un assegno di mantenimento di circa 30.000 euro al mese.

E, alla fine, la giustizia ha trionfato.

Marcello e mia mamma sono andati a vivere insieme, come due ragazzini alla prima cotta, come se lui non avesse mai avuto l'incidente.

Se la cavano benissimo, si sostengono, si comprendono, si amano.

E quando li vedo insieme non posso fare a meno di ripensare a quel passo di *Cent'anni di solitudine* (ovviamente sottolineato), dove Aureliano Buendía piange in grembo alla cartomante:

> Lei lo lasciò finire, grattandogli la testa con i polpastrelli delle dita, e senza che lui le avesse rivelato che stava piangendo d'amore, lei riconobbe immediatamente il pianto più antico della storia dell'uomo ...
> «Non preoccuparti» sorrise, «in qualsiasi luogo si trovi ora, lei ti sta aspettando.»

Edo si è sposato.

Lui e Michela aspettano una bambina.

Come diceva Paola, "un bocconcino così prelibato non poteva rimanere single troppo a lungo". Anche se, ripeto, per i miei gusti ci ha messo troppo poco a consolarsi.

Ed è stata una cosa davvero difficile da buttar giù.

Mi capita ancora di ripetermi: "Eppure diceva che mi avrebbe amata per sempre".

Ma il concetto di "sempre" non è di questa terra, e senz'altro non è per gli esseri umani.

Il massimo del *sempre* che possiamo garantire è questo preciso istante: uno schioccare di dita, un battito del cuore, non di più.

E dovremmo essere molto cauti quando promettiamo qualcosa.

Specialmente quando promettiamo sentimenti.

Tutta questa storia mi è servita per crescere e diventare più forte, ma ci ho messo un'eternità a recuperare le forze.

E a ricominciare a fidarmi.

Augusto Bonaccorsi, dopo la sera dell'inaugurazione, ha cominciato a chiedermi di uscire molto, ma molto insistentemente.

Finché, spinta dalle insistenze di Paola («Lavori troppo e non fai mai sesso!»), ho deciso di dargli una chance e ora siamo ufficialmente una coppia.

Anche se nel giro dell'editoria siamo considerati più che altro un'"associazione a delinquere".

È venerdì sera e sto uscendo dal mio ufficio.

Saluto i ragazzi e mi incammino verso la mia macchina (sì, alla fine ne ho comprata una).

L'aria è frizzante e le giornate si stanno allungando. Milano è bellissima.

Mi volto a guardare il locale con un misto di incredulità: ancora non mi sembra vero che siamo riusciti a farcela e che alla fine non sia stato nemmeno così difficile.

Abbiamo rischiato di credere di non avere alternative e restare prigionieri dei nostri errori.

E ci saremmo persi tutto questo.

Squilla il mio cellulare.

È Augusto.

Sorrido e rispondo.

«Potrei avere l'onore di invitarla in un bel posto, stasera?»

Mi guardo istintivamente le scarpe. «Temo di non essere abbastanza elegante.»

«Io direi di sì, invece.»

Mi volto e lo vedo appoggiato a un portone che mi guarda: forte, generoso e solido.

Sorrido di più, continuando a parlargli al telefono, senza muovermi. «Dobbiamo festeggiare qualcosa?»

«Spero di sì» risponde sempre guardandomi, «perché devo chiederti una cosa importante.»

«Quanto importante?» mi allarmo leggermente.

«Parecchio!»

«Niente anelli, vero?» mi allarmo ufficialmente e faccio un passo indietro.

Ride. «No, niente anelli, promesso.»

«Però è una sorpresa...» tento, cauta.

«Sì, è una sorpresa.»

Faccio una faccia desolata e un altro passo indietro. «Non mi piacciono le sorprese...» mugolo.

«Va bene, allora ti darò un indizio: ha a che fare con una casa.»

«Una casa?»

«Una casa.»

«Una casa, come?»

«Una casa che possa contenerci tutti e due» dice facendo un passo verso di me.

«Ma io ce l'ho una casa», sorrido.

«Anch'io ce l'ho una casa... lo sai» prosegue, facendo un altro passo.

«E un mutuo!» protesto.

«So anche quello» si avvicina ancora.

«E un sacco di libri da portare via e i mobili, e le piante e la stampante, lo scanner, il fax! Ti rendi conto? Ho ancora un fax! E il televisore, un vecchio proiettore di mio padre e... il gatto! Non ne ho ancora uno, ma pensavo di prenderlo e...»

Si ferma davanti a me, mette in tasca il telefono e mi prende il viso fra le mani: «Non preoccuparti. Adesso penso a tutto io!».

Ringraziamenti

Non è stato facile scrivere questo romanzo per l'argomento che tratta e il dolore che necessariamente provoca aprire o riaprire certe ferite.

Ma è stato uno dei viaggi più intensi e difficili che abbia mai affrontato e scandagliare zone buie, sgradevoli e scomode è stato fortemente terapeutico.

Ringrazio quindi la mia squadra di splendide donne: Barbara Barbieri, Giulia Ichino e Laura Cerutti, sempre entusiaste, positive e incredibilmente brave. (Grazie Laura per avermi fatto notare che, se si nascondevano tutti sotto un tavolo di cristallo, non sarebbe stata una grande sorpresa! Mi mancherai!)

Bindu Talwar e Gianfranco Baccini per avermi coccolata per tutta un'indimenticabile estate.

Fabio Genovesi per l'immenso amore per la Versilia e la battuta "siete ormoni a caso coi capelli lunghi".

Flaminia Bevilacqua e Claudio Guidi per il giochino demente "se dici acqua dopo le sei devi bere uno shottino", che mi è costato il peggior mal di testa degli ultimi vent'anni.

Alessandro Marenzi per la cena da 550 calorie.

Paola Milazzo per essere un po' Paola.

Lando Landi per la ricetta della crema catalana e molte altre cose che lui sa.

Carlotta Agostini per tutte le risate.

Il writer che ha tappezzato di scritte d'amore il mio quartiere (spero che alla fine tu l'abbia conquistata, con me ce l'avresti fatta!).

L'Universo che è stato generoso con me anche questa volta, dandomi l'ispirazione e la forza per arrivare fino in fondo.

E Attilio più di tutto.

«Il peso specifico dell'amore»
di Federica Bosco
Oscar
Mondadori Libri

Questo volume è stato stampato
presso ELCOGRAF S.p.A.
Stabilimento - Cles (TN)
Stampato in Italia. Printed in Italy